CHRISTOF WEIGOLD

DAS BRENNENDE GEWISSEN

PETRY ERMITTELT

KRIMINALROMAN

KAMPA

Wenn Sie zweimal jährlich über unsere Neuerscheinungen
informiert werden möchten, schreiben Sie uns bitte an:
newsletter@kampaverlag.ch oder
Kampa Verlag, Hegibachstr. 2, 8032 Zürich, Schweiz

Dieser Kriminalroman behandelt unter anderem einen authentischen historischen Fall. Basierend auf den dazu bisher bekannt gewordenen Fakten wird hier eine Fiktion erzählt, was damals geschehen sein könnte. Von erwähnten Personen der Zeitgeschichte abgesehen sind die Figuren fiktiv, jede Ähnlichkeit mit echten Personen ist rein zufällig und nicht beabsichtigt.

Alle Rechte vorbehalten
Copyright © 2024 by Kampa Verlag AG, Zürich
Covergestaltung: Lara Flues, Kampa Verlag
Covermotiv: © AdobeStock / AI Visual Vault
Satz: Herr K | Jan Kermes
Gesetzt aus der Stempel Garamond LT / 240120
Druck und Bindung: GGP Media GmbH, Pößneck
Auch als E-Book erhältlich
ISBN 978 3 311 12086 5

www.kampaverlag.ch

»Das Vergangene ist nie tot.
Es ist nicht einmal vergangen.«

William Faulkner, *Requiem für eine Nonne*

13. Februar 1970, 20:43 Uhr

Viele der Bewohner der Reichenbachstraße 27 schliefen bereits, als die dunkle Gestalt mit dem Kanister in der Hand im Treppenhaus innehielt und lauschte. Der große Kanister war weiß und trug mittig auf einem blauen Streifen den Schriftzug ARAL. Keiner hatte bemerkt, dass jemand das Vorderhaus betreten hatte, die Tür war unverschlossen. Es war Freitagabend.

Die mit Mütze, Schal und Mantel vermummte Gestalt machte kein Licht an. Sie verharrte am unteren Absatz im Dunkeln und starrte nach oben, wo die geschwungene, abgetretene Holztreppe sich bis in den vierten Stock wand. Rechts neben der Treppe befand sich ein Aufzug, die Kabine war gerade unten und bildete die einzige trübe Lichtquelle. Die dunkle Gestalt lauschte für eine halbe Minute, hörte aber nichts außer dem leisen blechernen Gedudel eines entfernten Rundfunkgeräts. Dann stieg sie, den Kanister in der Hand, in den Aufzug, schraubte die Birne aus der Deckenlampe heraus und fuhr mit dem nun unbeleuchteten Lift bis ganz nach oben.

Im vierten Stock öffnete die Gestalt vorsichtig die Aufzugtür, trat heraus und steckte einen Holzkeil so in die Öffnung, dass die Tür nicht mehr zufallen konnte. Damit war der Lift blockiert. Auch hier waren nur leise Geräusche zu vernehmen. Irgendwo weiter unten redete jemand, vielleicht am Telefon, aber es klang weit entfernt. Niemand zeigte sich im Treppenhaus. Ein langer Flur mit vielen Türen ging seitlich ab, hier befanden sich die Zimmer eines Wohnheims für alte Menschen. Die Gestalt schraubte den Deckel des Kanisters auf. Dann begann sie, das Benzin auf dem Holzdielenboden zu verteilen. Es war mit Öl vermischt worden. Langsam, sorgfältig – es musste für alle Etagen reichen, und ganz unten brauchte man besonders viel davon. Rückwärts ging die Gestalt die Treppe nach unten.

Auf ihrem ganzen Weg begegnete niemand der schattenhaften Gestalt, die auf jeder Etage ein paar Schritte in den Flur hinein machte und auch dort die Flüssigkeit ausschüttete. Im zweiten Stock waren am Ende des Ganges die Stimmen zweier Männer zu hören, die sich angeregt zu unterhalten schienen, ansonsten schien alles ruhig. Der dritte und der erste Stock lagen verlassen da, die dortigen Räume waren abgeschlossen.

Nach fünf Minuten kam die Gestalt unten im Erdgeschoss an. Durch Schütteln des Kanisters hatte sie immer wieder überprüft, wie viel von dem Benzingemisch übrig war. Den Rest goss sie am Fuß der Treppe und in dem Vorraum aus, in einer breiten Pfütze. Der Kanister war immer noch nicht ganz leer, der unheimliche Besucher legte ihn neben die Pfütze auf den Boden, das Blech gab einen hellen Ton von sich.

Die dunkle Gestalt betrachtete ihr Werk und verharrte, als überlegte sie noch einmal.

Jetzt, da das Benzin bereits im Treppenhaus verteilt war, konnte man sowieso nicht mehr kneifen, entdeckt werden würde es ja doch.

Da trat aus dem Dunkel des Treppenhauses noch jemand dazu. Jemand, der die Gestalt gedeckt, den Eingang abgeschirmt hatte. Die Schatten verschmolzen zu einem. Ein paar Worte wurden geflüstert. Spätestens das gab den Ausschlag zu handeln.

Eine der Gestalten zog eine Packung Welthölzer aus der Tasche und entnahm ihr ein Streichholz. Mit zitternden Fingern versuchte sie es zu entzünden. Erst beim dritten Versuch erzeugte sie eine Flamme. Hinter ihr öffnete sich die Eingangstür und wurde ihr aufgehalten, etwas Licht von der Straße fiel auf sie. Nun beugte sie sich vor und ließ das brennende Streichholz in die schimmernde Pfütze fallen. Das Feuer loderte auf und raste auf die Treppe zu. Sofort stand der Absatz in Flammen, sie schlugen nach oben in die Öffnung des Treppenhauses wie in einem Kamin. Schnell drehte die schattenhafte Gestalt sich um und schlüpfte ebenfalls aus der Tür nach draußen in die Kälte. *Israelitische Kultusgemeinde München und Oberbayern* stand auf dem Schild neben dem Eingang.

Frühling 2023

Sie hatte sich für einen anonymen Brief entschieden. Als sie eben den Umschlag hatte frankieren wollen, hatte sie keine Marken gefunden, doch unten im Laden müssten noch welche sein, hatte Frau Tomaszewski ihr am Telefon gesagt. Das wollte sie gleich überprüfen. Die alte Frau nahm sich den Schlüsselbund und verließ ihre Wohnung.

Ja, sie musste es sich eingestehen, sie war nun mal eine alte Frau, daran konnte es keinen Zweifel mehr geben, auch wenn sie sich im Kopf immer noch jung fühlte und regelmäßig erschrak, wenn sie ihr eigenes Spiegelbild sah: Das bin wirklich ich? Sicher, die Haare trug sie immer noch hennarot gefärbt, doch das Gesicht darunter war von Falten zerfurcht, und das Treppensteigen machte ihr beträchtliche Mühe. Sie legte manchmal Pausen ein, wenn niemand sie beobachtete.

Eigentlich war sie zu häufig alleine. Nur um diese Einsamkeit zu überwinden, führte sie noch die Buchhandlung, obwohl sie das Pensionsalter weit überschritten hatte. Aber lange würde das sowieso nicht mehr gehen. Die Arbeit als Buchhändlerin war mittlerweile viel zu aufreibend und anstrengend für sie, das hatte die Inventur ihr wieder gezeigt. Die Umsätze gingen auch immer mehr zurück. Der Laden würde mit ihr verschwinden, eine Nachfolgerin suchte sie seit Jahren vergeblich. Frau Tomaszewski konnte ihr nur zweimal in der Woche helfen.

Sie trat ins Freie. Bis zum Eingang des Ladens musste sie nur wenige Schritte gehen, er lag direkt neben dem Haus, in dem sie wohnte. Es war ein warmer Abend, einer der ersten, an denen man keinen Mantel mehr brauchte, und die Luft war erfüllt vom süßen Duft der Blüten. Die Kastanien auf der anderen Straßenseite standen in voller Pracht. Wahrscheinlich hatte sie sie zum letzten Mal blühen sehen. Die Sonne war gerade untergegangen, der Horizont glühte noch orangerot und lila nach. Gegenüber am Habsburgerplatz konnte sie ihren alten Briefkasten ausmachen. Sie wohnte seit über vierzig Jahren hier, ihm hatte sie schon immer ihre dringendsten Briefe anvertraut – die Liebesbriefe ebenso wie ihre Seminararbeiten oder später die Bewerbungen, die Pamphlete und Blätter für die Kunstaktionen, die Leserbriefe – sie war eine engagierte Zeitungsleserin –, all die Briefe nach Neuseeland, die Schriftstücke eines ganzen Lebens. Der gelbe, verwitterte Briefkasten erschien ihr auch für diesen Brief ganz der richtige. Nicht nur, weil er noch einmal abends geleert wurde.

Polizei München – Mordkommission stand darauf, dann mit dem Vermerk *zu Händen* der Name des Beamten, den sie sich ausgeguckt hatte, alles geschrieben mit ihrer Schreibmaschine.

Sie war müde, sie hatte jedes einzelne Buch in die Bestandsliste eingetragen, jede Remittende vermerkt. Vielleicht war es die Inventur gewesen, die sie dazu gebracht hatte, auch in anderen Dingen reinen Tisch zu machen, sich hinzusetzen und den Brief zu schreiben. Den ersten Satz zu tippen war ihr leichtgefallen. Alles Weitere hatte etwas mehr Überwindung gekostet, doch sie hatte es hinbekommen. Die wenigen Worte in Schreibmaschinenschrift sahen verloren aus auf der großen Seite, doch sie konnten ihre Wirkung unmöglich verfehlen.

Sie sah hinüber zum Briefkasten und hielt inne. Jemand

drückte sich dort herum. Doch es war nur ein junger Mann, der seinen Hund in der Grünanlage Gassi führte und auf seinem Mobiltelefon herumtippte. Er schien sie nicht zu bemerken. Wenn sie gleich noch einmal herunterkommen und nach drüben gehen würde, würde niemand auf sie achten, sie war ja bloß eine alte Frau, die einen Brief einwerfen wollte; immer noch etwas vollkommen Alltägliches, auch wenn es im Aussterben begriffen war. Nein, ein Fremder konnte ja nicht ahnen, welche Brisanz dieses Schreiben hatte, auch wenn es ihr so vorkam, als müsste man es ihr ansehen.

Es war richtig, den Brief ohne Absender abzuschicken. Er würde morgen Vormittag im Präsidium zugestellt werden und zwangsläufig neue Ermittlungen in dem immer noch unaufgeklärten Fall von 1970 auslösen. Natürlich würde die Polizei das alles erst einmal verifizieren müssen, doch ihr Hinweis müsste letztlich zu einer schnellen Aufklärung führen. Und somit würde es noch geschehen, bevor sie alle starben, die jungen Menschen von damals, die nun alt geworden waren und krank.

Und wenn es doch nicht schnell genug ging? Dann hatte sie immer noch die Option, sich persönlich bei der Mordkommission zu melden und als Zeugin aufzutreten.

Gestern war ihr klar geworden, dass sie ihr Geheimnis nicht weiter mit sich herumtragen durfte. Sie musste es sofort weitergeben. Egal was daraufhin geschehen würde. Wenn sie jetzt darüber nachdachte, war das sogar das Wichtigste, was ihr überhaupt noch zu tun blieb. Wie klar man die Dinge sah, wenn man am Ende seines Lebens stand.

Sie betrachtete ihr frisch dekoriertes großes Schaufenster mit den München-Büchern, die in der warmen Jahreszeit immer Kunden anlockten. Ja, es sah gut aus, hatte ihr auch genug Mühe gemacht. Sie ging zur Ladentür und öffnete sie mit dem großen Schlüssel an ihrem Bund, drehte ihn zweimal im Schloss. Sie machte das Licht an und ging hinein, am Büchertisch vorbei zum Tresen mit der Kasse und trat hinter den kleinen Schreibtisch seitlich davon.

Sie zog die zweite Schublade des Schreibtischs auf und fand darin gleich den Bogen mit den Briefmarken. Sie nahm ihn, steckte ihn in die Tasche ihrer Strickjacke und schloss die Schublade wieder. Als sie sich aufrichtete, fiel ihr die Rotweinflasche auf, die seitlich neben dem Schreibtisch stand. Ein Kunde hatte sie ihr einmal geschenkt, es war ein Saint-Émilion Grand Cru, ein besonders feiner Tropfen aus Bordeaux, den sie sich für eine besondere Gelegenheit aufgehoben hatte. Na, das passte. Den würde sie sich heute zur Belohnung schmecken lassen. Sie griff sich die Flasche und nahm sie mit.

Ein kurzer Rundblick, dann ging sie durch den kleinen Raum zur Tür. Sie löschte das Licht, schloss erneut ab und legte die wenigen Schritte zu ihrer Haustür zurück.

Der Schmerz in ihrem rechten Knie meldete sich wieder, als sie den oberen Treppenabsatz erreicht hatte. Hoffentlich würde sie bis zum Schluss laufen können. Bettlägerig zu sein, das war für sie die schlimmste Vorstellung. Nicht mehr selbstbestimmt und frei. Die Wohnungstür hatte sie offen gelassen, sie war nur angelehnt. Jetzt vergesse ich schon die selbstverständlichsten Dinge, dachte sie, als sie hineinging und die Tür hinter sich schloss.

Der Stich traf sie seitlich in den Hals und riss ihre Schlagader auf.

I

Zum ersten Mal seit Langem fühlte Petry sich an diesem Abend gut. Er war aufgeregt, ja geradezu beschwingt.

Nicht dass er in der letzten Nacht besser geschlafen hätte als in den vielen zuvor. Zum ersten Mal war er um zwei Uhr siebenundzwanzig aufgewacht, später noch einmal um vier Uhr achtundfünfzig, und danach hatte er gar nicht mehr schlafen können. Er hatte wach gelegen und sich im Dunkeln den schmerzlichen Gedanken hingegeben, die ihn nachts unweigerlich überkamen. Petry hatte beschlossen, stattdessen lieber gleich das Licht anzumachen, aufzustehen und sich in die Arbeit zu stürzen, selbst mitten in der Nacht. Er hatte schließlich beileibe genug zu tun, und wie stets ging er so in seiner Arbeit auf, dass sie ihn tatsächlich ablenkte. Petry hatte es mit Schlaftabletten versucht, doch sie machten ihn auch tagsüber benebelt und beeinträchtigten seine Wahrnehmung, also hatte er sie abgesetzt und lebte lieber mit dem Schlafdefizit.

Trotzdem war ihm bewusst, dass er etwas ändern musste. Also hatte er sich darauf eingelassen, was ihm seine Freunde und seine Eltern nun seit anderthalb Jahren nahegelegt hatten. Immer wieder hatte er es abgelehnt und gesagt, dass er sich noch nicht so weit fühlte. Jetzt hatte er nachgegeben, sie meinten es ja gut. Und nun hatte er sich mit Sophie zum Abendessen im Shalom verabredet und fühlte sich mit einem Mal wirklich anders.

Petry war neununddreißig, und dies war sein erstes Blind Date. Sophie und er hatten sich auf einem Datingportal kennengelernt, sie hatten sich erst Chatnachrichten geschrieben, dann zunehmend längere Mails ausgetauscht. Dann hatte sie gefragt, ob sie sich zum Essen treffen wollten, und er hatte das Shalom vorgeschlagen, an der Ecke Adalbert-/Türkenstraße in der Maxvorstadt.

Der Gastraum war nüchtern eingerichtet, mit einfachen Tischen und Stühlen, blassgelben Decken und einer Vase pro Tisch, in der jeweils eine Blume stand, darüber hinaus kein Schnickschnack. Dies erlaubte es den Gästen, sich auf das Wichtigste zu konzentrieren: die Freundlichkeit der Wirtsleute, den Wohlgeschmack der liebevoll zubereiteten Speisen und ihr jeweiliges Gegenüber. Petry nahm das Ambiente gar nicht mehr bewusst wahr, doch es hatte stets eine beruhigende Wirkung auf ihn, erzeugte das Gefühl, zu Hause zu sein.

Er hatte auch heute Wiener Schnitzel bei Daniel bestellt, natürlich. Sein Date hatte sich ihm prompt angeschlossen, doch gerade waren sie noch bei der gemischten Vorspeisenplatte für zwei, die er vorgeschlagen hatte. Eine gute Einführung in die jüdische Küche, er war gespannt darauf, ob Sophie sie zu schätzen wusste, und hoffte, sie so ein wenig kennenzulernen.

Sophie war in seinem Alter, sie trug einen nachtblauen Hosenanzug, hatte mittellange braune Haare und ein nettes, offenes Lachen wie auf den Fotos. Sie gefiel ihm auf Anhieb. Er hatte beide Smartphones auf »stumm« geschaltet, das dienstliche und das private.

»Was ist das nun alles?«, fragte Sophie.

»Das hier ist zweimal Hummus, klassisch und mit Rote-Bete-Meerrettich, dann Baba Ganoush, das ist geräuchertes Auberginenpüree, Latkes mit Räucherlachs, ›Gefillte Fisch‹, dann frittierte Zucchini mit Dattel-Labneh und Za'atar, und hier noch eingelegte Peperoni mit Krautsalat.« Petry hob sein Glas, und sie prosteten sich zu. Er hatte den Shiraz aus Gamla auf den Golanhöhen bestellt. »Guten Appetit!«

»Das meiste davon kenne ich, aber was sind Labneh und Za'atar?«, fragte Sophie. Neugierig und impulsiv, war seine erste Einschätzung. Dabei sehr selbstbewusst und ein unabhängiger Geist, doch sie schien gerne und oft mit Menschen zu tun zu haben.

»Das Erste ist ein Joghurt mit Dattel- und Granatapfelsirup, das Zweite ein Gewürz aus Thymian, geröstetem Sesam, Oregano und Meersalz. Sehr lecker – musst du probieren.«

Sie pikte mit der Gabel erst in das eine, dann in das andere hinein, führte sie jeweils zum Mund und schob ein Stück von dem Pitabrot hinterher.

»Ja, fein«, sagte sie kauend. »Und woher weißt du so viel darüber, Petry? Aus den Kochbüchern von Ottolenghi?«

Es sprach für sie, dass sie diesen kannte – was der populäre israelische Spitzenkoch für die jüdische Küche getan hatte, war nur vergleichbar mit dem, was der Erfinder des Schweinsbratens für Bayern hatte bewirken können.

»Ich bin praktisch im Shalom zu Hause«, sagte er, wischte etwas von dem leuchtend roten Hummus mit Pita auf und biss davon ab. »Meine Mutter ist mit dem Inhaber Daniel Baumann zusammen, seit ich dreizehn war, und hilft hier immer mit. Gleich wird sie uns unsere Schnitzel servieren.«

»Und ihr seid auch …?« Die übliche Frage, die jeder Gast stellte.

»Nein, wir selbst sind keine Juden – meine Mutter heißt Ingrid und ist konfessionslos, aber Daniel ist Jude, und er ist so etwas wie mein Ziehvater.« Petry zeigte auf den großen Mann, den er zur Begrüßung herzlich umarmt und bei dem er dann bestellt hatte. Daniel war siebzig und sah freundlich aus. Er trug die langen grauen Haare zu einem Pferdeschwanz gebunden und hatte einen kugelrunden Bauch. Nun saß er in dem zur Hälfte gefüllten Restaurant alleine an einem hinteren Tisch und sandte ihnen durch seine Nickelbrille immer wieder einen neugierigen Blick herüber.

Sophie kicherte leise und aß mit Appetit weiter. »Hast du dann auch gelernt, so prima zu kochen?«

Petry grinste und wiegte den Kopf. »Ich bin nicht so gut wie der Koch oder meine Eltern, aber besser als die meisten Männer. Ich habe hier früher manchmal als Aushilfe gejobbt und alle Rezepte kennengelernt. Und immerhin koche ich wirklich gern. Du auch?«

Sie lächelte zurück. »Es geht so, würde ich sagen, doch ich esse sehr gern.«

Sie nahm einen weiteren Bissen, diesmal von den Latkes. Die jüdischen Kartoffelpuffer waren eine besondere Spezialität des Hauses.

»Auf die Idee würde man nicht kommen, wenn man dich so anschaut«, sagte Petry charmant mit seinem Münchner Einschlag. »Aber dann könnten wir ja gut zueinanderpassen.«

»Danke.«

Sie grinste ihm zu, und er sah, dass er ihr gefiel. Er konnte natürlich einschätzen, was sie auf den ersten Blick an ihm wahrnahm: einen schlanken, doch muskulösen Mann von einem Meter achtzig mit kurz geschnittenen schwarzen Locken und türkisgrünen Augen, der mit seinem jungenhaften Grinsen meist jünger geschätzt und gleich als soft und empathisch empfunden wurde.

Sophie nahm sich von den Fischklößchen in Gelatine und Sud, zu denen es roten Kren gab. »Der Gefillte Fisch ist übrigens vorzüglich. Ich hatte schon davon gehört, aber noch nie welchen gegessen. Mal was ganz anderes als das Kantinenessen.«

Petry schenkte ihnen beiden Wein nach.

»Wo arbeitest du denn?«, fragte er. Dieses Thema hatten sie in ihrem Chat noch nicht angeschnitten, ebenso wenig wie die Nachnamen.

»Ich bin Personalchefin«, sagte sie und beobachtete Petrys Reaktion. »Bei Schwabinger Bräu.«

»Aha. Interessant«, antwortete Petry. »Dann gehst du ein Date vermutlich so systematisch an wie ein Einstellungsgespräch, was?«

»Natürlich, und nach dem, was ich da bisher erlebt habe, ist das auch besser so«, meinte Sophie und steckte die Gabel in das beige Hummus, von dem noch am meisten übrig geblieben war. »Du bist also gebürtiger Münchner, Single im besten Alter, Felix ...« Sie schob sich die Gabel in den Mund.

»Felix Petry«, ergänzte er und strich sich die schwarzen Haare aus der Stirn. »Eigentlich sagen alle Petry zu mir.«

»Verrätst du mir auch noch, was du beruflich machst, Petry?«

»Ich bin Festangestellter im öffentlichen Dienst«, sagte Petry.

»Bei der Stadt?«

»Genau. Ich bin Psychologe.«

Beide maßen sich mit einem Blick.

»Also bist du auch vom Fach.«

Sie mussten gleichzeitig grinsen, dann hob Petry sein Glas und prostete ihr wieder zu. Sie stießen klangvoll an, beinahe komplizenhaft, und tranken.

Derweil trat Daniel an den Tisch, um abzuräumen. Petry wusste, Daniel hatte seine Gäste immer genau im Blick und passte seine nächsten Auftritte genau ab. Und heute war er besonders aufmerksam. Schließlich hatten Daniel und Petrys Mutter Ingrid sogar sein Online-Profil für ihn ausgefüllt und die diversen Schritte bis zu diesem Treffen begleitet. Sie hatten sicherstellen wollen, dass Petry nicht wieder absprang.

»War es denn recht?«, fragte Daniel Sophie freundlich, mit den weichen Lauten, die er von seiner Kindheit in Zürich her behalten hatte.

»Ausgezeichnet«, antwortete sie und dankte ihm lächelnd. »Ist das jetzt alles koscher gewesen?«

Daniel stapelte die Teller auf seiner rechten Hand. »Wir haben keine streng koschere Küche hier. Dann müssten wir ja beim Lagern das Milchige und das Fleischige strikt trennen. Und ein Rabbiner müsste kommen und es zertifizieren, aber darauf lege ich keinen Wert, ich bin nicht religiös. Es gibt außerdem zu wenige Juden in München, und kaum orthodoxe. Wir sind zwar ein jüdisches Restaurant, aber die Gäste sollen nicht nur koschere Gerichte genießen, sondern auch orientalische und genauso die osteuropäischen Spezialitäten – ob nun Königsberger Klopse oder Tschulent oder Wiener Schnitzel ... kommen gleich!«

Er zwinkerte ihnen zu und schob mit den Tellern ab.

»Und wie ist das?«, fragte Sophie. »Führst du deine Dates immer in das Restaurant aus, das deinen Eltern gehört, und stellst sie ihnen vor?«

Oho. Sie hielt sich nicht lange mit Small Talk auf, kam direkt auf den Punkt.

»So viele Dates hatte ich noch nicht«, sagte Petry vorsichtig. »Und das ist das beste Restaurant, das ich kenne. Außerdem ist es wie mein zweites Wohnzimmer, ich treffe mich hier auch immer mit meinen Freunden. Warum sollte ich es meiden, wenn ich herausfinden will, ob jemand zu mir passt?«

»Auch wieder wahr«, sagte Sophie.

Wie aufs Stichwort näherte sich nun Petrys Mutter aus der Küche mit den Wiener Schnitzeln. Ingrid Petry war eine lebhafte kleine dunkelhaarige Frau Ende sechzig, die jünger aussah und ziemlich resolut wirkte, als sie die großen Teller mit den riesigen, überlappenden panierten Fleischstücken vor sie hinstellte.

»Hallo, ihr beiden ...« Sie warf einen neugierigen Blick auf Sophie. »Hier sind eure Schnitzel. Wohl bekomm's.« Die flachen Schnitzel waren goldbraun gebraten und wurden von Zitronenscheiben mit Sardellen und Kapern gekrönt, ein Klecks Preiselbeermarmelade prangte jeweils am Tellerrand.

»Das ist Sophie ... Das ist Ingrid, meine Mutter«, stellte Petry vor.

Die beiden nickten sich zu. Ingrid fragte, an Sophie gewandt: »Du weißt, was das Wichtigste bei der Zubereitung eines guten Wiener Schnitzels ist?«

Sophie dachte kurz nach und sagte dann: »Das Kalbfleisch gut klopfen, damit die Scheiben nicht zu dick sind.«

Ingrid nickte. »Und dann in heißem Butterschmalz anbraten und dabei immer wieder die Pfanne rütteln. Im Ergebnis muss zwischen Panade und dem Schnitzel etwas Luft sein.«

Sophie erwiderte: »Genauso sehen sie aus.«

»Unser Koch bekommt sie perfekt hin. Er hat lange im Jüdischen Gemeindehaus in Wien gearbeitet.«

Die beiden lächelten sich an.

Ingrid nickte Petry zufrieden zu und klopfte ihm auf die Schulter. Dass ihr offensichtlich nicht nur deren kulinarische Antworten gefielen, entging weder Petry noch Sophie. Dann drehte Ingrid sich um und ging zurück zur Küche.

Sophie sah ihr nach. »Auch deine Mutter macht einen netten Eindruck«, meinte sie.

»Sie sagt immer geradeheraus, was sie denkt, und ist sehr spontan und emotional.«

Petry betrachtete sein Schnitzel eingehend. Die meisten waren geformt wie die Umrisse von Ländern, man musste nur drauf kommen, welches die Panade im Butterschmalz diesmal erzeugt hatte.

Er verteilte mithilfe der Gabel Zitronensaft darauf.

»War das schon die ganze Familie?«, fragte Sophie lächelnd. »Oder hast du noch Geschwister?«

Er schüttelte den Kopf. »Nicht dass ich wüsste. Meinen leiblichen Vater kenne ich nicht, da kommen laut meiner Mutter mehrere Männer infrage.«

»Und warum bist du Single, ein Kerl wie du? Du willst jetzt nicht im Ernst sagen, dass das dein allererstes Blind Date ist?«

»Und ob! Wir mussten ihn erst dazu überreden!« Als beide hochsahen, stand Daniel vor ihnen. Er brachte zwei Teller mit Salat und stellte sie ab. »Und ich würde sagen, das war auch gut so.«

Petry wusste, wie gerne er Leute einander näherbrachte. Als umsichtiger, erfahrener Wirt setzte Daniel oft einzelne Gäste klug mit anderen zusammen, stellte sie einander vor und ließ den Dingen dann ihren Lauf. Auf diese Weise hatte er schon acht Ehen gestiftet und diverse Freundschaften fürs Leben.

»Ihr wisst doch, was man sagt? Liebe geht durch den Magen!«, ergänzte Daniel.

Ingrid kam dazu. Sie brachte eine große Schüssel mit dampfenden Bratkartoffeln.

»Aber ja doch, das stimmt! Hier, bitte, du solltest tüchtig was essen, du kannst es vertragen.« Ihr Blick erforschte Sophies schlanke Figur von oben bis unten, als hätte sie Röntgenaugen. »Alles Weitere ergibt sich dann schon von selbst, glaubt mir ...«

»Danke, danke, Ingrid«, meinte Petry entschuldigend. Sophie hob nur die Hand. Um ihre Augen hatten sich Lachfältchen gebildet, die ihm gefielen. Ingrid schenkte erst ihr, dann ihm von dem Wein nach, sie machte die Gläser beinahe ganz voll. Für einen Moment schienen Daniel und Ingrid »ihr Werk« zu betrachten: das auf dem Tisch angerichtete Essen, den Rotwein und Petry und Sophie. Dann wechselten sie einen schnellen Blick, wünschten »Guten Appetit!« und ließen sie alleine.

Petry und Sophie sahen sich breit grinsend an.

»Entschuldige, meine Eltern sind immer so direkt«, sagte Petry. »Meine Mutter war ein Hippie, und deshalb bin ich bis dreizehn in einer Landkommune aufgewachsen, da wurde immer alles ganz offen ausgesprochen.«

»Jetzt bin ich schon in deinen engsten Kreis aufgenommen und weiß praktisch alles über euch«, sagte sie kopfschüttelnd und hob ihr Glas. »Oder gibt es noch irgendein Geheimnis?«

Felix prostete ihr zu. »Auf dem Teller«, sagte er, trank und zeigte auf sein Schnitzel und dessen Panadenküsten. »Was würdest du sagen – sieht das aus wie die Schweiz oder doch eher wie Zypern?«

Sophie legte den Kopf schräg und sah zwischen den Tellern hin und her. »Meines ist jedenfalls eindeutig Israel, mitsamt der Golanhöhen.«

Ihre Augen funkelten ihn an, und dann schnitt sie ein großes Stück von der Westküste ab und schob es sich in den weit geöffneten Mund. Sie gefiel Petry immer besser. Auch er schnitt einen Keil aus seinem Schnitzel – und in diesem Moment spürte er die Vibration eines Handys in seiner Jacke. Er hielt inne und dachte nach. Es war die Seite mit dem Diensthandy. Verdammt.

Er wusste, sie würden ihn nicht anrufen, wenn es sich nicht um etwas wirklich Wichtiges handelte. Er säbelte weiter und verspeiste den ersten, verführerisch nach Butterschmalz schmeckenden Bissen. Aber das Handy vibrierte immer noch. Sophie merkte, dass etwas nicht stimmte. Petry legte Messer und Gabel weg und holte das Handy heraus. Auf dem Display las er: *Chef Dienstnummer*.

»Entschuldige bitte einen Moment, das ist die Arbeit«, sagte Petry und nahm den Anruf an.

»Guten Abend, Herr Rattenhuber«, sagte er mit dem Handy am Ohr.

»Petry, ich habe da etwas Dringendes für Sie«, hörte er die dunkle Stimme von Josef Rattenhuber, dem Leiter des K11, der Mordkommission. »In Schwabing hat sich ein Mord ereignet ... Die Tote heißt Erica Mrosko.« Er machte eine Pause, als wartete er auf eine Reaktion. »Sie scheint Sie zu kennen, Petry?«

Petry dachte für einen Moment nach. Sophie beobachtete ihn stirnrunzelnd.

»Der Name sagt mir auf Anhieb nichts, Chef. Wie kommen Sie darauf?«

»Offenbar wollte sie Ihnen schreiben. Bei ihr wurde ein Briefumschlag gefunden, der an Sie adressiert ist.«

»An mich persönlich? Vom Opfer?«, fragte Petry irritiert.

»Ja, zu Händen Felix Petry. Kommen Sie doch bitte vorbei, damit wir der Sache auf den Grund gehen. Ich will Sie überhaupt in diesen Fall miteinbeziehen, Petry. Die Adresse ist Habsburgerplatz 3. Ihr gehörte die Buchhandlung direkt nebenan.«

Jetzt plötzlich stellte Petry eine Verbindung dazu her. Es war eine durchaus schmerzhafte Erinnerung, und sie ließ ihn für einen Moment innehalten.

»Ich komme«, sagte er dann und legte auf. Erst jetzt sah er hoch.

Sophie blickte ihn mit einem schiefen Grinsen an. »Du bist also Polizist.«

»Polizeipsychologe«, sagte er und tupfte sich den Mund mit der Serviette ab. »Forensischer Psychologe, um ganz genau zu sein. Ich arbeite bei der Operativen Fallanalyse.«

»Für die Mordkommission«, präzisierte sie. »Bist du dann so etwas wie ein Profiler?«

Er zog eine Grimasse. »Ich bevorzuge den Begriff Fallanalytiker, aber ich arbeite auf meine ganz eigene Weise. Und in der Mordkommission glauben viele, ich wäre überflüssig oder läge neben der Spur, aber ich bin damit oft erfolgreich.«

»Schau an, also doch noch ein Geheimnis.« Sie wirkte keineswegs genervt, sondern reagierte eher mit Interesse darauf. »Hast du gedacht, die Mordkommission schreckt mich ab?«

Er nickte. »Ich hätte es dir natürlich erzählt, aber nicht als Erstes.«

»Verstehe. Aber weißt du was, ich finde das gerade interessant«, erwiderte sie. »Ist das der Grund, warum du Single bist? Keine Zeit für ein Privatleben?«

»Nein. Das macht es schwierig ... aber ich war schon glücklich liiert«, sagte Petry zögernd, schon halb auf dem Sprung.

»Und dann?«

»Das erzähle ich dir ein andermal«, sagte er schnell und stand auf. »Es tut mir wirklich leid, aber ich muss jetzt los. Du hast es ja gehört ... ein dringender Fall. Aber lass uns doch einfach so bald wie möglich wieder treffen und weiterreden, Sophie – falls du möchtest?«

Sie sah ihn einen Moment lang forschend an. »Wenn du sagst, dass das nicht jeden Abend so ist, einverstanden«, sagte Sophie. »Ich habe dir auch noch nicht alles erzählt. Ich hoffe nur, dass wir trotz deines neuen Falls bald wieder Zeit dafür haben.«

»Das werden wir«, antwortete er. Ihre Telefonnummern hatten sie bereits vor der Verabredung ausgetauscht. »Bitte sag meiner Mutter, dass ich gehen musste. Und bitte bezahl unser Essen, egal was sie sagt ...«

Er holte aus seiner Tasche einen Hunderteuroschein und legte ihn auf den Tisch.

»Das mache ich«, sagte Sophie, sie holte einen Fünfzigeuroschein aus ihrem eigenen Portemonnaie und gab ihn ihm. »Ich wollte mich sowieso noch ein bisschen mit ihr unterhalten. Bis bald, Petry. Hat mich sehr gefreut.«

»Mich hat es auch sehr gefreut. Bis bald, Sophie«, sagte er mit einem Lächeln, dann lief er zum Ausgang.

2

Petry näherte sich dem Rätsel vom Bürgersteig aus, wo er seine signalrote Vespa Primavera abgestellt und den Helm verstaut hatte.

Die Buchhandlung im Erdgeschoss des großen Hauses am Habsburgerplatz kannte er nur vom Vorbeilaufen, soweit er sich erinnerte. Aber er wusste, dass Ricarda dort immer ihre Bücher gekauft hatte. Sie war eine begeisterte Leserin gewesen, auch wenn sie nur selten dazu kam und sich auf ihrem Nachttisch stets Romane und Sachbücher gestapelt hatten, die sie noch lesen wollte. Er blieb vor dem dunklen Schaufenster stehen und sah hinein, als könnte er in die Vergangenheit zurückblicken. Nein, die Besitzerin dieses Ladens hatte er nicht vor Augen. Petry konnte sich wirklich nicht vorstellen, warum die Buchhändlerin ihm hätte schreiben wollen. Die einzige Verbindung zu ihr, die ihm einfiel, war Ricarda.

Er schnupperte und sog den Duft der Kastanienblüten ein, der von den Bäumen in der Grünanlage gegenüber hergeweht wurde. Dann wandte er sich zur Seite zu dem benachbarten Wohnhaus. Petry ging durch den offen stehenden Hauseingang und lief die Treppe nach oben. Vor der Wohnung im ersten Stock wies er sich bei einem uniformierten Polizisten aus und wurde, nachdem er sich an Füßen und Händen ebenfalls Schutzkleidung übergezogen hatte, zum Tatort durchgelassen.

Beim Hereinkommen registrierte Petry, dass die Wohnungstür aufgebrochen worden war. Am Anfang des langen Flurs lag die Tote gekrümmt in einer halb getrockneten

Blutlache, die sich hinter ihrem Kopf auf dem Fischgrätparkett weitflächig ausbreitete. Petry roch den metallischen Geruch des Bluts, vermischt mit einer Rotweinnote. Neben der Toten lag eine zerbrochene Flasche, deren Inhalt sich mit der Lache vermengt hatte. Die Frau war klein und zierlich, trug einen farbenfrohen Rock, der ihre schlanken Waden freigab, eine bunte offene Strickjacke und Filzhausschuhe. Ihr dünner Haarschopf leuchtete rot, in einem helleren Rot als das des Bluts.

Die Leiche wurde von Männern und Frauen in weißen Overalls mit Kapuzen umringt und begutachtet – beinahe sahen die Leute von der Spusi wie weiße Wichtel aus, die sich um ein rothaariges Schneewittchen scharten.

Petry trat näher. Einige, die ihn von vorherigen Fällen kannten, nickten ihm zu. Andere blickten auf seinen Dienstausweis, den er hochhielt, und wandten sich dann wieder ab. Er steckte den Ausweis weg, ging in die Knie und sah sich die Tote genau an. Es bereitete ihm keine Schwierigkeiten, nahe an Leichen heranzukommen, und er ging immer respektvoll mit ihnen um.

Erst als Petry jetzt in ihr Gesicht mit den himmelwärts starrenden Augen blickte, konnte er erkennen, dass Erica Mrosko trotz ihrer Haarfarbe keine junge Frau mehr war. Sie musste jenseits der siebzig gewesen sein, doch ihr ganzes Erscheinungsbild sprach dafür, dass sie Probleme damit gehabt hatte, diese Tatsache zu akzeptieren. Und nein, er kannte sie nicht, da war er sich ganz sicher. Er hatte ein sehr ausgeprägtes Personengedächtnis, und eine so auffällige Figur wie diese alte Frau mit den grellen roten Haaren hätte er sich gewiss gemerkt, wenn sie ihm schon einmal begegnet wäre, ob zusammen mit Ricarda oder ohne sie.

Petry begutachtete das Etikett der zerbrochenen Flasche und konzentrierte sich ganz darauf. Der Schriftzug *Saint-Émilion Grand Cru 2017* war gerade so zu entziffern.

Er richtete sich wieder auf und ging weiter in den Flur hinein. Überall waren Polizisten in Zivil und in Uniform mit der Untersuchung des Tatorts befasst, doch die hohe, schlanke Gestalt von Josef Rattenhuber konnte Petry nirgends ausmachen. Nach links und rechts gingen Zimmer ab, geradeaus ging es in ein Erkerzimmer. Eine große Altbauwohnung in bester Schwabinger Lage wie diese musste man sich erst einmal leisten können. Er selbst wohnte ein paar Straßen nördlich in einer Zweizimmerwohnung am Kurfürstenplatz, die er nur noch mit Mühe halten konnte, seit er alleine für die Miete aufkommen musste.

Er hatte nun das Erkerzimmer erreicht, das durch eine breite offen stehende Doppeltür mit einem riesigen Wohnzimmer verbunden war. Dort sprach er eine junge Kollegin an, die sich über einen Schreibtisch gebeugt hatte.

»Felix Petry von der OFA«, stellte er sich vor. »Josef Rattenhuber hat mich hierherbestellt, können Sie mir sagen, wo ich ihn finde?«

Die Kollegin wandte sich um und sah ihn mit einem prüfenden Blick von oben bis unten an. Sie war um die dreißig, trug einen blonden Pferdeschwanz und eine Lederjacke und machte auf den ersten Blick den Eindruck einer toughen Persönlichkeit.

»Ach, Sie sind das. Der Chef ist irgendwo draußen und telefoniert.«

»Dann suche ich den leitenden Kommissar.«

»Schon gefunden«, sagte die junge Frau. »Hauptkommissarin Alina Schmidt, freut mich, Herr Petry.«

Sie streckte ihm eine behandschuhte Hand entgegen. Petry schlug nach kurzem Zögern ein und überspielte, dass er sie aufgrund ihres Alters nicht als die Leiterin in Betracht gezogen hatte.

»Freut mich auch, Frau Schmidt. Ich kenne Sie noch gar nicht, sind Sie neu?«

Er spürte beim Händeschütteln einen Ehering unter dem Latex, und sie trug Jeans, auf denen er Flecken ausmachen konnte. Ihre Haare sahen ungewaschen aus, und sie hatte tiefe Augenringe.

»Ja, mein erster Fall als Leiterin einer MoKo«, sagte Alina Schmidt. »Von Ihnen habe ich allerdings schon gehört. Beziehungsweise gelesen. Ich habe mich daran erinnert, als der Chef mir vorhin von Ihnen erzählt hat.«

Vor einem halben Jahr war im Lokalteil des *Münchner Kuriers* ein Artikel über Petry und seine Arbeit als Fallanalytiker erschienen. Anlass war ein rätselhafter Mordfall gewesen, zu dessen Aufklärung Petry mit seiner Expertise maßgeblich beigetragen hatte. Der Reporter Bob Permaneder, einer seiner besten Freunde noch aus Schulzeiten, hatte es wohl mit seiner Begeisterung ein wenig übertrieben. Für das Foto zum Artikel hatte er Petry sogar im Shalom posieren lassen. Von den Kolleginnen und Kollegen war dieser dafür ziemlich aufgezogen worden.

»Dann muss ich Ihnen auch nicht erst erklären, was bei uns das Kommissariat 16 ist, die Operative Fallanalyse?«

Sie grinste und schüttelte den Kopf. »Ich bin Münchnerin, Herr Petry, auch wenn ich jetzt längere Zeit auf der Polizeiakademie war. Und mein Vater ist Kriminalrat Karlheinz Schmidt, der Vorgänger von Herrn Rattenhuber.«

Petry nickte. »Ach so.« Er hatte den alten Schmidt noch aus der Ferne miterlebt, zwei Jahre lang, bis der in Pension gegangen war. Die meisten Kollegen hatten aufgeatmet, als es so weit gewesen war. Erst danach war ein frischer Wind durch das K11 geweht, und die fachliche Expertise der Operativen Fallanalyse war von da an stets zu den Fällen der Mordkommissionen hinzugezogen worden.

Als Gutachter Täterprofile zu erstellen, sich in Täter und Opfer hineinzuversetzen, Tathergangsanalysen und auch Familienaufstellungen zu machen und intuitiv vorzugehen –

das war alles lange Zeit nicht selbstverständlich gewesen und unter Schmidt eher als »Hokuspokus« angesehen worden.

»Dann wissen Sie ja bestimmt, wie ich arbeite«, sagte Petry. Es gab ein häufiges Missverständnis, das es auszuräumen galt. »Lassen Sie mich am besten gleich am Anfang klarstellen: Ich mache meine Arbeit ergänzend zu Ihrer, völlig selbstständig. Sie werden gar nicht merken, dass ich da bin. Kümmern Sie sich nicht um mich.«

»Dazu werde ich auch gar keine Zeit haben«, sagte Alina Schmidt nüchtern. Sie wirkte selbstbewusst und wie jemand, der in sich ruhte. »Ich weiß, was die Operative Fallanalyse tut, Herr Petry. Aber in diesem Fall geht es ja noch um einen anderen Aspekt. Kommen Sie mit, ich zeige Ihnen den Briefumschlag, den unser Opfer an Sie adressiert hat. Hoffentlich können Sie uns damit helfen.«

Sie ging voran ins Wohnzimmer, und Petry folgte ihr. Die linke Längswand des großen Raumes wurde vom Boden bis zur Decke von einem übervollen Bücherregal dominiert. Die drei anderen hohen Wände waren mit zahlreichen großformatigen Gemälden behängt, ungefähr einem Dutzend.

Die Hauptkommissarin führte ihn zu einer großen Couchecke, über die eine Designlampe ragte. Sie beugte sich zu einem Beistelltisch, auf dem zahlreiche dicke Fotobände gestapelt waren, und zeigte auf einen weißen Briefumschlag, der bereits in Zellophan eingetütet und mit einem Nummerntäfelchen versehen worden war. Petry nahm ihn in die Hand und sah ihn sich genauer an. In Schreibmaschinenschrift stand dort:

Polizei München
Mordkommission
zu Händen Felix Petry
80686 München

Bei *Mordkommission* und *München* waren die Anfangsbuchstaben nach oben verrückt.

In diesem Moment legte sich eine Hand auf Petrys Schulter. Als er sich umdrehte, stand Josef Rattenhuber vor ihm.

»Petry, da sind Sie ja!« Der sehr große, freundliche Mann Mitte fünfzig begrüßte Petry mit einem Zucken seiner rechten Gesichtshälfte, einem nervösen Tick, der immer wieder auftrat und an den sich alle im K11 mittlerweile gewöhnt hatten.

»Ich sehe, Sie und Hauptkommissarin Schmidt haben sich schon kennengelernt. Und ich glaube, Sie beide werden sich gut ergänzen ...«

»Hallo, Chef.«

Petry wusste noch aus seinem Psychologiestudium, dass es sich bei Rattenhubers »Macke« nur um eine Funktionsstörung gewisser neuronaler Regelkreise handelte, nicht um eine Begleiterkrankung von ADHS wie bei anderen Betroffenen. Vielmehr deutete sie auf eine hohe Sensibilität hin, die Petry an seinem Vorgesetzten zu schätzen gelernt hatte.

»Und?« Alina Schmidt musterte ihn gespannt. »Können Sie sich erklären, weswegen Frau Mrosko Ihnen schreiben wollte, Herr Petry?«

»Das kann ich auf Anhieb nicht«, antwortete Petry. »Ich habe sie mir da vorne genau angesehen. Persönlich kannte ich sie nicht ...«

»Irgendwie muss sie ja auf Sie gekommen sein«, warf Alina Schmidt ein.

»Allerdings gibt es eine Verbindung zwischen uns«, fuhr Petry zögernd fort. »Sie war nämlich die Buchhändlerin meiner Freundin ...«

»Sehr gut, dann fragen Sie sie doch danach«, sagte die Hauptkommissarin und blickte ihn an, als erwartete sie, dass er gleich sein Handy zücken würde.

Eine betretene Pause entstand. Petry rang für einen Moment um die Antwort, die ihm schwerfiel, und Rattenhuber biss sich auf die Lippen. Alina Schmidt sah irritiert zwischen ihnen hin und her.

»Sie ist vor zwei Jahren gestorben«, sagte Petry.

Alina Schmidt machte ein peinlich berührtes Gesicht.

»Oh, das ... das tut mir sehr leid, Herr Petry«, sagte sie rasch.

Der Chef legte Petry ungeschickt die Hand auf den Arm.

»Ein vollkommen unerwarteter Todesfall aufgrund einer Krankheit«, erklärte er, an die Kommissarin gewandt. »Äußerst tragisch, sie war etwa in Ihrem Alter.«

Petry konnte bis heute nicht fassen, wie seine junge Freundin neben ihm im Bett liegen und einfach plötzlich im Schlaf hatte sterben können, ohne dass er es bemerkt hatte, an einem Aneurysma, von dem sie nichts geahnt hatten.

»Wie furchtbar«, sagte die Hauptkommissarin und lief rot an. »Entschuldigen Sie, aber das konnte ich ja nicht wissen.«

Es war ein unglaublicher Schock gewesen. Petry war damals neben ihr aufgewacht und ... er schüttelte den Gedanken und die aufkommenden Bilder gleich wieder ab.

»Schon in Ordnung«, sagte er. »Natürlich kann es sein, dass Ricarda ... meine Freundin der Toten damals von mir erzählt hat. Aber warum mir Frau Mrosko dann ausgerechnet jetzt, so lange danach, einen Brief schreiben wollte, das kann ich mir zunächst einmal nicht erschließen.«

Rattenhuber nickte ihm zu. Er hatte ihm in der schweren Zeit danach voller Verständnis geholfen und eine halbjährige Auszeit zugestanden.

»Vielleicht war der Auslöser ja der Artikel im *Kurier* über Ihre Arbeit für die Mordkommission?«, schlug er vor. »Den Sie auch gelesen haben.« Er sah die Hauptkommissarin an.

Sie zuckte mit den Schultern. »Das kann natürlich sein. Nur, der erschien schon vor einem halben Jahr ...«

Inzwischen hatte sie die Peinlichkeit überwunden.

»Sie können ja mal ganz in Ruhe überlegen, was Ihnen noch dazu einfällt, Petry«, sagte Rattenhuber.

»Das werde ich tun, Chef.« Er ließ sich auf der Couch nieder, verschränkte die Beine im Schneidersitz und legte den Kopf zurück. So verharrte er, dann schloss er die Augen. Eigentlich konnte er am besten nachdenken, wenn er sich hinlegte, aber hier verzichtete er darauf.

Alina Schmidt sah ihn irritiert an und runzelte die Stirn. »Geht es Ihnen gut?«

Petry antwortete nicht. Die Hauptkommissarin warf Rattenhuber einen fragenden, geradezu alarmierten Blick zu. Der Chef machte eine beschwichtigende Geste. Beide warteten und starrten Petry an. Dieser umfasste den Zellophanbeutel mit dem Umschlag darin mit beiden Händen.

»Sie glauben, dass sie wegen des Briefs umgebracht wurde?«, fragte Petry mit geschlossenen Augen.

Rattenhuber hob nur die Augenbrauen – diesmal war es eine absichtliche Grimasse – und blickte Alina Schmidt an.

»Es ist eine von mehreren Arbeitsthesen«, meinte sie. »Jedenfalls wurde sie ermordet, bevor sie ihn abschicken konnte. Vielleicht spielt er auch gar keine Rolle. Umso wichtiger wäre es zu wissen, was sie Ihnen darin mitteilen wollte.«

Petry öffnete die Augen wieder und setzte sich auf. Er hob den Beutel mit dem Umschlag hoch. »Interessant finde ich, dass er explizit an die Mordkommission adressiert ist.«

»Womöglich geht es auch um einen Hinweis zu einem Ihrer zurückliegenden Fälle«, fiel Rattenhuber ein.

»Stimmt, Sie haben ja gewiss schon viele Mordfälle bearbeitet«, sagte Alina Schmidt. »Gehen Sie diese doch einmal durch und suchen Sie nach denkbaren Verknüpfungen zu Frau Mrosko.«

Petry nickte ihr zu. »Das werde ich tun. Aber ich glaube, dass es noch um etwas anderes gehen muss, dass es einen persönlichen Bezug gibt«, sagte Petry. »Und dass es mit meiner Freundin zu tun hat.«

Sie stutzte. »Bei allem Verständnis für Ihre Situation ... wieso?«

»Nur so ein Gefühl.«

Sie zuckte mit den Schultern. »Sagen Sie Bescheid, wenn es mehr als ein Gefühl ist und ich etwas damit anfangen kann.«

Rattenhuber beobachtete die beiden aufmerksam. Wieder verzerrte der Tick sein Gesicht.

»Wenn Petry nach seinem Gefühl geht, liegt er meistens richtig, Frau Schmidt. Ich verstehe ja auch nicht, wie er das macht, aber so hat er im Herbst den ›Gynäkologenmord‹ aufgeklärt, durch seine besondere Methode, mit Intuition. Lassen Sie ihn also ruhig machen.« Er grinste Petry an, durch ein erneutes Zucken wirkte es so, als zwinkerte er ihm verschwörerisch zu.

Alina Schmidt nickte und sagte ungerührt: »Trotzdem brauche ich einen konkreten Hinweis, eine klare Richtung, in die ich ermitteln kann.«

»Tun Sie, was Sie immer tun, Petry, Sie haben freie Hand. Aber halten Sie engen Kontakt zu Frau Schmidt«, sagte Rattenhuber bestimmt. »Sie kommen zu uns ins K11, um herauszufinden, worum es bei dem Brief gegangen ist. Ich habe es auch schon mit Herrn Brandl besprochen.« Hans Brandl war der Leiter der Operativen Fallanalyse, Petrys eigentlicher Chef. Brandl war es gewohnt, dass Petry häufig abwesend und bei der Mordkommission tätig war. »Arbeiten Sie getrennt, aber teilen Sie stets Ihre Erkenntnisse.« Rattenhuber legte seine Hand wohlwollend auf Petrys Rücken und ging davon, zurück in Richtung Flur.

»Erzählen Sie mir bitte mehr«, sagte Petry zu der Hauptkommissarin und stand auf. »Sie haben keinen Brief gefunden, nur diesen Umschlag?«

Alina Schmidt nickte. »Er lag umgedreht auf dem Couchtisch. Deswegen wird der Täter ihn übersehen haben.« Sie deutete dorthin.

»Sie hat eine Schreibmaschine benutzt, keinen PC?«

»Die Olivetti da drüben.« Alina Schmidt ging zurück in Richtung des Erkerzimmers, wo auf einem Mahagonitisch mit Stuhl davor eine orangefarbene Reiseschreibmaschine mit Griff aufgestellt war, als hätte eben noch jemand darauf geschrieben. Die Spurensicherung hatte den Schreibtisch bereits untersucht und ihre Nummerntäfelchen aufgestellt.

»Beim Tippen des ›M‹ erzeugt die Maschine immer dieselbe Macke wie auf dem Umschlag, wir haben es schon überprüft.« Petry sah auf den Umschlag in seiner Hand. Alina Schmidt deutete auf ein Blatt Papier, auf dem derselbe Text noch einmal getippt worden war. »Es ist ein rein analoger Haushalt. Wir haben auch kein Handy gefunden, und einen Computer gibt es nur unten im Laden für die Bestellungen. Das und die Buchhaltung hat eine Aushilfe an zwei Tagen die Woche erledigt, ein Minijob. Privat scheint Frau Mrosko den PC nicht genutzt zu haben, offenbar war sie nicht computeraffin, wie die meisten ihrer Generation.«

Sie traten an die Schreibmaschine heran und betrachteten sie. Sie war alt und schien viel benutzt worden zu sein. Manche der Tasten waren schief und ihre Beschriftung halb abgegriffen, das Farbband zerschlissen. Der Schreibplatz befand sich an einem Fenster mit Blick nach draußen.

»Wie alt war sie genau?«

»Vor zwei Wochen ist sie fünfundsiebzig geworden.«

Petry nickte. Seine Mutter Ingrid war ein paar Jahre jünger, und Daniel und er hatten sie mit Mühe überreden müssen, sich ein Smartphone anzuschaffen, um für Tischreservierungen erreichbar zu sein.

Petry zeigte auf die Maschine. »Vielleicht war das Schreiben also hier eingespannt oder lag auf dem Schreibtisch. Und der Täter hat es sich da weggenommen.«

»Sie wollte den Brief jedenfalls wohl abschicken, denn sie hat ihre Aushilfe angerufen und gefragt, wo noch Briefmarken sein könnten, um achtzehn Uhr dreiundfünfzig. Auf deren Hinweis hin ging sie dann offenbar nach unten in den Laden und holte ein Briefmarkenset, das wir in ihrer Strickjacke gefunden haben. Als sie damit und mit der Flasche Wein hereinkam, hat der Täter ihr aufgelauert und sie erstochen. Ein Stich traf die Halsschlagader und ein zweiter den Brustkorb. Die Tatwaffe fehlt. Die Tat muss bereits gestern Abend erfolgt sein, kurz nach dem Anruf, der Arzt schätzt den Todeszeitpunkt auf irgendwann zwischen sieben und acht Uhr. Erst heute Nachmittag wollte der Nachbar von unten nach ihr sehen, hat festgestellt, dass die Tür nur angelehnt war, und sie in der Wohnung aufgefunden. Zur Tatzeit war er verreist und nicht im Haus. Auch niemand sonst hat etwas mitbekommen.«

Alina Schmidt wollte sich schon abwenden.

»Was sind die anderen Hypothesen, die Sie erwägen?«, fragte Petry. »Ich habe gesehen, dass die Wohnungstür aufgebrochen wurde?«

Hauptkommissarin Schmidt blieb stehen und nickte. »Und es fehlen zwei Gemälde.«

Sie zeigte auf zwei Stellen an den Wänden. Dort waren deutlich helle große rechteckige Flecken an der nachgedunkelten Wand auszumachen. Einer befand sich im Wohnzimmer an der Längswand zwischen den Bildern links in der zweitobersten Reihe, einer im Erkerzimmer an einer schmalen Stelle am Durchgang, wo die Lücke auf Augenhöhe von zwei verwaisten Nägeln gekrönt wurde. »Es könnte also ein Einbruchsdiebstahl gewesen sein, und sie hat den Täter dabei überrascht.«

»Möglich. Er hat also zwei Gemälde mitgenommen …« Petry betrachtete nachdenklich die Lücke.

In diesem Moment trat eine Frau in der weißen Kleidung der Spurensicherung zu ihnen. Sie hatte Papiere in der Hand.

»Frau Hauptkommissarin, wir haben die Listen mit den Anrufen und Telefonnummern jetzt abgeglichen, bitte schauen Sie doch mal.«

Erst jetzt entdeckte die Frau Petry. Sie grüßte ihn mit einem scheuen Lächeln und wurde rot.

»Hallo, Petry.«

»Hallo, Katrin. Schön, dich zu sehen. Ich hoffe, es geht dir gut?«

Er war der IT-Forensikerin schon mehrfach bei Fällen begegnet. Katrin Gerhardt war etwa in seinem Alter, eine rundliche, eher introvertierte Frau, offenbar eine Einzelgängerin. Doch ihm war durchaus aufgefallen, dass sie auf eine stille Weise eine Schwäche für ihn hatte.

»Ich hoffe, dir auch«, antwortete Katrin.

»Einen Moment«, sagte Alina Schmidt zu Petry und ging mit Katrin beiseite.

Petry betrachtete derweil interessiert die Bilder, die noch an den Wänden hingen. Er war in der Kommune unter anderem auch mit Malern aufgewachsen, hatte ihnen hier und da Modell gestanden und ihre Arbeit faszinierend gefunden und bewundert. Auch er hatte sich in der Pubertät daran versucht, und seine Mutter hatte damals sogar eine Zeit lang gehofft, dass er einen Weg als Künstler einschlagen würde. Den war er nicht gegangen, aber einen Blick für Bilder hatte Petry immer noch.

Die unterschiedlichsten Stile waren vertreten: Landschaftsgemälde in Öl ebenso wie Porträts, Stillleben, auch abstrakte Bilder mit bunten Farbflächen oder -klecksen, Aquarelle und Kohlezeichnungen. Es schien sich um Originale zu handeln, offenbar von unterschiedlichen Künstlern, und die meisten waren gerahmt. Die Tote hatte neben dem Faible für Bücher offenbar auch eines für Kunst. Doch nach welchen Kriterien sie gesammelt hatte, war angesichts solch unterschiedlicher Werke schwer zu sagen.

Alina Schmidt kam wieder zu ihm. Katrin entfernte sich mit einem kurzen Blick zu Petry in Richtung Flur.

»Glauben Sie, diese Bilder sind von größerem Wert oder von namhaften Künstlern?«, fragte sie. »Kennen Sie sich damit aus?«

Petry wiegte den Kopf. »Ein bisschen, aber einen bestimmten Künstler erkenne ich auf Anhieb nicht, und eine Aussage über ihren Wert ist schwer zu treffen. Sie könnten ja auch von Freunden sein oder von ihr selbst und eher persönlichen Wert besitzen. Man müsste vor allem wissen, was für Bilder es waren, die entfernt wurden. Weiß die Aushilfe mehr?«

»Nein, diese Frau Tomaszewski sagt, sie war fast nie hier oben. Nach ihrer Erinnerung hingen beim letzten Mal alle Gemälde an ihrem Platz. Ihr sei zumindest nicht aufgefallen, dass welche gefehlt hätten. Ob sie wertvoll sind, konnte sie nicht sagen.«

Für einen Moment herrschte Stille. Beide betrachteten die Bilder an der Wand.

»Kann ich auch mit ihr sprechen?«, fragte Petry.

»Für heute habe ich sie nach Hause geschickt, aber morgen kommt sie noch einmal zu uns ins Büro. Zum fünfundsiebzigsten Geburtstag hat Frau Mrosko eine Party hier veranstaltet, Frau Tomaszewski will uns Fotos davon mitbringen. Sie sagt jedenfalls, die alte Frau sei wohlhabend gewesen. Sie war die Eigentümerin dieser Wohnung, damit war sie Millionärin. Was ihre Familie und ihr Umfeld betrifft…«

Petry ging zum Erkerzimmer zurück, während sie weiterredete, und trat an den Schreibtisch. Der Kommissarin blieb nichts anderes übrig, als ihm zu folgen.

»Ihr Mann ist seit Jahren tot, die Immobilie hat er ihr vererbt. Es gibt eine Tochter, die mit ihrer Familie in Neuseeland lebt, ansonsten in München nur einen Neffen, der sie ab und zu besucht hat. Wir werden beide kontaktieren.«

Petry setzte sich auf den Stuhl, wie man es tun würde, wenn man auf der Maschine etwas schreiben wollte. Von hier sah er hoch und richtete seinen Blick auf die Wand gegenüber, genau auf die Lücke, wo das eine Bild fehlte.

»Mich interessieren die Bilder …«, murmelte er in Gedanken.

»Dann denken Sie gerne auch darüber nach«, sagte die Kommissarin achselzuckend. Sie wollte sich gerade umdrehen und gehen, als Petry fragte:

»Was können Sie mir noch über ihre Geschichte sagen?«

»Nur was die Polizeiakte von Frau Mrosko hergibt«, sagte Alina Schmidt. Ihr war jetzt die Ungeduld anzumerken. Trotzdem sprach sie konzentriert und in gewählten Worten: »Es sind zwei Einträge. Vor drei Monaten hat sie Anzeige gegen unbekannt erstattet. Die Schaufensterscheibe ihrer Buchhandlung war eingeworfen worden. Eine Überwachungskamera gibt es nicht, ein Nachbar von gegenüber hat ein weißes Auto wegfahren sehen, das war alles. Die Ermittlungen sind mangels Anhaltspunkten eingestellt worden. Das Schaufenster war zu diesem Zeitpunkt mit Büchern zur Münchner Räterepublik und einer roten Fahne dekoriert. Frau Mrosko hat sich selbst als engagierte linke Aktivistin bezeichnet und angegeben, dass sie schon öfter Probleme mit Schmierereien am Laden hatte, es handelte sich um Hakenkreuze und Parolen wie ›Rote Sau‹ oder ›Wir kriegen Dich‹.«

Petry nickte nachdenklich. Auch beim Shalom kam es immer wieder zu antisemitischen Drohungen. Daniel und Ingrid versuchten, sich davon nicht aus der Ruhe bringen zu lassen, aber man konnte sich einfach nicht daran gewöhnen.

»Und davor war bei einer Lesung, die sie veranstaltet hatte, ein rechtsradikaler Störer aufgetreten, der sich mit ihr angelegt hat. Aber die resolute alte Dame hat sich nichts gefallen lassen und eine Funkstreife gerufen, die ihm Platzverbot erteilen musste. Natürlich werde ich diesen Vorfällen als Erstes noch einmal genau nachgehen. Und vielleicht wollte sie Ihnen ja auch dazu etwas mitteilen.«

Petry nickte nachdenklich. »Das war alles?«

»Es gibt noch einen Eintrag, aber der stammt aus ihrer Jugend. Da wurde Frau Mrosko einmal zu einer Geldstrafe verurteilt, wegen Erregung öffentlichen Ärgernisses, offenbar ging es um eine Protestaktion. Eine Frau, die damals zusammen mit ihr angeklagt wurde, taucht auch am Tag vor ihrem Tod in der Anruferliste ihres Festnetzanschlusses auf.« Sie hielt das Blatt Papier hoch, das ihr eben überreicht worden war. »Hannelore Reitwein. Sie scheinen demnach alte Freundinnen gewesen zu sein. Werden wir alles in den nächsten Tagen überprüfen.«

Petry stutzte, als er den Namen hörte. »Überlassen Sie diese alte Freundin doch mir. Ich habe das Gefühl ...«, Petry stockte, »... ich meine, ich glaube, so kann ich mir am besten ein Bild von Erica Mrosko machen. Davon, wer sie war und was für ein Geheimnis sie hatte.«

»Wenn Sie wollen, Petry«, sagte Alina Schmidt. Sie blickte ihn selbstbewusst und gelassen an. »Aber bitte sprechen Sie sich immer mit mir ab, damit wir keine doppelte Arbeit machen. Lassen Sie uns unsere Mobilnummern austauschen.« Sie zückte ihr Diensthandy. Er griff in die Tasche und zog eine seiner Visitenkarten heraus, die er ihr übergab.

»Keine Sorge, Frau Hauptkommissarin, ich pfusche Ihnen nicht in Ihre Ermittlungen hinein«, sagte Petry lächelnd. »Ich mache einfach meine eigenen Analysen und Gutachten. Und wenn Sie möchten, nehme ich auch an Besprechungen oder Verhören teil. Wenn nicht, dann nicht.«

Sie tippte derweil seine Nummer in ihr Mobiltelefon.

»Gut«, sagte Alina. »Dann sind wir uns ja einig. Sie machen, was Sie für richtig halten. Und ich mache dann damit, was ich für richtig halte.«

Sie drückte auf eine Taste, sein Handy klingelte und zeigte ihre Nummer an. Alina Schmidt schaltete ihres wieder aus, steckte es weg und ging davon, in Gedanken schon wieder woanders.

3

Es war halb zehn, als Petry das Haus am Habsburgerplatz wieder verließ und auf die Uhr sah. Er holte sein privates Handy heraus und rief eine Nummer an.

»Hallo, Ingrid«, sagte er, als sie sich atemlos meldete. »Ich weiß, du bist beschäftigt, ich habe nur eine kurze dringende Frage. Kennst du eine Erica Mrosko? Sie ist die Inhaberin der Buchhandlung am Habsburgerplatz.« Er stand direkt vor dem Schaufenster des Ladens.

»Nein. Wieso? Sollte ich?«

»Sie ist etwas älter als du, aber sie hat sich in deinen Kreisen bewegt. Eine kleine Frau mit hennaroten Haaren, offenbar ein Althippie. Du hast nie mit ihr geredet, zum Beispiel über mich? Oder vielleicht war sie mal im Restaurant? Ricarda war Kundin bei ihr.«

»Nein, Felix, wirklich, die sagt mir nichts. Und du weißt, ich kaufe meine Bücher bei Lehmkuhl. Hör mal, ich muss hier weitermachen...«

»Oder sagt dir der Name Hannelore Reitwein etwas?«

Für einen Moment herrschte Stille. »Wie? Natürlich!«

Ihre Stimme klang regelrecht elektrisiert.

Petry horchte auf. »Du kennst sie?«

»Nicht persönlich, aber das ist doch eine echte Legende!«

Jetzt war es an Petry, überrascht zu sein. »Wie das?«

»Die wohnt in der berühmten Wohngemeinschaft von Jürgen Köster – na, du weißt doch, wen ich meine?«

Natürlich sagte Petry dieser Name sofort etwas. Es gab mehrere Alt-68er-Ikonen in München, die man immer noch häufig auf den Straßen, in den Kneipen und in den

Parks sah. Sie waren inzwischen alte Männer und Frauen geworden. Jürgen Köster war einer davon. Er war beinahe so bekannt wie Rainer Langhans, der prominenteste Bewohner der »Kommune I« in West-Berlin, der schon lange wieder in München lebte und häufig durch Schwabing radelte, gekrönt durch seine schlohweiße Lockenpracht. Während Langhans Ende der Sechziger in Berlin mit diversen bekannten Linksaktivisten und dem Model Uschi Obermaier zusammengelebt hatte, hatte Jürgen Köster praktisch zeitgleich in München ein ganz ähnliches Lebensmodell verfolgt – angeblich sogar etwas vorher. Auch er hatte eine Wohngemeinschaft gegründet und dort die Türen ausgehängt, die »freie Liebe« proklamiert, sich mit seinen Freundinnen nackt fotografieren lassen und zahlreiche später berühmte Filmemacher beherbergt. Im Unterschied zu Langhans und den anderen Kommunarden, die mehrmals zwischen München und West-Berlin hin- und hergezogen waren, war Köster immer in München geblieben. So war er in der Stadt zu einer bekannten Figur geworden.

Für Petrys Mutter, die in ihrer »wilden Zeit« in den Siebzigern und Achtzigern selbst in einer Landkommune in Feldkirchen gelebt hatte, war Köster stets ein Vorbild gewesen. Ingrid hatte ihrem 1982 dort geborenen Sohn Felix von klein auf von ihm erzählt und diesem später sogar das Haus in der Schraudolphstraße gezeigt, in dem Kösters legendäre »Schraudolph-Kommune« eingerichtet gewesen war.

»Klar weiß ich noch, wer Jürgen Köster ist, Ingrid«, sagte er. »Aber diese Hannelore sagte mir noch nichts. Hast du irgendwann mit ihr über mich geredet?«

»Nein, wie gesagt, ich kenne sie gar nicht, die ist ja aus einer älteren Generation. Ich habe nur gehört, dass sie noch heute in der Clemensstraße mit Köster zusammenwohnt, in so einer WG mit noch anderen, in dem gelben Haus an der Ecke zur Fallmerayer, aber das weiß ja fast jeder.«

Jetzt erinnerte sich Petry, Berichte darüber gelesen zu haben. Immer noch zog Köster großes Medieninteresse auf sich. Er wurde häufig interviewt, als Zeitzeuge oder inzwischen als Lebensguru, der spirituelle Weisheiten von sich gab. Er galt als ein Vorreiter der Gleichberechtigung zwischen Männern und Frauen und als Beispiel dafür, wie jemand alt werden konnte, ohne die Ideale seiner Jugend zu verraten; indem er nämlich immer noch nach ihnen lebte.

»Warum fragst du nach Hannelore?«

»Ihre Freundin, die Buchhändlerin, hat mich kontaktieren wollen, aber vorher hat man sie umgebracht. Ich suche nach einer Erklärung. Ich werde mal zu ihr fahren.«

Im Hintergrund schwoll der Lärm des Restaurants an, die Stimmung war auf dem Höhepunkt.

»Diese Sophie ist übrigens wirklich nett, wir haben uns noch ein bisschen unterhalten.«

»Ja, das fand ich auch.«

Ingrid war kaum mehr zu verstehen, aber Petry erahnte noch, dass sie sich verabschiedete. Einmischungen seiner Mutter war er gewohnt, doch er wusste, dass sie es gut meinte, dass es ihr darum ging, ihn nach der langen Zeit der Trauer wieder in eine Beziehung zu einer neuen Frau zu bringen.

Petry beschloss, dass es noch nicht zu spät war, um einen Besuch zu machen, und holte erneut sein Smartphone hervor. Er loggte sich in die Datenbank der Polizei ein und suchte die Adresse heraus, unter der Hannelore Reitwein gemeldet war. Sie stimmte mit Ingrids Angabe überein.

Petry ging zu seiner Vespa Primavera, sie war in der warmen Jahreszeit sein Dienstfahrzeug, mit ihr kam er auch im dichtesten Berufsverkehr überall gut durch. Er holte den Helm aus dem abschließbaren Behälter unter dem Sitz, setzte ihn auf und ließ den Motor an.

Dann fuhr Petry auf die Hohenzollernstraße und dort

ein Stück nach Westen. Das Visier hatte er aufgeklappt, die Luft roch intensiv nach feuchter Erde und Frühling. Er passierte eine der vielen großen Baugruben, von denen Schwabing derzeit übersät war wie von Wunden und wo ab frühmorgens den ganzen Tag unter großem Lärm gearbeitet wurde. Dann ging es vorbei am Kurfürstenplatz, wo er selbst wohnte, und noch ein Stück nach Norden. Petry folgte den Trambahngleisen, die sein Viertel so durchschnitten, wie er eine Weißwurst für den Verzehr zu öffnen pflegte.

Wenig später trat Petry an das Klingelbrett eines Mietshauses in der Clemensstraße und schellte bei *Köster/Reitwein*.

Es dauerte nur ein paar Momente, dann meldete sich eine Frauenstimme über die Gegensprechanlage: »Ja bitte?«

»Ich möchte zu Hannelore Reitwein. Ich habe nur ein paar Fragen«, sagte Petry.

»Klar, komm rein«, antwortete die Stimme, und im nächsten Augenblick ertönte der Summer. Petry drückte die Tür auf. Offenbar ist das hier ganz normal, dachte er, genauso wie damals in der Feldkirchner Kommune, in der er mit Ingrid gelebt hatte. Man schneite einfach mal herein, um »ein bisschen zu quatschen«, wie seine Mutter sich ausdrückte.

Im zweiten Stock stand eine Tür offen. Dort erwartete Petry eine Frau von Ende fünfzig – zu jung, um die Gesuchte zu sein. Sie trug ein langes beiges Leinenkleid und hatte blonde Locken, die ein faltenreiches Gesicht mit jungen Augen umrahmten.

»Hi, ich bin die Gaby.«

»Guten Abend, Gaby. Petry …«

Sie blieb stehen und blockierte die Tür. »Wenn du ein Journalist bist, müssen wir vorher das Finanzielle klären. Jürgen und Hannelore nehmen tausend Euro für ein Interview. Wenn du bloggst, nur fünfhundert.« Sie sah ihn erwartungsvoll an.

Petry zückte seinen Dienstausweis der Polizei München, der ihn dem Kommissariat 16 zuordnete.

»Ich denke, das reicht für ein paar Antworten, die mich hoffentlich erleuchten.«

»Verstehe. Dann bitte.«

Die Enttäuschung in ihrem Blick ließ ihn vermuten, dass sie hier auf jede Einnahmequelle angewiesen waren. Und das kleine, enge Apartment, das er nun betrat, bestätigte ihn darin. Die Wände waren in Ochsenblutrot gestrichen, die Decke in Gelb, und eine thailändische Rattanlampe baumelte von ihr herab. Der erste Raum war das Wohnzimmer, und mit einer großen, auf dem Teppichboden liegenden Doppelmatratze zugleich auch Schlafzimmer, und ging in eine Pantryküche über, die offenbar seit den Siebzigern keine Neuerungen erfahren hatte. Man spülte hier sogar noch von Hand. *Wenn* man spülte. Dahinter ging eine offen stehende Tür zu einem weiteren Zimmer ab, in dem ein Bett zu sehen war. Es roch nach Räucherstäbchen, die in kleinen Gläsern aufgestellt waren, nach Weihrauch, Patschuli, Ingwer und Zimt – und nach angebratenem Knoblauch. Sofort fühlte Petry sich in die große Gemeinschaftsküche im Landhaus seiner früheren Kommune versetzt, in eine lange zurückliegende Zeit.

Auf dem Bett saßen Jürgen Köster und eine Frau. Petry erkannte den berühmten Althippie sofort. Er musste um die achtzig sein, sah aber mindestens zehn Jahre jünger aus. Sein kahler Kopf und die erstaunlich faltenfreie Stirn waren von einem weißen Haarkranz umrahmt, den er in langen glatten Strähnen bis weit über die Schultern wachsen ließ. Eine Glatze und trotzdem eine lange Hippiemähne – Dialektik par excellence, wie Ingrid einmal über einen Altkommunarden mit ähnlicher Frisur gespottet hatte. Köster war wie auf den Fotos, die Petry kannte, ganz in Schwarz gekleidet, trug ein schwarzes T-Shirt und eine abgewetzte schwarze Jeans.

»Das ist Petry von der Polizei«, stellte Gaby ihn vor.

»Ah, interessant. Hallo, Petry«, sagte Köster und blickte mit jungenhafter Neugier zu ihm hoch. Er sprach mit einer schwäbischen Dialektfärbung. Petry erinnerte sich gehört zu haben, dass er als Jugendlicher aus der Provinz bei Ulm hierhergezogen war. Und Köster trug eine dieser Brillen mit Holzgestell.

»Ich bin Jürgen, und das ist Hannelore.«

»Hi«, sagte die ältere Frau freundlich.

Das war also Hannelore Reitwein. Sie war vermutlich etwa im gleichen Alter wie Köster, doch im Gegensatz zu ihm sah man es ihr an. Ihr Gesicht war von Falten und Altersflecken gezeichnet, ihre Haare waren dünn und grau. Sie trug ein langes dunkelgrünes Wollkleid und Armreifen aus hellgrüner Jade. Beide waren barfuß und saßen im Schneidersitz nebeneinander auf dem Bett, als hätten sie gerade meditiert.

Petry fragte sich, ob sie ein Paar waren oder ob es sich um eine Dreiecksbeziehung handelte. Gaby war zwanzig Jahre jünger als die beiden anderen, mindestens. Aber auch wenn sie als eine Art Assistentin auftrat, spürte Petry auf Anhieb, dass sie mehr sein musste als das.

»Möchtest du ein Glas Ingwerwasser?« Jürgen Köster zeigte auf eine Karaffe, wo in trübem Wasser mehrere kleine gelbe Schnitze schwammen. Petry lehnte mit einer Geste ab.

»Wie können wir dir helfen?«, fragte Jürgen und wies Petry einen Platz vor sich zu, einen Sitzsack aus Flickresten. In der Kommune in Feldkirchen hatte es so etwas auch gegeben.

Petry ließ sich darauf nieder und war überrascht, wie problemlos er wieder in eine Welt eintauchte, die er von früher kannte. Er wusste, wie man sich darin verhielt. Es war wichtig, erst mal eine freundschaftliche Basis mit den Kommunarden herzustellen, bevor man auf ein Anliegen zu sprechen kam.

»Ich hoffe ich störe nicht?«, meinte Petry fragend »Vielleicht seid ihr gerade mittendrin in etwas?«

»Wir analysieren nur unsere Beziehung«, antwortete Jürgen ernst und machte eine Geste, die beide Frauen einschloss. Gaby hatte sich neben Petry auf den Boden gesetzt. Ihr Leinenkleid war hochgerutscht, wodurch ihre schlanken Beine mit ein paar bläulichen Besenreisern freilagen. »Aber dabei hilft es immer, wenn ein neuer Besucher hinzutritt und frischen Wind mitbringt, quasi als Katalysator.«

»Wie ist denn eure Beziehung? Ihr wohnt hier zu dritt?«

Er sah in Richtung des Nebenzimmers. Die Wände der Wohnung waren weitgehend kahl, daran angebracht waren nur ein Plakat zur ayurvedischen Ernährung mit Zeichnungen von Gemüsesorten und über dem Bett ein großes Foto von einem Seerosenteich, beides rahmenlos und mit Tesafilm befestigt.

»Zu viert«, erklärte Gaby. »Hannelore und ich leben beide in einer Beziehung mit Jürgen, aber hier gibt es auch noch Matthias, meinen Ex. Und ›wohnen‹ ist nicht ganz richtig. Wir treffen uns und schlafen in den beiden Zimmern jeweils in unterschiedlichen Konstellationen.« Sie zeigte zur Tür nach nebenan.

»Auch wir Frauen mal alleine«, fuhr Hannelore fort. »Wir diskutieren gerade, schon etwas länger. Ich bin nämlich zurzeit ein wenig wütend auf Jürgen, aber Gaby hat mir gerade klargemacht, dass ich im Grunde auf mich selbst wütend bin.«

»Hannelore und Jürgen kennen sich schon sehr lange, viel länger, als ich ihn kenne, und irgendwie leitet sie daraus Ansprüche ab, die ihr freilich als Besitzansprüche gar nicht so bewusst waren«, ergänzte Gaby.

»Und die wir überwinden wollen«, sagte Jürgen sanft. »Auch bei Matthias war das so, aber er hat es eingesehen. Wir wollen nämlich alles aus dem Weg schaffen, was uns davon abhält, unsere reinen Gefühle füreinander auszuleben. Du kennst das vielleicht?« Er sah Petry neugierig und erwartungsvoll an.

»Ah, interessant«, sagte Petry, ohne auf die Frage einzugehen. »Eure früheren Verhältnisse, genau dazu könntet ihr mir etwas erzählen … Es ist nämlich jemand getötet worden, den ihr gekannt habt. Eine Buchhändlerin, Erica Mrosko.«

Jürgen und Hannelore stutzten und wechselten einen betroffenen Blick.

»Ja, die Erica … wir haben's vorhin schon gelesen, in der *Abendzeitung*«, sagte Jürgen. Er griff zur Seite und holte von einem Ablagebord neben dem Bett, einem Brett auf zwei Ytongsteinen, die Boulevardzeitung mit dem roten Logo. Es war die Abendausgabe mit dem Datum des morgigen Tages.

Dass es bereits einen Artikel zum Mord an Erica Mrosko gab, hatte Petry noch nicht gewusst. Die Tote war tagsüber gefunden worden. Aber die Journalisten bekamen von solchen Dingen auch lange vor dem offiziellen Polizeibericht Wind, und ein Mord war stets für eine Geschichte im Lokalteil gut. Petry kannte das von Bob Permaneder. Sein alter Freund bekam manchmal von ihm selbst einen Hinweis, aber er hatte noch andere Quellen, und bestimmt hatte auch er bereits etwas geschrieben.

»Echt krass. Ich bin supertraurig«, sagte Hannelore mit gesenktem Kopf.

»Wir konnten es gar nicht fassen.« Jürgen reichte Petry die AZ herüber.

In dem Artikel war von *Erica M., Buchhändlerin* die Rede, die in ihrer Wohnung erstochen worden sei, er war bebildert mit einem Foto des Hauses am Habsburgerplatz und der Buchhandlung direkt daneben.

»Hattet ihr noch viel Kontakt zu Erica?« Petry reichte Jürgen Köster die Zeitung zurück, und ihre Hände berührten sich dabei, als hätte Köster es darauf angelegt.

»Nicht sehr. Ab und zu bin ich mal bei ihr in der Buchhandlung vorbeigekommen, aber schon länger nicht mehr. Welches Sternzeichen bist du? Krebs, gell?« Köster sah Petry neugierig an.

»Waage, Aszendent Fische«, sagte Petry. Ingrid hatte es genau errechnen lassen. Petry selbst glaubte nicht an Astrologie, sah aber auf Leute, die es taten, nicht herab.

»Interessant ...«, murmelte Gaby und blickte ihn so intensiv an, als hätte er ihr eröffnet, dass er der nächste Dalai Lama sei.

»Erica Mrosko ist gestern Abend in ihrer Wohnung ermordet worden. Davor, am Nachmittag, ist sie von hier aus angerufen worden, von Hannelores Anschluss«, sagte Petry und sah sie an. Das Telefon, ein alter Apparat mit Kabel, stand neben der Matratze auf dem Boden.

»Ja, das war ich, ich hab kurz mit ihr gesprochen ...«, sagte Hannelore und nickte ernst. »Irre, nicht?«

»Worum ging es denn?«

»Ich habe ein Buch bei ihr bestellt, von Wilhelm Reich, das ich wiederlesen möchte.«

»Und das war alles?«

»Wir haben nur ganz kurz geredet. Sie hatte wohl gerade Kundschaft«, sagte Hannelore. Sie wirkte deutlich mitgenommener als Jürgen. »Tragisch, wenn ich daran denke, dass dies das letzte Mal war, dass ...« Sie verstummte und presste sich die Hand auf den Mund.

Jürgen Köster streichelte tröstend über ihren Rücken.

»Über private Dinge habt ihr nicht geredet? Darüber, ob sie Sorgen hatte, oder etwas in der Art?«

»Nein, eben nicht. Sie klang auch völlig normal, nur eben in Eile.«

»Ich weiß echt nicht, warum sie sich die Mühe mit dem Laden überhaupt noch angetan hat, in ihrem Alter«, ergänzte Jürgen.

»Wann hast du sie denn zuletzt gesehen?«

Jürgen richtete den Blick zur Decke und dachte nach, wobei er leicht mit dem Kopf wackelte. »Vor einem Jahr? Einem halben? Ich achte nicht besonders auf die Zeit. Ich erfasse sie anders als andere Menschen.«

»Wir hatten in den letzten Jahren nicht mehr viel mit ihr zu tun«, erklärte Hannelore.

»Wart ihr zerstritten?«

»Das nicht. Der Kontakt war einfach abgerissen, und alle waren mit sich selbst beschäftigt … Wie es halt so geht …«

Petry sah ein, dass er hier über die Erica Mrosko der Gegenwart nicht viel Substanzielles erfahren würde.

»Ihr kanntet sie schon lange?«

»Ja. Seit den sechziger Jahren, aus unserer Kommune.«

»Davon hab ich gehört«, sagte Petry mit leuchtenden Augen. »Aber darüber möchte ich unheimlich gerne mehr wissen.«

»Frag uns nur«, sagte Jürgen lächelnd und blickte ihn offen an.

4

»Wisst ihr noch, wie ihr Erica kennengelernt habt?«, fragte Petry und rückte auf dem Sitzsack näher an das Bett heran. Jürgen und Hannelore sahen sich an.

»Ich glaub, die ist irgendwann plötzlich in unserer Kommune aufgetaucht«, sagte Jürgen. »Irgendwer hat sie mitgebracht. Wer war das nur …?«

Hannelore nickte versonnen. »Ich meine sogar, es war der Andreas Baader.«

Petry stutzte. »Der RAF-Terrorist?«

»Klar!«

Genau genommen war Baader zusammen mit Gudrun Ensslin und Ulrike Meinhof der Gründer der Terroristenvereinigung »Roten Armee Fraktion«, auch »Baader-Meinhof-Gruppe« genannt, die Anfang der siebziger Jahre die Bundesrepublik mit spektakulären Anschlägen in Atem gehalten hatte, bevor ihre Mitglieder nacheinander gefasst worden waren. Petry wusste, dass Baader ursprünglich aus München stammte.

Jürgen grinste. »Der war damals noch Regieassistent beim Film. Das war so 1966 oder 67, da war er mal länger zu Besuch.«

»Wir waren alle gut befreundet zu dieser Zeit«, sagte Hannelore. »Und Andreas und Erica … ja, ich meine echt, die waren kurz mal zusammen!«

Jürgen breitete die Arme aus und nickte.

»Das heißt, ihr habt alle in einer Kommune gewohnt, in deiner berühmten Schraudolph-Kommune?«, fragte Petry fasziniert. »Auch Erica?«

Hannelore begehrte auf: »Mein Gott, schon wieder dieses Wort! *Gewohnt* habe ich da nie, aber ich bin natürlich ein- und ausgegangen und habe dort auch übernachtet.«

Petrys Mutter hatte erwähnt, dass fast alle bekannten Figuren aus der linken Szene in Kösters Kommune wie auch in den heute legendären anderen Kommunen in München und West-Berlin verkehrt hatten. Es war zu jener Zeit eine überschaubare Szene gewesen, alle hatten einander gekannt.

»Und Erica war eben auch regelmäßig da«, ergänzte Jürgen und nahm Hannelores Hand. »Es waren so wahnsinnig viele Leute dort. Wir waren eine große, sehr diverse Gruppe, und einen *festen* Wohnsitz hatten wir ja gerade nicht. Wer hat den schon jemals …?«

»Wie auch immer«, sagte Petry schnell, bevor Jürgen sich weiter in seine Philosophie versteigen konnte, und wandte sich Hannelore zu. »Ich habe in den Akten gesehen, dass du und Erica einmal zusammen verhaftet und verurteilt worden seid.«

Hannelore blickte betroffen und sah aus, als würde sie gleich wieder anfangen zu weinen. Sie holte sich von einer auf dem Brett bereitliegenden Packung eine Tablette und nahm sie mit einem Schluck Ingwerwasser ein.

»Wegen Erregung öffentlichen Ärgernisses«, fuhr Petry fort. »Was genau habt ihr denn da gemacht?«

Jürgen zog eine Grimasse.

»Ach so, ja, das …«, sagte er versonnen und wandte sich an die Freundin neben ihm. »Magst du es erzählen?«

Hannelore nickte und hielt kurz inne. Sie schien einen Moment zu brauchen, um sich zu sammeln.

»Wir hatten uns eine Aktion einfallen lassen«, erklärte sie dann. »Zum Jahrestag der Hinrichtung der Geschwister Scholl. Es gab eine Gedenkveranstaltung im Lichthof der Ludwig-Maximilians-Universität. Also genau da, wo 1943 der Hausmeister Sophie und Hans Scholl festgenommen hat, weil sie die Flugblätter gegen die Nazibarbarei von der Empore runtergeworfen hatten. Und da saßen nun also die ganzen Würdenträger des bayerischen Freistaats, hielten große Reden, und ein Orchester spielte eine getragene Weise.«

»Und dann haben wir auf sie von oben selbst Flugblätter runtergeschmissen«, berichtete Jürgen stolz. »Darauf stand, wie heuchlerisch die ganze Feier war. Abgehalten ausgerechnet von Leuten, die alle Altnazis waren!«

Hannelore fuhr fort: »Als die Flugblätter hinabsegelten, hörten die Instrumente nacheinander auf zu spielen, bis totale Stille herrschte. Alle starrten nach oben ...«

Jürgen lachte auf. »Und das Absurde war, dass dann genauso wie damals ein Hausmeister kam und *uns* gejagt hat. Wir sind losgerannt, aber zwei von uns haben sie gekriegt und vor Gericht gestellt.«

»Von dir habe ich in den Akten nichts gefunden«, sagte Petry.

»Mich haben sie nicht geschnappt. Ich war ein guter Läufer. Olympiareif«, sagte Jürgen und grinste verschmitzt.

»Aber dich und Erica Mrosko«, sagte Petry zu Hannelore.

»Ja, genau.«

»Und ihr wurdet verurteilt«, sagte Petry. Er versuchte, mit ihnen denselben Tonfall wie damals in Feldkirchen anzuschlagen. »Dabei war das doch im Grunde eher eine Kunstaktion, sogar eine ziemlich coole, so, wie du das erzählst. Ein Happening oder eine Performance?«

»So haben die Behörden das aber nicht gesehen. Die Strafe fand ich damals ziemlich schlimm, so viel weiß ich noch«, meinte Hannelore. »Weil wir das Geld nicht hatten, mussten wir viele Stunden Sozialdienst ableisten und wurden da ziemlich fertiggemacht.« Es schien ihr jetzt, nachdem sie das Medikament eingenommen hatte, wieder besser zu gehen.

»Und danach gab es oft Razzien bei uns in der Kommune«, sagte Jürgen. »Die hatten uns von da an richtig auf dem Kieker, die Bullen – oh, entschuldige das Wort.«

Petry hob die Hand. »Kein Problem. Außerdem bin ich nur Kriminalpsychologe.«

Eines von Petrys Handys vibrierte. Eine Textnachricht. Die anderen bemerkten seine Irritation. Es konnte in diesem Stadium der Ermittlungen etwas Wichtiges sein. Petry holte seine Handys heraus und warf einen Blick auf die Displays. Es war das private Handy: *Nachricht von Sophie.*

»Lies ruhig«, sagte Jürgen mit sanfter Stimme. Er beobachtete Petry sehr aufmerksam. »Wir nutzen die Dinger nicht, aber das ist okay. Auch wenn du antworten willst.«

Das war ein schöner Abend, ein sehr interessanter Anfang. Ich möchte Dich weiter kennenlernen. Bis ganz bald, Sophie.

»Nicht nötig«, sagte Petry. »Darum kümmere ich mich später.«

Er steckte das Handy schnell wieder weg.

Als er wieder hochsah, grinsten ihn die drei freudig und wie wissend an.

»Wie schön, du lernst gerade jemanden kennen«, stellte Jürgen fest. Er sagte es so überzeugt, als hätte er die Nachricht selbst gelesen. »Ich gratuliere dir. Man sollte eigentlich stets verliebt sein, findest du nicht?«

»Ich bin nicht …«, begann Petry und unterbrach sich sofort. Das ging sie nun wirklich nichts an. Doch Jürgen war offenbar jemand, der gerne Rat in solchen Dingen gab. Oder jemand, der das Wissen, das er über jemand anderen mit seinen feinen Antennen erlangt hatte, womöglich auszunutzen imstande war.

»Du darfst nicht zögern, lass mich das sagen. Geh einfach ran und mach eine Erfahrung«, erklärte Gaby lächelnd.

»Ja«, bestätigte Jürgen. »Du bist jemand, der zuletzt etwas ziemlich Trauriges erlebt hat. Das sieht man sofort. Du musst dem etwas entgegensetzen.«

Gegen seinen Willen erstarrte Petry. Ihm war unheimlich zumute.

»Ja, das stimmt«, sagte Hannelore und legte ihm die Hand auf den Arm.

Petry zog ihn weg. Was sollte das hier werden?

»Das ist doch überhaupt nicht das Thema«, sagte Petry und setzte sich mühsam zurecht. Gar nicht so einfach bei einem Sitzsack, er taumelte und fing sich mit der Hand am Küchentresen ab. »Sagt mal, was ist denn mit eurem vierten Mitbewohner hier, diesem Matthias? Er ist dein Ex, Gaby …?«

»Ja. Überlinger heiße ich weiter. Durch ihn hab ich Jürgen kennengelernt, sie sind alte Freunde.« Sie schenkte Jürgen ein strahlendes Lächeln, der erwiderte es. Hannelore daneben nicht.

Petry glaubte es sich auf Anhieb zusammenreimen zu können: Offenbar hatte Jürgen Gaby seinem Freund ausgespannt, dieser hatte eifersüchtig reagiert, so wie auch Hannelore, und das hatte die Spannungen erzeugt. Nun lebten sie hier zu viert in zwei nebeneinanderliegenden Schlafzimmern mit offener Tür, in Hör- und Sichtweite voneinander. Die freie Liebe ohne Verpflichtungen, die sie propagierten, war nur ein Ideal, das in der Praxis meist nicht funktionierte. Petry kannte das schon von Ingrid und ihren früheren Wohngenossen, mit denen er aufgewachsen war. Streit war in Feldkirchen an der Tagesordnung gewesen, man hatte stets versucht, ihn auszudiskutieren wie in einem politischen Plenum, auch wenn es um private Dinge gegangen war.

»Das ist also ein alter Freund? Hat er auch in eurer Kommune gewohnt?«

»Na ja ... So wie ich's vorhin gemeint habe«, sagte Hannelore. »Er ist immer mal da gewesen.«

»Das heißt, dann kannten sich Matthias und Erica auch von früher?«, brachte Petry seine Frage auf den Punkt.

»Klar. Ich glaube sogar, er hatte damals die Idee zu der Aktion«, ergänzte Hannelore.

»Mir war nie ganz klar, ob sie von ihm kam oder von Erica«, erklärte Jürgen trocken. »Er hat aber nur zugesehen, zu mehr fehlte ihm die Traute.«

»Hatte er zuletzt noch Kontakt zu Erica?«

»Nicht dass ich wüsste«, sagte Gaby und sah Jürgen an. Dieser schüttelte ratlos den Kopf.

»Wo ist er denn?«, fragte Petry. »Ich würde gerne auch mit ihm reden.«

»Das wird gerade nicht gehen. Der Matthias ist nicht da«, sagte Gaby.

»Genau genommen wissen wir nicht, wo er ist.« Jürgen zuckte mit den Schultern. »Er ist irgendwie verschwunden.«

»Verschwunden?«, fragte Petry. Ein Blick nach nebenan zeigte ihm, dass die Matratze dort unbenutzt zu sein schien, im Unterschied zu der hier drüben.

»Na ja, wir waren gestern Nachmittag zum Picknick im Luitpoldpark, und als wir dann abends hierher zurückgekommen sind, ist er nicht mit hochgegangen«, sagte Hannelore.

»Er wollte noch was holen gehen und später wieder dazukommen«, ergänzte Gaby. »Er brauchte Blättchen und Tabak, die waren ihm ausgegangen.«

»Aber er ist seither nicht wieder aufgetaucht?«, fragte Petry.

Gaby schüttelte den Kopf.

»Wann am Abend war das denn?«

Die drei dachten angestrengt nach. Jürgen sah zwischen den Frauen hin und her.

»Das kann ich wirklich nicht mehr sagen«, meinte Hannelore.

»Es war auf jeden Fall schon dunkel«, sagte Jürgen.

Derzeit lag der Sonnenuntergang nach halb acht.

»Also eher später? Seid ihr sicher?«, fragte Petry. Der Tod von Frau Mrosko war gegen sieben Uhr eingetreten.

»Klar.« Jürgen nickte leichthin. »So gegen acht.«

»Ich habe echt nicht so drauf geachtet, wir waren ja beschäftigt«, sagte Gaby beinahe schnurrend und sandte Jürgen einen Blick von unten herauf.

»Da haben wir nämlich die Diskussion über Hanneloreş Wut begonnen, mit der wir immer noch befasst waren, als du gekommen bist«, fuhr Gaby fort.

»Bis spät in die Nacht. Da stehen noch die Flaschen.« Jürgen zeigte zur Küche, wo drei leere Rotweinflaschen derselben Marke beisammenstanden. Es war billiger Merlot aus dem Supermarkt.

»Und danach haben wir uns geliebt«, sagte Hannelore träumerisch und strich mit der Hand über das Bettlaken.

»Verstehe«, sagte Petry. »Danke für eure Offenheit. Seit gestern Abend habt ihr also nichts mehr von Matthias gehört?«

»Nein, aber das macht er öfter«, beschwichtigte Jürgen ihn. »Matthias fährt immer mal unangekündigt weg, zum Meditieren aufs Land mit seinem VW Bully oder auch in die Toskana.«

»Du meinst also eher, er ist weggefahren?«

»Er ist ein sehr spontaner Mensch und will dann für sich sein.«

»Kann man ihn irgendwie erreichen?«

Gaby nickte. »Er hat ein Handy. Ich hab versucht, ihn anzurufen, aber er ist nicht rangegangen, nur seine Mailbox. Ich hab ihm draufgesprochen. Bisher hat er nicht zurückgerufen.«

»Matthias braucht wohl einfach ein bisschen Abstand«, erklärte Jürgen.

»Wie gesagt, wir haben halt über Besitzansprüche diskutiert, die wir überwinden wollen«, sagte Gaby. Hannelore nickte ein wenig abwesend zur Bestätigung.

»Ihr macht euch also keine Sorgen um ihn?«

»Nein, der kommt schon wieder, wenn er so weit ist.«

»Wie heißt er denn mit vollem Namen? Und habt ihr ein Foto von ihm?«

Hannelore schwang sich nach oben und griff an den Kühlschrank, wo zahlreiche Fotos, Flyer, Notizzettel und Ähnliches befestigt waren.

»Matthias Winter. Hier, das ist er.«

Sie reichte Petry das Foto. Darauf waren die vier Mitbewohner zu sehen, um einiges jünger aussehend und bei einem sommerlichen Treffen im Park. Winter war ein großer Mann mit kurz geschorenen grauen Haaren, im Alter von Jürgen Köster, doch einen Kopf größer als der schmale Asket neben ihm und viel kräftiger, ein Bär von einem Mann.

»Ich nehme das mal mit, in Ordnung? Und schreibt mir doch bitte seine Handynummer auf.«

Hannelore notierte sie mit einem Bleistift auf einen vergilbten Notizzettel.

Petry stand taumelnd auf und nahm ihn entgegen. Er hatte weiche Knie vom verkrampften Dasitzen.

»Wahrscheinlich hat er eine neue Flamme«, sagte Jürgen. »So wie du, Petry. Wir wünschen dir auch Liebe, und viel Erfolg damit … Und wenn du drüber quatschen willst, komm gerne wieder vorbei. Jederzeit.«

Jürgen reichte ihm von unten die Hand. Petry ergriff sie und drückte sie kurz. Er hatte sich schon zum Gehen gewandt, als er sich nochmals umdrehte.

»Ach, eine Frage noch …«

»Ja, bitte?«

»Was ist Matthias Winter denn von Beruf?«
»Er ist Maler«, sagte Gaby.
Und Köster fügte mit Nachdruck hinzu: »Ein ziemlich guter sogar!«

5

Petry war in Gedanken noch bei den Neuigkeiten, die er gerade erfahren hatte, als er aus dem Hauseingang trat und auf seine Vespa zuging. Während er den Behälter unter der Sitzbank aufschloss und seinen Helm hervorholte, fiel sein Blick auf die andere Straßenseite. Dort war ein weißer vw Golf geparkt. Zwei Männer saßen darin. Das Licht einer Straßenlaterne fiel auf sie. Sie waren relativ jung, nicht älter als Ende zwanzig, und trugen ihre Haare raspelkurz geschnitten. Der Blick des Fahrers traf den von Petry, und irgendetwas daran ließ diesen stutzen. Es war ein äußerst nervöser Blick, geradeso als fühlte sich der Mann in dem geparkten Auto ertappt.

Petry hielt kurz inne und überquerte dann, den Helm in der Hand, die Straße, um zu dem Wagen zu gehen. Es war reiner Instinkt, und Petry wusste noch nicht, warum er es tat oder was er die Männer in dem weißen Wagen fragen würde. Er hatte die kleine Wohnstraße noch nicht zur Hälfte überquert, als der vw hastig angelassen wurde und mit quietschenden Reifen aus der Parklücke fuhr. Petry machte einen Satz rückwärts, während der vw mit aufjaulendem Motor vor ihm vorbeifuhr und die Clemensstraße Richtung Osten jagte.

Schnell kehrte Petry um und rannte zu seiner Vespa, wobei er sich den Helm aufsetzte. Er startete sie, gab Gas und nahm die Verfolgung auf. Mit einer Vespa einem Auto zu folgen war kein besonders vielversprechendes Unterfangen, doch er wollte zumindest versuchen, näher heranzukommen und einen Blick auf das Kennzeichen zu werfen.

Er hatte auf die Schnelle nur gesehen, dass es eine Münchner Nummer war. Mit einem Röhren fuhr die Vespa die Straße entlang, Petry holte alles aus ihrem 4-PS-Motor heraus. In der Ferne sah er eine Ampel vor sich, die auf Rot geschaltet war, und davor, zum Halten gezwungen, stand der weiße VW. Petry beschleunigte so stark, wie seine Primavera es hergab. Der Tacho zeigte 47 km/h. Er näherte sich dem weißen Wagen.

Eine Trambahn erreichte soeben die Kreuzung auf der Belgradstraße. Sie hatte freie Fahrt, während der VW immer noch an der roten Ampel warten musste. Erst als Petry sicher war, dass er nah genug an ihn herankommen würde, begann er zu bremsen, gerade noch rechtzeitig, um hinter ihm halten zu können. Im selben Moment gab der VW Gas und überquerte die noch immer rote Ampel. Petry konnte das beleuchtete Kennzeichen gerade noch lesen: *M-PQ 6499*. Schon schlidderte der Wagen vor der Straßenbahn nach rechts um die Kurve. Die Tram hielt abrupt an, ließ ein Warnsignal hören, und ihre Bremsen schrillten. Petry erreichte die Ampel, als sie auf Grün sprang, und so gab er Gas und fuhr an der noch immer haltenden, wie böse sirrenden Tram vorbei auf die große Straße Richtung Innenstadt. In der Ferne sah er den VW als weißen Farbfleck scharf nach links in eine Seitenstraße abbiegen. Petry würde ihn nicht mehr einholen können. Er beschloss, die Verfolgung aufzugeben. Er hatte bekommen, was er wollte. Nur die Frage, warum der Fahrer des Wagens dort gelauert hatte und so plötzlich geflüchtet war, blieb offen.

Petry stellte die Vespa am Straßenrand ab und holte sein Handy heraus. Er schrieb das Autokennzeichen in die Notizen-App, dann wählte er die Nummer von Alina Schmidt. Es klingelte acht Mal, dann schaltete sich die Mailbox ein.

»Hier ist Petry«, sagte er knapp. »Bitte rufen Sie mich dringend zurück, ich habe Neuigkeiten.«

Kaum hatte er aufgelegt, klingelte sein Handy.

»Alina Schmidt«, sagte sie gehetzt. »Sie haben mich eben angerufen, Petry? Was gibt es denn?« Es sollte besser etwas Wichtiges sein, schwang in ihrer Stimme mit. Im Hintergrund konnte Petry das Greinen eines Kleinkinds hören, dazu einen Mann, der es zu beruhigen versuchte.

»Ich war eben bei Hannelore Reitwein«, berichtete Petry. »Sie wohnt in einer Art Senioren-WG alter Kommunarden, die fast alle Erica Mrosko von früher kannten. Sie hat sie gestern nur angerufen, um nach einem Buch zu fragen, aber mir kam etwas anderes seltsam vor. Ein Mitbewohner, ein alter Freund von Erica Mrosko, ist seit gestern Abend verschwunden und nicht mehr erreichbar.

Aber was noch seltsamer ist: Vor dem Haus der Wohngemeinschaft habe ich dann einen Wagen stehen sehen, einen weißen VW, mit zwei jungen Männern. Es sah so aus, als würden sie das Haus beobachten, und als ich zu ihnen gehen wollte, sind sie schleunigst davongerast.«

»Ein weißer Wagen …«, wiederholte Alina.

»Ja, so wie der, der vor der Buchhandlung gesehen worden sein soll, im Zusammenhang mit dem zerstörten Schaufenster und den Hakenkreuz-Schmierereien. Die Männer sahen aus, wie man sich Rechte vorstellt, in aller Vorsicht gesagt. Kurzhaarschnitte, brutale Gesichter.«

»Sie meinen, es könnten dieselben sein?«, fragte sie.

»Und vielleicht belauern oder bedrohen sie noch andere alte Linke«, sagte Petry. »Und haben eventuell jemanden entführt oder was auch immer, zumindest lässt sich das nicht ausschließen.«

Alina Schmidt brummte etwas. »Das erscheint mir alles noch zu vage. Wie gut haben Sie die Männer gesehen?« Das Geschrei im Hintergrund wurde lauter.

»Nicht sehr gut, aber zumindest den Fahrer würde ich wiedererkennen. Und ich habe das Kennzeichen notiert.«

Für einen Moment herrschte Stille.

»Gut. Dann sagen Sie mir die Nummer. Wir ermitteln den Halter.«

Petry gab sie ihr durch.

»Gefahr im Verzug sehen Sie nicht, Frau Schmidt?«

»Im Moment nicht. Natürlich werden wir dem nachgehen, aber dass dieser Mann wirklich verschwunden ist und dass das etwas mit jenen Männern im Wagen zu tun haben könnte, ist im Moment doch nur reine Spekulation, Petry.«

»Zugegeben. Seine Mitbewohner selbst sagen, es sei völlig normal, dass er, ohne Bescheid zu sagen, eigene Wege geht und nicht erreichbar ist. Er heißt Matthias Winter.«

»Behalten Sie doch im Auge, ob er wieder auftaucht oder es demnächst etwas Neues zu Winter gibt. Gegebenenfalls kümmern wir uns dann darum.«

Das Kindergeplärr setzte unvermittelt mit großer Lautstärke ein, und Alina Schmidt legte schnell und grußlos auf.

Petry zog aus der Tasche den Zettel, auf dem Hannelore Reitwein die Mobiltelefonnummer von Matthias Winter notiert hatte.

Nach dreimaligem Klingeln meldete sich die Mailbox. Nach dem Piepton sagte Petry: »Hallo, Herr Winter, hier ist Felix Petry von der Kripo München. Ich habe ein paar dringende Fragen an Sie. Bitte rufen Sie mich doch sofort zurück, wenn Sie diese Nachricht gehört haben.«

6

Petry musste nur ein kleines Stück zurück nach Süden fahren, dann erreichte er den Altbau am Kurfürstenplatz, in dem sich seine Wohnung befand.

Er stieg in den zweiten Stock und schloss auf.

Als Petry sein Appartement betrat, spürte er wie so häufig in sich die unwillkürliche Erwartung, dass Ricarda noch immer hier lebte. Dass sie in der Küche oder im Wohnzimmer sitzen, von einem Buch hochsehen und ihn strahlend begrüßen würde, auch zwei Jahre nach ihrem Tod. Petry versuchte sich wie immer auf das Hier und Jetzt zu konzentrieren und sich mit dem Gedanken zu trösten, dass ihm die gemeinsame Zeit mit Ricarda stets bleiben würde.

Es war eine gemütliche Wohnung mit hohen Decken, knarzenden Parkettfußböden und zwei Zimmern mit Bad und einer Küche sowie einem winzigen Balkon, der nach hinten zum Hof hinausging und auf dem ein Topf Basilikum von Italien träumte.

Petry ging in die kleine Küche, schaltete den Wasserkocher ein und bereitete sich einen marokkanischen Minztee zu. Er hätte eher Lust auf ein Glas Rotwein gehabt, aber zu Hause und alleine Alkohol zu trinken, hatte er sich verboten, nachdem er in der ersten Zeit nach Ricardas Tod eine Weile ziemlich viel getrunken hatte. Er hatte nicht mal ein Bier im Kühlschrank.

Die schokoladenbraune Couch im Wohnzimmer war immer noch die, die Ricarda und er gemeinsam ausgesucht hatten, und das Bett war immer noch das, in dem Ricarda neben ihm gestorben war; in dem sie zuvor so viele glückliche Nächte gemeinsam verbracht hatten, acht Jahre lang.

Petry hätte die Wohnung gewechselt, wenn es eine realistische Hoffnung darauf gegeben hätte, etwas Bezahlbares in ähnlicher Lage zu finden. Doch in Schwabing war das ebenso undenkbar wie in anderen Münchner Vierteln, also musste er mit den Erinnerungen zurechtkommen. Außerdem war ihm die schöne Umgebung längst ans Herz gewachsen. Als er im Alter von vierzehn Jahren mit seiner Mutter vom Land hierhergezogen war, hatte ihm das Leben in der Stadt eine vollkommen neue Welt erschlossen, und er hatte es auf Anhieb gemocht.

Mit der Landkommune dreißig Kilometer außerhalb Münchens verband er von seinen ersten bewussten Erinnerungen an eine unübersehbare Großfamilie, die aus Leuten jedweden Alters bestand, Kinder ebenso wie alte Menschen. Alle duzten sich und betrieben gemeinsam einen Biohof, wo viele Tiere lebten: Hunde, Katzen, Hühner, Esel, Ziegen, Pferde, Schweine. Ständig kam jemand hinzu oder ging weg, und Ingrid hatte häufig wechselnde Partner, wobei Petry nicht immer den Überblick behielt und es meist nicht erklärt bekam, wenn jemand von heute auf morgen aus ihrem Leben verschwunden war. Petry wurde antiautoritär erzogen und ging im Kinderladen der Kommune zur Schule, wurde also im Grunde von der gesamten Gruppe unterrichtet, bis er dreizehn war.

Dann lernte Ingrid Mitte der neunziger Jahre Daniel Baumann kennen, der auf ihrem Biohof das Gemüse und Obst und die Eier für sein Münchner Restaurant einkaufte. Die Liebe zu nachhaltigen Lebensmitteln und gesundem Essen und die Sinnlichkeit des Kochens hatten die beiden einander wie magisch nahegebracht, und bald hatte Ingrid für Daniel die Kommune aufgegeben und sich auf eine feste Beziehung mit ihm eingelassen. Sie und ihr Sohn waren nach München gezogen, in die Stadt, aus der Ingrid ursprünglich stammte. Hier wohnten sie dann als Familie, in der Wohnung direkt über dem Restaurant, wo Ingrid und Daniel noch heute lebten, und Petry besuchte ein Gymnasium, eine Waldorfschule. Dabei war ihm alles geordneter und überschaubarer erschienen als auf dem Land, und das Familienleben tat ihm gut, gab ihm in der Pubertät Halt und Orientierung. Ingrid begann, im Shalom mitzuarbeiten, und Petry hatte zum ersten Mal eine feste Vaterfigur. In der Pubertät hatte ihn diese willkommene Normalität gegen das vorige Lebensmodell seiner Mutter und gegen die Waldorfschule rebellieren lassen, die ihn trotz allem mit ihrem kreativen Konzept einer freien Entfaltung der Persönlichkeit prägte. Dank der verlässlichen Bezugspersonen und der klaren Abläufe durchlebte er eine zufriedene Jugend. Und auch später als Erwachsener, als er nicht mehr bei den Eltern wohnte, ging er regelmäßig und gerne ins Shalom. Und dort hatte Petry dann eine Frau kennengelernt, die zu dem passte, der er geworden war.

Vor zehn Jahren war er auf die neue jüdische Köchin gestoßen, Ricarda Meyer. Sie prallten buchstäblich zusammen, und ein Teller mit Wiener Schnitzel, den Ricarda eben zu einem Tisch hatte bringen wollen, ging dabei mit lautem Geklirr zu Bruch. Erst stritten sie darüber, wer schuld war, sie blitzte ihn mit ihren dunklen Augen unter der von einem Kopftuch gebändigten schwarzlockigen Mähne wütend an, doch als sie dann gemeinsam die Scherben auflasen, konnten sie schon darüber lachen. Er half ihr, ein neues Schnitzel in Butterschmalz auszubraten, und stellte sich dabei so geschickt an, dass sie ihm fasziniert über die Schulter sah. Als die letzten Gäste und auch Daniel und Ingrid gegangen waren, saßen Ricarda und Petry noch lange zu zweit an einem Tisch und redeten sich die Köpfe heiß – über Kochrezepte, die jüdische Küche und München, wo Ricarda geboren worden war und das sie als ihre Heimat betrachtete. Sie erzählte, dass sie ihr Leben lang zwischen Bayern und Tel Aviv, wo ihre Familie und inzwischen auch ihre Mutter lebte, hin- und hergependelt war, bis sie nach ihrem Militärdienst in Israel endgültig zurückkehrte. Sie sprachen über seine Kindheit und Jugend in der Kommune und ihre in einem Kibbuz in Israel – sie hatten es beide geliebt, Ziegen zu melken –, über ihre ungewöhnlichen Lebenswege und alles mögliche andere. Als draußen die Sonne bereits wieder aufging, erschraken sie erst, dann lachten sie – und küssten sich. Von diesem Tag an waren sie Hals über Kopf ineinander verliebt, und bald zog sie hier bei ihm in seine Wohnung am Kurfürstenplatz ein. Trotz ihrer unterschiedlichen und jeweils sehr ausgedehnten Arbeitszeiten war es eine äußerst harmonische, erfüllende Beziehung, und beide versprachen sich, für immer zusammenzubleiben.

Nur war dann vor zwei Jahren etwas Furchtbares dazwischengekommen.

Petry ging mit dem Tee ins Wohnzimmer und zog sein privates Handy hervor. Noch einmal las er die Nachricht, die Sophie ihm geschickt hatte. Dann wählte er ihre Nummer. Sie ging nach dem zweiten Klingeln dran.

»Petry …« Sie klang erfreut und noch nicht schläfrig.

»Ich wollte mich für deine Nachricht bedanken«, sagte er.

»Mir geht es genauso. Ich will dich auch weiter kennenlernen. Und ich wollte dir etwas erzählen, vorhin wurden wir ja unterbrochen.«

»Das finde ich gut«, sagte Sophie.

»Du hast gefragt, warum ich Single bin. Ich war sehr glücklich mit meiner Freundin, acht Jahre lang. Vor zwei Jahren ist sie gestorben. Ganz plötzlich, mit vierunddreißig, an einem unerkannten Aneurysma, einem Blutgerinnsel in ihrem Gehirn, von dem wir nichts wussten.«

»Das tut mir sehr leid, Petry«, sagte sie mit brüchiger Stimme, die ihm ganz nah vorkam.

»Sie lag einfach eines Morgens tot neben mir im Bett. Das Blutgerinnsel war nachts geplatzt, und daran ist sie gestorben, wie später festgestellt wurde.«

»Das muss wirklich schlimm für dich gewesen sein.«

»Ich konnte ein halbes Jahr lang nicht arbeiten. Zum Glück waren alle sehr verständnisvoll, und ich konnte mich an die Kollegen vom Zentralen Psychologischen Dienst wenden. Die sind eigentlich dafür zuständig, Polizisten nach Gewalterfahrungen oder bei sonstigen Problemen zu beraten. Ich habe dort während meines Studiums ein Praktikum gemacht. So bin ich überhaupt erst darauf gekommen, zur Polizei zu gehen.«

»Das also hat deine Mutter gemeint, als sie sagte, du wärst erst jetzt bereit für eine neue Beziehung«, sagte Sophie. »Wir haben uns noch länger unterhalten.«

Petry lächelte. »Ingrid ist manchmal ein bisschen übergriffig, aber sie meint es gut.«

»Ich finde es schön, dass du mir das erzählst«, sagte sie. »Mein Mann hat nicht mit mir geteilt, was ihn bewegt hat, er war beruflich viel unterwegs, und irgendwann ist unsere Ehe zerbrochen.«

»Das kann ich gut verstehen.«

»Deine Mutter hat auch erzählt, dass ihr in einer Kommune gelebt habt, bis du dreizehn warst. Wie war es denn für dich, dort aufzuwachsen?«, sagte Sophie.

»Es war in Ordnung für mich, ich kannte es nicht anders, aber offenbar hat es in mir eine Sehnsucht nach Normalität geweckt, nach Familienleben«, sagte Petry und lehnte sich in die Couch zurück. »Ich kenne meinen Vater nicht, und meine Mutter sagt nur, dass drei verschiedene Männer infrage gekommen sind.«

»Wie kam es denn, dass du mit dieser Vergangenheit zur

Polizei gekommen bist? Das klingt für mich wie ein Gegenkonzept zu deiner Jugend.«

»Ebendeswegen, ich wollte etwas ganz anderes machen. Also habe ich, statt Künstler zu werden, ganz solide studiert, Psychologie. Und dann bin ich sogar Beamter geworden.«

»Du bist aber kein typischer Beamter, Petry«, sagte Sophie mit einem Lachen in der Stimme.

»Stimmt. Bei der Polizei habe ich nämlich gemerkt, dass ich mich mit einem normalen Arbeitsalltag im Büro schnell langweile. Ich wollte freier arbeiten, intuitiver, im direkten Kontakt mit Menschen. Wahrscheinlich ist da doch meine Prägung durchgekommen, und ich musste die kreative Seite meiner Persönlichkeit ausleben.«

»Vielleicht bist du in deiner tiefsten Seele ein Bohemien.« Sophie lachte erneut.

»Jedenfalls habe ich dann in der JVA Stadelheim Sexualstraftäter therapiert, da waren auch Mörder dabei. Über meine Gutachten wurde dann die Operative Fallanalyse auf mich aufmerksam und bot mir an, bei ihnen an Mordfällen zu arbeiten.«

Dieses Angebot war genau zur richtigen Zeit gekommen. Die spezielle Ausbildung hatte ihn begeistert, vor allem die Einführung in neue, innovative Methoden, die das FBI entwickelt hatte. Um sie zu erlernen, reiste er extra nach Amerika. Sie verlangten zum Beispiel ein tiefes Einfühlen in die Tatbeteiligten unmittelbar am Tatort, das dem vollständigen Sich-Hineinversetzen eines Schauspielers in seine Rolle ähnelte, und Petry hatte auf Anhieb das Gefühl, dass dieses Vorgehen ihm lag. Gleich beim ersten Fall, an dem er mitwirkte, konnte er helfen, einen Verdächtigen als Mörder zu überführen. Und er erzielte immer neue Erfolge als Fallanalytiker. Das Kind aus der Kommune, das kein geregeltes Leben gekannt hatte und das unkonventionell zu denken gewohnt war, aber stets eine große Sehnsucht nach geordneten Bahnen und zielgerichteter Arbeit verspürte, hatte seine Berufung gefunden.

»Und damit bin ich jetzt absolut glücklich«, schloss er.

»Und wie gehst du bei deinen Fällen genau vor? Das kann ich mir auf Anhieb noch nicht so richtig vorstellen.«

Petry erzählte ihr von seinem letzten Fall, den Rattenhuber im Beisein von Alina Schmidt angesprochen hatte. Er war lange allen Ermittlern als äußerst rätselhaft erschienen: ein ermordeter Gynäkologe, eine unklare Verdachtslage, und auch die Tathergangsanalyse hatte nicht viele Erkenntnisse gebracht. Schließlich war Petry die Idee gekommen, sich einmal mit einer Frau aus dem Freundeskreis des Opfers zu unterhalten. Sie war die Frau des besten Freundes des Gynäkologen, und während Petry sich mit ihr unterhielt, begann er eine These zu entwickeln, die ihm selbst anfangs sehr gewagt erschien. Dann befragte er die zunehmend nervöser wirkende Frau so einfühlsam, dass sie ihm seinen Verdacht schließlich bestätigte: Sie war schwanger. Weinend brach sie zusammen und erzählte die ganze Geschichte: dass das Mordopfer ein Verhältnis mit der Frau seines besten Freundes gehabt und sie darüber hinaus auch noch geschwängert hatte. Da jedoch ihr Liebhaber, der Gynäkologe, nicht im Traum daran dachte, zu ihr und dem Kind zu stehen, sondern ihr vielmehr seine fachliche Hilfe für eine Abtreibung anbot, kam es zu heftigem Streit und zur Trennung. Als daraufhin die verzweifelte Schwangere ihrem Ehemann alles beichtete, hatte er seinen früheren Freund und Golfpartner zur Rede gestellt und dann in spontaner Wut aus dessen stets gepackt bereitstehender Golftasche den Schläger gezogen und eingesetzt. Ein Eifersuchtsdrama unter Ärzten also, eine Auflösung, die die Presse natürlich groß ausschlachtete. Petrys Name war dabei überall erwähnt worden, nicht nur im *Kurier*. Ihm selbst hatte die Klärung dieses Falles im letzten Jahr vor allem bewiesen, dass er trotz seiner Probleme weiter einen guten Job machen konnte.

»Ich finde das unheimlich spannend«, sagte Sophie und gähnte im nächsten Moment. »Aber ich glaube, ich muss jetzt allmählich mal schlafen.«

Petry blickte auf die Uhr und sah, dass es bereits kurz vor eins war. »Tut mir leid. Ich schlafe nicht so viel, aber das geht ja nicht allen so.«

»Lass uns bald weiterreden«, schlug Sophie vor. »Wenn du magst, komm einfach mal bei mir vorbei, morgen nach der Arbeit zum Beispiel. Ich wohne in der Georgenstraße 86.«

»Gut, ich werde es versuchen, Sophie«, sagte Petry. »Schlaf gut.«

»Du auch.«

Mit dem Einschlafen hatte er jedoch immer noch seine Probleme, trotz der Johanniskraut- und Baldrianpillen, die ihm dabei helfen sollten.

Als er sich vor anderthalb Jahren einigermaßen gefangen und seine durch den Todesfall ausgelöste Anpassungsstörung überwunden hatte, fing er wieder an zu arbeiten und stürzte sich regelrecht auf die Fälle, die ihm halfen, die Gedanken an Ricarda zu verdrängen. Und das würde er auch jetzt tun.

Er stellte sich vor dem Bücherregal auf. Hier musste er anfangen nachzuforschen, um auf eine mögliche Verbindung zwischen Ricarda und der Buchhändlerin zu kommen. Die meisten der Bücher hatten Ricarda gehört. Petry legte den Kopf schräg und sah sich die Titel durch. Nach längerer Suche hatte er ein Dutzend Bücher identifiziert, die Ricarda in der Buchhandlung am Habsburgerplatz gekauft hatte. In zweien fand er den Kassenzettel, auf acht von ihnen einen Bestellaufkleber mit Ricardas Namen und dem des Ladens.

Vermutlich hatte Ricarda es nicht einmal geschafft, alle davon zu lesen. Es waren Romane und Sachbücher, ein Buch über Yoga und mehrere Kochbücher. Besonders aufmerksam betrachtete Petry *Der Baader-Meinhof-Komplex*, das Standardwerk von Stefan Aust über die Geschichte der RAF. Es sah zerlesen aus, und Ricarda hatte es über Frau Mrosko bezogen. Hatten Ricarda und die Buchhändlerin ausführlich darüber diskutiert? War deren Vergangenheit zur Sprache gekommen? Auch er selbst hatte das Buch früher einmal gelesen, fasziniert und gleichzeitig befremdet von der Radikalisierung dieser Menschen, die in Gewalt und Terrorismus abgedriftet waren. Doch seine Lektüre hatte vor Ricardas Zeit gelegen, er und sie hatten darüber nicht gesprochen.

Als Nächstes ging er zu der kleinen Abstellkammer im Flur und holte den Karton hervor, in dem er Ricardas Nachlass aufbewahrte, die Dinge von ihrem Nachttisch und persönliche Gegenstände. Zwei Jahre lang hatte er sie sich nicht mehr angesehen. Er nahm ihr Handy und schaltete es ein. Im E-Mail-Programm fand er über die Sucheingabe ein paar Mails an die Buchhandlung, doch es waren lediglich Bestellungen, keine persönlichen Nachrichten. Frau Mrosko war nicht computeraffin gewesen, fiel ihm wieder ein. Auch Anrufe von ihr oder an sie waren nicht verzeichnet. Er atmete durch und holte weitere Gegenstände aus dem Karton, breitete die Sachen nacheinander auf der Couch aus. Eine Haarbürste mit ihren schwarzen Haaren daran, ihre Armbanduhr, eine Kette mit dem Davidstern ... Er spürte einen dumpfen Schmerz in der Herzgegend, diese Dinge machten ihn nur traurig. Er packte sie wieder ein und stellte den Karton zurück in die Kammer.

Petry setzte sich an den kleinen, schmalen Küchentisch, an den gerade zwei Leute passten, und schaltete den Laptop ein. Nein, die Umstände seines letzten Falles ließen keinerlei Bezug zu Erica Mrosko erkennen. Also würde er seine älteren Fälle noch einmal durchgehen, anhand seiner Notizen, einzelne Puzzleteile, deren Zusammenhang sich ihm erst nach und nach erschlossen hatte. Alina Schmidt hatte recht, vielleicht fand er ja dort irgendwo eine Verbindung zu Frau Mrosko.

Diese junge Hauptkommissarin war zwar nicht unfreundlich, aber etwas widerwillig mit ihm umgegangen. Für sie war er als Fallanalytiker nur ein weiterer Mitarbeiter, und solange er nichts lieferte, was ihr weiterhalf, musste sie die Zeit begrenzen, die sie ihm widmete. Sie würde ihren ersten großen Fall sicher sehr ehrgeizig angehen. Jedenfalls hoffte er, dass sie nicht als Tochter eines prominenten Vaters ohne viel Mühe Karriere machen wollte, und auch, dass sie sich nicht als so verbohrt und stur erweisen würde wie dieser. Trotzdem sah Petry die Konflikte schon voraus, die er mit dieser Alina Schmidt würde austragen müssen. Die Kämpfe, die nötig wären, um die neuesten Informationen von ihr zu bekommen, die er für seine Arbeit brauchte. So war es immer für ihn, er war nun mal ein Außenseiter bei der Mordkommission, und so wurde er auch behandelt. Selbst sein Chef Rattenhuber sah bei allem Wohlwollen immer noch mit unausgesprochener Skepsis auf seine Methoden, die keiner so recht verstand.

Petry gähnte und streckte sich. Er ging zu der braunen Couch und legte sich der Länge nach hin, dann schloss er die Augen und ließ die Gedanken frei fließen. Er dachte darüber nach, ob irgendwann in einem seiner Fälle eine Buchhandlung eine Rolle gespielt hatte. Dies war jedoch nie vorgekommen, sosehr er auch in seinem Gedächtnis kramte.

Ein Fall fiel ihm ein, der mit alten Menschen zu tun gehabt hatte. Ein Ehepaar, das gemeinsam tot im Bett aufgefunden worden war, beide über achtzig Jahre alt und mit tödlichen Schusswunden. Drei Jahre war das her. Was zunächst wie ein Doppelmord ausgesehen hatte, hatte sich anders erklärt. Der Mann hatte seine gleichaltrige Frau im Schlaf ermordet und dann Selbstmord begangen. Die Autopsie hatte ergeben, dass er sehr krank gewesen war und nicht mehr lange zu leben hatte. Offenbar hatte der Mann, den Tod vor Augen, seine Frau nicht allein zurücklassen wollen. Vermutlich hatte er diese Entscheidung gegen ihren Willen getroffen, doch Genaueres war nicht mehr festzustellen.

Petry überlegte weiter. Seine Gedanken wanderten zu der Toten. Er dachte an ihre verwaiste Buchhandlung, an ihr Engagement gegen Rechtsradikale, dann an die Flugblattaktion zum Gedenken an die Geschwister Scholl in den frühen sechziger Jahren, für die sie und Hannelore verurteilt worden waren und die er in all ihrer Ironie sehr einfallsreich und mutig fand. Dann an ihre Beziehung zu Andreas Baader, dem späteren Terroristen, von der ihre Freunde in der Wohngemeinschaft berichtet hatten. Hatte die Buchhändlerin auch Ricarda von alledem erzählt? War so eine Freundschaft entstanden? Hatte Ricarda Erica Mrosko darauf hingewiesen, dass ihr Freund bei der Mordkommission arbeitete? Hatte die Frau ihren Brief deshalb an ihn adressiert, oder wollte er das nur glauben, weil er Ricarda posthum eine Rolle in dem Fall zuweisen wollte?

Noch einmal sah er die tot daliegende alte Frau mit den hennaroten Haaren vor sich. Irgendwie rührte sie ihn. Sie war nur wenig älter als seine Mutter, und er konnte sich vorstellen, dass sie als junge Frau ähnliche Kämpfe durchlebt hatte wie Ingrid. Er würde alles einsetzen, um ihre Ermordung aufzuklären.

Irgendwann nach drei Uhr schrak er hoch und merkte, dass er auf der Couch eingenickt war. Petry schleppte sich ins Bett und schlief traumlos immerhin gut vier Stunden; mehr, als er gewohnt war.

7

Als Petry am nächsten Morgen nach dem Duschen seinen ersten Espresso trank, den er in seiner Schraubkanne zubereitet hatte, begutachtete er durch das weit geöffnete Fenster, wie im Hinterhof die Bäume neue Blätter austrieben. Es versprach ein warmer Tag zu werden, die Luft roch verheißungsvoll nach Frühling.

Er lief hinüber zum Café am Kurfürstenplatz. Hier frühstückte er seit Ricardas Tod häufig, denn zum ersten Mal in seinem Leben war er alleine, und es tat ihm gut, im Café Menschen um sich zu haben. Er überdachte dabei stets den Stand seiner jeweiligen Ermittlungen und machte eine Art Brainstorming für die nächsten Schritte.

Er ergatterte noch einen Platz am Fenster, an dem er in der Sonne sitzen konnte, bestellte wie immer einen O-Saft, zwei Spiegeleier und eine Brezn. Die Bedienung war eine kurvenreiche Brasilianerin namens Fabiana, die kein unnötiges Wort redete und trotzdem horrende Trinkgelder einstrich. Wie es seine Art war, hatte Petry es geschafft, sie zum Plaudern zu bringen, und ihr entlockt, dass sie an der Filmhochschule studierte und Regisseurin werden wollte. Und, dass sie Single war.

Anfangs hatte sie ihn gefragt, ob sie mal miteinander ausgehen sollten, doch obwohl er sie sehr attraktiv fand, hatte er damals gemerkt, dass er noch nicht bereit dafür war. Seither begrüßten sie sich stets freudig wie gute Freunde.

»Na? Hast du endlich mal jemanden kennengelernt?«, fragte Fabiana. »Du musst nicht alleine bleiben, weißt du.«

»Ich probiere es neuerdings.«

»Und? Funktioniert es?«

»Das weiß ich noch nicht. Wie geht es dir?«

»Ein gewisser junger Mann macht mich gerade wahnsinnig!«

Petry wusste, dass es sich um den Türsteher des Pi handelte, einen Mann mit der Statur eines Basketballspielers, der jedoch immer noch an seiner Ex-Freundin hing.

Als sie ihm sein Frühstück gebracht hatte, aß er rasch, während er mit stillem Vergnügen die Leute um sich herum beobachtete.

Erst jetzt betrat wie üblich »J.R.« das Café, ein Sechzigjähriger, der stets einen weißen Anzug, Cowboystiefel und einen riesigen breitkrempigen Texanerhut trug, ähnlich wie der gleichnamige Bösewicht in der Fernseh-Soap *Dallas*, was dem Mann seinen Spitznamen verliehen hatte. Er hielt einen depressiven weißen Spitz an der Leine, und draußen auf dem Bürgersteig geparkt stand sein protziges knallrotes Cabriolet, ein amerikanischer Straßenkreuzer mit Heckflossen. Er war eigentlich aus Franken, das erkannte man an der Art, wie er »Prroseggo« bestellte. Er hatte eine Brauerei geerbt und mit Millionengewinn verkauft. Danach hatte er in seinem Traumland, den USA, gelebt, wie er Petry einmal nach Genuss von drei Gläsern berichtet hatte.

Bei derselben Gelegenheit hatte J.R. auch erzählt, dass seine amerikanische Freundin durch einen Autounfall mitten aus dem Leben gerissen worden war. Seither sprachen sie manchmal über dieses Schicksal, das sie verband. Es half Petry, sich mit jemandem auszutauschen, der seine Gefühle verstand. Nach dem Tod seiner Freundin war J.R. in den USA so unglücklich gewesen, dass er es dort nicht mehr ausgehalten hatte und nach München zurückgekehrt war. In Erinnerung an seine große Liebe trug er aber weiter sein Cowboy-Outfit. Er tat einfach so, als wäre Bayern das bessere Texas.

»Ich bin heute total unausgeschlafen«, begrüßte er Petry. »Wie geht es dir damit?«

»Du musst nach vorne schauen!«, versuchte Petry ihn zu trösten.

»Ach so, das meine ich nicht.«

J.R. bezog sich auf die Bauarbeiten, die seit einigen Monaten eine Kreuzung weiter an der Herzogstraße stattfanden und deren Lärm bis hierher drang. Erst hatten Arbeiter dort einen hässlichen Sechziger-Jahre-Bau plattgemacht, nun hoben sie mit ebenso lauten und schweren Maschinen eine riesige Grube aus, was auch Petry, wenn er die Fenster offen ließ, frühmorgens aus dem Schlaf riss. Erst neulich waren sie darauf gekommen, dass J.R. ebenfalls nicht weit davon entfernt wohnte und es ihm ebenso erging. Und er wusste noch mehr: Dort entstand laut Werbeschild ein »Herzog-Karree« mit exklusiven Luxuswohnungen samt Tiefgarage, das augenscheinlich den Tatbestand eines weiteren architektonisch-ästhetischen Verbrechens erfüllen würde. Beide bedauerten, dass es dafür bei der Polizei noch kein Dezernat gab. Sie beendeten ihr Gespräch mit einem Lachen, und J.R. ging an seinen üblichen Tisch. Dies war bestes Schwabing – Menschen, die ihre Individualität zelebrierten und einander als Nachbarn leutselig Respekt erwiesen. Leben und leben lassen, genau so liebte Petry das.

Erneut wählte Petry die Nummer von Matthias Winter, doch auch diesmal meldete sich nur die Mailbox.

Er sah auf die Uhr, zahlte rasch mitsamt dem üblichen Trinkgeld bei Fabiana, wünschte ihr und J.R. einen schönen Tag und lief dann zu der Vespa, die vor seinem Haus abgestellt war.

Das Kommissariat 11 für vorsätzliche Tötungsdelikte, Geiselnahmen und Menschenraub hatte seinen Sitz nicht im altehrwürdigen Polizeipräsidium in der Ettstraße direkt neben der Frauenkirche. Es befand sich weiter südwestlich in einem Industriegebiet an der Hansastraße und war beileibe nicht die einzige ungewöhnliche Attraktion, die dieses zu bieten hatte. Obwohl die Innenstadt als Sperrbezirk ausgewiesen war, gab es nur ein paar Häuser entfernt einen kleinen Straßenstrich – eine geduldete Ausnahme – sowie ein Stundenhotel und ein riesiges Spielcenter mit Türstehern. Und direkt gegenüber der Dienststelle ragte die neue Deutschlandzentrale des ADAC auf, die aussah wie ein großer bunter gestrandeter Kinderpartydampfer. Die übrige Nachbarschaft bildeten das Fraunhofer-Institut und das Gebäude der Münchner Abfallwirtschaft.

Anfangs hatte Petry den nüchternen renovierungsbedürftigen Zweckbau aus den Siebzigern vor allem hässlich gefunden. Doch er hatte sein Gutes: Es gab rein gar keine Ablenkungen von der Arbeit. Neben dem K11 waren nur das K16, die Operative Fallanalyse, und noch zwei andere Dezernate der Münchner Polizei hierhin ausgelagert. Außerdem lag das Gebäude sehr praktisch, gleich an einer Ausfallstraße, dem Mittleren Ring, sodass man in beide Richtungen sehr schnell weg- und überallhin fahren konnte. Petry hatte jetzt am Vormittag von Schwabing aus nur fünfzehn Minuten für die Strecke gebraucht.

Petry nahm direkt den Aufzug in den dritten Stock, wo das K11 seine Büroräume hatte, und mied das Kommissariat 16 in der Etage darüber. Wie immer, wenn er begann, an einem Fall zu arbeiten, war ihm daran gelegen, sich für ein paar Tage ausschließlich in diesen zu versenken und dabei sein eigener Herr zu sein. Sein K16-Chef Brandl wusste das und ließ ihn weitgehend in Ruhe.

Im dritten Stock hatte sich einiges verändert, seit Petry das letzte Mal hier gewesen war. Als er den Flur entlanglief, fiel ihm zwei Türen hinter dem Büro von Josef Rattenhuber ein neues Namensschild auf: KHK *Alina Schmidt,*

MoKo »Bücherwurm«. Durch die offene Tür konnte er sie in ihrem Schreibtischstuhl sitzen sehen, die Beine von sich gestreckt. Gerade holte sie eine E-Zigarette hervor. Sie sah genauso unausgeschlafen aus wie Petry, trug dieselbe Jeans wie am Vorabend und einen neuen, diesmal bordeauxroten Pulli, den ebenfalls Flecken zierten. Petry stellte sich vor, dass sie beim eiligen Füttern des Kleinkinds entstanden waren.

»Hallo, Petry, da sind Sie ja«, sagte sie und pustete den Rauch ihrer E-Zigarette aus.

Zusammen mit der Wolke erreichte Petry eine Erinnerung, die ihn sogleich tief berührte. Ricarda hatte ebenfalls geraucht, auch sie war von normalen Zigaretten auf diese Tabakerhitzer umgestiegen.

»Hallo, Frau Schmidt«, sagte er. »Wegen gestern Abend…«

»Der Halter Ihres Wagens heißt Michael Weinkauff, geboren 1993 in Regen in der Oberpfalz«, sagte sie. »Weiter bin ich noch nicht. Wir verfolgen mehrere Spuren gleichzeitig. Ich mache nur gerade eine Pause bei einer Befragung…«

Sie drehte sich auf dem Stuhl und nahm einen Zettel von ihrem überfüllten Schreibtisch, ein Post-it unter vielen. Sie las ihn und legte ihn wieder weg.

»Ich mache mir ehrlich gesagt Sorgen«, sagte Petry. »Wegen Matthias Winter. Es sieht wirklich so aus, als ob er verschwunden wäre. Ich habe zweimal versucht, ihn anzurufen, und vergeblich um Rückruf gebeten…«

Alina Schmidt sagte: »Und jetzt hat er sich nicht gemeldet seit … wie lange? Sechsunddreißig Stunden?« Sie sog nachdenklich an ihrer Zigarette und stieß weißen Dampf aus. »Wenn ich an meinen Vater denke, der etwa im selben Alter sein dürfte – ihn erreiche ich oft noch viel länger nicht, und er meldet sich auch nicht ab, das würde er sich schön verbitten, störrisch wie er ist.«

Sie stieß erneut eine Dampfwolke aus und pustete ihn

dabei an. Passionsfrucht oder Melone, schmeckte Petry schnuppernd, irgendetwas Süßliches. Natürlich, dachte er: Weder am Tatort noch zu Hause bei den kleinen Kindern würde sie es sich gestatten können zu rauchen. So, wie Ricarda im Shalom stets zu Rauchpausen aus der Küche auf die Straße hatte gehen müssen, nutzte Alina Schmidt ihr Büro dafür. Dass in Diensträumen eigentlich Rauchverbot herrschte, ignorierte sie dabei souverän. Bisher hatte er sie eher im Verdacht gehabt, dass sie Regeln stets ganz strikt einhielt.

»Sie können sich übrigens da drüben einrichten«, sagte Alina Schmidt und zeigte auf einen zweiten Schreibtisch in der Ecke, auf dem sich säuberlich geordnet mehrere Papierstapel befanden. »Entschuldigen Sie, ich habe es noch nicht geschafft, diese Unterlagen wegzuräumen. Bitte lassen Sie mich das selbst machen, ich habe sie nach einem bestimmten System darauf abgelegt ...«

Petry sah schnell hin und dann wieder weg.

»Danke«, sagte er. »Aber einen Schreibtisch brauche ich nicht, ich habe ja einen oben im K16. Was ich hier drin benötige, ist eine Couch. Dann kann ich am besten nachdenken.«

»Auf einer Couch ...?«, fragte Alina verblüfft und stutzte. »So wie gestern Abend?«

»Ja. Es geht sogar noch besser, wenn ich mich richtig hinlege ... Ich weiß, das klingt seltsam, aber ...«

»Wenn Sie meinen«, sagte sie und zeigte zum Flur. Dort stand eine Couch für Besucher. »Da können Sie sich hinlegen, solange Sie wollen.« Alina Schmidt gähnte und sah aus, als hätte sie sich am liebsten selbst auf ein Sofa gelegt. »Was die Verbindung zwischen Frau Mrosko und Ihnen betrifft ... Sind Sie hiermit schon weitergekommen?«, fragte sie und trank einen Schluck aus dem Kaffeebecher. Sie verzog das Gesicht.

»Bisher nicht. Aber ich habe in dieser Wohngemeinschaft einiges über sie erfahren. Sie war eine einfallsreiche Linksaktivistin und hat eine ziemlich clevere und mutige Protestaktion mit Bezug zu den Geschwistern Scholl initiiert. Dafür wurde sie damals verurteilt. Vermutlich war sie auch auf ihre alten Tage noch politisch engagiert. Und ich sollte erwähnen, dass sie in den sechziger Jahren mit Andreas Baader bekannt war, offenbar sogar zeitweise liiert. Dem Gründer der Baader-Meinhof-Gruppe, bevor er Terrorist geworden ist.«

Alina Schmidt stutzte und sah ihn mit großen Augen an. »Ernsthaft? Sie war die Freundin des späteren RAF-Chefs?«

»Ja, in dieser Kommune sind lauter solche Leute ein und aus gegangen. Es war die von Jürgen Köster, in der Schraudolphstraße. Ich weiß nicht, ob Sie ...«

»Ja, natürlich weiß ich, wer das ist«, sagte die Hauptkommissarin und legte die Zigarette weg. »Interessante Geschichte, ohne Zweifel. Nur dass sie für unseren Fall relevant ist, kann ich noch nicht erkennen.« Sie stand auf. »Da habe ich hier auf diesem Flur etwas viel Konkreteres – schauen Sie doch bitte mal. Den Mann dadrin befrage ich gerade, ihn halte ich für akut verdächtig.«

Sie ging auf den Flur hinaus, und Petry folgte ihr. Gegenüber zeigte Alina auf das Befragungszimmer, das durch eine dicke Glasscheibe einzusehen war. Am Tisch saß ein Mann um die vierzig, der eine Lederjacke trug und nervös mit dem Fuß wippte. Er war gut aussehend; eine widerspenstige Haartolle fiel ihm in die Stirn. »Das ist Pierre Endrulat, der Neffe von Frau Mrosko. Ihr einziger Verwandter, der in München lebt. Er hat sie häufig besucht und immer wieder darum gebeten, ihm mit Geldzuwendungen auszuhelfen – mit Erfolg, wie wir anhand ihrer Kontounterlagen festgestellt haben. Als Beruf gibt er Gastronom an, aber er betreibt kein Restaurant oder eine Bar, offenbar ist er eher so eine Art Lebenskünstler. Er gesteht ein, dass er finanzielle Probleme hat und sich von ihr hat beschenken lassen. Offenbar hat er auch auf ihr Erbe spekuliert. Er war sogar so ungeschickt, mich danach zu fragen, ob sie ein Testament hinterlassen hat. Das nenne ich mal ein handfestes Motiv! Oder was meinen Sie, aus psychologischer Sicht?«

Petry sah sich den Mann genauer an. Er war gekleidet wie ein Zwanzigjähriger, der auf ein Rockkonzert gehen wollte, ganz als hätte er sein wahres Alter nicht akzeptiert. Und er lümmelte sich auch mit ausgestreckten Beinen in den Stuhl.

»Dazu müsste ich erst mit ihm reden«, begann Petry. »Aber von Aussehen und Haltung her ist er ein typischer Münchner Stenz, der gerne Frauen bezirzt, mit so einer Mischung aus Charme und Unverschämtheit, und schaut, wie weit er damit durchkommt. Dem würde ich jederzeit zutrauen, dass er bei seiner Tante den Lieblingsneffen gegeben hat, um sie auszunehmen. Die Frage ist nur, ob man ihm deshalb auch einen Mord zutrauen würde.«

Offenbar hatte seine elaborierte Einschätzung die Kommissarin verblüfft. Sie brauchte einen Moment, bis sie antwortete.

»Ich habe ihn nach seinem Alibi zur Tatzeit gefragt«, sagte sie dann. »Aber laut seiner Aussage war er da alleine zu Hause.«

»Haben Sie ihn auch dazu befragt, ob er sich denken kann, warum seine Tante mir schreiben wollte?«

»Ja, aber darüber weiß er nichts, sagt Herr Endrulat. Und wer für den Mord an ihr infrage kommt, dazu hat er überhaupt keine Idee. Ihm fiel auch nur eine Verbindung zu den zerschmissenen Scheiben und den rechten Schmierereien vor drei Monaten ein, von denen seine Tante ihm erzählt hatte.«

»Womit wir wieder bei den Männern mit den rasierten

Köpfen in dem weißen Wagen wären, die ich vor dieser Wohngemeinschaft gesehen habe.«

»Viele junge Männer sehen heute so aus, Petry. Diese Frisuren sind sehr in Mode«, sagte sie und unterdrückte ein Gähnen. »Selbst mein Mann hat so eine. Weil es praktischer ist.«

Sie gingen zurück zu ihrem Büro und kamen dabei an der Couch vorbei, die sie erwähnt hatte. Es war ein Zweisitzer aus beige-orangem Kunstleder, ein abgewetztes Behördenmöbel, doch es würde seinen Zweck erfüllen.

»Würden Sie mir netterweise helfen, die Couch rasch reinzutragen?«, fragte Petry und zeigte auf ihr Büro.

Alina Schmidt sah ihn stirnrunzelnd an. »Muss das sein? Wir haben nicht viel Platz, und außerdem finde ich sie potthässlich.«

Das fand Petry auch, doch es störte ihn nicht. Die Kommune, die er aus seiner Kindheit kannte, war mit Flohmarktmöbeln aller Stile ausgestattet gewesen. Seither konnte er sich mit fast allem arrangieren.

»Im Büro habe ich mehr Ruhe als hier draußen. Sie können auch dadrin ruhig weiterrauchen.« Er sandte ihr einen seiner unschuldigsten Blicke.

Alina Schmidt seufzte und ging ans andere Ende des Sofas. Gemeinsam hoben sie den Zweisitzer an und bugsierten ihn durch die Tür ihres Büros. Als sie die Couch durch eine kleine Lücke zwischen den Schreibtischen hindurch zur hinteren Wand trugen, stieß Petry an den zweiten Schreibtisch, und ein Blätterstapel fiel um und verteilte sich über die anderen.

»Tut mir leid! Ich mach das gleich …«, sagte Petry.

Entsetzt blickte die Kommissarin auf die Unordnung.

»Nein. Bringen Sie mir bloß nicht noch mehr durcheinander!«

Sie stellten die Couch an der Wand ab.

»Diese jungen Männer gestern haben immerhin eine rote Ampel überfahren, als sie abgehauen sind«, wagte Petry einen neuen Anlauf. »Und ja, sie sind regelrecht geflüchtet, noch bevor ich sie ansprechen konnte.«

Alina Schmidt brummte unwillig. Dann sagte sie: »Also gut. Schauen wir uns mal die Strafdatei dieses Halters an.«

Die Hauptkommissarin setzte sich an ihren Computer und loggte sich in das interne Strafregister ein. Sie tippte eine Sucheingabe. Petry stellte sich neben sie. Auf dem Schreibtisch befand sich ein gerahmtes Familienfoto. Darauf war neben Alina Schmidt selbst ein stupsnasiger blonder junger Mann mit Hornbrille zu sehen, der in der Tat eine Stoppelfrisur trug, außerdem zwei Kleinkinder, eines trug er auf dem Arm. Es war das Bild einer glücklichen Familie. Alina Schmidt schien genau das konventionelle Eheleben zu führen, das Petry sich mit Ricarda erträumt hatte.

Sie las blinzelnd, dann stutzte sie und sagte: »Herr Weinkauff ist als einschlägig rechtsextrem aktenkundig. Er hat insgesamt fünf Vorstrafen. Wegen Volksverhetzung und Gewalt gegen Staatsbeamte war er auch im Gefängnis. Im Moment ist er auf Bewährung draußen.« Beide sahen sich ernst an. »Und hier ist noch eine Notiz erfasst. Bei den Ermittlungen zu Frau Mroskos Anzeige wegen Hausfriedensbruch hat ein Nachbar angegeben, dass er Herrn Weinkauffs Wagen habe wegfahren sehen. Er war für ein paar Tage nicht erreichbar, dann hat er diese Aussage zurückgezogen. Womöglich wurde er von Herrn Weinkauff bedroht, aber er hatte danach viel zu viel Angst, noch irgendetwas auszusagen …«

Alina Schmidt stand so abrupt auf, dass die Federung ihres Schreibtischstuhls hörbar zurückschnalzte, und schnappte sich ihre Jacke.

»Na schön. Suchen wir ihn auf und hören, was er zu sagen hat.«

Petry stutzte. »Wir?«

»Sie kommen mit, Petry. Nur Sie können ihn schließlich als den Fahrer aus der Clemensstraße identifizieren. Seine Wohnadresse liegt in Berg am Laim.«

8

Alina Schmidt rauchte auch in ihrem schwarzen Dienst-BMW eine E-Zigarette. Diesmal roch der Dampf, den sie um sich verbreitete, nach Menthol. Sie hatte sich den Holster mit ihrer Dienstwaffe umgeschnallt und pflegte einen rasanten Fahrstil, wechselte zwischen den Fahrspuren hin und her und nutzte jede Gelegenheit, etwas schneller voranzukommen.

»Deswegen ist noch lange nicht gesagt, dass diese jungen Rechten vorgestern Matthias Winter entführt haben«, sagte die Hauptkommissarin.

»Aber nach dieser Notiz erscheint es mir umso plausibler, dass sie mit seinem Verschwinden etwas zu tun haben könnten oder ihn irgendwo festhalten.«

Es war Nachmittag, und der Berufsverkehr setzte bereits ein. Auf dem Mittleren Ring bildete sich wie üblich ein längerer Stau, in dem sie schließlich feststeckten.

»Die Buchhändlerin scheint öfter Probleme mit Rechtsextremen gehabt zu haben?«, fragte Petry.

Sie nickte. »Den Mann, der vor anderthalb Jahren ihre Lesung gestört hat, haben wir schon heute Vormittag überprüft. Dieter Staal heißt er. Er war früher NPD-Mitglied, sogar stellvertretender bayerischer Landesvorsitzender und Landtagsabgeordneter. Später ist er dort ausgetreten und war danach bei anderen rechten Parteien aktives Mitglied, der DVU und den Republikanern, aber jeweils nur kurz.«

Petry nahm sein Smartphone aus der Jackentasche und gab den Namen *Dieter Staal* in ein Suchportal ein. Das

Foto eines grauhaarigen Mannes von Mitte oder Ende siebzig wurde ihm angezeigt, er hatte kalte, starrende Augen.

»Heute ist er nicht mehr als Politiker tätig, doch seit Jahrzehnten sehr erfolgreich mit seinem Staal-Verlag, in dem er rechtslastige Schriften und Bücher herausbringt«, fuhr Alina Schmidt fort. »Viele schreibt er sogar selbst. Er ist sehr wohlhabend und tritt als Mäzen in Erscheinung. Welche Verbindungen er wirklich noch hat, ist unklar, aber er scheint nach wie vor eine mächtige Figur in der rechtsradikalen Szene zu sein, eine Art Strippenzieher.«

»Gibt es Anhaltspunkte, dass er als Täter infrage kommt oder noch einmal Kontakt zu der Buchhändlerin hatte?«

Sie schüttelte energisch den Kopf. »Angeblich seit der Lesung nicht mehr, und er sagte, er hätte auch kein Interesse daran. Er ist sehr selbstsicher aufgetreten und hat seine rechten Überzeugungen nicht geleugnet. Vor allem aber war Staal zum Mordzeitpunkt in Nürnberg auf einer öffentlichen Veranstaltung, wo er eine Rede gehalten hat. Er hat höhnisch darauf verwiesen, dass er dabei gefilmt worden sei, vom Verfassungsschutz.«

Sie fuhren vom Leuchtenbergring ab und befanden sich nun in Berg am Laim, in einem Wohngebiet, wo lauter Einfamilienhäuser mit gepflegten Vorgärten standen. Die Häuser stammten aus den dreißiger Jahren; hier schien der Krieg keine Zerstörungen hinterlassen zu haben. Die Vorstadt wirkte wie eine Mustersiedlung, in der die Zeit stehen geblieben war, nur die Autos in den Einfahrten waren modern. Petry fand es passend, dass ein Rechter wie Michael Weinkauff in einer solchen Gegend wohnte. Als sie bei seiner Meldeadresse vorfuhren, trafen sie dort auf ein größeres und höheres Haus, in dessen Erdgeschoss sich eine Autowerkstatt mit zwei Garagentoren befand. Beide standen offen. Vor dem rechten Tor parkte der weiße VW

Golf mit dem Kennzeichen, das Petry festgehalten hatte. Alina Schmidt hielt dahinter an und zog die Handbremse. Nun konnte Petry auch den Kofferraumaufkleber aus der Nähe begutachten. Er war rot-weiß-schwarz unterlegt, in den Farben der alten deutschen Reichskriegsflagge. Darauf stand in Frakturschrift: *Deutschland den Deutschen.*

Eine Reichskriegsflagge mit Adler flatterte auch über ihnen an einem Fahnenmast.

Aus dem offen stehenden Garagentor links von ihnen lugte, aufgescheucht durch das Motorengeräusch, ein blonder junger Mann mit sehr kurzen Haaren heraus.

»Das ist der Fahrer von gestern«, sagte Petry zu Alina.

»Sicher?«

»Eindeutig.«

Der Mann sah sie und stutzte. Er schien sofort Probleme zu wittern, denn er sprang zwei Schritte vor und zog von außen eilig das Garagentor zu.

»Was versteckt er da?«, fragte Petry.

Der Mann baute sich wie ein Wachmann vor dem Tor auf und sah ihnen feindselig entgegen.

»Keine Ahnung«, sagte Alina Schmidt hellwach. »Aber ganz vorsichtig, und halten Sie sich immer eng bei mir.«

»Okay.«

»Dann los.«

Beide stiegen aus. Der Fahrer schien Petry auf Anhieb zu erkennen. Er stieß einen warnenden Pfiff aus. Hinter ihm kamen zwei weitere junge Männer mit dem gleichen Haarschnitt aus der rechten Garage. Beide waren über eins achtzig groß und sahen so aus, als würden sie täglich Kraftsport betreiben. Nun standen sie ihnen gegenüber, wie im Showdown eines Westerns. Frau Schmidt griff in ihre Tasche und zog ihren Ausweis hervor.

»Guten Tag. Kripo München, Hauptkommissarin Schmidt, das ist mein Kollege Petry ...«

Der Fahrer biss sich auf die Lippe, offensichtlich überrascht, dass es sich bei Petry um einen Polizisten handelte.

»Hallo«, sagte der Mann abweisend.

»Sind Sie Herr Michael Weinkauff?«, fragte Alina Schmidt.

»Ja. Und?«, fragte er.

Sie sah Petry an. Er verstand die Aufforderung und übernahm.

»Was haben Sie gestern Abend in der Clemensstraße gemacht?«

»Ich?«, fragte Weinkauff mit Unschuldsmiene.

»Ja. Ich habe Sie dort gesehen, in diesem Wagen da, und Sie mich, also können wir uns doch die Spielchen sparen. Warum sind Sie so schnell abgehauen?«

Petry war sich nicht sicher, welcher der beiden anderen in dem Wagen gesessen hatte, also sprach er weiter nur Weinkauff an. Alina Schmidt behielt die drei Männer mit gespannter Aufmerksamkeit im Blick.

»Ach, Clemensstraße heißt die?«, sagte Weinkauff, als erinnerte er sich nun. »Ich habe dort bloß kurz angehalten, um mich mit meinem Kameraden zu besprechen. Dann fiel uns ein, dass wir dringend weitermüssen, also sind wir gefahren.«

»Sie standen also nur zufällig vor diesem Haus?«, fragte Petry.

»Ja, rein zufällig.« Sein Blick drückte aus: Mir kannst du gar nichts anhängen. Weinkauff war solche Konfrontationen offensichtlich gewohnt, und er steckte dabei nicht zurück.

»Sie wissen nicht, wer darin wohnt?«

»Nein. Wer wohnt denn in dem Haus?«, fragte der Mann höhnisch zurück. »Ist es das Haus vom Nikolaus?«

Allerdings war auch Petry es gewohnt, mit solchen Leuten umzugehen. Bei seinen Therapiesitzungen im Gefängnis hatte er eine Menge Männer wie ihn erlebt: rohe, gewaltbereite, stets zu herausfordernden Machtspielen und Männlichkeitsritualen aufgelegte Typen. Man musste sie klar und direkt angehen.

»Natürlich wissen Sie sehr gut, wer dort lebt. Was also wollen Sie von diesen Leuten?«

Weinkauff setzte ostentativ eine nachdenkliche Miene auf. »Wirklich, keine Ahnung. Sagen Sie bloß, es ist irgendwer, den unsere Polizei beschützen muss?«

Sie maßen sich mit einem Blick.

Petry beschloss zu bluffen. »Dann waren Sie mit Ihrem Wagen vor drei Monaten auch genauso zufällig vor der Buchhandlung am Habsburgerplatz? Bei Frau Mrosko?«

Der Fahrer grinste breit. »Nein, also da war ich wirklich nicht.« Er wandte sich zu seinen Kumpanen um. »Ihr auch nicht, oder? Wir kennen die Gegend gar nicht.« Er wandte sich wieder den beiden Polizisten zu und grinste sie mit einer übertriebenen Grimasse an. »Und bestimmt keine Buchhandlungen, das ist nichts für uns. Da krieg ich ja schon vom Anblick das Kotzen.«

Er machte gar keine Anstalten zu verhehlen, dass er die Situation genoss und die Provokation suchte.

»Sie waren also nicht vorgestern Abend bei Frau Mrosko?«, fuhr die Hauptkommissarin fort.

»Nein … Vorgestern waren wir hier, alle drei. Und haben an einem Auto geschraubt und dabei Musik gehört.« Die anderen beiden nickten ihm eifrig zu. »Von sechs bis ungefähr um Mitternacht, würde ich sagen.«

»Dadrin?«, fragte Alina Schmidt.

Sie spazierte durch das offene Tor in die rechte Garage hinein. Petry folgte ihr, die Männer kamen hinterher; aufgeregt, ja nervös, doch ohne zu versuchen, sie zu stoppen. Auf einer Hebebühne war ein Wagen aufgebockt und hochgefahren, ringsum lagen Gerätschaften und Reifen. Die zweite Garage war durch eine Wand abgetrennt und nicht einsehbar. Eine Tür, die nach drüben führte, war geschlossen.

»Wieso, was ist denn passiert?«, fragte Weinkauff. Es klang scheinheilig.

»Die Buchhändlerin, die Sie behelligt hatten, ist umgebracht worden.«

»Ich habe keine Ahnung, was oder wen Sie meinen, wie gesagt. Und wenn wir das gewesen wären, müssten wir ganz schön blöd sein, sie vorher ›behelligt‹ zu haben, oder nicht?«

»Vielleicht *sind* Sie ja blöd«, sagte Alina Schmidt gelassen. »Das ist zwar nicht verboten, aber gefährlich.«

»Dasselbe gilt für Beschuldigungen, die Sie nicht beweisen können. Wir wussten gestern ja auch gar nicht, dass das ein Polizist war.« Er zeigte auf Petry. »Wir fühlten uns einfach bedroht, weil wir verfolgt wurden.«

»Na schön«, sagte sie und änderte den Ton. »Dann reden wir jetzt mal ernsthaft, Herr Weinkauff. Nennen wir das Ganze hier einfach eine Warnung. Sie sind ein aktenkundiger Gefährder, dessen Gefängnisstrafe zur Bewährung ausgesetzt ist, Sie wurden an einem Ort angetroffen, der in Zusammenhang mit einem Verbrechen steht, das wir untersuchen, und Sie haben sich auffällig verhalten, indem Sie von dort flüchteten. Hiermit informiere ich Sie, dass Sie unter unserer Beobachtung stehen. Bauen Sie also besser keinen Mist, übertreten Sie keine Gesetze. Und falls Sie das schon getan haben sollten, werden Sie damit auffliegen. Haben wir uns verstanden?«

»Aber natürlich. Sehr gut sogar, Blondie«, sagte der Mann. Die anderen grinsten.

Petry wies mit dem Kopf zu der geschlossenen Tür.

»Was ist denn in der zweiten Garage?«

Sofort eilte Weinkauff herbei und stellte sich ihm in den Weg. Zwischen ihm und Petry lag nur ein halber Meter. Sie waren etwa gleich groß.

»Nur ein Oldtimer. Wäre doch schade, wenn die für immer verschwinden würden, oder?«

Petry und er maßen sich mit Blicken.

»Dürfen wir uns den mal angucken?«, fragte Petry. »Ich bin ein großer Fan.«

»Das ist ein privater Lagerraum«, erwiderte Weinkauff und baute sich vor der Tür auf. Er sah plötzlich doch ziemlich nervös aus.

»Nur Mitglieder unseres Vereins dürfen ihn betreten. Sie sind dazu ohne Durchsuchungsbeschluss nicht befugt.«

»Was ist das denn für ein Verein?«, fragte die Hauptkommissarin.

»Reichsschutz e. V.«, sagte Weinkauff kurz angebunden.

»Leider muss ich annehmen, dass Gefahr im Verzug ist. Wenn Sie dort jemanden versteckt halten, dann sagen Sie es uns jetzt«, sagte Petry. »Sie würden es sonst bereuen.«

»Nein«, sagte Weinkauff mit einem selbstgewissen Lächeln. »Dadrin ist keine Menschenseele versteckt, ehrlich. Großes deutsches Ehrenwort.«

Die anderen beiden kicherten. Petry spürte Wut in sich aufsteigen, so sehr, dass es ihm nicht gelang, sie zu verbergen. Für einen Moment sah es für die anderen so aus, als würde er sich zu einer Reaktion hinreißen lassen.

»Kommen Sie, Petry«, sagte Alina Schmidt. »Wir haben alles gesagt, was wir wollten.«

»Ja, geh nur. Lass dich ruhig von einer Frau rumkommandieren ...«, höhnte Weinkauff.

In diesem Augenblick war plötzlich aus dem Raum nebenan ein metallisches Klopfen zu hören, drei Mal. So, als schlüge jemand mit einem Gegenstand gegen ein Blech oder Rohr.

»Was ist das?«, fragte Alina Schmidt.

Die drei Männer warfen sich nervöse Blicke zu, antworteten aber nicht.

Da ertönte das Klopfen noch einmal, mehrmals hintereinander, als würde jemand auf sich aufmerksam machen wollen.

»Öffnen Sie die Tür, sofort!«, rief Petry Weinkauff zu.
»Auf keinen Fall!«

Petry drängte sich an ihm vorbei und riss die Tür auf. Weinkauff griff nach ihm und wollte ihn zurückziehen.

»Lassen Sie ihn los! Hände hoch!«, schrie Alina Schmidt plötzlich. Ihre rechte Hand zuckte in Richtung Gürtel, sie zog die Pistole und richtete sie auf Weinkauff.

Sofort ließ dieser von Petry ab und riss beide Hände nach oben über seinen Kopf. Auch die anderen beiden hoben ihre Hände.

Petry ging in die zweite Garage. Dort war eine Deckenlampe eingeschaltet und beleuchtete einen alten Strichachter-Mercedes, an dem mit dem Rücken zu ihm ein Mann im Overall mit einem Kreuzschrauber arbeitete. Er war im gleichen Alter wie die anderen und trug kabellose Ohrhörer, über die er lauten Deutschrock hörte. Deshalb bemerkte er Petry erst, als der vor ihn trat, und erschrak so sehr, dass er sein Werkzeug fallen ließ. Mit metallischem Klirren schlug es auf dem Boden auf.

Alina Schmidt lugte durch die Tür nach drüben, die Waffe immer noch erhoben.

»Sag ich doch. Nur ein Oldtimer. Ein Freund hat ihn uns geschenkt«, wiederholte Weinkauff mit Blick auf das Sechziger-Jahre-Auto, doch es klang jetzt eher kläglich.

Petry und Alina Schmidt wechselten einen enttäuschten Blick. Petry trat wieder aus der Garage heraus.

»Das funktioniert bei Ihnen aber auch sehr gut, das Rumkommandieren«, sagte die Hauptkommissarin zu Weinkauff. »Eigentlich sogar noch viel besser.« Sie steckte die Waffe wieder in ihr Holster.

Weinkauff nahm schnell die Hände herunter. Einer seiner beiden Kameraden, die hinter ihr standen, machte plötzlich einen Schritt auf die Polizistin zu, offenbar von Rachegedanken getrieben.

»Vorsicht!«, sagte Petry scharf und sprang neben sie. Alina Schmidt wandte sich überrascht um, und erst jetzt sah sie den Mann, der in der Bewegung erstarrt war. Nun fasste er sich und trat mit gesenktem Kopf beiseite.

»Also dann ...«, sagte Petry. Alina Schmidt und er gingen langsam aus der Garage heraus nach draußen.

»Wir sehen uns«, sagte Weinkauff mit drohendem Unterton.

Die drei folgten ihnen langsam nach draußen.

»Ich hoffe nicht«, sagte Petry vor der Garage.

»Sofern Sie nicht gleich schon wieder zurück ins Gefängnis wollen«, ergänzte Alina Schmidt.

Die beiden gingen zu ihrem BMW zurück. Alina lief außen herum zur Fahrerseite, Petry blieb auf der rechten Seite stehen. Sie wechselten nun einen Blick, öffneten die Türen und stiegen ein.

»Sie können Winter trotzdem entführt haben«, sagte er, als er die Beifahrertür geschlossen hatte. »Vielleicht halten sie ihn woanders fest.«

»Wir können nichts weiter unternehmen, Petry. Dazu müssten wir mehr in der Hand haben als eine Vermutung.«

Sie setzte den Wagen auf die Straße zurück, legte den Vorwärtsgang ein und fuhr los. Die drei Männer beobachteten sie dabei mit finsteren Mienen.

Als sie die Werkstatt hinter sich gelassen hatten, sagte Petry: »Danke übrigens für die Rückendeckung.«

»Ebenfalls. Das hätte ich Ihnen gar nicht zugetraut.«

»Dass Weinkauff die Buchhandlung kennt und mit der Sache damals etwas anfangen konnte, war jedenfalls offensichtlich«, sagte Petry, während sie auf den Ring einbogen. »Er hat sich ja nicht mal groß Mühe gegeben, seine Schadenfreude zu verbergen.«

»Das sehe ich auch so. Leider können wir ihnen das aber nicht nachweisen. Und gerade sah es für mich so aus, als würden Sie sich provozieren lassen, Petry. Sie dürfen das alles nicht persönlich nehmen, wir müssen die Emotionen aus dem Spiel lassen.«

»Mit denen arbeite ich aber«, sagte Petry. »Und mein Gefühl sagt mir, es hat etwas damit zu tun.«

»Selbst wenn diese Männer Frau Mroskos Laden bedroht, beschmiert und beschädigt haben, ergibt sich daraus noch nicht zwingend ein Bezug zu unserem Mordfall. Oder dazu, dass Matthias Winter nicht erreichbar ist.«

»Was mit dem Mordzeitpunkt zusammenfällt, und das ist bestimmt kein Zufall«, beharrte Petry. »Matthias Winter muss etwas damit zu tun haben.«

Die Hauptkommissarin schüttelte genervt den Kopf. »Vielleicht können Sie sich mal entscheiden, ob Sie ihn nun als Opfer oder doch als Täter in Verdacht haben?«

»Das weiß ich noch nicht«, gab Petry zu. »Aber das ist nun mal, was ich in meiner Arbeit mache: Ich betrachte die Dinge von allen Seiten und stelle meine Thesen auch mal auf den Kopf.«

Sie verdrehte die Augen.

Eine Weile lang fuhren sie schweigend. Alina machte Musik an, und beide gaben sich schweigend ihren Gedanken hin.

So fuhren sie wieder auf den Ring, wo sie mitten in den zäh fließenden Berufsverkehr gerieten. Als sie im Stau zum Stehen kamen, räusperte sich Alina Schmidt und sagte: »Es tut mir sehr leid, dass Ihre Freundin gestorben ist, und ich möchte Ihnen sagen, ich kann gut verstehen, dass Sie immer noch in Trauer sind.«

»Danke«, sagte Petry, überrascht durch ihre Offenheit.

Sie wandte den Kopf und fuhr fort: »Aber Petry, Sie befinden sich nicht immer noch in einer psychischen Ausnahmesituation, in der Sie auch einmal die Nerven verlieren, oder?«

»Nein«, sagte Petry. »Alles in Ordnung.«

Sie blickte ihn weiter prüfend an. »Und Sie machen auch nicht irgendwelche Alleingänge, mit denen Sie sich in Gefahr bringen könnten?«

»Meine Alleingänge finden im Kopf statt, Frau Schmidt. Da, wo die Arbeit eines Psychologen hingehört. Aber nett, dass Sie sich Sorgen um mich machen.«

»Ich mache mir eher Sorgen darum, dass Sie meine Ermittlungen durcheinanderbringen. Und mich Zeit kosten.«

Petry blickte sie irritiert von der Seite an. Er fand ihre Antwort unsensibel, doch er begriff, dass Alina Schmidt einfach eine nüchterne Aussage getroffen hatte, wie es offenbar ihre Art war.

»Im Gegenteil, mit mir werden Sie eine Abkürzung nehmen.«

Sie seufzte und deutete auf die stehenden Autos vor und hinter ihnen, zwischen denen sie feststeckten.

»Ach ja? Können Sie uns auch hier rausbringen?«

»Könnte ich«, sagte Petry gelassen und ohne zu zögern.

Sie sah genervt zu ihm rüber. »Und wie?«

»Machen Sie es künftig wie ich. Fahren Sie Vespa.«

Verblüfft hielt sie inne. Gerade fuhr ein Rollerfahrer in der Lücke zwischen den beiden Spuren an ihnen vorbei und entschwand in der Ferne, all die Autos hinter sich lassend.

»Ich würde gerne kurz mit diesem Neffen reden, wenn Sie einverstanden sind«, fuhr Petry fort. »Ihm nur ein paar Fragen stellen.«

»Worüber denn?«

»Über die Bilder.«

9

Pierre Endrulat wirkte hoch nervös, als sie zu ihm hereinkamen. Vielleicht lag es nur daran, dass er so lange in dem Zimmer geschmort hatte und dass sie ihn nun auch noch zu zweit befragen wollten. Sein Blick flackerte von der Kommissarin zu Petry und wieder zurück.

»Servus, Herr Endrulat, entschuldigen Sie die Verspätung. Das ist mein Kollege, Herr Petry«, stellte Alina Schmidt ihn vor.

Petry nickte ihm zu und setzte sich ihm gegenüber. »Können wir Ihnen einen Kaffee anbieten?«

»Ich habe schon genug Kaffee getrunken, danke«, sagte Endrulat und strich sich mit zitternder Hand so fahrig eine Haarlocke aus der Stirn, als wollte er beweisen, dass er randvoll mit Koffein war.

»Sagen Sie, Sie waren doch häufig bei Ihrer Tante zu Hause?«, fragte Petry.

»Freilich, ich habe mich um sie gekümmert.«

»Sie waren also oft in der Wohnung, Herr Endrulat. Können Sie uns etwas zu ihrer Gemäldesammlung sagen? Es fehlen nämlich zwei Bilder.«

Der Neffe zwinkerte überrascht. »Sagen Sie nur? Da wurden welche gestohlen?«

»Ein großes aus dem Wohnzimmer, aus der zweitobersten Reihe ganz links. Und das Bild am Durchgang zum Erker, am Schreibtisch. Wissen Sie, was für Bilder das waren?«

Endrulat zog eine Grimasse. »Nein ... also, das waren viel zu viele, ich weiß nicht mehr, was wo war.«

»Auch nicht, von wem die Bilder waren? Ganz generell, wer die Maler sind oder wer sie Ihrer Tante geschenkt hat?«

»Darüber weiß ich nichts, wirklich …«

»Vielleicht von Matthias Winter? Sagt Ihnen der Name etwas?«

»Wer soll das sein?«

»Er ist Maler, war aber auch ein alter Freund Ihrer Tante. Hat sie ihn vielleicht einmal erwähnt?«

Endrulat überlegte. Dann schüttelte er den Kopf, was seine Haarpracht wieder in Unordnung brachte und weitere Pflegearbeiten nach sich zog.

»Wissen Sie denn, ob die Gemälde wertvoll waren? Hat sie darüber mal geredet?«

»Ich glaube, das waren alles Geschenke«, sagte Endrulat. Er wirkte jetzt sehr nervös. »Natürlich können welche davon auch was wert sein …« Plötzlich hielt er inne. »Aber wie wertvoll, das wüsste ich jetzt wirklich nicht … woher denn auch?«

Endrulat griff reflexartig nach der Tasse, dann fiel ihm ein, dass sie leer war, und er nahm die Hand wieder weg.

»Das Gemälde am Durchgang hing einzeln an einer schmalen Wand«, sagte Petry. »Sie müssen doch bei jedem Besuch daran vorbeigekommen sein … War es ein Gemälde, ein Aquarell oder eine Zeichnung?«

Endrulat stützte das Kinn in die Hand. »Ich glaube, ein Ölgemälde.«

»Versuchen Sie sich bitte zu erinnern, was darauf zu sehen war?«

»Es tut mir wirklich leid, aber ich bin ein solcher Banause …« Endrulat zuckte ausdrucksstark mit den schmalen Schultern. Seine übertriebene Mimik gab Petry das Gefühl, dass er mehr wusste, als er zugab, sein Wissen aber um jeden Preis verheimlichen wollte.

»Dann sollten wir mit Ihnen in die Wohnung fahren.

Vielleicht erinnern Sie sich, wenn Sie alles vor sich sehen ...«
Er blickte die Hauptkommissarin an.

»Herr Petry, danke«, schnitt Alina Schmidt ihm das Wort ab. »Fragen Sie die Aushilfe von Frau Mrosko doch mal danach, ich habe sie ja noch einmal für eine Befragung herbestellt. Ich mache inzwischen hier weiter.«

Sie sah ihn mit hochgezogenen Augenbrauen an.

»Danke für Ihre Mühe, Herr Endrulat«, sagte Petry und stand auf. »Ach, nur eine Frage hätte ich noch: Wovon bestreiten Sie denn zurzeit Ihren Lebensunterhalt?«

»Ich bin gerade zwischen zwei Jobs, nehme mir eine Art Auszeit«, sagte der Neffe widerwillig. »Aber demnächst mache ich vielleicht eine Bar auf. Ich habe da eine tolle leer stehende Location an der Hand.«

»Brauchen Sie dafür nicht Geld?«

»Das kriege ich schon zusammen«, sagte Endrulat schnell.

Als Petry den Raum verließ, traf er auf dem Flur auf die Forensikerin Katrin, die bei seinem Anblick freudig errötete.

»Hallo, Petry.«

»Hallo, Katrin. Habt ihr schon irgendetwas dazu, wer alles Frau Mrosko wann besucht hat?«

»Wir gleichen gerade noch die Spuren in der Wohnung mit den Fingerabdruck- und DNA-Datenbanken ab«, sagte sie. »Was die Buchhandlung betrifft ... Auch dort sind wir dabei, Spuren zu sichern, und immerhin haben wir schon eine Kundenliste der letzten Tage. Frau Tomaszewski hat sie uns ausgedruckt.« Sie hielt mehrere zusammengeheftete Papiere hoch und zeigte auf eine etwa fünfzigjährige Frau mit blond gefärbten Haaren, die auf dem Flur wartete.

»Sehr gut. Hat sie die Fotos von der Geburtstagsfeier ...«

»Hat sie dabei«, bestätigte Katrin lächelnd. »Ich lade sie gleich von ihrem Handy auf den PC, dann kannst du sie dir ansehen.«

»Danke, Katrin, das ist großartig.«

»Aber klar … Geht es dir denn gut?«, begann Katrin und lief rot an.

Petry wusste, sie würde ihn gleich fragen, ob sie sich nicht einmal privat treffen wollten. Sie hatte es schon ein paarmal getan, und er hatte sich herausgeredet. Er schätzte sie als Kollegin und auch als Freundin, doch etwas anderes als das konnte er sich nicht vorstellen. Er nickte. »Du weißt ja, wenn ich arbeiten kann, bin ich glücklich … Zeig mir die Liste doch bitte mal.«

Katrin reichte ihm die Blätter und gab sich damit zufrieden. »Dann kümmere ich mich darum … ich sag dir gleich Bescheid.«

»Danke, Katrin.«

Petry ging mit dem Blätterstoß in das Büro von Alina Schmidt und setzte sich auf die Couch in der Ecke. Dort sah er sich die Namensliste an. Er fand den Namen *Hannelore Reitwein*. Sie hatte telefonisch eine Bestellung aufgegeben. Er ging die Namen weiter durch und blätterte dann um. Vielleicht würde er auch Matthias Winter darauf finden?

Der dritte Name auf dem zweiten Blatt lautete *Daniel Baumann*. Petry stutzte. Auf den Gedanken, seinen Stiefvater nach Erica Mrosko zu fragen, war er noch gar nicht gekommen. Aufgrund des linken Hintergrunds der Buchhändlerin hatte er nur Ingrid nach ihr gefragt, aber es konnte ja jeder Kunde in ihrem Buchladen sein.

Petry überprüfte die restlichen Namen auf der Kundenliste, aber weder Matthias Winter war darauf vertreten noch einer der anderen WG-Mitbewohner aus der Clemensstraße.

Danach nahm er sein Handy und wählte Daniels Nummer.

»Hallo, Felix, ich soll dich von deinen alten Freunden aus der Feldkirchner Kommune grüßen, hab dort gerade meinen Wocheneinkauf gemacht. Was gibt's?«

Petry hörte im Hintergrund Motorengeräusche, offenbar war Daniel gerade auf der Fahrt von Feldkirchen zurück in die Stadt.

»Danke schön ... Daniel, sag, du bist Kunde bei Erica Mrosko? In der Buchhandlung am Habsburgerplatz?«

Nach einem kurzen Zögern antwortete er: »Ja, wieso?«

»Sie ist ermordet worden. Es ist der Fall, wegen dem ich neulich wegmusste.«

»O mein Gott«, sagte Daniel erschrocken. »Das ist ja furchtbar!«

»Kanntest du sie denn gut? Und vor allem, hast du ihr von mir erzählt? Wir haben bei ihr einen Briefumschlag gefunden. Offenbar wollte sie mir etwas mitteilen.«

»Nein, über dich habe ich mit ihr nicht geredet.«

Petry war geradezu enttäuscht. »Bist du dir da sicher?«

»Ja, natürlich.«

Anders als Ingrid war Daniel stolz auf die Tätigkeit seines Stiefsohns und erzählte anderen gerne davon. Er hatte auch den Zeitungsartikel über ihn aufgehoben.

»Oder hast du erwähnt, dass du jemanden kennst, der bei der Mordkommission arbeitet?«

»Nein, auch nicht. Damit geh ich doch nicht hausieren, Felix.«

Petry war sich da nicht so sicher, aber er ließ es auf sich beruhen. »Schade, das hätte das Rätsel gelöst. Worüber hast du denn mit der Buchhändlerin geredet?«

»Was weiß ich? Ich kaufe da ab und zu Bücher, dann plaudern wir halt ... über ihren Laden, über das Shalom ... Sie wollte immer im Restaurant vorbeikommen, hat es aber letztlich nie geschafft.«

Petry wusste genau, wie leutselig Daniel war, wie gut er mit jedem Menschen umgehen und reden konnte. »Da bist du dir sicher? Sie hat Ricarda nie besucht? Die war nämlich auch Kundin dort.«

»Nein, Felix. Die arme Frau …«

»Sie wohnte im Haus direkt neben der Buchhandlung. Aus der Wohnung wurden Gemälde gestohlen. Habt ihr zufällig darüber geredet?«

»Sie hat mir nur erzählt, dass sie sich mit Gemälden auskannte. Dazu hat sie mir ein Buch empfohlen.«

Petry sah ein, dass es keinen Sinn hatte weiterzufragen.

»Welches Buch hast du bestellt?« Die Titel waren auf der Liste nicht verzeichnet.

»Einen Bildband. Max Liebermann. Aber verrat's deiner Mutter nicht, es ist ein Geschenk zu unserem Jahrestag …« Daniel stutzte. »Das Buch werde ich nicht bekommen, oder?«

»Vermutlich nicht. Danke dir, ich wollte das nur klären.«

»Keine Ursache. Dass sie ermordet wurde, tut mir sehr leid. Und auch, dass ich dir nicht weiterhelfen konnte.«

Sie verabschiedeten sich und legten auf.

Petry dachte kurz darüber nach, dann schluckte er seine Enttäuschung herunter und wählte die Mobilnummer von Matthias Winter. Wie am Vortag meldete sich die Mailbox. »Hier ist noch einmal Felix Petry von der Kripo München. Wie gesagt, es ist dringend. Bitte rufen Sie mich sofort zurück, wenn Sie diese Nachricht gehört haben.«

Katrin sah in das Büro hinein. »Ich habe dir den Fotoordner auf Frau Schmidts PC abgelegt, Petry. Frau Tomaszewski, das ist mein Kollege Herr Petry.«

Die blonde Frau sah schüchtern hinter ihr herein. Petry erhob sich und reichte ihr die Hand. »Danke, Frau Tomaszewski. Vielleicht können Sie mir ein wenig dabei helfen, die Personen auf den Bildern einzuordnen?«

»Ich kann es versuchen«, sagte die Frau mit einem kaum merklichen polnischen Akzent. »Aber ich kannte viele der Leute nicht, ich habe Frau Mrosko nur im Laden ausgeholfen.«

»Immerhin haben Sie Fotos gemacht. Das wird uns gewiss weiterhelfen.«

»Es war mein Vorschlag. Als meine Mutter ihren fünfundsiebzigsten Geburtstag feierte, hat niemand fotografiert, und hinterher hat sie sich geärgert. Ich glaube, es sind dreizehn Bilder.«

»Setzen Sie sich doch bitte.« Petry wies auf Alinas Schreibtischstuhl und rückte seinen an den Tisch heran. »Kennen Sie die Wohnung gut?«

»Nein, ich arbeite nur unten in der Buchhandlung. Zweimal die Woche, dienstags und am Samstag, dann ist am meisten los …« Sie korrigierte sich: »Also, *war* …«

Sie schaute betreten. Ihre Erscheinung wirkte gepflegt, und sie war stark geschminkt. Ihre Haare waren gefärbt, und sie hatte ein dezentes Parfüm aufgelegt.

»Privat hatten Sie nicht viel mit ihr zu tun?«

»Nein. Frau Mrosko war immer sehr nett zu mir, aber sie hat nicht viel über sich erzählt. Ich habe das respektiert. Ich mochte sie sehr.«

»Verstehe.« Petry klickte das erste Bild an. Es war im Wohnzimmer aufgenommen worden und zeigte die Ermordete mit ihren hennaroten Haaren und in einem indigoblauen bestickten Kleid. Sie lachte fröhlich und war von einigen Gästen umringt, die alle ihre Sektgläser erhoben. Die meisten waren in ihrem Alter. Der Raum war mit bunten Papierschlangen und Kerzen geschmückt, auf dem Couchtisch standen Platten mit belegten Broten, Flaschen und Tabletts mit Sektgläsern sowie eine Torte mit einer Fünfundsiebzig aus Zuckerguss darauf. Das Foto war nicht sehr scharf; Frau Tomaszewski verfügte wohl nicht über das neueste Handymodell mit der besten Kamera. Die Gemälde an der großen Wand im Hintergrund waren nur als verschwommene Farbkleckse auszumachen, auch das inzwischen fehlende in der zweitobersten Reihe. Man konnte lediglich sehen, dass links oben keine Lücke war und dass es in bunten Farben leuchtete, aber einen genauen Eindruck des Bildes erlaubte das Foto nicht.

»Wer ist das alles?«, fragte Petry. »Ist Frau Mroskos Tochter denn dabei gewesen?«

»Nein, sie hat es nicht geschafft. Sie wohnt ja in Neuseeland.« Frau Tomaszewski betrachtete hilflos das Bild. »Die meisten kannte ich nicht, sie hat sie mir natürlich nicht vorgestellt, ich habe Sekt ausgeschenkt ...«

Petry klickte weiter. Auf dem nächsten Foto fand er Pierre Endrulat, der zur Feier des Tages ein Sakko angezogen hatte und sich eng bei seiner Tante hielt, ganz der Musterneffe.

Er klickte weiter. Insgesamt zeigten die Fotos eine Gruppe von circa zwanzig Personen. Die meisten der Männer und Frauen waren älter und hatten weiße oder graue Haare. Petry hielt vergeblich Ausschau nach Jürgen Köster oder Hannelore Reitwein. Obwohl sie alte Bekannte gewesen waren, schienen sie nicht eingeladen gewesen zu sein. Doch sie hatten es ja bereits gesagt, sie hatten mit ihrer Freundin Erica nicht mehr viel zu tun gehabt. Auch Matthias Winter fand Petry auf den Fotos nicht, und keiner der anwesenden Männer trug seine weißen Haare so kurz geschnitten wie dieser, sie hatten entweder eine Glatze oder lange Haare.

Pierre Endrulat war auf einem halben Dutzend der Fotos zu sehen, immer mit einem Sektglas in der Hand, stets an der Seite seiner Tante, in dem offensichtlichen Bemühen, sich bei ihr lieb Kind zu machen.

Auf einem der Bilder stand er genau so am Durchgang zum Erkerzimmer, dass er das Gemälde hinter ihm verdeckte, ihm den Rücken zuwendend. Petry ließ im Stillen einen Fluch los. Es war wie verhext. Auch das andere fehlende Gemälde, das an der großen Wand, war in den Fotos nirgendwo eingefangen. Die Bildausschnitte lagen immer daneben, zeigten meist das große Sofa, auf dem Gäste saßen, also die entgegengesetzte Richtung.

Auf einem der Fotos sah er einen jungen Mann, der viel jünger als alle anderen Gäste war, um die zwanzig, und schüchtern mit Erica beisammenstand. Er hatte schwarzes Haar und olivbraune Haut und hellblaue Augen.

»Wer ist das?«, fragte Petry.

»Das weiß ich nicht«, antwortete Frau Tomaszewski. »Ich habe ihn für einen Verwandten gehalten. Sie hat ihn sehr herzlich begrüßt, sogar feuchte Augen bekommen. Aber ich glaube, er war nur kurz da, ganz am Anfang.«

Der junge Mann war auf keinem der anderen Fotos mit dabei, auf denen die alten Männer und Frauen oder der Neffe zu sehen waren.

»Wissen Sie irgendetwas darüber, ob sie einen Freund oder einen Geliebten hatte?«, fragte Petry Frau Tomaszewski. »Oder ist Ihnen auf der Party jemand aufgefallen, der in diese Kategorie fallen könnte? Jemand, der ihr besonders nahestand?«

»Nein«, sagte Frau Tomaszewski irritiert. »Soweit ich weiß, lebte sie alleine …«

»Matthias Winter, sagt Ihnen der Name etwas? Er ist ein Jugendfreund, müsste in Frau Mroskos Alter sein?«

Er reichte ihr das Foto, das er von Hannelore hatte. Frau Tomaszewski warf einen kurzen Blick darauf und schüttelte den Kopf.

»Tut mir leid.«

»Haben Sie ihn vielleicht irgendwo anders einmal mit ihr gesehen, im Laden vielleicht?«

Sie zuckte bedauernd mit den Schultern. »Wissen Sie, dort waren so viele Kunden, und ich habe mir nicht jeden Namen gemerkt …«

Petry gab sich mit einem resignierten Nicken zufrieden und klickte weiter.

»War es eine fröhliche Feier? Wie hat Frau Mrosko auf Sie gewirkt?«

»Sie war sehr beschwingt. Aber vielleicht war das nur der Alkohol und der besondere Tag«, sagte Frau Tomaszewski nachdenklich. »Dann plötzlich wirkte sie eher in sich gekehrt, so als würde sie etwas stark beschäftigen. Ich habe mir gedacht, dass sie vielleicht ein Problem damit hatte, fünfundsiebzig zu werden.« Sie zögerte. »Und in den letzten zwei Wochen hat sie manchmal vorzeitig den Laden zugemacht. Dadurch hatten sich Bestellungen angehäuft, die ich dann abgearbeitet habe. Das war ziemlich ungewöhnlich, denn früher war sie immer da, jeden Tag.«

»Wo ist sie dann hingegangen?«

»Ich weiß es nicht. Sie schien nicht zu wollen, dass ich nachfrage, also habe ich es nicht getan ...«

Auf einem der nächsten Fotos entdeckte Petry etwas, das seinen Blick bannte. Im Hintergrund sah man eine Gästeschar; im Vordergrund unscharf und von hinten den Kopf eines Mannes. Er hatte einen grauen langen Pferdeschwanz, und im Achtelprofil war eine Brille zu erahnen. Der Mann erinnerte Petry sofort an Daniel. Auf dem Foto war nur sein Hinterkopf zu sehen, nicht sein Körper. Aber je länger Petry es betrachtete, desto sicherer war er, dass es sich um seinen Stiefvater handelte.

»Wer ist das?«, fragte er und tippte darauf.

Frau Tomaszewski konnte es nicht sagen, und sie wusste auch nicht, wie der Mann von vorne ausgesehen hatte. Weder an einen »Herrn Baumann« noch an einen Restaurantbesitzer konnte sie sich erinnern. Sie sagte noch aus, dass sie nur zu Beginn der Feier fotografiert hatte, etwa in den ersten zwei Stunden, und nicht bis zum Schluss geblieben war.

Petry blieb nichts anderes übrig, als sie gehen zu lassen und ihr für die Fotos zu danken. Danach blieb er vor dem

Monitor sitzen und starrte das Bild von dem Mann mit dem Hinterkopf lange grübelnd an.

Er ging zur Couch und legte sich darauf. Ihre Größe war perfekt; wenn er ausgestreckt war, ruhte sein Kopf leicht erhöht auf einer der Lehnen. Petry schloss die Augen und ließ die Gedanken fließen. Dass Daniel auf der Party gewesen war, es aber vergessen hatte, hielt er für ausgeschlossen. Hatte sein Stiefvater ihn angelogen? Zunächst merkte er es gar nicht, als Alina Schmidt hereinkam.

»Oh«, sagte sie. »Sind Sie wach?«

Petry schlug die Augen auf. »Selbstverständlich. Ich arbeite.«

»Ich habe Herrn Endrulat jetzt nach Hause geschickt«, sagte sie.

»Ich glaube, er lügt«, sagte Petry. »Ich glaube, dass er irgendetwas über die Gemälde weiß, es aber nicht sagen will. Und er ist äußerst nervös.«

»Das war ja unübersehbar«, sagte Alina und setzte sich neben Petry in ihren Schreibtischstuhl. Sie holte eine E-Zigarette heraus.

»Dann verstehe ich nicht, warum wir mit ihm nicht in die Wohnung gefahren sind und den Druck erhöht haben.«

Sie zog an der Zigarette und blies Rauch aus. »Weil ich eine andere Taktik bevorzuge. Ich habe ihn in Sicherheit gewiegt, lasse ihn aber ab sofort überwachen. Mal schauen, was das bringt.«

Sie wies auf den Bildschirm. »Und Sie haben die Fotos durchgesehen?«

»Die Gemälde sind darauf leider nicht zu erkennen, oder nur so unscharf, dass es keine Rückschlüsse zulässt«, sagte Petry.

»Sonst irgendetwas Neues?« Schnell schickte sie hinterher: »Aber bitte nur Fakten, keine Gefühle oder Mutmaßungen!«

»Was Fakten betrifft, leider nein«, erwiderte Petry und stand auf. »Sollte sich das ändern, sage ich Ihnen sofort Bescheid. Spricht etwas dagegen, dass ich selbst noch einmal dorthin fahre und mich umsehe?«

Alina Schmidt schüttelte den Kopf. »Wie ich schon einmal sagte: Tun Sie, was Sie für richtig halten, Petry. Da liegt der Wohnungsschlüssel.«

10

Unterwegs beschloss Petry, als Erstes noch einmal bei Kösters Wohngemeinschaft in der Clemensstraße nach dem Rechten zu sehen. Es war schon dunkel, als er vor dem Haus an der Kreuzung zur Fallmerayerstraße ankam. Instinktiv sah er sich nach dem weißen vw um, doch er konnte ihn nirgends entdecken. In diesem Moment fuhr ein dunkelblauer Kombi aus einer Parklücke auf der gegenüberliegenden Straßenseite und entfernte sich mit schneller Geschwindigkeit in Richtung Westen. Es konnte Zufall sein, aber genauso gut mit seiner Ankunft zu tun haben. Das Kennzeichen hatte Petry auf die Schnelle nicht wahrnehmen können. Beobachteten die Rechten weiter das Haus, hatten sie die Wohngemeinschaft im Blick? Petry blickte nach oben und entdeckte Licht in der Etage, wo Köster, Hannelore und Gaby wohnten. Alles sah friedlich aus. Er ging zur Haustür und klingelte.

Nichts tat sich. Petry klingelte noch einmal. Er drückte gegen die Tür und stellte fest, dass sie nicht abgeschlossen war. Besorgt ging er hinein und eilte die Treppe hinauf in den zweiten Stock. Vor der Wohnungstür lauschte er, doch er hörte nichts. Er klingelte erneut und klopfte. Sie mussten doch da sein, das Licht war eingeschaltet.

Gerade als er anfing, sich Sorgen zu machen, wurde die Tür geöffnet. Eine verschlafen aussehende Gaby stand vor ihm, sie hatte sich ein Laken um den Körper gewickelt und blinzelte ihn unter den wirr ins Gesicht hängenden grauen Locken an. »Petry, was machst du denn hier?«

»Ich wollte nach euch sehen. Kann ich kurz reinkommen?«

»Klar, du störst uns nie«, sagte Gaby sanft und strich sich eine Strähne aus dem Gesicht. Sie drehte sich um, und er folgte ihr in die Wohnung.

Auf der Matratze im Wohnzimmer lagen unter der Decke Jürgen und Hannelore. Gaby schlüpfte wieder zu ihnen.

»Hi, Petry«, sagte Jürgen verschlafen. Er trug keine Brille; so wirkte er viel älter. In seinem Arm schlief Hannelore.

»Hallo, Jürgen. Ich hoffe, ich komme nicht ungelegen.«

Petry roch den süßlichen Duft von Cannabisrauch. Sofort fühlte er sich in die Landkommune seiner Kindheit und Jugend zurückversetzt, und auch der Anblick von drei Personen, die sich ein Bett teilten, war für ihn nicht ungewohnt: Nicht selten hatte er seine Mutter Ingrid so vorgefunden, wenn er nach dem Aufwachen in ihr Zimmer ging. Manchmal waren es zwei Männer bei Ingrid gewesen, manchmal eine Frau und ein Mann. Es war auch vorgekommen, dass er mitten in ihren Sex hineingeplatzt war, dann war er einfach alleine in die Küche gegangen, und letztlich hatte er so gelernt, sich sein Frühstück selbst zu machen.

»Oh, keineswegs, unsere Tür steht immer offen«, sagte Jürgen und gähnte. Auch vom Geräusch ihrer Stimmen erwachte Hannelore nicht.

Petry selbst war es immer unangenehm gewesen, wenn seine Mutter in ihrer Münchner Wohnung in sein Jugendzimmer gekommen war und sich an das Bett setzte, in dem er und seine erste Freundin Pia nackt lagen.

»Hat vorhin schon mal jemand geklingelt?«, fragte Petry. »Oder habt ihr heute Besuch gehabt?«

»Nein«, sagte Gaby. Jürgen neben ihr schüttelte den Kopf.

Petry überlegte, doch eine akute Bedrohung war damit vom Tisch, und er sah keinen Grund, ihnen von den Rechten vor ihrem Haus zu erzählen und sie in Sorge zu versetzen.

»Und euer Mitbewohner hat sich inzwischen auch nicht

gemeldet?«, fragte er. Das Nebenzimmer sah so unberührt aus wie neulich.

»Nein«, sagte Gaby. »Der wird sich wohl für länger zurückgezogen haben.«

»Ich habe versucht, ihn anzurufen, aber er geht nicht an sein Handy. Und er ruft auch nicht zurück.«

»Das ist nicht ungewöhnlich«, sagte Gaby und schmiegte sich an Jürgen. »Wahrscheinlich arbeitet er gerade an einem Bild. Da ist er manchmal tagelang nicht ansprechbar. Mach dir keine Sorgen.«

»Was für eine Art von Bildern malt er eigentlich?«

»Nebenan hängt eines.« Gaby zeigte zum zweiten Zimmer.

Petry ging zu der offenen Tür und blickte nach nebenan. Dort sah er in der Tat ein Bild an der Wand.

»Das ist aber ein ganz frühes von ihm«, meinte Jürgen. »Hannelore und ich kennen ihn ja schon, seit er auf der Akademie war, das hat er ihr damals geschenkt ...«

»Heute malt er ganz anders«, sagte Gaby. »Aber sieh es dir ruhig an.«

Petry ging nach drüben und schaltete das Licht einer indischen Deckenlampe an. Der Raum war ähnlich spartanisch eingerichtet, doch hier gab es statt einer Matratze ein Doppelbett mit Rattangestell und einer säuberlich über die Bettwäsche gebreiteten Tagesdecke. Darüber an der Wand hing ein Ölgemälde im Hochformat. Petry trat näher. Das Bild zeigte einen grauen Innenhof mit schwarz gekleideten Menschen, auf die es weiß herunterzuschneien schien. Bei genauerem Hinsehen entdeckte Petry, dass drei bunt gekleidete Menschen von einer Empore etwas hinabwarfen. Es waren weiße Blätter. Eine der drei Personen war eine Frau mit leuchtend roten Haaren. Die schwarzen Figuren unten blickten ängstlich zu den anderen nach oben. Sie trugen rotweiße Armbinden, was sie wie Männer in ss-Uniformen aussehen ließ. Im rechten unteren Eck prangte die Signatur *MW*.

»Stellt es die Flugblattaktion dar, von der ihr neulich erzählt habt?«, fragte er nach drüben. »Das Happening an der Uni zu Ehren der Geschwister Scholl?«

»Ja«, bestätigte Jürgen. »Matthias hat es ›Ohne Titel‹ genannt, aber das ist gemeint.«

»Und das da oben ist Erica?«, fragte Petry und blickte auf die Frau mit den roten Haaren.

»Kann sein«, sagte Jürgen. »Ja, ich denke schon.«

Petry holte sein Handy heraus und machte ein Foto des Gemäldes.

Er ließ den Blick durch das Zimmer schweifen und sah, dass auf der einen Seite Frauenkleider über einem Sessel hingen, auf der anderen ein Stummer Diener ein Leinensakko und einen Panamahut trug. Mehr an persönlichen Gegenständen war nicht zu entdecken.

»Hat Matthias in seinen Gemälden öfter Ereignisse wie dieses verarbeitet? Oder Dinge, die ihr zusammen erlebt habt?«

Er ging wieder nach nebenan, wo die drei immer noch im Bett lagen. Jürgen hatte einen Arm um Gaby gelegt und den anderen um Hannelore, beide Frauen kuschelten sich an ihn.

»Am Anfang schon, glaube ich. Dann hat er seine abstrakte Phase begonnen«, sagte Jürgen, diesmal halblaut und mit einem Seitenblick auf die schlafende Hannelore.

»Damit hat er Erfolg gehabt, also hat er nur noch so gemalt«, sagte Gaby flüsternd. »Die frühen Bilder kenne ich gar nicht, außer dem da drüben ...«

»Andere solcher Bilder fallen dir nicht mehr ein?«, fragte Petry Jürgen.

Der schüttelte gähnend den Kopf. »Ach, das ist doch alles so lange her ...«

Hannelore stöhnte im Schlaf und schmiegte ihr Gesicht in Jürgens Armbeuge.

»Erica hatte übrigens erst vor Kurzem Geburtstag, ihren fünfundsiebzigsten«, sagte Petry. »Da hat sie bei sich eine Party veranstaltet. Wisst ihr, ob Matthias dort gewesen ist?«

Jürgen runzelte die Stirn. Er hatte tiefe Augenringe.

»Nicht dass ich wüsste«, sagte er.

Gaby ergänzte: »Das hätte er bestimmt erzählt.«

»Hat sie euch denn nicht eingeladen? Ihr seid doch alte Freunde?«

»Wie gesagt, wir hatten nicht mehr viel mit ihr zu tun«, sagte Jürgen, streckte sich und schloss die Augen.

»Alles klar«, sagte Petry leise. »Sobald Matthias sich bei euch meldet, sagt mir sofort Bescheid. Ich muss unbedingt mit ihm reden.«

»Okay ...« Gaby kuschelte sich an Jürgen. »Machst du bitte das Licht aus?«

Auf dem Weg nach draußen warf Petry mit der Hand am Lichtschalter einen letzten Blick auf die drei alten Menschen im Bett. Sie sahen ungeheuer zufrieden und entspannt aus.

Kurz darauf hielt Petry mit seiner Vespa vor dem Haus am Habsburgerplatz. Er öffnete die Haustür mit dem Schlüsselbund aus dem Büro und ging nach oben in den ersten Stock. Dort ritzte er mit der scharfen Kante seines laminierten Ausweises das Siegel an der Wohnungstür auf, öffnete sie mit einem anderen Schlüssel und ging hinein. Er ging ins Wohnzimmer und schaltete das Licht ein. Dabei fiel ihm im Bücherregal ein Foto in einem Aufstellrahmen auf, und er betrachtete es genauer. Es zeigte eine hübsche junge Frau, ungefähr zwanzig Jahre alt und mit kupferroten langen Haaren, die junge Erica Mrosko. Sie rauchte eine Zigarette und lachte unbeschwert und glücklich in die Kamera. Petry war es, als käme er ihr allmählich näher, als bekomme er zusammen mit den Erzählungen von Jürgen und Hannelore einen ganz neuen Einblick, was für ein Mensch die Tote früher einmal gewesen war. Er rechnete zurück, das Foto musste, wenn sie darauf wirklich zwanzig war, 1968 aufgenommen worden sein. Es musste in etwa die Zeit gewesen sein, als sie Matthias Winter und die anderen kennengelernt hatte.

Petry stellte sich vor die Wand mit den Bildern und ließ seinen Blick langsam darüberwandern.

Auf seiner Augenhöhe hing eine größere Kohlestiftzeichnung eines weiblichen Aktes, sitzend und mit gebeugtem Kopf. Er blickte zwischen dem Foto in seiner Hand und der Zeichnung hin und her, doch er konnte nicht sagen, ob es sich bei der jungen Frau um Erica Mrosko handelte. Die Zeichnung war nicht signiert.

Petry trat einen Schritt zurück und betrachtete die Bilder daneben, darüber und darunter. Eines war ein Ölbild, das eine Berglandschaft zeigte, über der sich ein Gewitter zusammenbraute. Darüber hing ein Gemälde in Acrylfarben, teilweise mit Tropftechnik gefertigt.

Die Werke waren vollkommen unterschiedlich. Er begutachtete die Signaturen. Teilweise waren sie nicht leserlich, und einige der Bilder waren gar nicht signiert. Ein MW fand er hier nirgends.

Er blickte auf die Lücke links oben. Die Schatten auf der Wand ließen darauf schließen, dass hier ein großes Gemälde mit Rahmen fehlte, vielleicht einen Meter oder hundertzwanzig Zentimeter breit und achtzig Zentimeter hoch. Petry ging nahe heran und streckte die Arme hoch. Mit ausgebreiteten Armen hätte er das Bild gerade so zu fassen bekommen, um es abzunehmen.

Er drehte sich um und ging zu der schmalen Wand am Durchgang zum Erkerzimmer, dorthin, wo das zweite Bild fehlte; das dort alleine gehangen hatte. Es musste kleiner als das andere sein.

Petry stellte sich davor und fixierte die Stelle, wo es gehangen hatte, den rechteckigen Umriss, den man vom Schreibtisch aus im Blick hatte. Er fragte sich, warum gerade dieses Bild hier so exponiert aufgehängt worden war. Also kam er zu dem Schluss, dass es einen ganz besonderen Wert für seine Besitzerin gehabt haben musste; vielleicht einen Erinnerungswert.

Er blickte zwischen dem Foto der jungen Erica in seiner Hand und der Lücke an der Wand hin und her.

»Hat Matthias dich häufiger gemalt?«, fragte er die Rothaarige halblaut. »Und hat er dir die Bilder dann geschenkt? Was habt ihr noch zusammen erlebt?«

Kurz darauf stand er auf dem Bürgersteig vor seiner Vespa und sog die Frühlingsluft ein. Es roch intensiv nach Lindenblüten, die wie ein gelber Teppich überall auf dem Bürgersteig ausgebreitet lagen. Petry beschloss, es für heute mit der Arbeit gut sein zu lassen.

Wenig später klingelte er an einem Haus in der Georgenstraße.

Als er im vierten Stock ankam, empfing ihn Sophie mit einem strahlenden Lächeln. Sie war barfuß, wodurch sie ihm kleiner als neulich erschien, und trug heute ein ärmelloses schwarzes Kleid mit aufgedruckten roten Rosen. Sie reckte sich zu ihm hoch und begrüßte ihn mit zwei Wangenküssen, auf Petry wirkte sie fröhlich und impulsiv. Sie roch ganz leicht nach einem Parfüm, das ihn an eine Meeresbrise erinnerte. Heute hatte sie ihre braunen Haare straff zurückgebunden, wodurch ihr Gesicht mit den hohen Wangenknochen und den dunklen Augen mit den langen Wimpern freilag.

»Du bist ja wirklich gekommen!«, sagte sie und ging

voraus ins Wohnzimmer. Eine elegante Stehlampe bog sich hier über eine gemütliche Couch aus dunkelgrünem Veloursleder, in der anderen Hälfte standen ein großer Esstisch mit vier Freischwingerstühlen und ein großer, voller Bücherschrank.

»Ja, warum nicht?«, fragte Petry und nahm auf der Couch Platz. Sophie stellte die Musik etwas leiser. Es lief Massive Attack, lässiger Hip-Hop aus den Neunzigern, den auch er mochte.

»Jedenfalls schön, dass dein Fall dir Zeit dafür lässt. Willst du auch einen Rotwein?«

Auf dem gläsernen Couchtisch stand bereits ein halb volles Glas neben einem dicken aufgeschlagenen Buch, *Tage der Toten* von Don Winslow.

Petry nickte. »Gerne. Weißt du, es gibt nicht viel, was ich heute Abend noch tun könnte, um in dem Fall voranzukommen. Außer nachdenken.«

Er registrierte, dass sie gerne Thriller zu lesen schien und dabei durchaus härteren Stoff bevorzugte. Ricarda hatte nur Belletristik und Sachbücher gelesen, keine Krimis.

Sophie kam mit der Flasche und einem Glas zurück und schenkte ihm ein. Es war ein Saint-Émilion. Petry musste an die tote Buchhändlerin denken, die auch diesen Wein hatte genießen wollen.

Sophie prostete Petry zu, und sie stießen ihre Gläser klangvoll aneinander. Beide behielten sich im Blick, als sie synchron tranken. Er schmeckte dem ersten Schluck nach und nickte ihr anerkennend zu.

»Du hast mit deiner verstorbenen Freundin immer über deine Fälle gesprochen, nicht wahr?«, fragte sie.

»Ja, schon. Man kann das nicht einfach so im Büro lassen.«

»Das kann ich gut verstehen«, sagte sie.

»Frag mich ruhig nach ihr, wenn du noch mehr wissen willst.«

Sie lächelten sich zu und tranken wieder einen Schluck.

»Angenommen, ihr hättet geheiratet – wärst du konvertiert?«, fragte Sophie.

»Ricarda war zwar jüdisch, aber nicht religiös, sie hätte das nicht verlangt und ihre Familie auch nicht. Nein, wir wollten nicht heiraten, dazu hatten wir beide die gleiche Haltung. Aber über Kinder haben wir geredet.«

Wie schon am Vorabend wunderte sich Petry darüber, dass es ihm vergleichsweise leichtfiel, darüber zu sprechen.

»Du hättest also gerne welche gehabt?«

Petry nickte. »Natürlich. *Sie* war nur noch nicht so weit und wollte noch ein paar Jahre warten, sie hat für ihr Leben gerne gearbeitet.«

»Als Köchin im Shalom«, sagte Sophie.

»Sie war eine sehr gute Köchin. Tja, das wäre schwierig geworden, mit ihr eine Familie zu gründen, den richtigen Zeitpunkt zu finden, aber ...«

»Ich stelle mir das ganz furchtbar vor«, begann Sophie und nippte einen weiteren Schluck. »Dass jemand so plötzlich einfach aus dem Leben gerissen wird ...«

»Ja, ich denke manchmal, wenn wir gewusst hätten, dass sie krank ist – dann hätten wir uns wenigstens verabschieden können. Ich glaube, das hätte mir geholfen. Aber so ...«

Und jetzt begann es doch, ihm etwas auszumachen, ja, es tat regelrecht weh, stellte Petry fest.

»Du denkst noch andauernd an sie?«

»Weißt du, was? Reden wir doch lieber über etwas anderes.«

»Gut«, sagte Sophie. »Erzähl mir doch von deinem neuen Fall, wenn du magst, das interessiert mich.«

»Das ist ein ganz besonderes Rätsel«, sagte Petry. »Das Opfer war eine alte Frau, fünfundsiebzig, und bevor sie ermordet wurde, wollte sie offenbar einen Brief an mich schreiben. Ich muss herausfinden, was sie mir mitteilen wollte. Und warum gerade mir.«

Petry zog sein Handy hervor und zeigte ihr auf dem Display das Foto aus der Wohnung, das er aufgenommen hatte.

»Hier, das ist sie. Da muss sie sehr jung gewesen sein.«

»Sie war sehr hübsch«, sagte Sophie versonnen.

»Ein befreundeter Maler hat sie damals gemalt, das Gemälde zeigt beide bei einem politischen Happening, das sie zusammen gemacht haben.«

Er wischte weiter und zeigte ihr das Foto davon.

»Zwei andere Gemälde in ihrer Wohnung wurden gestohlen. Und ich habe das Gefühl, dass der Mord damit zu tun hat.«

Sophie stützte den Kopf auf die rechte Hand, betrachtete das Foto und dachte nach. Nun schloss sie die Augen. Dann sagte sie: »Eine alte Frau, am Ende ihres Lebens, die sich an früher erinnert – vielleicht wollte sie genau das tun, was du dir gerade mit deiner Freundin gewünscht hättest.«

Sie öffnete die Augen wieder und sah ihn an.

»Sich verabschieden?«

»Ihre Angelegenheiten regeln. Bilanz ziehen, oder wie auch immer man das nennen könnte. Reinen Tisch machen. War sie krank?«

»Nein. Nicht dass ich wüsste.«

Petry sah auf die Flasche Saint-Émilion auf dem Couchtisch und überlegte, warum Erica Mrosko eine solche mit nach oben gebracht hatte. Hatte sie sie zu einem besonderen Anlass trinken wollen?

»Vielleicht wollte sie in ihrem Brief ein Geständnis ablegen«, fügte Sophie wie selbstverständlich hinzu und nahm einen weiteren Schluck.

Petry stutzte. »Ein Geständnis?«

»Das wäre doch naheliegend.«

»Darauf bin ich noch gar nicht gekommen«, sagte Petry nachdenklich. »Ich habe bisher immer vermutet, dass sie uns eher etwas melden wollte.«

»Keine Ahnung«, meinte Sophie nachdenklich. »Je nachdem kann das ja auch etwas sein, was man gesteht ... Aber womöglich liege ich auch falsch. Du kannst so etwas bestimmt viel besser einschätzen.«

»Nein, das ist sehr interessant. Kann sein, dass mir das weiterhilft. Danke jedenfalls für den Anstoß.«

Petry schmeckte dem nächsten Schluck Wein nach. Umso wichtiger erschien ihm nun die Frage, was die fehlenden Bilder zeigten. Falls sie tatsächlich von Matthias Winter stammten und er darauf noch etwas aus Erica Mroskos Vergangenheit festgehalten haben sollte – hatte es diesmal mit einem Verbrechen zu tun? Etwas, das auf ihrem Gewissen gelastet hatte?

Sophie rückte ein Stück näher an ihn heran.

»Vielleicht sollte man sich daran ein Beispiel nehmen«, sagte Sophie. »Und das viel öfter tun.«

»Was?«

»Seine Angelegenheiten regeln. Das tun, was man wirklich will. So, als ob einem nicht mehr viel Zeit bliebe.«

Sie wandte den Kopf und sah ihn an. Von ihrem Blick wurde ihm ganz warm. Ihr Kopf sank seinem entgegen, Petry beugte sich zu einem Kuss herab.

Da wurde die Wohnungstür aufgeschlossen, und eine junge, helle Stimme rief: »Mama ...?«

Sophie schreckte jäh zurück und richtete sich auf. Petry sah sie überrascht an. Sophie selbst blickte zum Flur.

Unmittelbar darauf kam eine ungefähr sechzehnjährige hochgewachsene Blondine hereingestürmt. Sie war nach der neuesten Mode gekleidet, trug einen kurzen Rock und hatte ein Nasenpiercing.

»Mama, du kannst dir nicht vorstellen, was ...« Sie wirkte aufgewühlt, hielt jedoch nun mitten im Schritt inne und blickte auf Petry.

»Ach, du hast Besuch?«

»Ja. Das ist Petry – und das ist meine Tochter Hannah«, sagte Sophie mit belegter Stimme.

»Hallo«, grüßte Petry.

Hannah war sichtlich kurz davor zu weinen.

»Hallo, ich wollte euch nicht stören!«, rief sie. »Ich geh ins Bett!«

»Warte doch mal, mein Schatz«, sagte Sophie und sprang auf. Kaum war sie bei Hannah angelangt, sank ihre Tochter ihr in die Arme.

»Ich hab Schluss gemacht …«, schluchzte sie. »Es ging einfach nicht mehr …«

Petry und Sophie wechselten einen schnellen Blick über die Schulter des weinenden Teenagers hinweg.

Petry stand auf. »Ich lasse euch dann mal besser allein …«

»Du musst nicht gehen«, sagte Sophie betreten.

»Redet doch in Ruhe miteinander«, insistierte Petry. »Hat mich gefreut, Hannah.«

Die Tochter sagte etwas, das nicht zu verstehen war, und sank auf die Couch, wo er eben gesessen hatte. Petry nahm sein Handy und ging auf den Flur hinaus.

»Ich bin gleich wieder da, Schatz«, sagte Sophie an Hannah gewandt und folgte Petry.

»Tut mir leid«, sagte sie an der Tür. »Ich hatte ja gesagt, dass ich auch noch nicht alles erzählt hatte. Natürlich wollte ich dir heute sagen, dass meine Tochter hier bei mir lebt, aber dann kam uns erst etwas anderes dazwischen.«

»Du musst dich nicht entschuldigen«, sagte Petry. »Das ist schon in Ordnung, kümmere dich um sie. Es war ja auch ein langer Tag, und morgen …«

Er lächelte ihr aufmunternd zu. Sophie rang sich nach einem kurzen Zögern ebenfalls zu einem Lächeln durch.

»Stimmt«, sagte sie.

»Danke für den Saint-Émilion«, sagte er und ging zur Tür hinaus.

11

Als Petry aufwachte, lag er noch eine Weile auf der Seite, so wie er eingeschlafen war, und ließ sich Zeit, allmählich in diesem neuen Tag anzukommen. Er fühlte sich unbeschwert und gut, doch je klarer seine Gedanken wurden, desto stärker machte sich in ihm das Gefühl breit, dass etwas nicht stimmte. Ricarda lag neben ihm im Bett, doch sie war noch nicht wach geworden. Dabei war sie doch meistens schon lange vor ihm auf. Normalerweise rauchte sie bereits eine Morgenzigarette und ging auf dem Handy ihre Nachrichten und E-Mails durch. Er wälzte sich herüber und sah sie mit geschlossenen Augen auf dem Rücken liegen, den Kopf zur Seite gelehnt und die Hände seltsam verkrampft. Er beugte sich über sie, um sie wach zu küssen, doch ihre Haut, auf die seine Lippen trafen, war seltsam kalt, und ihm war, als liefe glühendes Eisen in seine Magengrube.

»Schatz«, hörte er sich sagen, und was dann folgte, kam ihm entfernt bekannt vor und war dennoch nicht weniger schmerzhaft: der Versuch, sie wach zu rütteln, immer verzweifeltere Schreie und dann die ungeheure Erkenntnis, dass sie nicht aufwachte, dass sie nie mehr aufwachen würde, dass sie tot war. Die unerklärliche Frage, was um Himmels willen geschehen war, wo gestern doch noch alles ganz normal und gut gewesen zu sein schien, der hektische Notruf und das Warten auf den Notarzt, währenddessen Versuche, sie durch Mund-zu-Mund-Beatmung und Herzmassage zu reanimieren. Eine albtraumartige Lawine von Gefühlen übermannte Petry ...

Und dann wachte er auf, womöglich weil sein Bewusstsein den immer wiederkehrenden Albtraum, neben seiner toten Freundin aufzuwachen, nicht mehr aushielt und beendete.

Verzweifelt keuchend und den Tränen nah starrte er auf die leere Seite des Bettes, wo sie damals gelegen hatte, aber niemals mehr liegen würde. Die Ärztin war bereits nach sieben Minuten eingetroffen, doch sie hatte nur noch den Tod von Ricarda feststellen können. Sie hatte auch gesagt, dass sie bereits Stunden zuvor gestorben sein musste, ganz plötzlich und friedlich, im Schlaf, und dass Petry sich folglich keine Vorwürfe machen dürfe. Erst die Autopsie hatte ergeben, dass sich ein Blutgerinnsel in Ricardas Gehirn gebildet hatte, das in jener Nacht den tödlichen Hirnschlag ausgelöst hatte. Sie war vierunddreißig Jahre alt gewesen, sportlich, schlank und schien – davon abgesehen, dass sie rauchte und Alkohol trank und zu viel arbeitete – kerngesund zu sein.

Petry nahm eine kalte Dusche und trank dann einen heißen Espresso mit aufgeschäumter Milch, um den Albtraum wieder aus dem Kopf zu bekommen. Zum Glück hatte er ihn inzwischen nicht mehr so häufig wie in der ersten Zeit.

Er atmete ruhiger und dachte an gestern Abend. Dass Sophie eine Tochter hatte, störte ihn nicht, auch wenn er eine leise Verwunderung darüber verspürte, dass sie es ihm zunächst verheimlicht hatte. Zwar verkomplizierte es die Verhältnisse, dass sie nicht alleine wohnte.

Er hatte jedoch das Gefühl, gestern einen wichtigen Schritt getan zu haben. Auch wenn es nur beinahe zum Kuss gekommen war, er wusste jetzt, dass er Sophie gerne küssen wollte und in der Lage dazu war, ohne das Gefühl zu haben, dass er Ricarda dabei untreu wurde. Doch ob er wirklich schon bereit war, eine neue Beziehung zu beginnen, das würde er erst noch herausfinden müssen.

Er war noch etwas benommen, als er das Café betrat. J.R. saß bereits an seinem Tisch. Er grüßte ihn, beugte sich zu dem Spitz herab und streichelte ihn. Von draußen drang der gewohnte Baulärm zu ihnen herein.

»Hoffentlich haben sie diese Grube bald ausgehoben!«

»Ich war bei der Baufirma, mich beschweren.« J.R. grinste. »Dabei habe ich eine sehr nette Frau kennengelernt, Doris.«

Petry gratulierte und wünschte ihm viel Erfolg. Dann setzte er sich auf seinen üblichen Platz am Fenster. Fabiana kam zu ihm und begrüßte ihn mit einem strahlenden Lächeln. Kurz darauf bekam er sein Frühstück serviert und begann es zu verzehren, schnitt mit Messer und Gabel das Eigelb des Spiegeleis auf, worauf es auf dem Teller verfloss.

Da ließ sich jemand auf den Platz ihm gegenüber fallen, und es war keiner der üblichen Gäste.

»Servus, Petry!«

»Servus, Bob«, sagte Petry und schaffte es zu grinsen.

Bob Permaneder, der Journalist vom *Münchner Kurier*, sein bester Freund seit Schulzeiten, war ein großer, gut aussehender Mann von sehr einnehmendem Wesen, der immer ein bisschen so redete, als würde er einen auf die Schippe nehmen.

»Da soll's einen Mord gegeben haben, an einer Buchhändlerin, nicht weit von hier«, sagte Bob mit einem vorwurfsvollen Unterton. »Und ich muss es bei der Konkurrenz lesen, ohne dass du mir Bescheid sagst, Petry?«

Er brach sich ein Stück Breze ab, tunkte es in Petrys Eigelb und führte es zum Mund. Er war einer der ganz wenigen Menschen, die so etwas tun durften. Petry und er hatten noch ganz andere Dinge geteilt, seit Petry mit vierzehn in Bobs Klasse gekommen war – den einen oder anderen Liebeskummer und das Hadern mit der Waldorfschule, die beide ab der Pubertät eher peinlich gefunden, aber gemeinsam ertragen hatten.

»Du bist doch noch bei der Mordkommission, oder hat sich daran was geändert?«

»Bin ich, aber der Fall ist kompliziert, ich muss mir selbst erst einen Überblick verschaffen«, sagte Petry und rückte seinen Teller näher zu sich heran. »Bestell dir halt selber was ...«

»Warum kompliziert?«, fragte Bob kauend.

»Unter drei«, sagte Petry mit warnendem Blick und trank einen Schluck Orangensaft. Es war ihr Codewort für Dinge, die er Bob im Vertrauen sagte und die nicht zur Veröffentlichung bestimmt waren, so wie Journalisten und Politiker im Berliner Regierungsviertel es in Hintergrundgesprächen nutzten. »Die Tote wollte mir einen Brief schreiben, offenbar anonym. Wir haben nur den beschrifteten Umschlag gefunden, adressiert an mich und die Mordkommission.«

»Aber keinen Brief?«, fragte Bob hellwach. Petry schüttelte den Kopf. Bob pfiff durch die Zähne. »Und du hast keine Ahnung, worum es gehen könnte?«

»Ich kannte sie nicht einmal, aber Ricarda hat bei ihr Bücher gekauft«, sagte Petry. »Im Moment gibt es da nicht viel Substanzielles zu erzählen. Es gab ein paar junge Rechtsradikale, die ihr im Buchladen Ärger gemacht haben, sie war eine alte Linke. Aber das hat nicht unbedingt mit dem Mord zu tun.«

»Und sonst?«, fragte Bob. Er hatte Petry nach Ricardas Tod rührend beigestanden und sogar zeitweise bei ihm übernachtet, sich zudem für ihn um zahlreiche Formalitäten gekümmert. Er war ein echter Freund.

»Ich hatte gerade den Albtraum«, sagte Petry. »Ich kann inzwischen ja damit umgehen, aber er kommt einfach immer wieder.«

»Du brauchst jemand Neues«, schlug Bob vor und begrüßte mit einem strahlenden Lächeln Fabiana, die an ihren Tisch trat. Für einen kleinen Moment sah es sogar so aus, als erwiderte sie es. Die beiden hatten sich über Petry kennengelernt, einen One-Night-Stand miteinander gehabt und danach einvernehmlich beschlossen, es dabei zu belassen. Bob bestellte einen Milchkaffee und sah ihr nach, als sie wegging. »Ich sag dir doch, verabrede dich endlich mal mit Fabiana.«

»Ach, wir sind doch nur befreundet«, sagte Petry und wischte mit dem letzten Brezenstück seinen Teller sauber. »Aber Daniel und Ingrid haben mich zu einem Date gedrängt, und es hat sich sehr gut angelassen. Mal schauen. Sie heißt Sophie.«

»Glückwunsch, Petry. Ich drück dir die Daumen. Du wirst wieder jemanden finden, da bin ich sicher. Du bist gemacht für eine Beziehung.«

»Und bei dir?«

»Ach, kennst mich doch – es ist alles im Fluss …«, sagte Bob und dankte Fabiana mit einem Zwinkern, als sie ihm den Kaffee hinstellte. Bobs Wirkung auf Frauen war beachtlich. Ricarda hatte immer wieder bewundert, wie attraktiv die Frauen waren, die er zu ihren Treffen mitbrachte, allerdings auch seltsam gefunden, wie häufig sie wechselten.

»Apropos. Erica Mrosko, die Tote, hat übrigens früher in der Kommune von Jürgen Köster gelebt, ich hab ihn gerade kennengelernt. Du weißt doch sicher mehr über ihn?«

»Oh«, sagte Bob und schlürfte seinen Kaffee. »Mit dem sei ein bisschen vorsichtig.«

»Warum?«

Natürlich hatte Bob als Lokalreporter mit der Legende schon zu tun gehabt. Darauf hatte Petry gehofft.

»Köster wirkt immer sehr freundlich, aber er weiß, wie er sich verkaufen muss. Diese alten Kommunarden tun so esoterisch, aber im Grunde spielen sie nur eine Rolle, auf die sie sich mal festgelegt haben, und was einer wie Köster in Wahrheit denkt, liegt tief drunter versteckt. Und sie sind ziemlich reaktionär. Die wollten mal ganz anders sein als ihre Väter, aber jetzt machen sie genau das nach, was die gemacht haben. Köster ist ein Patriarch alter Schule. Schau dir seine Polyamorie doch an.«

»Kommt dir das Lebensmodell nicht bekannt vor?«, fragte Petry grinsend.

»Ach geh, gegen den bin ich doch ein Softie. Ich verehre meine Frauen, ich spiele sie nicht gegeneinander aus.«

»Ich hatte auch den Eindruck, dass er Menschen vor allem manipulieren will«, nickte Petry. »Offenbar kann er sie recht gut einschätzen. Er hat mir auf den Kopf zu gesagt, ich hätte einen großen Verlust erlitten. Du hast recht, es geht ihm um Macht. Und er hat einem alten Freund die Freundin ausgespannt. Sie lebt jetzt bei ihm in der Wohngemeinschaft.«

Bob überlegte. »Das habe ich schon öfter über ihn gehört. Er hat offenbar einen ganz eigenen Begriff von Freundschaft.«

»Der Freund heißt übrigens Matthias Winter, ein Maler und früherer Professor an der Kunstakademie, kennst du den?«, sagte Petry und winkte Fabiana heran.

Bob verzog das Gesicht. »Nicht persönlich. Ich hatte nur mal eine Affäre mit einer Studentin von ihm. Das muss ein ganz komischer Typ sein. Winter ist wohl auch öfter mal gewalttätig geworden, hat sie erzählt. War in Schlägereien mit Studenten verwickelt und so etwas.«

»Wirklich? Er ist doch ein alter Mann?«

»Und offenbar notorisch streitsüchtig.«

»Interessant.« Petry blickte ihn ernst an. »Aus der Wohnung der Toten wurden zwei Bilder gestohlen, möglicherweise von ihm. Sind seine Werke wertvoll?«

»Könnte schon sein«, sagte Bob. »Ich glaube, er war recht erfolgreich. Aber das ist schon länger her.«

»Ich muss jetzt gehen und weiterermitteln.« Petry zückte sein Portemonnaie und holte den üblichen Betrag heraus.

»Ich würde dich einladen, aber du bist ja nicht korrupt«, sagte Bob und umarmte ihn. »Lass dich nicht runterziehen, Petry.«

»Du dich auch nicht. Was wirst du über den Fall Erica Mrosko schreiben?«

»Vorerst nur ein bisserl was über Kommunen und Altachtundsechziger, die noch hier unter uns weilen und unser Viertel beleben, aber allmählich nach und nach aussterben.«

»Klingt super. Bis bald.«

Als Petry mit der Vespa vor dem K11 eintraf, wurde Alina Schmidt gerade von ihrem Vater dort abgesetzt. Sie entstieg einem Familien-Van, auf dessen hinterer Rückbank zwei Kleinkinder in Kindersitzen auszumachen waren, von denen sie sich nun verabschiedete.

»Hallo, Herr Schmidt«, grüßte Petry.

Karlheinz Schmidt beugte sich vor und blickte durch das Beifahrerfenster. Er war ein rotgesichtiger, weißhaariger alter Mann, mit dem zu seinen Glanzzeiten im K11 nicht gut Kirschen essen gewesen war und der immer zu laut redete.

»Ach, Sie sind es, Petry! Ja, meine Tochter hat mir schon erzählt, dass sie jetzt mit Ihnen arbeitet.«

»So ist es«, sagte Petry. Alina Schmidt wandte den Kopf. Er konnte ihr ansehen, dass sie wenig begeistert darüber war, Thema ihrer Konversation zu sein. Oder überhaupt mit ihrem Vater bei dessen alter Dienststelle vorfahren zu müssen, weil es offenbar nicht anders ging.

»Wie ergeht es Ihnen im Ruhestand?«, fragte er ihren Vater, um abzulenken.

»Die Enkel halten mich auf Trab«, ächzte Schmidt und zeigte auf die Kinder auf der Rückbank. Das ältere war ein Junge, das jüngere ein Mädchen. Petry winkte vage in ihre Richtung. »Eigentlich wollte ich ja ein Buch schreiben und die Geschichten meiner alten Fälle nacherzählen, ich habe mir extra ein Archiv angelegt. Aber Sie werden es nicht glauben, man kommt ja zu nichts...«

»Vielleicht später, wenn die Enkel älter sind«, sagte Petry höflich. »Einen schönen Tag noch, Herr Schmidt.«

Er wollte weitergehen, doch der Alte wollte unbedingt etwas loswerden.

»Das scheint ja übrigens ein kniffliger Fall zu sein«, sagte Schmidt. »Und ob Sie da mit Ihren neuen Methoden weiterkommen, Petry, also, ich weiß nicht ... Bei Mord muss man ganz simpel denken, Petry, ganz simpel, das habe ich meiner Tochter auch schon gesagt ...«

»Tschüss, Papa«, sagte Alina Schmidt schnell. »Tschüss, ihr Mäuse, viel Spaß in der Kita!«

Die Kinder lachten und riefen fröhlich vom Rücksitz aus: »Tschüss, Mama!«

Karlheinz Schmidt reagierte beleidigt und mit rotem Kopf darauf, dass sie ihm das Wort abgeschnitten hatte. Mit Kavaliersstart fuhr er an und lenkte den Van vom Eingang weg auf die Straße. Dort zog er davon. Beide sahen ihm hinterher.

»Haben Sie irgendetwas Neues?«, fragte Alina betont sachlich. Offenbar war es ihr unangenehm, dass er einen Einblick in ihr Privatleben bekommen hatte, und sie wollte so schnell wie möglich in den Arbeitsmodus übergehen.

»Was Fakten betrifft, noch nicht. Sollte sich daran etwas ändern, sage ich sofort Bescheid.«

Er hatte sowieso nicht vorgehabt, ihr von seinen Ideen zu erzählen, die bislang nur vage waren. Sie ging vor ihm durch die Tür und hielt sie ihm auf. Gemeinsam liefen sie zum Aufzug.

»Sagen Sie, was hat die Autopsie von Frau Mrosko denn ergeben?«, fragte Petry, während sie nach oben fuhren.

»Tödliche Verletzung mit einer Stichwaffe. Die Halsschlagader wurde durchtrennt«, sagte Alina Schmidt. »Der Tod muss sehr schnell eingetreten sein, etwa gegen neunzehn Uhr. Aber es hat sich noch etwas anderes gezeigt ...«

»War sie krank?«, warf Petry ein.

Sie sah ihn überrascht an.

»Ja. Frau Mrosko hatte Bauchspeicheldrüsenkrebs, unheilbar, sie hatte nicht mehr lange zu leben. Wie kommen Sie darauf?«

»Nun, wenn sie davon wusste, hatte sie einen Grund mehr, diesen Brief zu schreiben. Die ungeschminkte Wahrheit zu sagen. Keine Rücksicht zu nehmen.«

»Das stimmt natürlich«, sagte Alina. »Noch wichtiger finde ich einen anderen Schluss, den man daraus ziehen kann.«

»Nämlich?«

»Wenn jemand auf ein Erbe spekulierte, wusste derjenige, dass er oder sie nicht mehr lange darauf warten musste. Wer allerdings nicht damit rechnen durfte zu erben, der ist unter Zugzwang geraten.«

Die Aufzugtür öffnete sich mit einem klingenden Ton.

»Wenn er davon wusste ... Sie denken an den Neffen?«

»Richtig geraten«, sagte die Kommissarin.

In diesem Moment meldete sich ihr Handy.

»Schmidt«, sagte sie und lauschte.

»Ich komme sofort«, rief sie dann.

Ihr Gesicht war gerötet, und sie sah aufgeregt aus.

»Was ist los?«, fragte Petry.

»Unser Observationsteam hat Alarm geschlagen. Es hat beobachtet, wie der Neffe zu einer Kunstgalerie in Harlaching gefahren ist. Er hat sie soeben betreten, und er hat ein Gemälde dabei.«

12

Die Kommissarin schaltete das Blaulicht und die Sirene ein und jagte den BMW mit Höchstgeschwindigkeit über den Ring. Selbst dabei schaffte sie es, eine ihrer Zigaretten zu rauchen.

Während der ganzen Fahrt hielt Alina Schmidt Funkkontakt mit den Kollegen, die Pierre Endrulat vor Ort weiter überwachten. Sie gab ihnen die Anweisung, sofort einzugreifen, falls Endrulat die Galerie wieder verlassen sollte.

Nachdem sie vom Ring abgefahren waren, durchquerten sie Harlaching, einen Villenvorort im reichen Süden Münchens, auf dem Weg Richtung Grünwald. Hier reihten sich entlang des Isarhochufers Bungalows und Villen aneinander, die kein Polizeibeamter sich je würde leisten können.

Die Galerie Eberle lag in einer belebten Straße neben einer italienischen Trattoria. Alina Schmidt fuhr nun langsamer, ohne Blaulicht und Sirene. Gegenüber der Galerie hielt sie an, damit sie sich zunächst einmal einen Überblick verschaffen konnten. Direkt vor ihnen stand ein weißer Toyota, in dem die beiden Männer vom Überwachungsteam saßen, die sie über Funk in die Lage einwiesen.

Die Galerie war von außen durch ein Schaufenster gut einsehbar. Sie bestand aus einer großen Ladenfläche, wo großformatige Bilder an den Wänden hingen. Ganz hinten an einem Schreibtisch saß Pierre Endrulat einem Mann gegenüber, offenbar der Galerist. Endrulat sei vor über einer halben Stunde mit einem großen gerahmten Bild hineingegangen, erfuhren Petry und Alina Schmidt. Seither befänden sich die beiden dort im Gespräch.

»Na, dann mal los«, sagte Alina Schmidt zu Petry und war schon halb aus dem Wagen ausgestiegen.

Sie betraten den Verkaufsraum. Die Türglocke erklang.

»Grüß Gott«, sagte Alina freundlich. »Hauptkommissarin Alina Schmidt von der Münchner Mordkommission.«

Endrulat fuhr herum und lief sofort rot an. Er hatte wohl nicht im Entferntesten damit gerechnet, dass man ihn beobachten würde.

»Harald Eberle«, stellte sich der Galerist vor. Er hatte einen kahl rasierten Charakterkopf mit einer bunten Brille und trug ein wild geblümtes Hemd, das an einem Mann um die sechzig gewagt aussah. »Darf ich fragen, was Sie wünschen?«

Das gerahmte Gemälde lehnte neben dem Schreibtisch an der Wand. Petry konnte auf den ersten Blick einschätzen, dass es sich um das großformatigere Bild aus Frau Mroskos Wohnung handeln musste, das von der breiten Wand im Wohnzimmer.

»Das ist ja ein besonders schönes Gemälde, Herr Endrulat«, sagte Alina Schmidt statt einer Antwort. »Woher haben Sie das denn?«

Frau Mroskos Neffe begann zu stottern, doch sie unterbrach ihn gleich wieder: »Ich würde mir an Ihrer Stelle sehr gut überlegen, was ich jetzt sage. Oder wollen Sie, dass wir dieses Bild in die Wohnung Ihrer Tante tragen und dort mit den Lücken an der Wand vergleichen?«

Endrulat blickte ziemlich belämmert drein.

»Geben Sie zu, dass Sie es von dort gestohlen haben?«

»Ich möchte einen Anwalt hinzuziehen. Vorher sage ich gar nichts«, stieß er hervor.

»Das ist Ihr gutes Recht, und dazu kann ich Ihnen auch nur raten«, sagte Alina. »Pierre Endrulat, ich nehme Sie hiermit wegen dringendem Tatverdacht im Fall Erica Mrosko fest.«

Sie winkte die beiden Kollegen von draußen herein, die

sich des Neffen annahmen und ihm Handschellen anlegten. Petry ging derweil in die Knie und betrachtete das Gemälde eingehend. Es war ein Ölbild und zeigte mit kräftigen Strichen das Porträt eines jungen Mannes mit schwarzen Locken. Seinen Kopf umgab eine Aura aus mehreren grellen Farbkreisen, sodass es aussah, als würde dieser gerade explodieren. Es war etwas ganz anderes, als Petry sich vorgestellt hatte, und erinnerte in keiner Weise an Matthias Winters Gemälde aus Kösters Wohngemeinschaft. Auch die Signatur war nicht seine. Auf Anhieb wirkte es wie ein Bild nicht nur mit großem Reiz, sondern auch von beträchtlichem Wert.

»Was um Himmels willen hat das alles zu bedeuten?«, fragte der Galerist mit rotem Kopf.

»Dieses Gemälde ist konfisziert. Es ist mutmaßlich ein Beweisstück in einem Mordfall«, antwortete Alina.

Der Galerist stand abrupt auf und trat zwei Schritte zurück, als wollte er sich von seinem Kunden distanzieren. »Davon hatte ich keine Ahnung. Der Herr hat es mir gerade erst angeboten, ich kannte ihn gar nicht.«

»Was können Sie uns zu dem Bild sagen? Von wem stammt es?«, fragte Petry, der immer noch das Gemälde im Blick hatte.

»Das ist ein Bud Perkins«, sagte der Galerist, »ein Amerikaner, der lange in München gelebt hat. Er ist vor ein paar Jahren verstorben.«

»Also ein bekannter Künstler?«, fragte Alina Schmidt. »Haben Sie schon ein Angebot gemacht? Wie viel ist es wert?«

»Das ist frei verhandelbar!«, rief Eberle. »Die Preise für diesen Künstler sind seit seinem Tod um einiges gestiegen, aber ...«

»Haben Sie nachgeprüft, woher er das Bild hat?«, fragte die Hauptkommissarin.

»Eine Schenkung aus Privatbesitz, hat er gesagt. Ich hatte keinen Anlass, das zu bezweifeln. Dass es mit großer Sicherheit ein Original ist, konnte ich selbst einschätzen. Ich kannte Bud Perkins persönlich, aber es ist ein sehr frühes Bild ...«

Er zeigte auf die Signatur. BP 1970.

»Was haben Sie ihm dafür geboten?«, fragte Petry.

»Neunzehnhundert Euro«, sagte der Galerist widerwillig. »Als erstes Angebot ...«

Petry sah von ihm zu Endrulat. »Aber Sie hatten gehofft, dass Sie viel mehr bekommen?«

Der Neffe blickte zu Boden und schwieg.

»Er war damit nicht einverstanden. Er hat behauptet, es sei das Zehnfache wert«, antwortete der Galerist.

Pierre Endrulat zog eine schmerzverzerrte Grimasse.

»Ein bislang unbekanntes Bild, das muss doch etwas wert sein!«, rief er.

Petry nahm es noch einmal genau in Augenschein. »Wen zeigt es?«

»Keine Ahnung.«

Petry holte sein Handy hervor und fotografierte es.

Zurück im K 11 nahmen Petry und Alina Schmidt das große Gemälde mit in den Verhörraum und stellten es dort auf.

Sie hatten Endrulat Zeit für die Beratung mit seinem herbeigerufenen Anwalt eingeräumt. Offenbar hatte das Gespräch ihn etwas beruhigt. Endrulat war bleich, wirkte aber gefasst. Der Mann neben ihm kam ganz offensichtlich keineswegs aus einer der glamourösen Kanzleien, die es in München reichlich gab. Er trug einen schlecht sitzenden Anzug mit Schweißflecken und eine nachlässig gebundene Krawatte.

»Mein Mandant möchte sich nun eingehend zum Sachverhalt einlassen«, sagte der Anwalt.

Alina Schmidt schaltete die Videokamera ein. »Dann bitte, Herr Endrulat.«

»Ich bin an jenem Abend um kurz vor neun zu meiner Tante gefahren, um sie zu Hause zu besuchen«, begann Endrulat. »Lassen Sie mich gleich offen sagen, dass ich sie dabei um Geld bitten wollte.«

Er blickte Beifall heischend zu seinem Anwalt, und dieser nickte ihm zu.

»So wie schon ein paarmal davor?«, warf die Kommissarin ein.

Endrulat nickte. »Ja. Diesmal brauchte ich es, um einen größeren Mietrückstand zu bezahlen. Ungefähr fünftausend Euro. Ich habe unten geklingelt, aber Tante Erica hat nicht geöffnet, also bin ich ins Haus hinein und nach oben gegangen. Als ich vor ihrer Wohnungstür ankam, habe ich gesehen, dass diese nur angelehnt war. Das kam mir seltsam vor. Ich habe noch einmal geklopft und nach ihr gerufen, aber sie hat nicht geantwortet. Daraufhin bin ich hineingegangen und habe sie in einer Blutlache auf dem Flur liegen sehen. Ich wollte mich sofort um sie kümmern, aber sie war schon tot, das war unverkennbar. Ich war natürlich total schockiert!«

Er sah die junge Hauptkommissarin mit Unschuldsmiene an und klimperte mit den Augen.

Sie ließ sich davon nicht beeindrucken.

»Reden Sie weiter. Was haben Sie dann gemacht? Warum haben Sie nicht die Polizei gerufen?«

»Das wollte ich zuerst tun. Ich bin in das Erkerzimmer gelaufen, aber ich habe mich erst mal umgeschaut, und dort habe ich dann gesehen, dass ein Bild fehlte, neben dem Schreibtisch. Der Mörder hatte es offenbar mitgenommen ... Na ja, und dann kam mir die Idee. Dass ich ja nun ebenfalls ein Bild mitnehmen könnte. Keiner würde merken, dass ich das war. So könnte ich dann wenigstens ein

Bild zu Geld machen. Denn das Problem war ja, mein Geld würde ich jetzt nicht mehr bekommen, und ich brauchte es so dringend …«

Alina und Petry sahen ihn stumm an.

»Es ist mir total peinlich, aber das war, was ich gedacht habe, Ehrenwort …«

Der Anwalt hob mahnend die Hand, und Endrulat zuckte zusammen.

»Ja, ich soll das nicht sagen, ich weiß … Jedenfalls bin ich dann ins Wohnzimmer gelaufen und habe dieses Bild da abgehängt«, er zeigte auf das Gemälde von Bud Perkins, »und dann bin ich gegangen und habe es mitgenommen. Die Wohnung habe ich ansonsten so zurückgelassen, wie ich sie vorgefunden habe … Und die Tür stand wie gesagt vorher schon offen.« Er fügte schnell hinzu: »Für meine Tante konnte ich ja sowieso nichts mehr tun, und ich war mir sicher, dass jemand sie irgendwann finden würde, so wie ich sie gefunden habe, und so war es ja dann auch …« Er atmete tief durch und lehnte sich zurück.

Alina Schmidt nickte langsam vor sich hin.

»Soso«, sagte sie mit kaum unterdrücktem Sarkasmus. »Das ist mal eine interessante Geschichte! Und wie war das –, jetzt wollten Sie dieses Bild hier ganz schnell loswerden, weil Sie gemerkt haben, dass wir uns dafür interessieren?«

»Ja, ich hab mir große Sorgen gemacht …«, stimmte Endrulat zu. »Na ja, dass Sie mich für den Mörder halten werden, wenn Sie das Bild bei mir finden!«

»Tja, das haben Sie richtig erkannt, Herr Endrulat. Es bleibt uns kaum etwas anderes übrig«, sagte Alina Schmidt. »Sie haben uns angelogen, Sie seien zur Tatzeit alleine zu Hause gewesen. Und erst jetzt, nachdem wir Sie mit dem Bild ertappt haben, geben Sie uns eine so wichtige Information, nämlich dass Sie doch bei Ihrer Tante waren und sie angeblich bereits ermordet aufgefunden haben? Gehen wir es mal durch – das war laut Ihrer Aussage um kurz vor neun?«

»Ja, ich habe noch auf die Uhr geschaut. Weil ich sie nicht zu spät besuchen wollte.«

»Vorher angerufen haben Sie sie nicht?«

»Nein.«

»Gibt es denn irgendwelche Zeugen dafür, dass Sie dort waren, um kurz vor neun oder wann auch immer, und wann Sie wieder gefahren sind? Oder wenigstens dafür, dass Sie das Bild transportiert oder nach Hause gebracht haben?«

Endrulat schüttelte betreten den Kopf.

Alina Schmidt fuhr fort: »Und wenn wir jetzt bei Ihnen zu Hause nachsehen, dann sind Sie sich sicher, dass wir nicht das zweite Bild dort finden werden, das aus der Wohnung gestohlen wurde? Denn wir *werden* nachsehen. Natürlich ist es höchst naheliegend anzunehmen, dass Sie auch dieses Bild genommen haben.«

Sie sah ihn herausfordernd an.

»Nein, das habe ich wirklich nicht, Frau Kommissarin … Entschuldigung, Frau *Hauptkommissarin*. Es war wirklich schon weg, als ich hereinkam und meine Tante tot aufgefunden habe. Das ist die Wahrheit! Der Mörder muss es mitgenommen haben, dadurch kam ich ja erst auf die Idee …«

»Selbst wenn wir es nicht finden – wer garantiert uns denn, dass Sie es nicht irgendwo versteckt haben, bis Sie es hätten hervorholen können?«

Endrulat hielt weiter den Kopf gesenkt. Er antwortete nicht.

»Es sieht nicht gut für Sie aus, Herr Endrulat. Und wir werden Sie in Untersuchungshaft behalten müssen.«

»Das hat mein Anwalt auch gesagt«, flüsterte er heiser.

»Bitte bedenken Sie, dass mein Mandant jetzt immerhin offen und rückhaltlos die Wahrheit gesagt hat, obwohl sie sehr unvorteilhaft für ihn ist«, warf der Anwalt ein.

»Wir werden herausfinden, ob es diesmal die Wahrheit ist«, sagte Alina Schmidt und wollte schon aufstehen. Petry hob die Hand, und sie hielt inne.

»Bitte, Herr Petry, wenn Sie noch eine Frage haben?«

»Danke, Frau Hauptkommissarin.« Er wandte sich dem Neffen zu. »Herr Endrulat, als Sie in der Wohnung Ihrer Tante waren, da haben Sie sich unter all den Gemälden gerade dieses eine Bild ausgesucht und es mitgenommen, weil Sie geglaubt haben, dass es am wertvollsten ist, nicht wahr?«

Er zeigte auf das Werk vor ihnen. Endrulat senkte den Blick auf die Tischplatte.

»Ja«, sagte er dann widerwillig.

»Sie kennen sich damit also besser aus, als Sie neulich zugegeben haben. Sie haben sogar richtiggehend einen Blick dafür«, sagte Petry. »Ich glaube, Sie wissen auch genau, was auf dem fehlenden zweiten Gemälde zu sehen ist. Und dass Sie es uns nur verschwiegen haben, weil das ganze Thema der Bilder für Sie heikel war.« Endrulat sah ihn schuldbewusst an und dann schnell wieder weg. »Ich glaube Ihnen, dass Sie das zweite Bild nicht haben. Aber Sie müssen uns jetzt sagen, was Sie darüber wissen.«

»Okay.«

»Wissen Sie, wer es gemalt hat?«

»Nein. Das weiß ich leider nicht.«

»Was stellt es denn dar?«

Endrulat presste die Fäuste zusammen. Dann sagte er: »Ein Feuer.«

»Beschreiben Sie es mir bitte genauer?«

Endrulat sah auf den Boden, als befände sich dort das Bild.

»Es zeigt ein großes Feuer und Menschen, die darin verbrennen. Wirklich zum Gruseln. Um sie herum lodern rote und orange Flammen. Sie wirken, als würden sie tanzen …« Er hob den Blick. »Aber es sieht aus wie in der Hölle.«

13

Während Alina Schmidt Endrulat abführen ließ und die Formalitäten erledigte, legte sich Petry auf die Couch im Büro und dachte mit geschlossenen Augen über all das nach. So fand sie ihn vor, als sie hereinkam und sich eine E-Zigarette gönnte.

»Sie glauben, dass er sie getötet hat«, stellte Petry fest und schlug die Augen auf.

»Ja, natürlich glaube ich das«, antwortete sie. »Wie könnte ich es auch nicht, angesichts dieser Faktenlage. Er hat kein Alibi, aber ein klares Motiv: Habgier. Dass es ihm nur darum ging, hat er uns ja gerade bewiesen, mit seiner Schilderung, wie er auf seine tote Tante reagiert hat und was er dann getan haben will.«

Petry setzte sich auf. »Sie glauben also, er hat einen Einbruch vorgetäuscht und die Bilder gestohlen, um sie zu Geld zu machen? Und das hat für ihn einen Mord an seiner Tante gerechtfertigt?«

»Ich glaube, er wollte die Bilder stehlen und vielleicht auch noch etwas anderes, um schnell zu Geld zu kommen, oder er hat gehofft, dass irgendwo welches versteckt ist, und es gesucht – und sie hat ihn dabei überrascht, als sie vom Einkaufen nach Hause kam. Dafür spricht ja die Auffindesituation. Es kam zum Streit, und er hat zugestochen.«

Petry setzte sich auf seine Couch und verschränkte die Arme. »Ich finde, seine Geschichte ist so krude, dass sie vermutlich wahr ist.«

»Was ist denn das für ein Argument?« Alina Schmidt pustete kopfschüttelnd Dampf aus, der sich in ihrem Büro verteilte. »Das heißt, bei Ihnen kommt man mit jeder seltsamen Geschichte durch, solange sie nur krude genug ist und nicht mit den Fakten übereinstimmt?«

»Nein«, beharrte Petry. »Aber meine Einschätzung ist, dass die absurde Situation, in die er sich gebracht hat, etwas ist, was man sich kaum ausdenken kann. Die Wohnungstür stand ja offen, das haben wir am Tatort festgestellt. Es ist möglich, dass es genau so passiert ist, wie er gesagt hat. Gerade weil es ihn selbst in einem schlechten Licht dastehen lässt, so wie sein Anwalt sagt. Warum sollte er uns das erzählen, wenn es nicht wirklich so gewesen ist?«

»Um davonzukommen und den Mord nicht gestehen zu müssen, Petry.«

»Haben Sie die Durchsuchung der Wohnung von Herrn Endrulat schon veranlasst?«

»Selbstverständlich. Die haben die Kollegen bereits durchgeführt, ich habe sie gerade angerufen. Natürlich haben sie das zweite Bild nicht gefunden. Auch keine Tatwaffe oder irgendetwas anderes Belastendes. Aber so naiv ist selbst Endrulat nicht, dass er sie nicht hätte verschwinden lassen, nachdem er die Tat begangen hat. Er bleibt angesichts der Faktenlage unser Hauptverdächtiger.«

Petry lehnte sich tief in das Sofa zurück. »Das verstehe ich. Aber sagen Sie, Sie glauben also nicht mehr, dass der Brief eine Rolle gespielt hat?«

»Da wir ihn nun mal nicht haben, kann ich auch nichts mit dieser Information anfangen und halte mich lieber an handfeste Hinweise. Wir wissen noch nicht mal, ob Frau Mrosko wirklich einen geschrieben hat. Und wir können nur darüber spekulieren, was darin gestanden haben könnte.«

»Das stimmt. Trotzdem denke ich, dass Ihre ursprüngliche These zutrifft und der Brief eine Schlüsselrolle einnimmt.«

»Sagen Sie mir, welche.«

Petry zögerte.

»Es ist wieder nur ein Gefühl, nicht wahr?«

»Mir fehlt einfach noch ein Anhaltspunkt. Aber vielleicht liefert uns das gestohlene Bild einen? Ich bin mir sicher, dass Endrulat in Bezug auf das Bild die Wahrheit gesagt hat.«

»Und davor hat er darüber gelogen.«

»Aus nachvollziehbaren Gründen.«

Alina Schmidt schüttelte energisch den Kopf. »Und jetzt? Selbst wenn wir davon ausgehen, dass es ein Feuer zeigt – was wir nicht wissen, weil wir es nicht haben –, was bedeutet das? Vermutlich so viel oder so wenig wie das, was auf dem anderen Bild da drüben zu sehen ist. Genauso gut könnten wir dessen Inhalt interpretieren, um herauszufinden, was uns Frau Mrosko wohl sagen wollte. Bud Perkins, der dieses Porträt gemalt hat, ist jedenfalls eines natürlichen Todes gestorben. Er war einundachtzig und hatte einen Herzinfarkt.«

»Jetzt ziehen Sie es ins Lächerliche«, sagte Petry und versuchte, nicht beleidigt zu klingen. Es gelang ihm nicht ganz.

»Sagen Sie mir einen Satz dazu, der nicht mit ›vielleicht‹ anfängt, Petry. Sie können ja noch nicht einmal eine sinnvolle Verbindung zwischen Frau Mrosko und sich herstellen jenseits dessen, dass Ihre Freundin Kundin bei ihr war. Warum hat sie den Brief an Sie adressiert? Geben Sie mir etwas, womit ich etwas anfangen kann, das war unsere Abmachung. Bisher verlassen Sie sich nur auf Ihr psychologisches Gespür, dass der Zeuge die Wahrheit sagt, aber das bringt uns nicht weiter.«

Petry stand auf. »Hören Sie, Frau Schmidt. Ich weiß, was Sie denken.«

Alina Schmidt verschränkte die Arme. »Ach ja? Was denke ich denn? Da bin ich jetzt aber mal gespannt.«

»Sie denken, dass ich hier gar nicht richtig arbeite, dass ich es mir leicht mache, faul bin, komme und gehe, wie es mir passt, und Sie beneiden mich insgeheim um so einen

Job. Sie denken, ich muss keine Verantwortung tragen, bin gar kein richtiger Polizist, nicht mal ein richtiger Ermittler, und trotzdem führe ich mich auf wie einer, und es kann sogar, wenn es glücklich läuft, passieren, dass ich am Ende das ganze Lob einheimse, nur dafür, dass ich auf dubiose Weise etwas aus dem Hut gezaubert habe, und dass das vollkommen ungerecht Ihnen und Ihrer Arbeit gegenüber ist.«

Alina blies die Backen auf.

»Wow. Das war jetzt sogar ziemlich genau, was ich denke! Herzlichen Glückwunsch. Sie scheinen ja doch ein richtig guter Psychologe zu sein, Petry. Entweder das, oder es war gar nicht so schwer zu erraten, was gerade in mir vorgeht.«

»Nun, grundsätzlich haben Sie vollkommen recht«, ergänzte Petry konziliant. »Es *ist* ungerecht, und es ist ein seltsamer Job, den ich da mache. Aber ich mache ihn nach einer bewährten Methode und kläre damit Fälle auf. Auch wenn mein Vorgehen von außen betrachtet manchmal seltsam aussehen mag, es funktioniert.«

»Ich finde leider, in diesem Fall bisher noch nicht«, entgegnete sie. »Sie haben nichts Konkretes in der Hand.«

»Ich fürchte leider auch, Petry«, sagte eine Stimme von der Tür her, in einem bayerisch gefärbten Ton.

Die beiden blickten überrascht dorthin. Nun beugte sich die hohe Gestalt Josef Rattenhubers in das Büro, und er kam herein.

»Chef«, sagte Alina Schmidt etwas schrill. »Wie lange stehen Sie schon da?«

»Lange genug«, sagte Rattenhuber grinsend. »Eigentlich wollte ich Ihnen gerade zu der guten Arbeit und der Festnahme gratulieren. Aber offenbar sind Sie sich nicht einig?«

Rattenhuber sah zwischen der Hauptkommissarin und Petry hin und her. Ein starkes Zucken verzerrte sein Gesicht.

»Das kann man so sagen«, bestätigte Petry. Alina Schmidt nickte.

Petry nahm an, der Chef hatte die Pressekonferenz schon einberufen, auf der er die Verhaftung des Verdächtigen verkünden würde. Wenn nicht, würde er es in Kürze tun.

»Lassen Sie mich noch einen Versuch unternehmen«, sagte Petry.

»Warum? Was genau?«, fragte sie.

Rattenhuber erwiderte nichts, beobachtete sie beide nur. Offenbar wollte er Alina Schmidt als MoKo-Leiterin die Entscheidung nicht aufzwingen.

Daher wandte Petry sich nun nur an sie.

»Eine Tathergangsanalyse.«

Auch sie sprach ausschließlich zu Petry. Der Chef ließ es sie beide weiter austragen.

»Machen Sie etwas anders als andere Fallanalytiker?«, fragte sie.

»Durchaus. Ich arbeite nach dem Sequenzierungsmodell.«

Rattenhubers Blick wanderte zwischen ihnen hin und her, als säße er beim Tennis auf der Haupttribüne.

»Glauben Sie etwa, ich kenne das nicht?«, fragte Alina Schmidt. »Sie rekonstruieren den gesamten Ablauf der Tat, aufgeteilt in Phasen, chronologisch und in allen Details, anhand der Protokolle, der Asservate und der Zeugen ...«

Petry unterbrach sie: »Aber ich versetze mich dabei wechselweise in die Perspektive des Opfers und des Täters, eigentlich wie ein Schauspieler.«

Die Skepsis sprach überdeutlich aus Alina Schmidts Gesicht.

»Sie meinen, in einer Art Rollenspiel?«

»Ja. Ich improvisiere, ich assoziiere, ich gehe nach Bauchgefühl ... ich mache dabei so einiges, was Sie vermutlich für unseriös halten werden. Aber im letzten Fall habe ich damit den Durchbruch erzielt.«

Rattenhuber nickte heftig. »Das stimmt, das hat er, Frau Schmidt.« Eine Art Gewitterfront zog über sein Gesicht, als hätte es sich durch sein längeres Schweigen einen besonders heftigen Ausbruch verdient.

»Glauben Sie mir, mit dieser Technik werde ich auch in unserem Fall auf etwas kommen, was wir noch nicht beachtet haben«, sagte Petry.

Alina Schmidt zögerte. Beide sahen sie erwartungsvoll an. Der Chef blieb stumm.

»Na, kommen Sie, was haben Sie schon zu verlieren?«, versuchte Petry es weiter.

»Zeit«, sagte sie, ohne zu zögern. »Den Glauben daran, dass ich hier etwas Sinnvolles tue und in einem seriösen Dezernat arbeite. Eigentlich eine ganze Menge ...«

Sie zog noch einmal an ihrer E-Zigarette.

»Lassen Sie es ihn doch einfach mal versuchen«, sagte Rattenhuber bestimmt, aber nicht laut. »Und sagen Sie mir dann, was dabei rausgekommen ist. So lange muss die Presse noch warten.«

Alina Schmidt legte ihre Zigarette weg. »Also schön. Aber als allerletzter Versuch! Wann können Sie anfangen, Petry?«

14

Es war achtzehn Uhr zweiunddreißig, als Petry das Erkerzimmer der Wohnung von Frau Mrosko betrat. Er hatte darauf bestanden, die Rekonstruktion zur selben Uhrzeit zu beginnen, zu der die Ereignisse am Tattag stattgefunden hatten.

»Dann mal los«, sagte Petry. Er hatte den Schlüsselbund der Buchhändlerin in der Hand. Die Asservate waren von Katrin, der Forensikerin, bereitgestellt worden. Sie hatte weitere in einem durchsichtigen Plastiksack dabei, um sie zureichen zu können. Zudem filmte sie die Tathergangsrekonstruktion mit ihrem Handy. Alina Schmidt stand pflichtgemäß mit den Unterlagen dabei, die sie zum Tatablauf erstellt hatte. Umringt wurden sie von der Aushilfe Frau Tomaszewski, die auf Petrys Anruf hin herbeigeeilt war, und dem Nachbarn, der die Tote aufgefunden hatte. Petry hatte die beiden darum gebeten, sich für Fragen bereitzuhalten und nicht ungefragt zu sprechen.

»Ich beginne mit der Sicht des Opfers«, begann Petry. »Ich, Erica Mrosko, habe wie jeden Tag um halb sieben meine Buchhandlung unten abgeschlossen und bin hier hoch zur Wohnung gelaufen. Ich habe meine Tür mit dem Schlüssel vom selben Bund geöffnet und komme jetzt hier herein. Gehen wir von der Annahme aus, dass von einem Einbruch nichts zu merken war, da dieser erst nach ihrem Anruf und dem kurzen Gang zum Laden erfolgte. Jedenfalls betrete ich nun ganz arglos meine Wohnung. Was mache ich als Erstes?«

Er zeigte auf die Olivetti-Schreibmaschine, die auf dem

Schreibtisch im Erker bereitstand. »Ich setze mich an meine Schreibmaschine und fange an zu schreiben. Und zwar ...«

»Wenn wir uns dabei strikt an das halten, was wir belegen können«, sagte Alina Schmidt, »dann spannen Sie jetzt einen Briefumschlag ein und tippen die Adresse der Mordkommission und Ihren Namen.«

Petry setzte sich an den Schreibtisch in Position und blickte sich suchend um. Dann zog er die Schublade auf und fand darin eine angebrochene Fünfundzwanziger-Packung mit Umschlägen. Er nahm einen davon heraus und spannte ihn in die Maschine. Diese ungewohnte Tätigkeit bereitete ihm einige Mühe. Zunächst hing der Umschlag schief, erst im zweiten Anlauf konnte er ihn wie gewünscht platzieren.

»Die Adresse lautet ...«, diktierte Alina Schmidt, die den Original-Umschlag in der Zellophantüte in der Hand hielt. »Polizei München ... neuer Absatz.«

Petry begann zu tippen. Er benutzte dabei die Zeigefinger. Eigentlich war er als erfahrener Gutachter das Zehn-Finger-System gewohnt, jedoch beim PC, und ihm war bewusst, dass diese Maschine hier einen viel kräftigeren Anschlag erforderte.

»Ich blicke dabei«, sagte Petry und wies mit dem Kinn zur Wand, »auf ein Gemälde, das zu diesem Zeitpunkt hier hängt und jetzt fehlt, weil es offenbar vom Täter entfernt wurde. Es zeigt ein Feuer mit Menschen, die darin verbrennen ... oder ›die Hölle‹, in Herrn Endrulats Worten.«

Er starrte dorthin, und es wurde deutlich, dass er sich dieses Bild vorzustellen versuchte.

Alina Schmidt diktierte weiter, und Petry löste sich aus seiner Erstarrung. Er betätigte den Hebel und fuhr den Schreibmaschinenschlitten wieder nach links, ein Klingeln ertönte, und Petry tippte wieder:

»Mordkommission, neuer Absatz, Zu Händen Felix Petry, neuer Absatz, 80686 München ...«

»Mist!«, fluchte Petry, denn er hatte sich bei der Postleitzahl vertippt – eine »6« zu viel geschrieben. »Was mache ich jetzt?«

»Von meinem Vater weiß ich, wie umständlich das war«, sagte die junge Hauptkommissarin. »Über eine Korrekturtaste verfügt so eine alte Maschine ja nicht, man konnte mit Tipp-Ex übermalen und dann darüberschreiben, nachdem es getrocknet war.«

»Oder man hat ein ›x‹ drübergetippt, aber das sieht nicht gut aus«, ergänzte Petry, der ebenfalls noch durch Ingrid mit Schreibmaschinen vertraut war. »Frau Mrosko würde das alles ordentlich machen – hat sie ja auch.« Er wies auf den echten Umschlag. »Also weg damit und neu schreiben.«

Er zog den Umschlag aus der Walze und blickte sich um. Neben ihm auf dem Boden stand ein leerer Papierkorb. »Im Papierkorb haben wir nichts dergleichen gefunden, oder?« Er sah Katrin an. Die schüttelte den Kopf.

»Sie muss sich ja nicht verschrieben haben, sie hatte mehr Erfahrung damit«, sagte Alina.

Petry legte den Umschlag beiseite auf die Tischkante. Dann zog er die Schublade auf und holte einen neuen heraus, den er einspannte.

Es dauerte seine Zeit, bis er die Adresszeilen getippt hatte, doch diesmal beschriftete er den Umschlag korrekt.

»Sie wird genauso lange gebraucht haben«, sagte er entschuldigend.

»Sie haben Zeit bis achtzehn Uhr dreiundfünfzig, dann machen Sie den Anruf«, sagte Alina Schmidt trocken.

Petry zog den Umschlag aus der Walze und hielt ihn hoch. Er sah nun genauso aus wie der, den sie am Tatort gefunden hatten. Auch die Macke mit dem nach oben verschobenen »M« war zu erkennen.

»Normalerweise schreibt man jetzt gleich den Absender hintendrauf«, bemerkte er und wendete den Umschlag.

»Aber das mache ich, Frau Mrosko, nicht. Offenbar soll es ein anonymer Brief an Felix Petry werden, zusätzlich adressiert an die Mordkommission. Das spricht dafür, dass mein Anliegen mit einem Mord zu tun hat.«

»Oder sie wollte den Absender erst noch schreiben«, sagte Alina.

»Nicht sehr wahrscheinlich«, sagte Petry. »Aber möglich. Jedenfalls lege ich ihn nun so, ohne Absender, auf den Couchtisch, wo die SpuSi ihn später findet.«

Er erhob sich und ging ins Wohnzimmer. Alina Schmidt registrierte stirnrunzelnd, dass er dabei extra langsam ging und sogar hinkte. Ein Schauspieler, der eine alte Frau darstellte. Petry schlurfte langsam wieder zurück. Er sah auf seine Uhr.

»Es ist nun achtzehn Uhr einundvierzig. Bleiben noch zwölf Minuten, vielleicht mehr, wenn sie sich nicht vertippt hat. Als Nächstes, zwei Möglichkeiten«, sagte Petry und zog die Schreibtischschublade wieder auf, die er endlich erreicht hatte. »Entweder ich schreibe nun den Brief, diese Abfolge wäre naheliegend«, er holte einen Briefbogen heraus und hielt ihn hoch, »aber vielleicht habe ich ihn auch davor schon geschrieben … Oder ich beginne in der Wohnung nach Briefmarken zu suchen, um den Brief zu frankieren.« Er zeigte in die Schublade. »Ich bin eine alte Frau. Offenbar habe ich vergessen, wo ich welche aufbewahre.«

»Das Einzige, das durch den Anruf belegt ist«, sagte Alina Schmidt. »Da wir von einem Brief ja nun leider keine Spur haben, wie gesagt.«

»Wir haben in den Schubladen jedenfalls keine Marken gefunden, Frau Mrosko also auch nicht«, warf Katrin ein.

»Trotzdem ist es möglich, in, sagen wir, zehn Minuten einen Brief zu schreiben, je nachdem, wie lang er ist«, sagte Petry, »dann auf die Idee zu kommen, nach Briefmarken zu suchen, und den Anruf bei Frau Tomaszewski zu machen, nach zwei Minuten.«

»Wollen Sie jetzt erst den Brief schreiben oder die Briefmarken suchen gehen?«, fragte die Kommissarin ungeduldig. »Ich hoffe übrigens wirklich, dass Sie das alles nicht in Echtzeit durchgehen, Petry. Können wir uns das nicht einfach vorstellen?« Sie sah ihn fast flehentlich an.

»Doch. Aber ich muss es sowieso nacheinander machen, da es ja alternative Varianten sind«, erklärte Petry. »Ich werde gleich noch das Schreiben des Briefes durchspielen. Aber als Erstes suche ich Briefmarken.«

Er bückte sich, wie eine alte Frau sich bücken würde, und zog die Schublade auf.

Zehn Minuten lang sahen alle Petry dabei zu, wie er sich gemächlich durch die Zimmer bewegte und so tat, als suchte er. Er nahm außerdem das gerahmte Foto der zwanzigjährigen Erica Mrosko, das er neulich gefunden hatte, stellte es auf dem Schreibtisch auf und betrachtete es länger. Alina Schmidt machte den Eindruck, als ob sie gleich explodieren würde.

»Sie haben recht, sie hatte ganz schön viel Zeit«, sagte sie zwischendurch genervt.

Um achtzehn Uhr dreiundfünfzig schlurfte Petry zu dem alten Telefon, nahm den Hörer ab und wählte eine Nummer. Frau Tomaszewskis Handy klingelte. Sie ging ran.

»Mrosko hier. Frau Tomaszewski, haben wir im Laden denn noch Briefmarken?«

Er zeigte auf die Aushilfe. Diese sagte in ihr Handy wie eine Laienschauspielerin: »Ja, in der zweiten Schublade des Schreibtisches.«

»Danke!«, flötete Petry in den Hörer und legte auf.

Alina Schmidt seufzte. »Gehen wir runter? Müssen Sie dabei so langsam gehen?«

»Vorher wechsle ich sowieso erst einmal in die Rolle des

Täters«, beruhigte Petry sie. »Denn der bricht jetzt hier ein, nachdem Frau Mrosko die Wohnung verlassen hat. Wie hat seine Vorbereitung ausgesehen?«

Er lief in den Flur, nun mit schnelleren Schritten. Die anderen hatten Mühe, ihm zu folgen. Petry hatte die Wohnungstür geöffnet und sich davor im Treppenhaus aufgestellt.

»Meinen Sie, dass er sie vorher observiert hat?«, fragte Alina Schmidt.

»Davon würde ich ausgehen. Wahrscheinlich hat er beobachtet, wie sie weggegangen ist. Er sieht sie mit dem Schlüsselbund in der Hand und in Hausschuhen und beobachtet, wie sie zur Buchhandlung geht. Offenbar hat sie etwas vergessen und wird gleich wieder zurückkehren. Er beschließt, diesen Moment auszunutzen.«

»Trotzdem könnte es sein, dass er schon vorher in der Wohnung war und versteckt gelauert hat«, wandte Alina ein.

»Möglich, aber nicht sehr wahrscheinlich. Vermutlich hätte er dann gehandelt, als sie sich anschickte, die Wohnung zu verlassen.«

»Aber die aufgebrochene Tür muss sie doch so oder so bemerkt haben.«

Sie deutete auf die Tür, die auf Höhe des Schlosses seitlich eine leichte Schramme aufwies.

»Die Schramme sieht man nur, wenn die Tür offen steht und man darauf achtet. Wenn sie wieder geschlossen wurde, und das ist problemlos möglich, merkt man nichts.« Er drückte die Tür ins Schloss. Nun war die seitliche Schramme verdeckt.

Der Nachbar, der die Tote gefunden hatte, meldete sich mit erhobener Hand. Es war ein gut gekleideter älterer Herr mit vollen grauen Haaren, einer Hornbrille und einem Sakko mit Einstecktuch. Petry forderte ihn auf zu sprechen.

»Die Tür war angelehnt, als ich ankam, deswegen fiel es mir

ja auf. Aber ich kam erst auf den zweiten Blick darauf. Die Einbruchsspuren sind mir nicht aufgefallen«, erklärte er. »Ich bin nur hineingekommen, weil es mir seltsam erschien, dass Frau Mrosko die Tür offen stehen hatte.«

Petry nickte ihm zu. »Der Täter hatte die Tür vielleicht wieder geschlossen und sie erst beim Verlassen offen stehen lassen. Oder sie stand offen, als sie zurückkam, aber vielleicht war sie irritiert und dachte, sie selbst hätte sie nicht geschlossen ...«

Er stand immer noch auf der Schwelle. »Zurück in die Situation vor dem Einbruch. Ich habe bereits eine Waffe dabei, mit der ich Frau Mrosko umbringen werde.« Er sah fragend Katrin an. »Und mit deren Hilfe ich jetzt vielleicht hier einbreche.« Diese lief in die Küche und kam direkt darauf mit einem gewöhnlichen Küchenmesser wieder, das sie ihm in die Hand drückte.

»Anmerkung eins: Ich habe offenbar Erfahrung im Einbrechen. Zumindest gelingt es mir sehr schnell und ohne viele Spuren zu hinterlassen.« Er wies auf die Tür.

»Anmerkung zwei: Sie tragen Handschuhe. Wir haben an der Tür nur Fingerabdrücke der Toten gefunden«, ergänzte Alina Schmidt. »Also ziemlich professionell, das Ganze.«

»Ich betrete die Wohnung«, sagte Petry und tat es. »Sie ist verlassen, ich gehe hinein. Kenne ich sie bereits? Schaue ich mich um und orientiere mich so? Suche ich etwas Bestimmtes?« Er ging voran zum Erkerzimmer und blieb dort stehen. »Das Bild, das ich gleich stehlen werde?« Er zeigte auf die Lücke über dem Schreibtisch. »Vielleicht auch zwei, je nachdem, was wir von der Version von Herrn Endrulat halten?«

Er zeigte ins Wohnzimmer. »Was ich jedenfalls nicht finde, ist der Briefumschlag, der dort liegt.« Petry wies auf den Couchtisch. »Die entscheidende Frage ist, was befindet sich hier?« Er machte zwei Schritte auf den Schreibtisch zu und blieb vor der leeren Maschine stehen. »Gehen wir mal davon aus, dass hier ein Brief liegt oder noch eingespannt ist ...«

Alina Schmidt verzog das Gesicht und wollte etwas einwenden, doch Petry kam ihr zuvor: »Reine Spekulation, ich weiß, aber ich gehe alle Möglichkeiten durch, und ich halte es für sehr wahrscheinlich, dass es einen persönlichen Bezug zwischen dem Opfer und mir, dem Täter, gibt. Dieser Brief ist das, was ich suche, oder das, was ich fürchte, denn er könnte mich belasten. Ich bin hier, um zu verhindern, dass er abgeschickt wird und sein Inhalt die Polizei erreicht. Nun finde ich ihn und nehme ihn an mich.« Petry tat so, als würde er etwas in seine Jacke stecken. »Doch ich muss auch die Frau töten, die ihn geschrieben hat und seinen Inhalt kennt. Oder die ihn erst schreiben wollte und mich ja auch weiterhin verraten könnte. Also warte ich. Das Bild an der Wand nehme ich bereits ab, um es ebenfalls mitzunehmen, vielleicht schon vor der Tat. Entweder will ich damit einen Raubmord vortäuschen, oder es hat irgendeine andere Bewandtnis damit. Jedenfalls werde ich es mitnehmen. Ich gehe zum Flur und lauere dort direkt an der Tür. Mir bleibt noch Zeit, bis die alte Frau mit den Briefmarken zurückkommt. Ich warte und werde nervös. Dann endlich kommt sie zurück.« Er zeigte auf Alina Schmidt. Sie verdrehte die Augen, ließ sich aber darauf ein, die Buchhändlerin zu spielen. »Ich lauere ihr an der Tür auf, und als sie hereinkommt, steche ich direkt zu, noch bevor sie um Hilfe rufen kann. Sie ist eine alte Frau, sie kann sich nicht wehren.« Petry trat von hinten an Alina heran und hielt das Messer hoch. Er simulierte langsam eine Armbewegung zu ihrem Hals. »Sie fällt um, schon tot, oder stirbt gerade, und auch die Flasche geht zu Bruch.«

Die Kommissarin streckte nur ganz leicht die Hände nach unten, um anzudeuten, dass sie nun tot sei. Hinzufallen oder sich zu Boden zu legen verweigerte sie.

Petry zeigte auf das Parkett, wo sich der dunkle Fleck

noch abzeichnete. »Sie wird zwischen sieben und acht Uhr ermordet. Kommen wir zum Nach-Tat-Verhalten. Ich nehme nun das Bild, das schon bereitsteht, oder ich nehme es erst jetzt von der Wand, weil mir gerade erst die Idee gekommen ist, einen Einbruch vorzutäuschen, um von mir abzulenken. Und dann flüchte ich damit von hier, so schnell ich kann, die Tür lasse ich angelehnt. Oder natürlich – um der Vollständigkeit halber die Hypothese zu erwähnen, dass ich wirklich ein Einbrecher bin –, weil es mir egal ist, ich nur abhauen will.« Er breitete die Hände aus. »Das ist alles.«

»Na prima«, sagte Alina Schmidt und schnaufte. »Und was hat das jetzt gebracht?«

»Ich bin noch nicht ganz fertig«, sagte Petry. »Gehen wir noch einmal zurück zu der Variante, nach der ich, Erica Mrosko, zuerst einen Brief schreibe. Um ungefähr achtzehn Uhr einundvierzig.« Er lief wieder den Flur zurück und zeigte zur Schreibmaschine.

Alina Schmidt seufzte auf. »Und was schreiben Sie da jetzt? Saugen Sie sich das einfach nur aus den Fingern?«

Beide sahen sich an, deutlich genervt voneinander.

»Ich improvisiere, das habe ich doch gesagt«, erklärte Petry. »Und danach gehe ich dann jetzt auch hinunter, um die Briefmarken zu holen ...«

»Darf ich etwas sagen?«, mischte sich Frau Tomaszewski ein.

»Bitte«, sagten Petry und Alina Schmidt gleichzeitig.

»Sie hat mit der Olivetti nicht immer nur hier geschrieben«, sagte sie. »Die Maschine steht zwar jetzt da auf dem Schreibtisch, aber sie hat sie stets hin- und hergetragen zwischen dem Laden und hier.«

Petry stutzte. »Sie meinen, wie einen Laptop?«

»Es ist eine Reiseschreibmaschine. Mit Griff«, sagte Frau Tomaszewski und trat heran. »Darf ich?«

Petry nickte.

Sie schloss die Abdeckung aus Plastik, nahm den ganzen Apparat am Griff und hob ihn hoch. Nun trug sie ihn wie ein Köfferchen. »Tagsüber hat sie damit in der Buchhandlung geschrieben.«

»Sagen Sie das doch gleich«, presste Alina Schmidt hervor.

»Zeigen Sie mir, wo!«, sagte Petry elektrisiert.

Frau Tomaszewski ging mit der Schreibmaschine nach draußen, und die anderen folgten ihr ins Treppenhaus, dann aus dem Haus hinaus und hinüber zur Buchhandlung. Dort schloss Petry die Tür auf, und sie gingen hinein, Frau Tomaszewski voran. An den Auslagen mit Büchern vorbei bewegte sie sich zur Ladentheke, auf der sich die Kasse und daneben der PC befanden.

»Den Computer hat sie nicht angerührt. Den habe nur ich bedient.« Frau Tomaszewski klopfte seitlich auf einen kleinen Holzschreibtisch mit einem einfachen Stuhl davor. »Aber hier hatte sie immer ihre Schreibmaschine stehen und hat damit geschrieben. Ihre Briefe, Rechnungen, all das. So hat sie die Zeit genutzt. Es war ja nicht immer Kundschaft da.«

»Stellen Sie sie genauso hin«, sagte Petry.

Frau Tomaszewski stellte die Schreibmaschine exakt auf eine grüne Unterlage aus Leder, richtete sie sorgfältig parallel zu ihr aus und nahm die Abdeckung ab.

»Es musste immer ganz korrekt sein«, sagte sie.

»Katrin«, sagte Petry zur Seite. »Kannst du mir bitte die Strickjacke von Frau Mrosko geben?«

Katrin holte aus ihrem Asservatensack die farbenfrohe Strickjacke, die die Tote getragen hatte. Sie war blutbefleckt. Petry zog sie sich über. Sie war ihm zu klein und spannte an den Armen und Schultern. Er ließ sie offen.

»Okay«, sagte Alina Schmidt kopfschüttelnd. »So weit wäre *ich* jetzt bei meiner Rekonstruktion nicht gegangen, aber an mir hätte es zumindest weit weniger seltsam ausgesehen.«

»Es hilft mir, mich in die Ermordete hineinzuversetzen«, sagte Petry angespannt. »Und darum geht es hier ja.«

»Solange Sie sich dafür nicht hinlegen müssen.«

Er setzte sich auf den kleinen Stuhl vor die Schreibmaschine. Es hatte etwas Feierliches. »Nehmen wir an, dass ich den Brief jetzt hier schon tagsüber geschrieben habe. Wo ist Papier?«

Frau Tomaszewski zeigte auf den Drucker. Alina sah stirnrunzelnd zu, wie Petry ein Blatt aus dessen Kassette entnahm und in die Maschine einspannte.

»Sehr geehrter Herr Petry«, sagte Petry laut, und dann tippte er genau diese Worte in die erste Zeile. Die eng sitzende Strickjacke ließ ihm nur wenig Armfreiheit, und bei seinem Namen vertippte er sich erneut. Da stand *Prtry*.

»Verdammt!« Er zog das Blatt heraus und sah sich um. Ihm fiel ein, dass sie dieses Anschreiben hier nicht offen herumliegen lassen oder in den Papierkorb des Ladens werfen würde, und er hob die grünlederne Unterlagenmatte an, um es darunterzuschieben.

Dort lag bereits ein Blatt.

Petry stutzte, dann zog er es hervor.

Es war ein Bogen wie der andere, und das obere Drittel war beschriftet.

Darauf stand, mit Schreibmaschine getippt, der Anfang eines Briefes. Er lautete:

Sehr geehrter Herr Petry,
ich weiß, wer für den Brandanschlag in München am
13. Feburar 1970 verantwortlich ist.

Petry starrte verblüfft auf den Entwurf mit dem Tippfehler. Alina trat neben ihn und las den Text ebenfalls.

15

13. Februar 1970, 21:02 Uhr

Das Feuer brüllte. Jetzt, da er es hörte, hier oben im vierten Stock des Wohnheims, fiel ihm kein anderer Begriff dafür ein, es brüllte wirklich, so laut und furchteinflößend, dass Max Blum vor Schreck erstarrte. Es rüttelte regelrecht an der Tür seines Zimmers, wie ein wütender Mensch, der hereinkommen wollte. Ja, das Feuer wütete, auch so sagte man ja, zu recht: Es wütete draußen im Treppenhaus, wo es im Holz reichlich Nahrung fand, und je weiter oben man sich befand, desto höher schlugen die Flammen, wie in einem Kamin.

Jedenfalls war der Weg nach draußen abgeschnitten, und auch seine Tür war schon ganz heiß, eine weiß laminierte Tür, die ebenfalls in ihrem Kern aus Holz bestand. Wer wusste, wie lange sie dieser Hitze standhalten konnte, bevor sie in Flammen aufging und ihm den letzten Schutz rauben würde. Weißer Rauch quoll bereits unter der Schwelle hervor, es kam ihm so vor, als würde er ihn anfauchen, bedrohlich, tödlich, und seine Sprache klang wie Deutsch, ein kehliges Bayerisch.

Es war ein Feuer, wie er noch keines gehört und gesehen hatte, auch anders als jenes, das am 9. November 1938 die Synagoge Ohel Jakob an der Herzog-Rudolf-Straße verzehrt hatte. Dieses hier kam von innen und vor allem vollkommen unerwartet, aber es war genauso wild, ungezügelt und böse wie damals, dabei hatte er doch schon geglaubt, für immer gerettet zu sein.

Ja, es schien ihm verwandt zu sein mit den damaligen Feuern, auch wenn es erst Jahrzehnte später in Erscheinung trat, nachdem er selbst es Jahrzehnte überdauert hatte. Jetzt erreichte es ihn hier in der alten Heimat, die in den Dreißigern die Stadt seiner Feinde geworden war, die »Hauptstadt der Bewegung«, die dann von den Alliierten endlich zerstört worden war und in die er erst vor einem Jahr aus den USA zurückgekehrt war, um hier in Ruhe sein Leben zu beschließen. Wo er eine rege israelitische Gemeinde vorgefunden und geglaubt hatte sicher zu sein und seinen Frieden mit der Geschichte machen zu können, doch das war ein furchtbarer Trugschluss gewesen.

Blum konnte nicht mehr frei atmen, jeder Zug, den seine Lunge tat, brachte ihn zum Husten. Er würde hier am Rauch ersticken, und jener Rauch war weißlich und dick wie … wie Gas. Der Gedanke versetzte ihn in Panik und weckte in ihm ein tiefsitzendes Trauma. Er eilte zum Fenster und riss es auf, um Luft hereinzulassen.

Aber gab nicht Luft auch dem Feuer Nahrung? Er reckte sich zu dem Fenster, das in Brusthöhe in der Dachgaube eingelassen war, und rief laut um Hilfe.

Im Haus gegenüber konnte er Menschen ebenfalls am Fenster stehen sehen, die zu ihm herüberstarrten, wild gestikulierten und ihm etwas zuriefen, was aber vom Brüllen des Feuers übertönt wurde.

Mit Mühe streckte sich der alte Mann, steckte seinen Kopf zum Dachfenster heraus und blickte nach links und dann nach rechts. Er konnte nach unten auf die Reichenbachstraße sehen, bis schräg hinüber zum Gärtnerplatztheater. Auch dort standen Schaulustige und starrten zu ihm hoch. Er konnte an der Hausfassade gegenüber beobachten, wie sich dort in den Fenstern der flackernde Schein der Flammen spiegelte. Doch keine Hilfe war zu erblicken, kein Blaulicht eines Feuerwehrwagens oder dergleichen.

Er war zu alt, um zu fliehen. Er war hier eingeschlossen und zur Untätigkeit verdammt, er war so hilflos wie damals bei dem Pogrom in jener Nacht, die man später »Reichskristallnacht« genannt hatte. Die Geschichte wiederholte sich.

Der Rauch um ihn herum wurde noch dichter und beißender, trotz des offenen Fensters, er drang nun immer weiter in sein Zimmer vor.

»Hilfe!«, rief er gellend aus dem Fenster. »Sie verbrennen und vergasen uns schon wieder! Helft uns doch!«

Er würde hier sterben, das wusste er nun. Max Blum war am Ende seines Lebens angelangt, zweiunddreißig Jahre nachdem er das schon einmal gedacht hatte. Damals gelang es ihm in letzter Minute, in die Emigration nach Amerika zu entkommen. Von hier würde er nicht mehr entkommen. Ihm blieb nur noch eines, denn sie sollten ihn nicht so kriegen, wie sie es ihm zugedacht hatten, nein, nicht ihn, nicht so. Hustend ging er ins Zimmer hinein und ertastete den Stuhl. Er konnte kaum mehr atmen, doch er schob ihn mit aller Kraft, die ihm noch geblieben war, zum offenen Fenster und stellte ihn darunter auf. Dann hob er ächzend das wehe Knie und sich abstützend stieg er darauf, erst mit dem einen Bein, dann mit dem anderen. Zitternd zog er sich hoch. Jetzt stand er so an der Öffnung des erhöhten Dachfensters, dass er mit einem weiteren Schritt hinaustreten konnte. Er würde es schaffen. Er umklammerte den Rahmen mit den Händen. Mit letzter Kraft stieg er durch das Fenster nach draußen und stand nun auf der schmalen Brüstung, unter sich der nachtschwarze Abgrund, vier Stockwerke tief.

Er hörte ein paar Menschen schreien, die ihn hier oben stehen sehen konnten. Sie riefen ihm etwas zu, doch er konnte sie nicht hören. Er wollte es auch gar nicht, diesen Triumph würde er ihnen nicht gönnen. Es würden ja nur

Hohnrufe sein, so wie früher, aber ihnen würde er sich entziehen. Er hatte ein gutes Leben gehabt, ein viel längeres, als sie gewollt hatten. Das musste genügen. Das war *sein* Triumph.

Er schloss die Augen, und dann stieß er sich ab und fiel ins Leere.

16

Mit ihrer Entdeckung wurde Petry und Alina Schmidt sofort klar, dass sie eine lange Nacht vor sich hatten. Später an diesem Abend saßen sie am Schreibtisch ihres Büros im K11 nebeneinander und vertieften sich in eine Recherche, die beide zutiefst verblüffte.

»Von diesem Anschlag habe ich noch nie etwas gehört!«, sagte Alina. Es klang beinahe empört. »Obwohl dabei in diesem jüdischen Altenheim sieben Menschen ums Leben gekommen sind, fünf Männer und zwei Frauen. Allesamt Holocaust-Überlebende, zwei von ihnen waren sogar den Vernichtungslagern entkommen! Wie kann es sein, dass das offenbar weithin in Vergessenheit geraten ist?«

»Gehört habe ich schon davon«, sagte Petry. »Ich erinnere mich, dass mein Stiefvater mal von einem Brand in einem jüdischen Wohnheim erzählt hat, vor langer Zeit ... Aber was Sie da gerade vorlesen, diese vielen Toten, überhaupt die ganze Dimension, dass es ein Anschlag war, der noch ungeklärt ist – das war mir nicht präsent ...« Er breitete ratlos die Hände aus. So, wie er sich an Daniels Erwähnung erinnerte, hatte er den Fall eher für eine Unfalltragödie und für abgeschlossen gehalten, nicht für ein Rätsel, das man erst noch lösen musste.

Sie waren vom Tatort aus getrennt in das Büro in der Hansastraße gefahren – Alina Schmidt im Dienst-BMW und Petry auf der Vespa. Die Hauptkommissarin hatte es nach Ende der Rush Hour schneller hierhergeschafft, so hatte sie sich schon im Internet einen ersten Überblick erlesen und übernahm es jetzt, Petry auf ihren Stand zu bringen.

Es gab mehrere Artikel zu dem Brandanschlag und Links zu wenigen Sachbüchern darüber, das war auch schon alles. Kein Vergleich zum Beispiel zu den unzähligen Berichten über das Münchner Olympia-Attentat von 1972 auf die israelische Mannschaft, bei dem zwölf Menschen ums Leben gekommen waren, das weltweit für Aufsehen gesorgt hatte und geschichtlich immer noch präsent war. Was man den Informationen über den Anschlag entnehmen konnte, war Folgendes:

In der Reichenbachstraße 27, in unmittelbarer Nähe zum Gärtnerplatz, befand sich damals das Gemeindehaus der Israelitischen Kultusgemeinde München und Oberbayern und im Rückgebäude auch die Synagoge. Im Vorderhaus war ein Wohnheim für jüdische Senioren untergebracht, zudem im Parterre ein Kindergarten, im ersten Stock ein koscheres Restaurant, im zweiten Stock Privatwohnungen. In den restlichen Zimmern wohnten betagte Angehörige der Gemeinde und außerdem auch noch eine Handvoll jüdische Studenten.

Am 13. Februar 1970 hatte der oder die unbekannten Täter irgendwann zwischen 20 Uhr 40 und 20 Uhr 55 das Vordergebäude betreten und war mit dem Aufzug nach oben gefahren. Vom vierten Stockwerk aus war dann ein Benzin-Öl-Gemisch aus einem weiß-blauen ARAL-Kanister im Treppenhaus verteilt und von unten am Eingang aus angezündet worden. Der Kanister wurde dort später im Brandschutt sichergestellt. Da es sich um einen Freitagabend handelte und der Schabbat begonnen hatte, an dem frommen Juden Reisen untersagt waren, befanden sich zu diesem Zeitpunkt sechsundzwanzig Personen im Gebäude. Nach den vorliegenden Zeugenaussagen hatte zunächst keine von ihnen etwas bemerkt, erst ein Nachbar von gegenüber entdeckte den Brand und alarmierte telefonisch die Feuerwehr, exakt um 20 Uhr 56. Sechs Personen verbrannten oder erstickten in diesen Minuten, alle in den beiden oberen Stockwerken, teilweise im Treppenhaus, teils in ihren Zimmern. Ein Mann, der zweiundsiebzigjährige Meir Max Blum, stürzte sich in Panik aus Höhe des vierten Stocks vom Dach, tragischerweise als bereits die Feuerwehr eingetroffen war. Zahlreiche andere Bewohner wurden gerettet, einige aus den unteren Stockwerken konnten durch das Treppenhaus nach unten fliehen, andere entkamen den Flammen oben über das Dach, wo manche zusätzlich von der Feuerwehr in Sicherheit gebracht wurden.

»Unglaublich«, sagte Alina Schmidt kopfschüttelnd und scrollte den Text auf dem Bildschirm weiter nach unten. »Dass dieses Gebäude in keiner Weise bewacht wurde oder gesichert war. Da konnte jedermann einfach ein und aus gehen!«

»Wirklich? Das wäre doch heute undenkbar. Jede jüdische Einrichtung wird ja geschützt.«

»Hier steht, dass sich das erst danach geändert hat. Aber das Unglaublichste ist, dieser Fall ist wirklich nicht aufgeklärt worden«, sagte sie. »Dabei ist dieser furchtbare antisemitische Anschlag dreiundfünfzig Jahre her! Obwohl damals eine Rekordsumme als Belohnung ausgesetzt war, hunderttausend D-Mark, gab es nur diffuse Spuren, und die deuteten in alle möglichen Richtungen.«

»Nämlich?«, fragte Petry.

Alina holte eine neue E-Zigarette hervor.

»Nun, zum einen gab es den Verdacht, dass es sich um Täter aus rechten Kreisen handelte. Anhänger der radikalen NPD, Neonazis, Rechtsextreme – wie auch immer man sie damals nannte.«

Petry nickte. »Naheliegend. Schließlich war es eindeutig ein antisemitischer Anschlag.«

»Genauso verdächtig waren für die damaligen Ermittler

allerdings Linke, steht hier, eine Zeit lang schienen sie sogar die vielversprechendste Spur zu sein ...« Sie sah hoch. »Wobei mir auf Anhieb nicht ganz einleuchtet, warum ausgerechnet Linke eine solche Tat begehen und ein jüdisches Wohnheim anzünden sollten?«

Petry dachte nach. »Ich bin in einer Landkommune aufgewachsen, und da erinnere ich mich an viele Erzählungen aus dieser Zeit, auch dass es unter den Linken früher viele Sympathisanten der Palästinenser und wohl auch Antisemiten gab ... und das hat auch mein Stiefvater erzählt, er hat ein jüdisches Restaurant, das Shalom ... Aber es wurde nie jemand überführt?«

Ihr interessierter Blick zeigte ihm, dass sie verarbeitete, was sie gerade über ihn erfahren hatte, und es mit ihrem bisherigen Bild von ihm abglich. Alina nickte nachdenklich, dann setzte sie sich auf und zeigte auf den Bildschirm: »Nein. Es gab verschiedene verdächtige Personen, die man in den Blick genommen hat, aber niemandem konnte etwas nachgewiesen werden. Die Akten wurden dann irgendwann geschlossen, und der Fall blieb unaufgeklärt.«

Für einen Moment herrschte Schweigen.

»Und nun behauptet Frau Mrosko in ihrem Brief, dass sie wusste, wer der Täter ist, und wollte ihn offenbar verraten«, sagte Petry.

»Sie schreibt nicht ›der Täter‹, sie schreibt ›wer dafür verantwortlich ist‹«, präzisierte Alina und benutzte die glühende Zigarette zur Hervorhebung. »Das ist ein wichtiger Unterschied, denn es lässt offen, ob es sich um mehrere Leute handelte. Auch nach diesen offiziell nachlesbaren Angaben hier wurde nie ermittelt, ob es mehrere Täter waren oder ein Einzeltäter. Nach einem solchen hat die Polizei lange, jedoch vergeblich gesucht.«

Petry nickte ihr zu. »Dieser eine Satz unserer Zeugin ist leider recht allgemein gehalten.«

»Und es lässt sich daraus auch nicht schließen, ob Frau Mrosko ihr Wissen vielleicht nur durch Hörensagen erworben hat«, führte Alina ihren Gedankengang fort. »Oder es ganz konkret und persönlich wusste, aus eigener Zeugenschaft.«

»Ich bin mir sicher, dass sie es konkret wusste, sonst hätte sie einen solchen Brief nicht geschrieben«, sagte Petry. »Und dass diese Information absolut ernst zu nehmen ist. Sie wollte der Mordkommission darüber Bericht erstatten und etwas Wichtiges loswerden, jetzt am Ende ihres Lebens. Psychologisch betrachtet passt das alles zusammen.«

»Gut, dann folgen wir einfach einmal dieser These, dass Erica Mrosko die Kronzeugin war, und versuchen wir ihre Perspektive nachzuvollziehen. Nach dem Bild, das Sie sich nun über unsere Tote gemacht haben: Wer kommt dann Ihrer Meinung nach infrage?«

Petry stand auf und ging zu der Couch in der Ecke. Dann legte er sich darauf und schloss die Augen. »Nun ja, sie war eine Linke und kannte viele Aktivisten, sagen ihre früheren Mitkommunarden. Darunter auch welche, die später in den Terrorismus abgedriftet sind. Andreas Baader ist ein prominentes Beispiel, gewiss gab es noch andere. In diesem Milieu würde ich mich umschauen, unter ihren alten Bekannten.«

»An wen denken Sie genau? An diesen verschwundenen Mitbewohner – Matthias Winter?«

»Ja.« Petry überlegte und wägte seine Worte sorgfältig ab. »Ich müsste in Kösters Wohngemeinschaft noch mal genauer nach ihm fragen.«

»Und er ist seit dem Tag des Mordes abgetaucht?«, fragte Alina hellwach.

»Schon«, sagte Petry. »Allerdings, was ein Alibi betrifft – seine Mitbewohner haben Winter für den Tatzeitpunkt eines gegeben. Da sei er mit ihnen zusammen gewesen. Er ist ihrer Aussage nach erst danach weggegangen, nach Einbruch der Dunkelheit, also nach halb acht.«

»Dann kann er es ja nicht gewesen sein«, sagte Alina und hob die Augenbrauen. »Oder decken die anderen ihn vielleicht auch nur? Wie zuverlässig wirken die Aussagen seiner Freunde auf Sie?«

»Sie legen großen Wert auf Ehrlichkeit, wie all diese Leute. Sie nehmen für sich in Anspruch, ihre Gefühle und Ansichten immer ganz offen auf den Tisch zu legen.«

»Na schön, dann ist Winter vermutlich nicht unser Täter. Zumindest solange wir keinen Anlass haben, diese Aussage in Zweifel zu ziehen«, sagte Alina und gähnte. »Oder gibt es einen Beleg, dass er in letzter Zeit mit ihr zu tun hatte?«

Petry schüttelte den Kopf. »Das haben sie verneint.«

Er fügte hinzu: »Trotzdem bleibt er ein Zeuge von besonderem Interesse. Bestimmt kann uns dieser Mann viel über Erica Mrosko und die damalige Zeit erzählen.«

Petry schloss erneut die Augen und nahm die Arme hinter den Kopf. Plötzlich schlug er die Augen wieder auf.

»Und er ist Maler«, ergänzte er.

Alina runzelte die Stirn.

»Sie meinen also, das fehlende Bild könnte von ihm sein?«

»Keine Ahnung, wie das zusammenhängt, aber es ist ein Detail, zu dem mir einige Assoziationen einfallen«, sagte Petry.

Sie sah ihn mit mildem Spott an. »Wenn er in dieser Wohngemeinschaft eine Strickjacke zurückgelassen hat, ziehen Sie die doch auch einmal an«, sagte sie und stippte ihre Zigarette aus. »Vielleicht kommen Ihnen dann noch mehr Ideen.«

»Sehr lustig.« Petry kam hoch und setzte sich aufrecht hin. »Zum Beispiel, dass das Bild laut Herrn Endrulat ein Feuer zeigen soll.«

Sie stutzte. »Es ist ja nicht bewiesen, dass es von Winter stammt.«

»Ich werde morgen auf jeden Fall noch einmal zu ihren alten Freunden gehen und nachfragen.«

»Tun Sie das«, sagte Alina und ging zu dem zweiten Schreibtisch, wo sich die Unterlagen stapelten. »Finden Sie heraus, wo Winter ist, und reden Sie mit ihm. Und wenn Sie etwas Neues haben, tragen Sie es in die Datei ein, die ich eingerichtet habe. Ich werde den Neffen noch einmal dazu befragen. Und ich werde mir diese Fotos von ihrem Geburtstag vornehmen und ihre Gäste darauf durchgehen. Hoffen wir, dass irgendjemand mehr weiß. Wir müssen versuchen, Frau Mroskos letzte Aktivitäten und Kontakte nachzuverfolgen. Fällt Ihnen dazu noch etwas ein?«

»In den letzten zwei Wochen scheint jedenfalls irgendetwas Ungewöhnliches vorgegangen zu sein«, sagte Petry. »Die Buchhandlung war öfters geschlossen, hat Frau Tomaszewski erzählt. Die Frage ist, was Frau Mrosko da getan hat. Sie war krank und wusste, sie hatte nicht mehr viel Zeit. Vielleicht war sie auch hinter irgendetwas her, womöglich war sie mit der Klärung der Frage befasst, die dann zu dem Brief geführt hat …«

Alina Schmidt nahm ein Blatt auf und las es. Ihr Interesse richtete sich bereits wieder auf das große Ganze.

»Wir dürfen auch die Rechten nicht vergessen«, sagte sie. »Wir reden von einem der schlimmsten antisemitischen Anschläge in der Geschichte der Bundesrepublik. Da sollten wir einen rechtsradikalen Hintergrund keinesfalls ausschließen. Zumal die Behörden ja damals in diese Richtung ermittelt haben.«

»Sie haben recht. Aber Michael Weinkauff und seine Kameraden können nicht darin verwickelt sein. Sie waren 1970 ja noch nicht mal geboren«, wandte Petry ein.

»Andererseits hat Frau Mrosko ja Ärger mit denen gehabt. Vielleicht hatte sie etwas herausgefunden, was Rechte mit dem Anschlag in Verbindung brachte?«

Beide sahen sich stirnrunzelnd an.

»Jedenfalls beobachten diese Rechtsextremen heute alte Linke«, sagte Alina.

»Vielleicht weil sie mehr über die Linken wissen. Über etwas, was diese damals getan haben und wovon auch Frau Mrosko wusste«, sagte Petry.

»Oder sie haben Angst vor ihnen, weil die Alten etwas wissen, was wiederum die Rechten lieber unterm Deckel halten wollen?«, schlug Alina vor.

Sie stöhnte und streckte sich. »Ich habe einen Riesenhunger. Was ist, bestellen wir Pizza?«

17

Petry hatte sich eine Diavola bestellt – scharfe Salami, Salsiccia und Peperoni –, Alina eine Pizza Margherita.

»Möchten Sie ein Stück von meiner probieren?«, bot Petry ihr an.

»Ich esse kein Fleisch«, sagte sie mit einem Seitenblick, dem man den unterdrückten Ekel anmerkte. »Wollen Sie eins von mir?«

»Nein danke.«

Dann saßen sie beide nebeneinander an ihrem Schreibtisch und aßen jeder für sich ihre Lieblingspizzen.

»Die Frage ist immer noch, ob Frau Mrosko wirklich wegen des Briefs und dieses alten Falls umgebracht worden ist«, sagte Alina kauend. »Das muss ja nicht notwendigerweise so sein. Es kann sie auch der Neffe oder ein Einbrecher getötet haben an dem Tag, an dem sie auch noch einen Brief versenden wollte. Warum nicht?«

»Es wäre schon ein gewaltiger Zufall, wenn der Brief und ihr Tod nichts miteinander zu tun hätten. Ich gehe fest davon aus, dass sie diesen Brief tatsächlich geschrieben hat und unmittelbar davorstand, ihn abzuschicken«, sagte Petry und knickte ein Pizza-Achtel so in der Mitte zusammen, dass er davon abbeißen konnte. »Der Täter hat ihn an sich genommen, und wahrscheinlich war das auch der Grund für den Mord: Er wollte sicherstellen, dass sie ihr gefährliches Wissen nicht mehr preisgeben konnte.«

»Sie meinen, dass der Täter von heute auch der Täter von damals ist?«, fragte Alina.

»Kann sein. Auf jeden Fall jemand, der sie zum Schweigen bringen wollte. Angenommen, der Täter damals war ein alter Genosse. Vielleicht ist er auch schon tot, aber auch dann gibt es bestimmt Freunde, die verhindern wollen, dass jemand dieses Wissen verrät.«

Er steckte sich den Rest des Achtels in den Mund.

Es war nur noch ein Stück Pizza von Alina übrig. Beide streiften es mit ihren Blicken. Auch Petry hatte noch Hunger.

»Sie meinen also, dass wir den alten Fall von damals aufklären müssen, damit wir den heutigen Fall aufklären können?«, seufzte sie.

»Zumindest ist es jetzt doch naheliegend, dass die beiden Fälle miteinander verbunden sind.«

»Aber vielleicht ist es ja auch genau umgekehrt: Indem wir den Mord an Erica Mrosko aufklären, erfahren wir, wer für den alten Fall verantwortlich war.«

Sie griff sich das letzte Stück und biss herzhaft davon ab.

»Viel interessanter finde ich die Frage, warum Frau Mrosko gerade jetzt ihr Schweigen brechen wollte«, sagte sie kauend.

Petry begnügte sich mit einem Schluck Wasser.

»Kann sein, dass dieser Brief auch ein Geständnis werden sollte. Vielleicht war sie selbst auf irgendeine Weise an dem Anschlag beteiligt, mit ihrem Ex-Liebhaber Baader oder dessen Genossen.« Er erinnerte sich an die Lektüre von *Der Baader-Meinhof-Komplex*. »Die späteren RAF-Mitglieder waren übrigens alle zu militärischen Schulungen bei den Palästinensern. Sie haben mit ihnen kooperiert und waren definitiv auf ihrer Seite, also gegen Israel und die Juden eingestellt.«

»Dieser erste Satz des Briefs klingt für mich nicht danach, als würde ein Geständnis folgen.« Alina zuckte mit den Schultern. »Wissen Sie was, mein Vater weiß bestimmt mehr über diesen Brandanschlag. Er hat ihn mir gegenüber nie erwähnt, das hätte ich mir gemerkt, aber er war damals ja bei der Mordkommission und vielleicht selbst damit befasst«, sagte sie.

»Gute Idee. Fragen Sie ihn danach, wenn Sie ihn sehen.«

Alina ließ den letzten Bissen Pizza in ihrem Mund verschwinden.

»Das ist nicht schwer, wir wohnen direkt unter meinen Eltern«, sagte sie.

»Wirklich?«, fragte Petry und rief sich den Kriminalrat vor Augen, der im K11 stets recht herrisch und cholerisch aufgetreten war. »Wie kam es denn dazu?«

»Es ist angenehm und ganz praktisch, alleine schon wegen der Kinder, auf die sie bei Bedarf aufpassen können«, sagte sie und gähnte erneut. »Na, Sie haben sie ja neulich zusammen gesehen ...«

Sie zeigte auf das Foto neben ihrem PC.

»Sehr nett, die beiden. Wie alt sind sie?«, fragte Petry.

»Emil und Paula, vier und zwei«, sagte sie stolz. »Tommy, mein Mann, nimmt gerade Elternzeit, anders wäre das für mich nicht zu machen.« Sie blickte ihn an. »Sie haben keine Kinder?«

»Nein.«

Eine Pause ergab sich.

»Entschuldigen Sie«, sagte Alina. »Ich wollte nicht ...«

»Kein Problem. Ich habe nur nachgefragt, weil ich es mir eher schwierig vorstelle, als Tochter in die Fußstapfen des Vaters zu treten, im selben Kommissariat. Und ihn dann so viel um sich zu haben.«

»Damit komme ich schon zurecht«, sagte Alina.

»Zumal Ihr Vater ja der Chef war, und zwar ein äußerst ... anspruchsvoller.« Petrys Miene ließ erkennen, dass er auch noch andere Worte dafür erwogen hatte.

Alina zuckte mit den Schultern. »Er vertritt stets seine ganz eigene Meinung und ist von der alten Schule, klar«, sagte sie. »Aber ich sehe es vielmehr so, dass ich von seiner Erfahrung profitieren kann.«

Auf dem Flur näherten sich Schritte. Sie sahen sich fragend an. Es ging bereits auf elf Uhr zu.

Josef Rattenhuber blickte zur Tür herein. »Guten Abend! Petry, ich habe gehört, Sie haben tatsächlich schon wieder einen Durchbruch geschafft?«

»Wir beide«, korrigierte Petry. »Und geschafft haben wir noch gar nichts, Chef.«

»Aber wir haben dank Petry einen wichtigen Schritt gemacht«, warf Alina Schmidt ein.

»Jedenfalls wissen wir jetzt, was Frau Mrosko mir mitteilen wollte«, ergänzte Petry.

»Was haben Sie denn alles herausgefunden? Erzählen'S bitt'schön doch mal ganz genau«, sagte Rattenhuber und ließ sich auf der Couch nieder.

Petry und Alina Schmidt präsentierten ihm das angefangene Schreiben, das sie in der Buchhandlung gesichert hatten. Rattenhuber las es unter eifrigem Zucken seines Gesichts und wurde sehr ernst. Alinas Erläuterungen zu dem Anschlag von 1970 stoppte er nach wenigen Sätzen, indem er die Hand hob.

»Verstehe«, sagte er dann und strich sich über das Kinn. »Darum geht es also.«

»Um herauszufinden, wer Frau Mrosko umgebracht hat«, schloss Petry, »sollten wir uns jetzt also noch mal den alten Fall vornehmen.«

Rattenhuber stand auf. Er sah sehr nervös aus, auch jenseits seines Ticks.

»Sie beide müssen eines wissen«, sagte er. »Es ist erst ein paar Jahre her, da ist dieser ungelöste Fall, dieser Brandanschlag in der Reichenbachstraße, noch einmal aufs Gründlichste überprüft worden. Jahrelang, genau genommen von 2013 bis 2017, von einer Sonderkommission, zusammengesetzt aus der Polizei München und dem LKA, und der Generalbundesanwalt hat sich der Sache am Ende auch noch angenommen.«

Petry und Alina hörten gespannt zu.

»Sie haben die ganzen verfügbaren Fakten und Hinweise noch einmal penibel geprüft und in alle Richtungen ermittelt. Am Ende hat der Generalbundesanwalt in seinem Abschlussbericht erklärt, dass die Ermittlungen anhand der vorliegenden Indizien und Zeugenaussagen keine Aufklärung der Tat erbracht hätten.«

In dem Online-Artikel war die neuerliche Untersuchung zwar erwähnt, aber keine näheren Details ausgeführt worden.

»Warum?«, fragte Petry. »Es muss doch noch jede Menge Beweisstücke gegeben haben! Und gewiss kann man mit modernen Methoden noch mal ganz andere Dinge daran nachweisen als 1970, per DNA-Abgleich zum Beispiel.«

»Aber nichts davon scheint zu einem Ergebnis geführt zu haben. Sonst hätte die Generalbundesanwaltschaft, die höchste Strafverfolgungsbehörde der Bundesrepublik Deutschland, den Fall ja wohl sicherlich geklärt«, wandte Alina Schmidt ein.

»So ist es«, erklärte Rattenhuber. »Leider, trotz aller Bemühungen – wie es halt manchmal so läuft, und das ist gewiss kein Ruhmesblatt, auch nicht für die Münchner Polizei … Aber der Fall musste letztlich mangels weiterer Erfolg versprechender Ermittlungsansätze endgültig zu den Akten gelegt werden.«

»Allerdings …«, setzte Petry zu einer Antwort an.

»Allerdings muss ich Sie warnen«, fiel ihm Rattenhuber schnell ins Wort. »Wenn Sie diesen alten Fall jetzt noch einmal aufrollen wollten, dann ist es nicht nur äußerst unwahrscheinlich, dass Sie zu einem anderen Schluss kommen würden. Sie kämen damit auch in Teufels Küche, vor allem wenn Sie glauben sollten, den Befund des Generalbundesanwalts mit irgendetwas Halbgarem erschüttern zu wollen«, sagte er mit seinem dringlichsten Tonfall. »Und deshalb ... Was immer Sie beide jetzt tun ...«

»Schon verstanden, Chef«, sagte Alina Schmidt. »Am besten befassen wir uns jetzt mit dem aktuellen Mord an Erica Mrosko und klären diesen auf, und da sind wir auf gutem Wege. Das muss unsere höchste Priorität sein, ich bin ganz Ihrer Meinung.«

»Ich sehe das anders«, protestierte Petry.

Rattenhubers Ton wurde schärfer: »Petry, dieser Brandanschlag ist unheimlich kompliziert und heikel und liegt inzwischen über fünfzig Jahre zurück. Was wollen Sie da heute noch ausrichten?«

»Da kann ich Ihnen kaum widersprechen, Herr Kriminalrat. Dieser alte Fall ist unheimlich lange her und hat offensichtlich eine unklare Verdachtslage ...«

»Na also«, sagte Rattenhuber und wollte sich schon abwenden.

»Es ist nur so ...«, fuhr Petry fort. »Mindestens eine Zeugin gab es ja, die wusste, wer die Täter waren. Bestimmt gibt es noch mehr – und wenn wir nun einen solchen Zeitzeugen finden und er oder sie doch noch aussagt, dann ist dieser Fall trotz der dreiundfünfzig Jahre, die dazwischenliegen, wiederum wahnsinnig einfach zu lösen. Meinen Sie nicht?«

Er sah Rattenhuber herausfordernd an. Dieser sagte mit rotem Kopf:

»Petry, wenn Sie glauben, dass ich Ihnen jetzt recht gebe ...«

»Lassen Sie gut sein«, sagte Alina warnend zu Petry.

»Es ist ein Mord an sieben unschuldigen Menschen, und Mord verjährt nicht«, erwiderte Petry. »Wenn man ernst zu nehmende Hinweise darauf findet, wer ihn begangen hat, muss man dem doch nachgehen.«

»Das müssen Sie nicht, Sie sind ja hier auch nur der Psychologe«, sagte Rattenhuber. Er baute sich bedrohlich vor ihm auf und sah von der lichten Höhe seiner eins neunzig auf ihn herunter. »Danke für Ihre Expertise bis hierhin. Wie sieht es aus, haben Sie denn jetzt auch herausgefunden, warum Frau Mrosko unbedingt Ihnen schreiben wollte?«

»Ja, Herr Kriminalrat, das habe ich.«

»Da bin ich gespannt.«

»Weil es ihr um diesen Brandanschlag auf das Wohnheim der Israelitischen Kultusgemeinde gegangen ist, wollte Erica Mrosko sich einem Ermittler anvertrauen, dem die jüdische Sache am Herzen liegt und der sie dann mit dem größtmöglichen Ehrgeiz verfolgen wird«, sagte Petry. »Das war der entscheidende Punkt. Und meine Freundin Ricarda war Jüdin und Kundin in ihrer Buchhandlung, vermutlich hat sie ihr von mir erzählt. Auch in diesem Artikel über mich im *Kurier* wird meine Verbindung zum Shalom erwähnt. Deshalb muss ich ihr als der richtige Adressat erschienen sein.«

»Stimmt, das Restaurant Ihrer Eltern ist ja das Shalom ...« Rattenhuber nickte nachdenklich. Er war ein oder zwei Mal zusammen mit Petry dort gewesen, zuletzt zur Feier anlässlich der Aufklärung des letzten Mordfalls. Er hatte das Essen sehr gelobt, vor allem das Wiener Schnitzel, und auch den dazu gereichten Wodka genossen.

»Na schön ...«, sagte Rattenhuber und musterte ihn prüfend. »Können Sie Petry denn noch weiter brauchen, Frau Schmidt?«

»Ich denke schon«, sagte Alina und räusperte sich. »Als Nächstes würde ich das Umfeld von Frau Mrosko dazu befragen, ob jemand etwas von diesem Brief oder ihrem Vorhaben gewusst hat. Petry könnte sich damit an die Leute wenden, die ihn bereits kennen.« Sie sah den Chef fragend an. Petry fiel auf, dass sie den Namen Matthias Winter aussparte, offensichtlich waren ihr die Hintergründe dazu immer noch zu vage, um sie vor Rattenhuber zu erwähnen.

»Also gut, dann machen Sie damit weiter«, sagte dieser.

»Das tun wir, Chef«, bestätigte die Hauptkommissarin.

»Sie halten mich ständig auf dem Laufenden, Frau Schmidt.«

»Selbstverständlich, Chef.«

Rattenhuber fixierte wieder Petry. »Auch Sie, Petry. Klären Sie den Mord an Erica Mrosko auf, aber machen Sie keine Extratouren. Habe ich mich klar genug ausgedrückt?«

18

Als sich die drei kurz darauf trennten, fuhr Petry nicht nach Hause. Sein Weg führte ihn statt nach Schwabing in die südlich davon gelegene Maxvorstadt, zum Shalom.

Daniel und Ingrid waren gerade dabei, ihr Restaurant abzuschließen. Soeben brachten sie die letzten Gäste, ein leicht angetrunkenes, heftig flirtendes Musikerpärchen, mit sanftem Druck dazu, an der Garderobe in ihre Mäntel zu schlüpfen. Diese verabschiedeten sich nun und schwankten Arm in Arm davon, während Petry hineinging.

»Felix?«, fragte Ingrid überrascht. »Wir wollten gerade zumachen.«

»Ich habe eine dringende Frage«, sagte Petry und wandte sich an Daniel. »Was kannst du mir zu dem Brandanschlag von 1970 in der Reichenbachstraße sagen?«

Daniel musterte ihn überrascht durch seine Nickelbrille.

»Oh mei, wo soll ich da anfangen … Das war eine ganz schlimme Sach', und die ist niemals aufgeklärt worden.«

»Das hast du mir so nie erzählt. Ich habe heute herausgefunden, dass die Buchhändlerin mir deshalb schreiben wollte. Offenbar wusste sie, wer dafür verantwortlich ist.«

Daniel und Ingrid wechselten einen verblüfften Blick.

»Lasst uns zusammen hinfahren«, drängte Petry. »Ich möchte mir den Ort selbst anschauen.«

»Jetzt?«, fragte Ingrid.

»Es lässt mir sowieso keine Ruhe!«

»Das Gebäude gehört der Israelitischen Kultusgemeinde«, überlegte Daniel. »Ich kenne jemanden, der uns Zutritt verschaffen kann. Er wohnt direkt nebenan.«

Als Nächstes wären die beiden Wirte in ihre über dem Restaurant gelegene Wohnung gegangen. Nun machte Daniel einen Anruf bei einem alten Bekannten, Roman Taub, der in der Verwaltung der IKG München und Oberbayern arbeitete. Dann erklärten sich Daniel und Ingrid bereit, mit Petry in ihrem vor der Tür geparkten Lieferwagen nach Süden zu fahren.

Die Straßen der Innenstadt waren um diese Zeit wie leer gefegt. Außer ihrem eigenen Wagen waren nur ein paar Taxis auf der Suche nach Fahrgästen, ein paar Nachtbusse und wenige Radfahrer unterwegs. Als sie um den Bogen des Karolinenplatzes mit dem Obelisken in der Mitte fuhren, konnten sie nach rechts hin den riesigen Königsplatz und die dort aufragenden historischen Bauten sehen, darunter die Musikhochschule, den im Dritten Reich errichteten früheren »Führerbau«. München wirkte hier wie eine nächtliche Museumskulisse, die darauf wartete, den Besuchern des nächsten Tages wieder ihre bewegte Geschichte nahezubringen.

Eine Viertelstunde später standen sie unweit der Isar, in der Nähe des Gärtnerplatzes vor dem Haus an der Reichenbachstraße 27.

Das Gebäude sah inzwischen ganz anders aus als auf den alten Fotos von dem Brand, die Petry im Internet gesehen hatte. Vor ihnen erhob sich ein Siebziger-Jahre-Bau mit orange getönter Glasfassade, die bis ganz nach oben in den vierten Stock reichte.

Daniel hatte bei seinem Jugendfreund Roman Taub den Schlüssel für das Gebäude abgeholt. Er hatte ihm erklärt, dass sein Sohn bei der Polizei arbeitete und den Ort des Brandanschlags sehen wollte.

Daniel zeigte an der Fassade hinauf. »Hier, das ganze Haus hat gebrannt. Ich war an dem Abend in der Stadt unterwegs. Ich habe die Sirenen gehört und den grellen Feuerschein am Himmel bemerkt. Dann bin ich hierhergekommen und habe das Feuer mit eigenen Augen gesehen.«

Er deutete auf ein paar Fenstergauben, die im vierten Stock aus dem schrägen Dach ragten. »Die da oben sind das Einzige, das noch so aussieht wie damals. Den Rest des Hauses mussten sie ganz neu aufbauen.«

Petry rechnete derweil schnell im Kopf nach, dass Daniel damals siebzehn Jahre alt gewesen war, ein junger Mann, in der Nachkriegszeit als Kind jüdischer Emigranten in Zürich geboren und aufgewachsen, der dann nach München gekommen war, um die Ausbildung als Koch zu beginnen.

Daniel zeigte auf dem Bürgersteig umher. »Hier überall standen die Besucher vom Gärtnerplatztheater in ihren Anzügen und Roben, sie kamen aus der komischen Oper *Zar und Zimmermann* nach draußen gelaufen, die Vorstellung war abgebrochen worden.«

In ihrem Rücken befand sich das prächtige Theater aus dem 19. Jahrhundert, in dem Operetten und Musicals zur Aufführung kamen.

»Kanntest du jemanden, der dadrin gewohnt hat?«, fragte Petry und zeigte auf das Haus vor ihnen.

Daniel nickte. »Ich kannte alle Bewohner. Als Gemeindemitglied bin ich hier ein und aus gegangen – im Vordergebäude waren die Gemeindebüros und das Wohnheim. Und im ersten Stock gab es noch ein jüdisches Restaurant, da habe ich oft gegessen. Die Synagoge war im Hinterhaus.«

»Warum war das Haus nicht bewacht?«, fragte Petry.

Daniel schüttelte betroffen den Kopf: »Man hatte ganz bewusst darauf verzichtet. Es sollte ja ein offenes Haus sein, für eine neue Zeit stehen. Die Münchner Juden waren damals ganz schön naiv ...«

Ingrid stellte sich dicht neben ihn und ergriff tröstend seine Hand. Sie hatten, wenn Petry sie auch manchmal streitend erlebt hatte, ein sehr inniges Verhältnis.

Daniel fuhr fort: »Als ich hier eingetroffen bin, standen da oben die alten Menschen an den Fenstern und schrien. Es war furchtbar.«

»Was schrien sie denn?«, fragte Petry mit einem Kloß im Hals. Plötzlich drängte sich ihm unweigerlich das Bild auf, das Endrulat beschrieben hatte: das Gemälde mit den Menschen, die aussahen, als würden sie in der Hölle verbrennen.

»Na, um Hilfe. Aber einer schrie etwas anderes, ich höre es noch wie heute, etwas von Vergasung und dass sie sie schon wieder verbrennen ... Wie schrecklich, fünfundzwanzig Jahre nach Kriegsende ... Die Münchner Feuerwehr war recht schnell da, sie kam kurz nach mir, aber nicht mehr rechtzeitig.«

In Daniels Augen glitzerten Tränen. »Sieben Tote. Der Blum und der Jakubowicz waren Überlebende der Schoa. Der Jakubowicz wollte sogar am Sonntag darauf nach Israel reisen, um dort zu bleiben. Er saß schon auf gepackten Koffern und hatte die Reise nur wegen dem Schabbat noch nicht angetreten.«

»Wie tragisch!«, stieß Ingrid hervor.

»Oder der Siegfried Offenbacher, der war der Gemeindebibliothekar. Er war vollkommen taub und hat von der Aufregung nichts mitbekommen, sonst hätte er fliehen können, er war sehr agil für sein Alter. Ein anderer, Leopold Gimpel, war nur aus seiner Wohnung im zweiten Stock hinauf in den vierten gelaufen, um ein geliehenes Buch zurückzugeben. Da verbrannte er mit einem Freund, während seine Frau Janette unten im zweiten überlebte. Diese Geschichten habe ich auf der Trauerfeier gehört, da waren wir natürlich alle auf dem Friedhof in der Garchinger Straße ... Es waren Tausende da, auch Offizielle, die Staatsspitze. Da hat damals der Bundesinnenminister Genscher geredet und versprochen, es wird alles aufgeklärt. Aber wie man heute weiß, hat das nie stattgefunden ...« Er verstummte für einen

Moment. Als er sich wieder gefasst hatte, erzählte er, dass nach dem Neuaufbau die Gemeinde und die Synagoge weiterhin hier beheimatet gewesen waren. »Aber ab da war dieses Haus immer bewacht, tagsüber ebenso wie nachts.«

Petry erinnerte sich aus den Zeiten, als er in diesem Viertel oft in den Bars und Clubs ausgegangen war, dass vor dem Haus immer Parkverbot geherrscht und eine Ein-Mann-Wachkabine gestanden hatte, in der sich stets ein Polizist befand.

Daniel erklärte weiter, dass im Jahr 2006 mit der Eröffnung der neuen Synagoge am St.-Jakobs-Platz alle jüdischen Einrichtungen und die Israelitische Kultusgemeinde dorthin umgezogen waren. Man hatte eine große Einweihungsfeier veranstaltet, doch diese hatte nur unter starken Sicherheitsvorkehrungen stattfinden können. Denn kurz vor der Grundsteinlegung am 9. November 2003 hatte die bayerische Polizei Pläne einer neonazistischen Vereinigung für einen Bombenanschlag vereitelt, vierzehn Kilogramm Sprengstoff sichergestellt und mehrere Verdächtige verhaftet, die zu langen Haftstrafen verurteilt wurden.

Alle drei schwiegen bestürzt.

»Können wir hineingehen?«, fragte Petry.

»Es wird drinnen allerdings nichts mehr von damals zu sehen sein, sagt Roman«, erklärte Daniel. »Es gibt nur eine Gedenktafel zur Erinnerung an die Opfer.«

»Ich würde es mir trotzdem gerne anschauen«, sagte Petry.

Daniel zückte den Schlüssel, schloss die Eingangstür des Vorderhauses auf und ließ Petry und Ingrid hinein. Hier war nun eine Einfahrt, die mit schlichten Steinplatten ausgelegt war und zum hinteren Hof mit dem Rückgebäude führte. Zur Rechten war eine Gedenkwand angebracht, graue Waschbetonplatten, auf denen in hebräischer Schrift die Namen der sieben Opfer eingraviert waren. Daniel las sie für die anderen laut vor: *David Jakubowicz, Siegfried*

Offenbacher, Max Meir Blum, Leopold Arie Leib Gimpel, Ricka Regina Becher, Rosa Drucker, Eljakim Georg Pfau. Den Toten zum Gedenken, lautete ein Schriftzug in lateinischen Buchstaben.

»Ich habe ja gesagt, das Haus wurde ganz neu gebaut«, sagte Daniel. »Aber etwa an dieser Stelle muss das Treppenhaus gewesen sein und daneben der Lift ... Ich erinnere mich nur noch sehr dunkel an die Zeit vor dem Anschlag.«

Petry sah sich um und versuchte sich den Ort von damals vorzustellen, wie er auf Fotos vom Tatort zu sehen gewesen war. Genau hier musste der Brandherd gewesen, musste das Benzin aus dem Kanister am Fuß der Treppe gezielt verschüttet worden sein.

»Wenn du noch die Synagoge sehen willst ...?«, fragte Daniel.

»Selbstverständlich.«

»Hier entlang.«

Er trat in den Hinterhof hinaus, der sich zwischen dem Vorderhaus und dem Rückgebäude befand. Dort war jetzt eine Baustelle, die frühere Synagoge von 1931 wurde von einer privaten Stiftung renoviert, um sie als Denkmal und Begegnungsstätte zu erhalten. Petry und die anderen gingen an Baumaterialien vorbei ein paar Schritte darauf zu.

»Früher war hier ein Bach, der ging quer durch den Garten«, sagte Daniel in Erinnerungen versunken und zeigte auf den Boden. »Aber den haben sie jetzt zugeschüttet. Der Kaiblmühlbach. Klein, aber er reichte, um ein Taschlich zu machen ...«

»Ein Taschlich?«, fragte Petry verständnislos. Er sprach das »ch« hart aus, so wie Daniel.

»Ein Ritual, bei dem man sich von allen Sünden reinigt, indem man seine Hosentaschen in ein fließendes Gewässer ausleert. Das hat mir immer sehr gefallen, auch wenn ich ja sonst kein religiöser Mensch bin ...«

Petry nickte nachdenklich. Es stimmte, Daniel hatte zwar jedes Jahr die jüdischen Feiertage mit ihnen begangen, dabei jedoch nur zu Hause zum Seder, zu Pessach oder an Jom Kippur ein paar Kerzen angezündet, und er hatte sich ansonsten eher um deren kulinarische Seite gekümmert. Er war nie in die Synagoge gegangen, und auch die strengen Regeln, die den Schabbat betrafen, hatte er nie befolgt.

Petry drehte sich um, um von hinten an dem Vorderhaus hochsehen zu können.

»Warum hast du mir nie erzählt, dass das ein ungeklärter Mordanschlag war?«

»Ich wollte dich nicht beunruhigen«, sagte Daniel verlegen. »Was es an antisemitischen Anfeindungen gegen das Shalom gibt, reicht ja schon. Und irgendwann habe ich es wahrscheinlich selbst verdrängt. Was kann man schon machen ...« Er zuckte hilflos mit den Schultern.

»Wen hatte man damals als Brandstifter im Verdacht? Es muss doch Gerüchte gegeben haben?«

Daniel sagte: »Das war vollkommen diffus, es konnte jeder gewesen sein: Neonazis, linke Spinner, Palästinenser oder ihre Sympathisanten ... Es gab unglaublich viele Spekulationen.« Er zuckte mit den Schultern, und dann sagte er den Satz, der so etwas wie sein Lebensmotto war: »Alles ist möglich.« Doch so, wie er es heute sagte, klang es ziemlich fatalistisch.

»Und was war mit dieser Spur zu den Linken?«, fragte Petry. »Ging es da um Terroristen? Andreas Baader ... Könnten solche Leute gemeint gewesen sein?«

Er blickte fragend seine Mutter an.

»Na ja«, meinte sie. »Der Baader war ja ein Kaufhausbrandstifter, deshalb kam es zu seiner ersten Verurteilung.«

»Er war für eine *Brandstiftung* im Gefängnis?«, fragte Petry verblüfft und versuchte sich an Details dessen zu erinnern, was er darüber gelesen hatte.

»Ja, in Frankfurt, zusammen mit Gudrun Ensslin. So wurden die 1968 bundesweit bekannt«, erklärte Ingrid. »Da ist jedoch niemand zu Schaden gekommen, weil sie vorab per Anruf gewarnt haben. Es war außerdem nachts, nicht während der Geschäftszeiten.«

»Die haben sich damals radikalisiert«, sagte Daniel. »Es gab auch bald darauf, im November 69, einen versuchten Anschlag auf das jüdische Gemeindehaus in West-Berlin. Da sollte eine Bombe bei der Gedenkfeier an die Pogromnacht hochgehen, aber der Zünder war nicht funktionstüchtig.«

»Und das waren Linke?«, fragte Petry.

»Das hat man jedenfalls immer gemunkelt«, sagte Daniel und sah Ingrid fragend an.

Diese fiel ein: »Ja, das soll die sogenannte Stadtguerilla gewesen sein. Das waren deutsche Kommunarden, darunter Dieter Kunzelmann, die ein Konzept für den Kampf in den Städten erstellt hatten.«

Petry erinnerte sich, dass auch dieser Name in ihren Erzählungen aus der Altachtundsechziger-Szene häufig vorgekommen war.

»Das waren aber nur die Vorläufer des Terrorismus«, erklärte Daniel.

Ingrid nickte. »Genau im Februar 1970 hat Baader in West-Berlin die RAF gegründet, die Rote-Armee-Fraktion, als bewaffnete terroristische Guerilla-Organisation, zusammen mit Gudrun Ensslin und Horst Mahler. Das ist genau dokumentiert und wurde ja alles ermittelt.«

»Das heißt, Baader kann das hier nicht gewesen sein?«, fragte Petry.

»Nein, kurz darauf wurde er in Berlin aufgegriffen und musste die Strafe wegen dem Kaufhausbrand absitzen«, sagte Ingrid.

»Die erste Aktion der RAF war dann seine Befreiung, im

Mai 1970«, berichtete Daniel. »Da hat die Journalistin Ulrike Meinhof den Gefängnisinsassen Andreas Baader zu einem angeblichen Recherchetermin für ein Buchprojekt getroffen, unter Bewachung. Ensslin und andere haben ihn mit Waffengewalt befreit, wobei es einen Toten und Verletzte gab.« Petry nickte, davon hatte er natürlich gelesen. An diesem entscheidenden Tag waren sie alle in den Untergrund gegangen, auch die Meinhof.

»Und damit begann dann der deutsche Terrorismus. Aber das war eben erst drei Monate *nach* dem Brandanschlag hier«, sagte Ingrid. »Das waren aufregende Zeiten, ich bin ja damals erst Schülerin gewesen, aber ich kann mich noch gut an alles erinnern. Und als ich Jahre später aufs Land zu der Kommune gezogen bin, haben wir viel darüber diskutiert, was damals passiert ist und wie aus Kommunarden Terroristen voller Hass werden konnten.«

Sie gingen wieder zurück, durch den Durchgang mit der Gedenkwand, und als sie das Gebäude verließen, schloss Daniel die Tür hinter ihnen ab.

Als sie draußen vor dem Vordergebäude standen, sah Petry noch einmal nachdenklich daran hinauf.

»Es war doch eindeutig ein antisemitischer Anschlag. Könnten es da nicht einfach rechtsradikale Täter gewesen sein?« Er blickte Daniel fragend an.

»Das haben danach hier viele angenommen. Aber es waren alles nur Gerüchte. Niemand hat ja gesehen, wer das Feuer gelegt hatte.«

Ingrid fügte hinzu: »Die Münchner Polizei war jedenfalls nicht besonders interessiert daran, den Fall aufzuklären, das war der allgemeine Eindruck.« Sie sah ihren Sohn mit hochgezogenen Augenbrauen an. Ingrid ließ ihn öfters wissen, dass sie, nur weil er bei der Polizei arbeitete, deswegen noch lange nicht mit Kritik an den Behörden sparen würde, denen sie immer schon skeptisch gegenüberstand.

»Ich bin es schon, das könnt ihr euch ja denken«, versicherte Petry.

Er wandte sich an Daniel: »Du warst doch Kunde bei dieser Buchhändlerin ... Wenn dir noch irgendetwas zu Erica Mrosko einfällt, erzähl es mir bitte. Jedes Detail könnte wichtig sein. Sie hat Aktivisten gekannt, war wohl mit Baader befreundet ...«

»Darüber haben wir nicht geredet«, sagte Daniel. »Nur einmal über das Shalom, wie gesagt.«

Er hob bedauernd die Schultern.

»Über ihren Freundeskreis weißt du nichts? Sie hat vor zwei Wochen ihren fünfundsiebzigsten Geburtstag gefeiert.«

»Nein«, sagte Daniel verwundert. »Das wusste ich nicht. Warum fragst du?«

»Ich habe ein Foto von der Feier gesehen, da gibt es einen Mann, der von hinten aussieht wie du.«

»Das kann aber nicht ich gewesen sein«, sagte Daniel und schüttelte den Kopf, dass sein Pferdeschwanz wippte. »Warum hätte sie mich auch einladen sollen? So gut kannten wir uns nicht.«

»Schon gut«, sagte Petry. »Ich suche nur etwas, das mich weiterbringt. Vielen Dank, dass ihr mir diesen Ort gezeigt habt.«

»Gern geschehen«, sagte Daniel. »Und wenn du irgendetwas tun kannst, um diesen schrecklichen Fall doch noch aufzuklären ...«

»Mein Chef ist zwar strikt dagegen, ihn neu aufzurollen, aber ich werde mir alles noch einmal genau anschauen«, sagte Petry. »Und wenn ich irgendeinen Anhaltspunkt finde, werde ich ihm nachgehen, da könnt ihr euch sicher sein.«

»Danke.« Daniel nickte Petry bewegt zu.

19

Als Petry am nächsten Morgen in seinem Bett erwachte, fühlte er sich frisch und bereit dafür, die Fortsetzung der Ermittlungen anzugehen. Er hatte fast sieben Stunden geschlafen, mehr als seit langer Zeit.

Am Vorabend hatte er im Bett liegend noch einmal in Ricardas Buch *Der Baader-Meinhof-Komplex* die Vorgeschichte der RAF nachgelesen, über die späteren Bombenleger und Terroristen, und am Laptop die Informationen von Ingrid und Daniel über die linke Szene der sechziger Jahre vertieft. Fritz Teufel und Dieter Kunzelmann, die witzig und satyrnhaft aussahen, waren zunächst in München und ab 1967 in West-Berlin in der Kommune Eins als »Politclowns« und »Spaßguerilleros« bekannt geworden. Sie machten mit Provokationen wie einem versuchten »Puddingattentat« gegen den amerikanischen Vizepräsidenten und ähnlichen »Happenings« auf sich aufmerksam, die Petry an die Flugblattaktion erinnerten, an der Erica Mrosko und Hannelore Reitwein teilgenommen hatten und wohl in deren Nachfolge standen. Wie er im Buch hatte nachlesen können, veröffentlichten bereits 1967 die Bewohner der K1, zu denen Dieter Kunzelmann, Fritz Teufel und Rainer Langhans gehörten, Flugblätter, in denen auch Brandstiftungen erwähnt, ja offenbar angekündigt wurden. In einem davon stand wörtlich:

Wenn es irgendwo brennt in der nächsten Zeit, wenn irgendwo eine Kaserne in die Luft geht, wenn irgendwo in einem Stadion die Tribüne einstürzt, seid bitte nicht über-

rascht. Genauso wenig wie bei der Bombardierung des Stadtzentrums von Hanoi.

Sieben Kommunarden wurden dafür angeklagt. Teufel und Kunzelmann traten bei ihren Gerichtsverhandlungen stets provokant und witzig auf und beherrschten das Spiel mit den Medien. So kommentierte Teufel die Aufforderung des Staatsanwalts, sich zu erheben, mit dem lässigen Satz: »Wenn es denn der Wahrheitsfindung dient.« Solche Sprüche, über die sich die *Bild*-Zeitung empörte, hatten die beiden unter Linken äußerst populär gemacht. Auch in späteren Generationen, Ingrid hatte Petry als Jugendlichem begeistert von ihnen erzählt.

Ende der sechziger Jahre waren Teufel und Kunzelmann endgültig von satirischen Künstlern zu Polit-Aktivisten geworden. Teufel hatte die »Tupamaros München« gegründet – benannt nach einer peruanischen Guerilla-Organisation –, Kunzelmann die »Tupamaros West-Berlin« und den von ihm so genannten »Zentralrat der umherschweifenden Haschrebellen«. Sie waren häufig zwischen München und West-Berlin hin- und hergewechselt, zeitweise lebten sie im Untergrund. Dann wurden sie im Sommer 1970 nacheinander verhaftet.

Beide waren danach für längere Zeit im Gefängnis gewesen: Kunzelmann hatte wegen eines Molotow-Cocktail-Anschlags drei Jahre in Untersuchungshaft verbracht, Teufel warf die Staatsanwaltschaft eine Mitgliedschaft in der terroristischen »Bewegung 2. Juni« vor, der auch andere frühere Tupamaros und Mitbewohner ihrer diversen Kommunen angehörten. Auch er wurde erst nach mehrjähriger Haft freigelassen. Teufel war dann 2010 gestorben, Kunzelmann 2018, beide in München …

Irgendwann in der Nacht waren Petry schließlich darüber die Augen zugefallen.

Die Verbindung zwischen der toten Buchhändlerin und Ricarda hatte Petry sich in der Nacht seiner toten Freundin plötzlich sehr nahe fühlen lassen. Beinahe war ihm, als würde Ricarda zu ihm sprechen, ihn auffordern, das Rätsel des alten Falles zu lösen; als würde sie wieder, wie so oft, vor dem Einschlafen neben ihm im Bett sitzen in ihrem lindgrünen Lieblingsnachthemd, das Gesicht glänzend von der Nachtcreme, die Ohrringe herausgenommen ...

Petry schüttelte die Erinnerungen ab, während er seinen Kaffee in der Küche trank. Du musst nach vorne schauen, rief er sich selbst zur Ordnung.

Natürlich würde er trotz Rattenhubers Anweisung an der Aufklärung des alten Falles arbeiten. Egal, was daraufhin passieren würde. Er wusste nicht, ob Alina Schmidt auf seiner Seite war.

Doch sein Auftrag lautete, weiter das Umfeld von Erica Mrosko zu untersuchen, und mit Alina hatte er ja besprochen, dass er sich auf die Spur von Matthias Winter begab. Für ihn hatte der Verdacht gegen diesen mit den Informationen über das gestohlene Bild und den Brandanschlag neue Nahrung erhalten. Er nahm Jürgen Köster, Hannelore Reitwein und Gaby Überlinger nicht ab, dass sie nicht wussten, wo ihr Freund sich aufhielt. Aber wenn er in sich hineinhorchte, freute er sich auch ein bisschen darauf, die drei wiederzusehen und sich von ihnen mehr über ihre Geschichte erzählen zu lassen. Die Altachtundsechziger faszinierten ihn, nicht nur weil er selbst mit einer Hippiemutter in einer Kommune aufgewachsen war.

Als Petry vor dem Haus in der Clemensstraße eintraf, sah er sich wieder genau um. Doch den weißen vw, den Kombi von neulich oder ein anderes verdächtiges Fahrzeug konnte er diesmal nicht entdecken.

An der Wohnungstür wurde Petry von Jürgen begrüßt.

Er wirkte entspannt und trug seine übliche Kleidung aus schwarzem Leinen.

»Ich habe Neuigkeiten über Erica und wollte mit euch darüber reden«, sagte Petry.

»Dann komm rein. Du kannst mit uns essen, Petry, wir sind gerade dabei zu kochen«, sagte Jürgen, der barfüßig voranlief. Im großen Zimmer standen Hannelore und Gaby in der Pantryküche, von wo sie neugierig zum Eingang blickten.

Es roch nach Ingwer, Knoblauch und angebratenen Zwiebeln in einer brutzelnden Pfanne auf dem Herd. Der Geruch hing schwer im ganzen Zimmer, es gab keine Dunstabzugshaube.

»Das trifft sich gut, ich habe euch etwas mitgebracht, das dazu passen könnte«, sagte Petry.

Er übergab Jürgen zwei kleine Packungen mit Gewürzen aus dem Asialaden.

»Szechuanpfeffer und Kurkuma, das kommt wirklich wie gerufen!«, schwärmte Jürgen. »Mein Dosha-Typ ist Kapha!«

»Dein Element ist die Erde, das hab ich dir sofort angesehen«, bestätigte Petry. »Deswegen habe ich scharfe und feurige Zutaten eingekauft.«

Ingrid hatte ihm diese Begriffe beigebracht. Jedem Menschen wurde in der Ayurveda-Lehre eines der Elemente Erde, Wasser, Feuer, Luft und Raum zugeordnet und eine daran angepasste Ernährungsweise verschrieben, mit Zutaten, die sie jeweils komplementär ergänzen sollten.

»Wir nehmen sowieso nur ayurvedische und vegane Speisen zu uns«, erklärte Hannelore.

»Wir sind übrigens darauf gekommen, dass es besser ist, das Mittagessen auszulassen und nur zwei Mahlzeiten am Tag zu essen, das reicht«, erklärte Jürgen.

»Bringt ja nichts, sich so vollzustopfen«, sagte Gaby.

»Du bist ein Vata-Typ, das habe ich gleich gesehen«, erklärte Petry. Dieser stand für das Element Luft, man sollte dann viele Flüssigkeiten zu sich nehmen.

Sie nickte lächelnd.

»Und was bin ich?«, fragte Hannelore geheimnisvoll.

»Man muss dich erst etwas kennenlernen, dann sieht man, dass dein Element das Feuer ist und du eher etwas Beruhigendes brauchst«, sagte Petry.

»Stimmt, ich bin der Pitta-Typ.« Sie klatschte ihm Beifall.

Unter Fachsimpelei, bei der sie sich gegenseitig versicherten, wie sehr sie gutes asiatisches Essen schätzten, bereiteten sie gemeinsam eine Pfanne mit Auberginengemüse, Paprika und Pilzen zu.

»Was gibt es denn Neues über Erica?«, fragte Jürgen, während er es übernahm, in der Pfanne zu rühren.

»Ich hab euch noch nicht erzählt, dass sie vor ihrem Tod einen Brief an mich geschrieben hat, oder?«, fragte Petry. Jürgen verharrte mit dem Kochlöffel auf halber Höhe und starrte ihn verblüfft an. Auch die Frauen hielten inne.

»Nein?«, sagte Hannelore.

»Das erzähle ich euch gleich …«

Die drei wirkten plötzlich angespannt. Doch Petry zeigte ihnen zunächst einmal in aller Ruhe, wie man den Szechuanpfeffer ohne Fett in einer Pfanne röstete, bis er anfing zu qualmen und schön würzig zu duften.

Nun gab er die duftenden Knospen mit etwas Kurkuma und Koriander in die Schüssel mit dem Gericht, dem der Pfeffer eine angenehme, leicht die Zunge betäubende Schärfe verlieh.

Sie ließen sich zum Essen im Schneidersitz auf dem Boden nieder. Ein Blick in das Zimmer nebenan zeigte Petry, dass das Bett dort nach wie vor unbenutzt aussah.

Jürgen reichte ihm einen bunten Steingut-Teller, der mit einer Art indischen Ornamenten bemalt war.

»Hab ich selbst getöpfert«, erklärte Gaby stolz und gab Petry einen Klacks Gemüseragout darauf, während Hannelore das Ingwerwasser in Ikea-Gläser einschenkte. Diesmal akzeptierte Petry das Getränk, bestand aber darauf, nur eine kleinere Portion Essen zu erhalten.

Petry lobte die Teller, das Ingwerwasser und die gedeckte Tafel, bevor sie feierlich mit der Mahlzeit begannen, und erst nachdem er einen Löffel von dem Selbstgekochten gekostet und auch ihn gewürdigt hatte, wollte er auf sein Anliegen zu sprechen kommen. Doch Jürgen kam ihm zuvor.

»Erzähl, worum es in Ericas Brief ging«, sagte er. Auch die beiden Frauen sahen Petry gespannt an. Hannelore entnahm einer Schachtel diesmal zwei Pillen und schluckte sie wie neulich mit etwas Ingwerwasser.

»Nun, um einen alten Fall, über den sie etwas wusste«, sagte Petry mit vollem Mund und schluckte den Bissen herunter. »Das müsste euch eigentlich auch etwas sagen: Es geht um den Brandanschlag vom Februar 1970 in der Reichenbachstraße. Erinnert ihr euch daran?«

Jürgen blinzelte. Dann nickte er. »Ja«, sagte er. »Natürlich …«

Das Thema ließ Jürgen und Hannelore schlagartig sehr ernst werden.

»Wieso?«, fragte Gaby und sah arglos in die Runde. Sie stutzte, da die anderen sie stirnrunzelnd ansahen. »Da war ich vier Jahre alt! Was ist denn damals passiert?«

Die beiden anderen blieben stumm und blickten betreten auf ihre Teller.

»Jemand hat dort Feuer gelegt, in einem jüdischen Wohnheim für alte Menschen«, sagte Petry. »Sieben Holocaust-Überlebende sind dabei umgekommen.«

Auch Gaby blickte jetzt sehr ernst drein.

»Und was hatte Erica damit zu tun?«, fragte Hannelore.

»Na ja«, sagte Petry und beobachtete weiter ihre Reaktionen. »Diese Brandstiftung ist bis heute unaufgeklärt und sie hat gewusst, wer dafür verantwortlich war.«

»Und in ihrem Brief steht, wer es war?«, fragte Gaby fassungslos. Hannelore kam ihm jetzt sehr nervös vor. Jürgen wirkte in sich gekehrt, auf seine Mahlzeit konzentriert.

»Wir haben einen Entwurf gefunden«, sagte Petry. »Mit einem Hinweis auf den Fall. Abschicken konnte sie ihn nicht mehr.«

Gaby verschluckte sich und begann zu husten. »Entschuldigung, es ist mir zu scharf …«, sagte sie und hustete heftig, mit rotem Kopf. »Die arme Erica …«, sagte sie dann flüsternd. Jürgen schlug ihr leicht auf den Rücken. Sie trank mit zitternden Händen einen Schluck Ingwerwasser und beruhigte sich wieder.

Das Thema war den beiden Älteren bekannt, so viel war Petry klar, sie wussten offenbar mehr darüber. Doch nur äußerst ungern wollten sie sich damit beschäftigen.

»Was könnt ihr denn zu dem Fall von damals sagen?«, fragte Petry und sah Jürgen und Hannelore an. »Habt ihr eine Ahnung, wen sie meint?«

Schweigend starrten die drei auf ihr ayurvedisches Essen. Die Frauen schienen darauf zu warten, dass Jürgen die Initiative ergriff.

»Es gab damals eine Menge Gerüchte über mögliche Täter«, sagte Jürgen nach einer Pause. »Das war eine ziemlich große Sache. Alle waren schockiert, die ganze Stadt war in Aufruhr. Ich erinnere mich vor allem daran, dass wir daraufhin wieder ein paar Razzien über uns ergehen lassen mussten, in der Schraudolph-Kommune.« Er aß langsam weiter. Auch die Frauen, denen zuvor der Appetit vergangen zu sein schien, folgten jetzt seinem Beispiel.

»Wieso? Hat man jemanden von euch Kommunarden verdächtigt?«, fragte Petry.

»Wir standen bei all so was immer sofort unter Generalverdacht«, spottete Jürgen.

»Dass der Andreas Baader manchmal zu Besuch da gewesen ist, haben wir dir ja schon erzählt«, ergänzte Hannelore.

»Und bei uns sind damals ein paar Leute von den Tupamaros ein und aus gegangen, Fritz Teufel und Dieter Kunzelmann, denen hat man alles zugetraut«, erklärte Jürgen. »Die wurden dann auch zur Fahndung ausgeschrieben.«

»Die sogenannte Stadtguerilla«, nickte Petry. »Das finde ich spannend. Erzählt mehr über sie.« Petry sah Hannelore an. »Ihr könnt offen reden, sie sind ja bereits tot.«

Sie schüttelte den Kopf. »Das war keiner von denen, da bin ich ganz sicher.«

»Warum?«, fragte Petry.

»Teufel und Kunzelmann wurden in jenem Jahr beide nacheinander verhaftet«, erklärte Jürgen. »Aber man hat ihnen bezüglich dieser Brandstiftung nichts nachweisen können.«

Das stimmte, Petry hatte es nachgelesen. Weder die mehrjährige Untersuchungshaft von Teufel noch die von Kunzelmann hatte damit direkt in Verbindung gestanden. Andererseits wurde allgemein angenommen, dass nicht alle Taten herausgekommen waren, die sie wirklich begangen hatten. So war erst Jahrzehnte später belegt worden, dass Kunzelmann den versuchten Anschlag auf das Jüdische Gemeindehaus in West-Berlin 1969 in Auftrag gegeben hatte, durch eine Aussage des Genossen Albert Fichter, der die Bombe dort platziert hatte. Ingrid hatte sich richtig erinnert. Aber dafür war Kunzelmann zu Lebzeiten nie juristisch belangt worden.

»Na gut, die beiden waren es also nicht. Und wer war es dann? Erica hat es gewusst, ihr doch bestimmt auch?«

Petry nahm ein ganz leichtes Zögern wahr.

»Nein«, sagte Jürgen dann. »Sonst hätten wir es bereits gesagt, schon längst.« Er blickte ihn empört an. Petry musste daran denken, was Bob über ihn gesagt hatte. Dass er gerne Menschen manipuliere und dass man ihm mit Vorsicht begegnen müsse.

»Ich kann natürlich gut verstehen, wenn ihr niemanden von euren alten Freunden anschwärzen wollt ...«, sagte Petry. »Ich bin ja selbst in einer Kommune aufgewachsen, ich kann nachvollziehen, dass man solidarisch untereinander ist. Aber ihr habt doch gewiss über alles offen gesprochen.«

»So offen auch nicht«, sagte Jürgen und schüttelte heftig den Kopf. »Die Tupamaros waren ziemliche Geheimniskrämer, weißt du. Ich fand das albern, wie Räuber und Gendarm Spielen oder James Bond ... Ich hab sie immer machen lassen und mich lieber mit den Menschen befasst. Mit Frauen, und mit der ganzen Sache zwischen Männern und Frauen ...« Er lutschte seinen Löffel ab, sein Teller war bereits leer gegessen. Petry schob ihm seinen rüber.

»Ihr könnt gerne noch was von mir haben, ich bin nicht hungrig«, sagte er rasch, und dann: »Wenn Erica es nicht mit euch geteilt hat, mit wem dann? Mit wem war sie damals noch zusammen?«

»Die Erica ...«, begann Hannelore und räusperte sich. »Wir hatten alle verschiedene Lover, und die haben schnell gewechselt. Da weiß ich nicht mehr genau, mit wem sie gerade zu dieser Zeit ... 1970?«

»Muss ich auch mal überlegen«, sagte Jürgen und starrte ins Leere.

»Was ist mit Matthias?«, fragte Petry so beiläufig wie möglich. »Die beiden haben ja zusammen Happenings organisiert, deswegen komme ich darauf, es gibt sogar das Gemälde, auf dem sie dabei zu sehen sind.« Er zeigte nach nebenan.

»Das war doch was völlig anderes«, sagte Hannelore sanft. »Das war Kunst!«

»Ich frage ihn gerne selbst, deswegen will ich ihn ja unbedingt finden und mit ihm sprechen. Was denkt ihr denn, wo er nun ist?«

Die drei wechselten Blicke.

Gaby zuckte mit den Schultern. »Wie gesagt, er hat einen vw-Bus mit Schlafplatz, in dem fährt er normalerweise rum und schläft da, wohin es ihn halt verschlägt.«

»Ach ja ... Bei Erica ist ein Bild gestohlen worden, darauf war ein Feuer zu sehen und Menschen, die darin verbrennen«, sagte Petry. »Hat Matthias das vielleicht gemalt?«

»Du meinst, ein Bild, auf dem das zu sehen ist, was bei dem Brand passiert ist?«, fragte Jürgen. »Warum sollte er das gemalt haben?«

»Vielleicht weiß er mehr über die ganze Sache, so wie Erica. Darauf will ich ja gerade hinaus«, antwortete Petry. »Gibt es vielleicht noch irgendetwas, was euch dazu einfällt? Wer damals in der Kommune sonst noch mit dabei war oder wer etwas darüber wissen könnte?«

Er blickte gespannt zu Jürgen und Hannelore, die stirnrunzelnd nachdachten.

Jürgen lehnte sich zurück und stutzte. »Hm ... warte mal ... mir kommt tatsächlich gerade noch eine Idee ...«

»Ja?«

»Es gab da einen libanesischen Genossen, der sich auch eine Zeit lang in unserer Kommune aufgehalten hat. Das war ein Freund von Fritz Teufel. Er hat ihn mitgebracht, und alle dachten damals, vielleicht hat der etwas mit diesem Anschlag zu tun. Wie hieß er noch gleich ...?« Er sah Hannelore fragend an.

»Du meinst, Saïd?«, fragte sie nach einer Pause.

Jürgen schnippte mit den Fingern und zeigte auf sie.

»So hieß er! Also soweit ich mich erinnere, hat die Polizei das seinerzeit auch untersucht und ihn befragt ...«

Hannelore hob die schmalen Schultern. »Ja. Stimmt, da gab's damals Gerüchte, dass er in der PLO wäre.«

Jürgen sah Petry an und hob die Hände. Hannelore neben ihm nickte bestätigend.

»Also ein palästinensischer Aktivist?«, fragte Petry.

»In einer ihrer Untergruppen, der Palästinensischen Befreiungsorganisation AOLP oder so ähnlich«, sagte Jürgen, der mit zusammengekniffenen Augen seine Erinnerung zu bemühen schien.

»Wie gesagt, es waren nur Gerüchte …«, fiel Hannelore ein. »Aber weil du vorhin danach gefragt hast – Erica war ziemlich verknallt in ihn. Er sah echt süß aus, hatte schwarze Locken und ganz hellblaue Augen.«

»Vielleicht hat sie ihn gemeint?« Jürgen sah Petry achselzuckend an.

»Genaueres über ihn wisst ihr nicht? Seinen vollen Namen vielleicht?«

Jürgen schüttelte den Kopf. »Tut mir leid. Nur Saïd.«

20

»Das ist ja unglaublich!«, sagte Bob Permaneder enthusiastisch und schob sich einen halben Königsberger Klops in den Mund. Doch er meinte nicht das Tagesessen im Shalom – auch wenn die Klopse mit Kapernsoße, Salzkartoffeln und Rote-Bete-Salat eine seiner absoluten Lieblingsspeisen waren –, sondern das, was Petry ihm soeben »unter drei« mitgeteilt hatte: dass sich der anonyme Brief von Erica Mrosko auf den Brandanschlag von 1970 in der Reichenbachstraße bezog. Dazu hatte Petry sich mit ihm zum Mittagessen verabredet.

»Den Fall kenne ich in- und auswendig, Petry, der fasziniert mich! Als diese Sonderkommission vor ein paar Jahren eine neue Untersuchung begonnen hat, habe ich mich eingehend damit beschäftigt und mehrere Artikel dazu verfasst. Und dann habe ich sogar angefangen, ein Buch darüber zu schreiben!«

»Ernsthaft?«, fragte Petry erstaunt. Dass Bob schon immer den Ehrgeiz hatte, eines Tages mehr als nur aktuelle Artikel für ein Boulevardblatt zu verfassen, war ihm bewusst, darüber hatten sie oft gesprochen. Allerdings hatte dem großen Wurf bisher stets die viele Arbeit in seinem Brot-und-Butter-Job im Weg gestanden, der ihn jeden Tag vollauf forderte.

»Klar! Ich hab schon in die Tiefe recherchiert, du kannst mich alles fragen – ich fand das so eine Sauerei, dass der Fall nicht aufgeklärt ist und sie ihn dann endgültig geschlossen haben … Und ja, die Palästinenser haben zu der Zeit wirklich eine Rolle gespielt, und was für eine!«

»Klär mich auf!«, sagte Petry und ließ sich einen weiteren Löffel gehackte Hühnerleber mit Zwiebeln schmecken. Die Tische um sie herum waren voll besetzt; der Mittagstisch im Shalom war weithin beliebt. Deswegen hatten Daniel und Ingrid gerade auch alle Hände voll zu tun und Bob, den Schulfreund ihres Sohnes, nur kurz, wenngleich sehr herzlich begrüßen können. Er gehörte praktisch zur Familie.

Bob schob seinen Teller beiseite und begann zu erzählen.

»Also pass auf«, sagte er. »Der Brandanschlag vom 13. Februar 1970 war nicht der einzige Anschlag, der in jener Woche passiert ist. Es gab noch zwei andere. Und das Ganze waren die ersten terroristischen Anschläge in Deutschland überhaupt, und zwar hier in München!«

»Was? Wirklich??« Petry blickte ihn zweifelnd an.

»Na ja, wir reden hier von den ersten Flugzeugattentaten auf deutschem Boden, die kamen damals erst in Mode – später weltweit, wie wir alle wissen ...« Bob beugte sich vor: »Drei Tage vor dem Brandanschlag, am 10. Februar 1970, haben Terroristen am Flughafen München-Riem versucht, ein Flugzeug der israelischen Fluglinie El Al zu entführen. Es war ein dreiköpfiges Kommando der Palästinensischen Befreiungsorganisation PFLP, sie wollten im Transitbereich die Crew und Passagiere mit Waffengewalt als Geiseln nehmen. Allerdings haben sich die Israelis auf Anhieb gewehrt. Daraufhin sind Schüsse gefallen, und ein Terrorist hat eine Handgranate geworfen. Einer der Passagiere ist gestorben, andere und der Pilot wurden verletzt, unter anderem hat die bekannte israelische Schauspielerin Hannah Maron durch die Explosion einen Fuß verloren. Aber die Terroristen konnten überwältigt und festgenommen werden.«

»Und das waren Palästinenser?«, fragte Petry verblüfft.

Bob nickte. »Ja, deswegen weiß man, dass zu diesem Zeitpunkt palästinensische Terroristen in München waren. Drei Tage später kam es zu dem Brandanschlag im jüdischen Wohnheim.«

»Verstehe«, sagte Petry nachdenklich.

»Und wiederum vier Tage später, am 17. Februar, hat ein weiteres Terrorkommando der Palästinenser erneut in Riem versucht, eine Maschine zu kapern. Auch das alles noch am Boden, im Flughafengebäude, aber diesmal sind die Waffen in ihren ausgebeulten Mänteln aufgefallen, bevor sie sie ziehen konnten, und sie konnten ebenfalls von der Polizei überwältigt werden.«

»Dann wird man sie doch verhört haben?«

»Natürlich. Und zu den versuchten Flugzeugentführungen gab es auch jeweils Bekennerschreiben, mit Briefkopf und Logo, so wie die Palästinenser sie immer verbreitet haben und wie wir sie auch von anderen Terroranschlägen kennen. Aber zu der Brandstiftung haben sie sich nicht bekannt, und im Verhör haben die verhafteten Palästinenser jede Beteiligung daran geleugnet und weit von sich gewiesen.«

»Dass sie es trotzdem gewesen sind, wäre natürlich absolut denkbar.«

Bob stimmte zu. »Zumal es bald darauf weitere Terroranschläge von ihnen gab, wieder auf Flugzeuge, und diesmal sind sie nicht so glimpflich ausgegangen. Es waren noch weitere Terrorkommandos in Deutschland, und diese haben Pakete für die Luftfracht aufgegeben, von München aus. Eines davon ist am 21. Februar auf einem Austrian-Airlines-Flug kurz nach dem Start in Frankfurt explodiert. Zum Glück riss die Bombe nur ein kleines Loch in den Rumpf, und die Maschine konnte notlanden. Alle dreiunddreißig Menschen an Bord blieben unversehrt. Aber am selben Tag etwas später explodierte eine weitere Bombe an Bord eines Swiss-Air-Fliegers, der von Zürich nach

Tel Aviv gehen sollte, mit viel schlimmeren Folgen. Dieses Flugzeug ist abgestürzt, siebenundvierzig Menschen sind gestorben.«

»Unglaublich«, sagte Petry. »Aber dann liegt doch auch bei der Brandstiftung ein Zusammenhang mit den Palästinensern absolut nahe!«

»Sogar einen Anlass für das alles hat's gegeben«, sagte Bob. »Der israelische Außenminister Abba Eban kam kurz darauf nach München zu seinem ersten Besuch auf deutschem Boden. Das scheint die Anschläge ausgelöst zu haben, quasi als Protest.«

»Was ist mit den Attentätern passiert?«

»Das ist es ja – wenn man die vor Gericht gestellt und sie in einem Prozess befragt hätte, wer weiß, was sie noch ausgesagt hätten!«

»Aber das ist nicht geschehen?«

»Nein. Es wurde zwar von der Bundesregierung versprochen, alles aufzuklären, von dem damaligen Bundesinnenminister Hans-Dietrich Genscher, bei der Trauerfeier auf dem Israelitischen Friedhof, wo auch Bundespräsident Heinemann zugegen war und Bundeskanzler Willy Brandt – er war damals erst seit Kurzem im Amt ...« Petry erinnerte sich, dass auch Daniel ihm von diesen Versprechungen erzählt hatte. »... aber dazu kam es nicht. Ein Teil der Attentäter wurde im September 1970 einfach abgeschoben. Und dann gab es kurz darauf weitere Flugzeugentführungen, diesmal gelungene. Palästinensische Kommandos haben rund dreihundert Geiseln genommen. Und dann haben sie die Freilassung der noch in Haft befindlichen Terroristen vom Februar gefordert. Und die deutsche Regierung kam dem sehr schnell nach. Es war ganz klar: Die Deutschen wollten die palästinensischen Terroristen einfach loswerden, sie hatte kein Interesse an einem Gerichtsverfahren gegen sie.«

»Da kam es ihnen natürlich sehr gelegen, dass deren Leute einen Geiselaustausch anbieten«, sagte Petry und grübelte weiter darüber nach.

»Wenn du mich fragst, war das ein abgekartetes Spiel. Du musst dir noch dazu vor Augen halten, dass das zwei Jahre vor den Olympischen Spielen in München 1972 war. Die Deutschen, die Münchner, wollten um jeden Preis vermeiden, dass jüdische Opfer im Zusammenhang mit ihrer Stadt weiter in der Öffentlichkeit präsent sind.«

»Wahnsinn«, sagte Petry. »Und wenn man bedenkt, was dann bei der Olympiade geschehen ist ... der Angriff auf das israelische Team durch Palästinenser ... die Geiselnahme, dreizehn Opfer, und die deutschen Behörden haben nur zugesehen und furchtbare Fehler begangen ...«

»Sie haben schon davor einfach die Augen zugemacht, anstatt nach diesem ganzen Vorlauf besondere Sicherheitsvorkehrungen zu treffen, und haben damit zugelassen, was 1972 passiert ist!«

Petry schüttelte traurig den Kopf. Sein Essen war kalt geworden, aber der Appetit war ihm auch gründlich vergangen. »Und was weißt du noch? Vor allem, was die Brandstiftung in der Reichenbachstraße betrifft?«

»Ich habe mir die Akten genau angesehen, alte Zeitungsberichte gewälzt und alles Mögliche«, sagte Bob. »Es gab 1970 sogar eine Fernsehsendung von *Aktenzeichen XY*, in der zu Zeugenaussagen dazu aufgerufen worden ist. Die war damals ganz neu und sehr populär.«

»Und?«

»Unter anderem hat die Sonderkommission der Polizei einen Taxifahrer vernommen, der am Abend der Tat einen Fahrgast in der Reichenbachstraße aufgenommen und weggebracht hat. Der hat ausgesagt, es habe sich um ›einen südländisch aussehenden Mann‹ gehandelt. Auf gut Deutsch, es könnte ein Araber oder Palästinenser gewesen sein, und er sei sehr nervös gewesen, als müsste er von dort flüchten. Und noch ein weiterer Taxifahrer hatte am Tag zuvor ebenfalls einen Mann mit dieser Beschreibung und im selben Alter in die Reichenbachstraße gebracht, der einen paketähnlichen Gegenstand dabeihatte. Es könnte ein Kanister gewesen sein, und es könnte sich natürlich sehr gut um denselben Mann gehandelt haben. Aber wer das war und ob er wirklich mit dem Anschlag zu tun hatte, konnte nie ermittelt werden. Die Münchner Polizei hat dann damals im ganzen Stadtgebiet Razzien durchgeführt und zahlreiche Männer mit dieser Beschreibung festgenommen – *racial profiling*, das wäre heute überhaupt nicht in Ordnung … aber es wurden nur einige Asylverstöße festgestellt und die Männer dann prompt abgeschoben, das war alles. Zum Anschlag hat sich daraus nichts weiter ergeben. Die Spur ist einfach im Sand verlaufen, so wie alle anderen. Und als eine Sonderkommission den Fall vor ein paar Jahren noch einmal angegangen ist, sind dabei keine neuen Erkenntnisse herausgekommen. Wie auch, es war natürlich viel zu lange her.«

Beide starrten stumm und deprimiert auf das Tischtuch und die halb leer gegessenen Teller.

»Aber jetzt wollte sich eine neue Zeugin melden«, ergänzte Petry.

»Und was wirst du nun machen?«, fragte Bob. »Du und das K11?«

»Das ist es ja eben. Unser Chef hat etwas dagegen, dass wir den alten Fall neu aufrollen. Keinesfalls sollen wir schlafende Hunde wecken, sagt er.«

»Natürlich hältst du dich nicht daran.« Bob grinste ihm zu.

»Natürlich nicht. Je mehr ich darüber erfahre, desto klarer wird mir, dass ich das so nicht stehen lassen kann. Und durch den Fall Erica Mrosko und seine Umstände gibt es eine echte Chance, doch noch die Wahrheit herauszufinden.«

»Stimmt, das ist wirklich ein vielversprechender, ganz neuer Ansatz. Ich habe mir immer gedacht, dass es da draußen noch jemanden geben muss, der weiß, was damals geschehen ist«, sagte Bob und rieb sich nachdenklich das Kinn. »Wenn ich dir dabei mit irgendetwas helfen kann, jederzeit …«

»Danke! Natürlich bekommst du die Geschichte dafür exklusiv, sobald ich etwas Konkretes habe!«

»Das wird schwierig genug …«, sagte Bob.

Beide sahen sich ernst an.

»War alles recht, ihr zwei?«, fragte Daniel und stutzte, als er die Teller abräumte. »Ihr habt ja heute nicht aufgegessen?«

»Aber es war großartig, wie immer!«, dankte ihm Bob und erntete ein freudiges Lächeln.

»Hat nichts mit dem Essen zu tun«, sagte Petry, immer noch mitgenommen. »Wir haben uns nur so eingehend unterhalten …«

Daniel stutzte.

»Ihr seht aus, als bräuchtet ihr einen Wodka?«, fragte er.

»Doppelte«, sagten beide gleichzeitig.

Als Daniel ihnen die beiden eisbeschlagenen Gläser gebracht hatte und die Freunde miteinander anstießen, sagte Petry zu Bob: »Mir fällt gerade etwas ein.«

»Was denn?«

»Ich muss mir die Fotos von Ericas Geburtstagsfeier noch einmal anschauen. Ob dieser Saïd darauf zu sehen ist.«

Beide stürzten den Inhalt der Gläser auf Ex hinunter.

21

Die Fotos von Erica Mroskos fünfundsiebzigstem Geburtstag lagen online im Ordner der »MoKo Bücherwurm« bereit. Als Petry sich, auf einer Parkbank in der Sonne sitzend, durch sie scrollte, blieb er zunächst erneut an dem Foto des Mannes mit dem grauen Pferdeschwanz hängen, der nur von hinten zu sehen war. Für Petry sah er nach wie vor wie Daniel aus. Petry dachte kurz darüber nach, dann sah er ein, dass er das Rätsel jetzt nicht würde lösen können. Außerdem hatte er mit Daniel ja geklärt, dass dieser nicht auf der Feier gewesen war, folglich sah er auch keinen Anlass, im K11 etwas zu sagen. Das glatte Haar dieses Mannes passte jedenfalls nicht zu Hannelores Beschreibung des lockigen Saïd. Petry ging die Bilder weiter durch und suchte unter den Männern im passenden Alter um die siebzig nach einem, der dieser hätte sein können.

Für ihn kam keiner infrage, doch Petry kam noch einmal zu dem jungen Mann, den er nicht hatte zuordnen können. Er stutzte. Dieser hatte schwarze Locken, die er kurz gestutzt trug, und besonders hellblaue Augen, so wie Hannelore Saïd beschrieben hatte. Petry starrte auf das Foto. Der junge Mann trug ein Hemd und einen Pullover mit V-Ausschnitt. Er wirkte wie ein Student. Sein Gesichtsausdruck war offen und zugewandt, offensichtlich hörte er gerade interessiert zu, wie Frau Mrosko etwas erzählte.

Eigentlich war es nur eine willkürliche Assoziation.

Doch Petry kam eine weitere Idee. Die Kundenliste des Buchladens, auf der er auch Daniels Namen gefunden hatte, war ebenfalls in den Ordner hochgeladen worden. Er rief sie auf und stieß auf deren zweiter Seite auf den Namen *Hassan Ben Al Aschrawi*. Ist das jener junge Mann?, fragte er sich. Der Name konnte zu einem Libanesen passen.

Petry loggte sich ins Melderegister ein. Er fand den Namen unter einer abweichenden Schreibweise (»*Aschraoui*«, ohne »*Ben*«), doch dieser war mit Wohnadresse in München erfasst. Petry wusste, dass es bei der Übertragung arabischer Namen auf das lateinische Alphabet häufig zu Änderungen kam, die Verwirrung stifteten. Das dazugehörige Foto zeigte jedoch denselben jungen Mann wie auf der Geburtstagsparty, nur mit etwas längerem Haar und offensichtlich jünger. Er war seit ein paar Monaten Student der Germanistik und Geschichte sowie libanesischer Staatsbürger mit Geburtsort Beirut.

So wie Saïd.

Petry überlegte einen Moment lang, ob er Alina Schmidt anrufen und ihr berichten sollte, dass er den Mann auf dem Foto identifiziert hatte. Es betraf ja das »heutige Umfeld«. Doch die Assoziation, die ihm gekommen war, ging auf 1970 zurück, und sie war so vage, klang zunächst so abseitig, dass er sich lebhaft vorstellen konnte, wie sie darauf reagieren würde: Vermutlich verächtlich schnaubend und den Dampf aus ihrer E-Zigarette zur Seite wegpustend. Von Rattenhubers zu erwartender Reaktion, wenn er davon erfuhr, gar nicht zu reden. Nein, er tat wirklich besser daran, erst einmal Näheres herauszufinden, bevor er ihnen damit auf die Nerven ging.

»1970 ...«, sagte er leise vor sich hin. Plötzlich kam ihm noch eine Idee. Er rief im Handy seine Fotos auf und scrollte zu dem Gemälde von Bud Perkins, das er in der Galerie aufgenommen hatte. Die Signatur lautete BP *1970*, und das Gemälde, auch wenn es in verwischten Pinselstrichen gemalt war, zeigte einen jungen Mann mit schwarzen Locken und blauen Augen. Petry kniff die Augen zusammen und verglich es mit dem Foto des jungen Mannes auf der Party.

Petry steckte das Handy weg, stieg auf seine Vespa und schlug den Weg nach Norden ein. Hassan Ben Al Aschrawi wohnte im Olympiadorf.

Nördlich des Mittleren Rings, direkt hinter dem BMW-Museum und der U-Bahn-Station Olympiazentrum, ragten die markanten weißen Siebziger-Jahre-Hochhausbauten auf, die zusammen mit der vorgelagerten Siedlung der weißen Bungalows das Olympische Dorf von 1972 gebildet hatten. Daran schloss sich das weitläufige, seinerzeit künstlich angelegte hügelige Olympiagelände an, das berühmte Stadion mit seinem Zeltdach lag genau auf der anderen Seite des Rings. Nach den Spielen waren die vielen Appartements von der Stadt München, in der stets Wohnraummangel herrschte, zum Bezug freigegeben worden, und ein Teil der Bungalows wurde immer noch von Studenten bewohnt. Zu Petrys Studienzeit waren sie vom Studentenwerk vorzugsweise an ausländische Kommilitonen vergeben worden, offenbar war das immer noch so. In einem von ihnen in der Connollystraße 29 war der junge Libanese gemeldet. Petry nahm mit der Vespa den Weg über den Helene-Mayer-Ring in die weitläufige Tiefgarage. Sie umfasste den gesamten unterirdischen Komplex unter den Hochhäusern, und von hier aus gelangte er ans andere Ende, zur Connollystraße. Als Student war er vor fünfzehn Jahren häufig hier gewesen.

Bevor es auf der anderen Seite wieder ins Freie und auf das Gelände der Zentralen Hochschulsportanlage ging, bog Petry nach links in die Connollystraße ein. Erst jetzt fiel ihm auf, dass die Adresse sich in unmittelbarer Nachbarschaft der Nummer 31 befand, des Bungalows, in dem 1972 die israelische Mannschaft logiert hatte und von einem palästinensischen Kommando als Geiseln genommen worden war. Eine Tafel erinnerte an das Olympia-Attentat; ein paar Hundert Meter dahinter war auf einer Anhöhe eine Gedenkstätte eingerichtet worden.

Petry sah im Vorbeifahren zu dem Haus und erinnerte sich an die ikonischen Bilder des Geiselnehmers auf dem Balkon, der eine Strickmütze oder einen Strumpf über dem Kopf trug. Petry hatte sie in einer Fernsehdokumentation gesehen. Er fuhr noch ein Stück weiter und stellte die Vespa vor dem Bungalow mit der Nummer 29 ab.

Auf dem Klingelbrett fand er den Namen. *Al Aschraoui.* Anhand der Anordnung der Schilder erschloss er sich, dass sich das Appartement im ersten Stock befand, und ging die Treppe hinauf. Dort fand er an einem Laubengang die Tür und schellte.

Es dauerte einige Sekunden, dann öffnete ein junger Mann in Jogginghose und T-Shirt die Tür. Petry war sich im ersten Moment nicht ganz sicher, ob es sich um den Gesuchten handelte, denn er trug eine Hornbrille.

»*Yes please?*«, fragte der Mann auf Englisch mit weichem französischem Akzent. Im Hintergrund erklang eine arabische Melodie. Petry zückte seinen Dienstausweis.

»Ich bin Felix Petry von der Kripo München. Sind Sie …«

Weiter kam Petry nicht. Der junge Mann riss entsetzt die Augen auf, dann stieß er ihn beiseite und lief an ihm vorbei davon. Petry taumelte von dem heftigen Stoß und musste sich am Geländer festhalten. Er sah dem Mann nach, der nach unten flüchtete und sich dabei panisch umsah.

Petry fluchte und nahm die Verfolgung auf. Es war eine reine Instinkt-Entscheidung, er wollte ihn auf keinen Fall entkommen lassen. Und er musste herausfinden, warum er vor der Polizei weglief. Dass Petry nur ein Psychologe und unbewaffnet war, spielte in diesem Moment keine Rolle. Er jagte die Treppe hinunter und sah den Mann von der

Connollystraße weg den Hügel hinauf flüchten, der sich hinter den Bungalows erhob. Er beschleunigte, so weit er konnte, und merkte, dass er dem Flüchtenden näher kam. Dieser war barfuß und musste über mit Kies bestreuten Weg laufen. Auch waren hier überall Touristen und Sportler unterwegs, die sich zwischen den verschiedenen Stätten bewegten und denen er ausweichen musste. Der Mann wäre beinahe in einen Fahrradfahrer hineingelaufen und fiel hin, er rappelte sich nur mit Mühe auf und lief weiter. Petry sah ihn jetzt nah vor sich.

»Bleib doch stehen!«, rief er ihm zu. Doch der Mann dachte gar nicht daran. Was, wenn der eine Waffe hat?, schoss es Petry durch den Kopf. Doch das Jagdfieber ließ ihm keine andere Wahl, und gleich würde er ihn erreicht haben. Ein letztes Stück ging es noch die Anhöhe hinauf, direkt vor der Gedenkstätte für das Olympia-Attentat mit einem Pavillon war er nahe genug heran. Petry nahm Maß und sprang ihn an, er erwischte seine Beine und brachte ihn zu Fall. Der andere rollte von ihm weg, dann stand er schnell wieder auf. Plötzlich sah Petry ein Messer in seiner Hand.

»Bitte beruhigen Sie sich«, sagte Petry außer Atem zu dem Mann, der ihn ängstlich anstarrte und schwer atmend seufzende Laute ausstieß. »Ich möchte nur mit Ihnen reden.«

Der Mann hob das Messer und streckte die andere Hand abwehrend aus. »Verstehen Sie, was ich sage?«

Er reagierte nicht.

»*Are you Hassan Ben Al Aschrawi?*«, fragte Petry auf Englisch.

Sein Gegenüber rief auf Deutsch zurück:

»Warum wollen Sie das wissen?«

Petry forderte den Mann auf, ihm das Messer zu geben und ihn zurück zum Appartement zu begleiten. Doch dieser weigerte sich, darauf einzugehen. Es war im Übrigen ein kleines Küchenmesser, wie man es zum Schnippeln von

Gemüse benutzte. Offenbar war der Mann gerade aus der Küche gekommen.

Ein paar verschreckte Touristen sahen von dem Pavillon aus zu. Hinter ihnen wurden auf eine der Wände Archivbilder vom Olympia-Attentat 1972 projiziert – die Geiselnehmer auf dem Balkon des Bungalows, die Verhandlungen mit Politikern, die Hubschrauber auf dem Flughafen Fürstenfeldbruck, wo alle Geiseln und ein deutscher Polizist bei einem Schusswechsel gestorben waren.

»Polizei, *Police*«, erklärte Petry in ihre Richtung.

Er versicherte dem Mann noch einmal, dass er nur mit ihm reden wolle. Dieser überdachte seine Situation, und ihm ging wohl auf, dass er Petry barfuß weder entkommen noch in einem Kampf gewinnen könnte. Daraufhin ließ er sich darauf ein, das Messer abzugeben. Petry trat vorsichtig vor und nahm es ihm entschlossen aus der Hand.

Der andere war kleiner als Petry, und er war so verängstigt, dass er sich, ohne Probleme zu machen, zum Bungalow zurückführen ließ.

Hier gab der junge Mann nun zu, dass er in der Tat Hassan Ben Al Aschrawi war. Als Gaststudent aus dem Libanon war er für sein Studium mit dem üblichen drei Monate gültigen Visum eingereist, doch das war vor Kurzem abgelaufen, und er hatte noch keine weitere Aufenthaltsgenehmigung beantragt. Deshalb, aus Angst vor einer eventuellen Abschiebung oder sonstigen Problemen, war er abgehauen, als Petry sich als Polizist zu erkennen gegeben hatte. Seinen Dienstausweis hatte dieser auf dem Boden vor der Tür liegend wiedergefunden.

»Deswegen bin ich nicht hier«, beschwichtigte Petry den jungen Mann. »Sie können als Student bestimmt problemlos eine längere Aufenthaltserlaubnis bekommen.«

Der Mann atmete erleichtert auf.

»Gut«, sagte er mit seinem französischen Akzent. »Denn

ich möchte hier weiterstudieren und auch in dieser Wohnung bleiben.«

Er wirkte auf Petry verbindlich und freundlich, so wie er auch auf dem Foto im Gespräch mit Frau Mrosko ausgesehen hatte.

»Weil Sie unter dieser Adresse gemeldet sind, habe ich Sie gefunden«, erklärte Petry. »Sie kennen Erica Mrosko, die Buchhändlerin?«

Das Gesicht des jungen Mannes leuchtete auf. »Ach, Frau Erica! Wie geht es ihr?«

»Sie ist leider tot«, sagte Petry. »Erica Mrosko ist vor vier Tagen in ihrer Wohnung ermordet worden.« Das Lächeln des Mannes verschwand, und seine Züge nahmen einen schmerzlichen, entsetzten Ausdruck an. »Da, wo Sie neulich noch mit ihr ihren Geburtstag gefeiert haben. Ich habe ein Foto davon gesehen. Was genau hatten Sie mit ihr zu tun, Herr Al Aschrawi?«

Al Aschrawi verbarg sein Gesicht in den Händen. Seine Überraschung, sein Schmerz schienen Petry eindeutig authentisch, nicht gespielt. Der junge Mann war ehrlich getroffen.

Langsam sagte er: »Ich habe ihr Grüße ausgerichtet ... von meinem Großvater. Er und Frau Erica, sie kannten sich von früher, auch er war vor vielen Jahren Student in München. Dass ich sie nun aufsuchte, war ihm sehr wichtig, sie haben sich einmal geliebt ...«

»Ist sein Name Saïd?«

»Ja«, sagte er und sah fragend hoch: »Hat sie von ihm gesprochen? Ich meine, bevor sie ...« Er stockte. »... ermordet wurde ...?«

Er sah Petry mit neuerlichem Entsetzen an. Offenbar kapierte er gerade, dass dieser einen Mörder suchte.

»Wo ist Saïd jetzt?«

Aschrawi schluchzte auf. Das Folgende schien ihm sehr

schwerzufallen; er brauchte einen langen Anlauf, um es auszusprechen: »Er ist ebenfalls tot.«

Petry spürte Enttäuschung in sich aufsteigen.

»Das tut mir sehr leid, Herr Al Aschrawi«, sagte er vorsichtig. »Was genau ist passiert?«

Der junge Libanese sammelte sich jetzt. Er riss sich sichtlich zusammen, um davon berichten zu können.

»Als ich meinen Großvater zum letzten Mal gesehen habe, stand ich kurz davor, von Beirut nach München aufzubrechen. Da hat er mir aufgetragen, hier zu Frau Erica zu gehen und ihr die Grüße auszurichten. Also bin ich dann in ihre Buchhandlung gegangen und habe es getan.«

»Und dann?«

»Sie hat sich sehr gefreut. Sie hat sogar geweint, und ich mit ihr ...«

In seine hellblauen Augen war wieder ein verdächtiges Glitzern getreten.

»Wann war das?«

»Vor ungefähr drei Wochen. Sie hat mich dann gleich zu ihrem Geburtstag eingeladen, und es war mir eine Ehre, ihn mit ihr zu feiern.«

Petry zückte sein Handy und zeigte ihm das Foto von dem Gemälde. »Ist das Ihr Großvater? Hing sein Bild bei ihr an der Wand?«

»Ja, das ist er.« Hassan nickte. »Sie hat es mir ganz stolz gezeigt.«

»Hat sie Kontakt zu ihm aufgenommen?«

Er sah zu Boden. »Sie hatte es vor. Aber das ging leider nicht mehr«, sagte Al Aschrawi, langsam und vorsichtig in der ihm fremden Sprache formulierend. »Mein Großvater war sehr krank, er hatte Leberkrebs. Kurz nachdem ich aufgebrochen war, ist er ins Koma gefallen, und bald danach wurde ich benachrichtigt, dass er gestorben war.«

Petry überdachte die Situation einen Moment lang. »Das

ist sehr tragisch. Das war schon vor Ihrem Gespräch mit ihr?«

»Ja. Sonst hätte er ihr sicher gratuliert, und sie hätten noch einmal sprechen können. Es ist wirklich tragisch. Ich habe es ihr an diesem Tag gesagt, aber erst als ich mich verabschiedet habe, davor habe ich es nicht über mich gebracht.«

»Haben Sie Erica Mrosko nach dem Geburtstag noch einmal getroffen?«

»Da war ich das letzte Mal bei ihr«, sagte Al Aschrawi langsam. »Ich hätte sie natürlich auch weiterhin besucht, aber ... dazu kommt es ja nun nicht mehr ...« Er schluchzte auf und hielt sich die Hand vor den Mund.

»Wussten Sie, dass Sie ebenfalls krank war? Hat sie mit Ihnen darüber geredet, dass sie Krebs hatte?«

Er senkte den Kopf tief. »Nein ...«

»Herr Aschrawi, würden Sie mich zu meiner Kollegin begleiten? Sie will Ihnen sicher noch ein paar Fragen stellen.«

22

»Warum haben Sie mich nicht sofort angerufen, Petry?«, fragte Alina Schmidt. »Ich meine, schon vorher! Es ist Ihnen ja wohl hoffentlich sonnenklar, dass Sie keinerlei Befugnis haben, allein solche Ermittlungen durchzuführen, oder?«

Sie starrte ihn sauer von ihrem Schreibtischstuhl aus an, in den sie sich soeben hatte fallen lassen. Sie hatte Hassan Al Aschrawi soeben im Verhörraum des K11 eingehend befragt.

»Ich weiß, ich weiß«, beschwichtigte Petry sie. »Aber es erschien mir anfangs nur wie ein weit hergeholter Verdacht: dass es da eine Verbindung geben könnte zwischen diesem jungen Mann und der Vergangenheit von Frau Mrosko.«

»In dem Moment, als Sie ihn identifiziert hatten, anhand des Fotos und unserer Kundenliste, hätten Sie mich sofort informieren müssen!«, fuhr sie fort. »Alles Weitere hätten Sie dann mir überlassen müssen. Und da rede ich jetzt noch nicht mal davon, dass so ein Erstkontakt ja auch gefährlich sein kann, denken Sie nur an unseren Besuch bei diesen Rechtsradikalen!«

Alina Schmidt wirkte überarbeitet und übermüdet, sie hatte tiefe Augenringe.

»Was soll ich sagen? Sie haben natürlich recht. Wobei sich Herr Aschrawi in meinen Augen als ein sehr zivilisierter Zeitgenosse herausgestellt hat, noch dazu mit einem romantischen Auftrag, der die alte Liebe seines Großvaters betraf ...«

Alina verdrehte die Augen. »Ich brauche einen Kaffee«,

sagte sie und stürmte aus dem Büro. Petry folgte ihr über den Flur zur Kaffeeküche.

»Ich verstehe schon. Viel wichtiger ist natürlich die Frage nach seinem Alibi ... Und die wollte ich natürlich Ihnen überlassen«, sagte Petry schnell.

»Nun, er hat eins«, sagte Alina, die immer noch nicht ganz besänftigt war. »Es gibt im Olympiadorf eine Imkervereinigung von Studenten, die Bienenstöcke betreiben und ihren eigenen Honig herstellen. Der wurde an diesem Abend verkostet, von achtzehn Uhr bis neunzehn Uhr dreißig, insofern wird es jede Menge Zeugen für seine Anwesenheit geben. Und danach sind sie zusammen noch in der Oly-Disco gewesen. Das wird sich alles nachweisen lassen.« Sie steckte einen Fünfeuroschein in die Kaffeekasse und holte sich eine Tasse aus dem Schrank. Doch als sie damit zur Kaffeemaschine ging, stellte sie fest, dass die Kanne leer war. Sie stöhnte auf.

»Gut«, sagte Petry schnell. »Es freut mich, dass er folglich entlastet ist. Trotzdem sind die Informationen über seinen Großvater natürlich enorm wertvoll.«

»Wie das? Außer dass dieser tot ist, was wir natürlich noch überprüfen werden?«

Alina entsorgte den benutzten Filter in den Abfalleimer und machte sich in den Schränken auf die Suche nach den Filtertüten.

»Nun ja, im ersten Moment dachte ich, dass darin die Lösung für unseren Fall liegen könnte«, erklärte Petry. »Unsere Hypothese ist ja, dass dieser Mord mit dem Brief zu tun hat, den sie abschicken wollte und in dem es um den oder die Täter von 1970 geht. Nun wissen wir, dass Frau Mrosko erst vor Kurzem erfahren hat, dass ihr damaliger Liebhaber soeben verstorben ist. Nur wenig später hat sie sich hingesetzt und den anonymen Brief an mich geschrieben.«

Alina hörte ihm stirnrunzelnd zu.

»Da wäre es doch naheliegend, dass es darin um Saïd geht. Und dass der Auslöser, den Brief zu schreiben, nicht nur ihre eigene Krankheit war, sondern auch sein Tod, womit ihm ja nun nichts mehr geschehen kann. Weswegen sie vielleicht eine Berechtigung darin gesehen hat, jetzt ihr Schweigen zu brechen – und seinen Namen zu nennen.«

Alina Schmidt starrte ihn an. »Auf diese Idee bin ich noch gar nicht gekommen.«

»Wir müssten jetzt also herausfinden, ob Saïd für den Brandanschlag als Täter infrage kommt und damals wirklich im Visier der Ermittler war. Köster und seine Mitbewohner meinten sich daran zu erinnern, als sie mich auf die Spur gebracht haben. Eine palästinensische Spur sozusagen, und wenn man sich einmal genauer anschaut, was damals rund um den 13. Februar noch alles passiert ist ...«

Alina Schmidt hatte einen neuen Filter in die Maschine eingelegt und öffnete eine große Kaffeebüchse.

»Sie können es einfach nicht lassen, oder, Petry?«, fragte sie genervt. »Der Chef hat ausdrücklich gesagt, dass wir das Ganze ruhen lassen sollen!«

»Die Grenzen zwischen diesen beiden Fällen sind eben fließend«, beharrte Petry. »Sie sind nun mal miteinander verbunden.«

Die Kommissarin wollte gerade einen Löffel in das Kaffeepulver stecken, da stellte sie fest, dass sich keines mehr darin befand. Der Kaffee war ihnen ausgegangen. Verärgert schob sie die Büchse weg.

»Wollen Sie mich für dumm verkaufen? Sie interessieren sich doch nur für den alten Fall, den wollen Sie aufwühlen.«

»Weil ich glaube, dass darin die Lösung liegt«, sagte Petry. »Und weil ich mir nicht verbieten lassen will, einen Fall aufzuklären. Darin sehe ich vielmehr unsere Aufgabe.«

Sie wandte sich abrupt um und ging zurück zu ihrem

Büro. Petry folgte ihr wieder. Alina setzte sich in ihren Stuhl und machte sich eine E-Zigarette an.

»Selbst wenn dieser Saïd Al Aschrawi der damalige Täter gewesen sein sollte, was war jetzt also Ihre Annahme? Dass der Enkel nach München kommt, Frau Mrosko Grüße von ihrem Ex-Geliebten ausrichtet, mit ihr zusammen weint, weil er gestorben ist, und ihren Geburtstag feiert – und sie dann umbringt, als sie diesen Brief schreibt? Mal ganz abgesehen davon, dass der Enkel sie nicht ermordet haben kann – warum hätte er das tun sollen, ihr erst eine Information an die Hand geben und sie dann, als sie damit etwas anfängt, ermorden?« Sie nahm einen tiefen Zug.

»Weil er es als Verrat ansehen könnte«, sagte Petry. »Weil er die Ehre seines Großvaters retten oder eine Urheberschaft der Palästinenser vertuschen will.«

»Wie gesagt, er war nicht der Mörder, er hat ein Alibi.«

»Vielleicht hatte auch jemand anderes etwas dagegen und hat eingegriffen. Die Palästinenser haben damals mehrere Flugzeugattentate in München unternommen, das kann man überall nachlesen ...«

»Das habe ich inzwischen auch getan, Petry. Und ich habe meinen Vater danach gefragt, er hat mir einiges von damals erzählt, ich glaube, noch nicht mal alles ... Aber die Staatsaffäre, die darin liegen könnte, überlassen wir lieber dem Generalbundesanwalt«, spottete Alina, »und der hat ja bereits endgültig festgestellt, da gäbe es keine. Wir sollten uns jedenfalls auf andere Dinge fokussieren.«

»Worauf genau?«

»Was ist denn nun mit Matthias Winter? Sie wollten doch noch einmal nach ihm forschen?«

»Habe ich«, sagte Petry.

»Ihn selbst haben Sie immer noch nicht gesprochen?«

Petry schüttelte den Kopf.

»Aber er kann sich ja nicht in Luft aufgelöst haben?«,

fragte sie ungeduldig. »Das kommt mir schon seltsam vor. Sie müssen ihn doch irgendwie zu greifen bekommen! Und sei es nur am Telefon. Ist er tot? Oder entzieht er sich, und wenn ja, warum?«

»Ich würde ja auch gerne mit ihm reden. Sie können ihn natürlich zur Fahndung ausschreiben, dann aber europaweit. Seine Freunde sagen, wahrscheinlich kurvt er in der Toskana herum.«

Alina seufzte. »Petry«, sagte sie, »dies ist mein allererster Fall als Leiterin einer Mordkommission, und ich werde mich strikt an das halten, was der Chef uns aufgetragen hat. Solange wir nicht mehr über ihn wissen, halte ich Winter nur für einen potenziell wichtigen Zeugen, und das eher bezogen auf die Vergangenheit von Frau Mrosko. Mein Vater hat mich noch mal ausdrücklich gewarnt, Herrn Rattenhubers Anweisungen zu missachten. Natürlich ...«, ergänzte sie, »kann ich Sie nicht davon abhalten, wenn Sie versuchen, diesen Winter zu finden und abzuklären, ob er uns irgendetwas bringt, Petry.«

Sie blickte ihn eindringlich an.

»Verstehe. Ich soll ihn also trotzdem weitersuchen«, fügte Petry süffisant hinzu.

»Wie ich es neulich gesagt habe: Machen Sie, was Sie für richtig halten, und ich mache dann damit, was ich für richtig halte«, sagte sie. »Das gilt nach wie vor. Ich will nichts darüber wissen, ob Sie ›Extratouren‹ machen. Ich will es nur wissen, wenn Sie handfeste Erkenntnisse anbringen ...«

Sie wechselten einen Blick. Petry nickte ihr anerkennend zu. Eine solche Haltung hatte er ihr gar nicht zugetraut.

»Im Übrigen ist morgen um neun Uhr dreißig die Beerdigung von Frau Mrosko, auf dem Nordfriedhof«, fuhr Alina Schmidt fort. »Sie sollten auch kommen. Mal sehen, wer dort auftaucht. Leute von der Geburtstagsparty, Kunden, alte Freunde, wer auch immer. Die Tochter auf jeden Fall –

sie reist aus Neuseeland an. Diese Helferin Frau Tomaszewski wird da sein, auch Herr Al Aschrawi. Und ihren Neffen werde ich natürlich teilnehmen lassen. Herr Endrulat soll mir etwas zu den Leuten sagen, er kennt sie ja am ehesten.«

»Haben Sie den Neffen nach dem Hinweis in dem anonymen Brief gefragt?«

»Natürlich. Aber der Brandanschlag von 1970 sagt ihm nichts, darüber habe seine Tante nie mit ihm geredet. Das wundert mich auch nicht, er ist nicht der Typ, der sich für so etwas interessiert.« Sie gähnte. »Dann sehen wir uns also morgen auf dem Friedhof. Ich rede jetzt noch einmal mit Herrn Al Aschrawi, dann fahre ich nach Hause. Mein Mann sagt, er weiß schon gar nicht mehr, wie ich aussehe.«

Alina hatte ihn auf eine Idee gebracht. Als sie nach Hause gefahren war, rief Petry Sophie an und lud sie zum Abendessen zu sich nach Hause ein. Er war gespannt, ob er schon so weit war, sich wieder zu verlieben. Aber er war fest entschlossen, es zu versuchen.

»Danke für die Einladung«, sagte Sophie, als Petry sie durch seine Wohnung führte.

»Wie gesagt, ich koche selbst gerne, ich esse nicht nur im Shalom«, erklärte Petry und stellte die Flasche Saint-Émilion, die sie mitgebracht hatte, in der kleinen Küche auf den Tisch. »Setz dich doch. Es ist etwas eng, aber ...«

»Sehr gemütlich«, sagte Sophie und ließ sich da nieder, wo Ricarda immer gesessen hatte. »Und das ist die Wohnung, in der du schon mit deiner Freundin zusammengelebt hast?«

»Ja. Und ehrlich gesagt, du bist die erste Frau, die seither bei mir zu Gast ist.«

»Oh, wirklich?« Sophie blickte sich um. »Ich fühle mich geehrt. Ist das dann nicht etwas komisch für dich?«

»Es wird Zeit für etwas Neues«, sagte Petry und begann, den Reis für das Curry abzuspülen. »Vielleicht wird mir das jetzt bewusst, weil ich heute in meinem Fall auf eine sehr bewegende Liebesgeschichte gestoßen bin.«

»Von der Frau, die in ihrem Leben aufgeräumt hat?« Sophie nahm den Korkenzieher und machte sich daran, die Flasche zu öffnen.

»Genau die. Sie hat kurz vor ihrem Tod erfahren, dass ihr früherer Geliebter gerade gestorben war, aber er hat seinen Enkel zu ihr geschickt, um ihr einen letzten Gruß zu übermitteln.«

»Wie schön.« Sophie schenkte die beiden Gläser ein, die Petry ihr hingestellt hatte. Beide prosteten sich zu.

»Ich glaube, dass das bei ihr den Entschluss ausgelöst hat, keine Rücksichten mehr zu nehmen.«

»Da hast du bestimmt recht.«

»Und dann musste ich an dich denken und an das, was du neulich gesagt hast.«

Sie tranken, und ihre Augen funkelten sich an.

»Was meinst du?«

»Dass man das viel öfter machen sollte.«

»Was meinst du genau?«

»Genau das, was man wirklich möchte ... warum damit warten?«

Und im nächsten Moment beugten sich beide gleichzeitig vor, und ihre Münder fanden sich zu einem Kuss. Diesmal küssten sie sich richtig, und kein Mensch – keine Tochter, keine Ex-Freundin – kam ihnen dazwischen.

Zusammen stolperten sie bald darauf durch den engen Flur ins Schlafzimmer, das Curry musste warten.

Petry bereitete es erst zwei Stunden später für sie zu, in einer Pause, bevor sie erneut ins Bett gingen. Er benötigte für das Kochen des Kokosmilch-Curry-Ragouts mit Strohpilzen, Cashewnüssen, Bambus und Lotuswurzeln gerade so lange, wie der Basmatireis zum Garen brauchte, ein damals mit Ricarda eingeübtes logistisches Kunststück.

Auch gerösteten Szechuanpfeffer gab er dazu, seine Spezialität.

Und während sie mit Appetit aßen, erzählte er ihr von dem Brandanschlag vom 13. Februar 1970. Sophie hatte noch nie etwas darüber gehört, lauschte aber erst staunend, dann zunehmend schockiert. Natürlich versuchte auch sie sofort, Rückschlüsse zu ziehen.

»Heißt das jetzt, dass die Tote vor ihrer Ermordung ein Geständnis abgelegt hat?«

»Das weiß ich immer noch nicht. Eher legt es nahe, dass der Täter, den sie nun aufdecken wollte, ihr verstorbener, ehemaliger Geliebter war, jener palästinensische Aktivist namens Saïd.«

»Trotzdem kann sie ja seine Komplizin oder Mitwisserin gewesen sein, als seine Geliebte. Du hast doch gesagt, es könnten auch mehrere Täter gewesen sein?«

»Alles ist möglich«, sagte Petry.

In der Nacht, während sie in einer Umarmung im Bett lagen, ging auf Petrys Diensthandy eine SMS-Nachricht ein, ohne dass er es bemerkte, von einer unbekannten Nummer, welche mit der deutschen Vorwahl »+49 ...« begann. Sie lautete: *Hallo, Petry. Ich komme.*

23

Für Petry war es ein ungewohntes, aber sehr schönes Gefühl, wieder zusammen mit einer Frau aufzuwachen, die ihn umarmt hielt, ihn lächelnd anblinzelte und ihm mit einem Kuss einen »Guten Morgen« wünschte. Sophie hatte sich von ihrem Handy früh wecken lassen, um vor der Arbeit nach Hause fahren, sich umziehen und ihrer Tochter Frühstück machen zu können. Petry stand mit ihr auf und bereitete ihr noch rasch einen Espresso zu. Die Atmosphäre zwischen ihnen war jetzt von Geschäftigkeit und Eile geprägt. Er fragte, wie sie ihren Kaffee trank, und schäumte ihr Milch auf, wofür er einen elektrischen Rührstab reaktivierte, den zuletzt Ricarda in Gebrauch gehabt hatte.

»Wie hat sich denn der Liebeskummer deiner Tochter entwickelt?«, fragte er, während sie ihren Espresso Macchiato schlürfte und, in Ermangelung eines Handspiegels, mithilfe der Selfie-Funktion ihres Handys ihren Lidstrich erneuerte.

»Sie scheint fürs Erste drüber weg zu sein«, sagte Sophie. »Geht ja schnell in dem Alter. Ich habe versucht, Hannah klarzumachen, dass er eben ein Idiot ist, wenn er sie nicht so behandelt, wie sie es verdient hat. Hat sie eingesehen.« Sie stand eilig auf. »Entschuldige, ich bin schon zu spät dran.«

Petry musste unwillkürlich lächeln. »Also hast du manchmal auch keine Zeit.«

»Petry, bevor du Ansprüche anmeldest – ich kann dir nichts versprechen. Ich habe mein eigenes Leben, verstehst du?« Sophie sah ihn ernst an. »Ich habe gleich nachher ein Einstellungsgespräch.«

»Und ich eine Beerdigung.«

Sie gaben sich noch einen milchschaumumflorten Kuss, dann war Sophie auch schon aus der Tür. Erst danach, während Petry duschte und sich anzog, fiel ihm ein, was er noch alles mit ihr hatte bereden wollen: genauere Fragen nach ihrem Ex-Mann, ihrer Ehe und deren Ende; dass er Hannah, ihre Tochter, auch gerne richtig kennenlernen wollte. Na ja, das würde er dann beim nächsten Mal tun.

Im Café sprach J.R. ihn an: »Du siehst heute irgendwie anders aus.« Petry lächelte nur vielsagend. J.R. erzählte, dass er sich nun mit der Frau von der Baufirma privat verabredet hatte.

Noch am Abend zuvor hatte Petry Bob und Daniel über Erica Mroskos Beerdigung informiert. Bob hatte mit einem erhobenen Daumen und dem Wort *Komme* geantwortet, Daniel hatte gar nicht reagiert. Auch in Jürgens Wohngemeinschaft hatte Petry angerufen, aber niemanden erreicht. Auf dem Anrufbeantworter hatte er die Nachricht hinterlassen, dass an diesem Tag Erica Mroskos Beerdigung auf dem Nordfriedhof stattfinden würde.

Petry sah nun auf sein Diensthandy und entdeckte dort staunend die Nachricht, die er nachts von einem unbekannten Teilnehmer erhalten hatte. *Hallo, Petry. Ich komme.* Petry grübelte darüber nach, dann wählte er die Nummer. Es klingelte lange, aber niemand ging ran, und es schaltete sich auch keine Mailbox ein.

Petry überlegte. Eigentlich hatte er Matthias Winter nicht anrufen wollen, um zu sehen, ob er es anderweitig erfuhr, von seinen Freunden vielleicht. Doch die Nachricht hatte ihn neugierig gemacht und er probierte es auch noch mal unter Winters Nummer. Es war dasselbe wie stets: Die Mailbox meldete sich.

»Hallo, Herr Winter«, sagte Petry. »Hier ist noch mal Felix Petry von der Kripo München. Heute, am Mittwoch, findet um neun Uhr dreißig auf dem Nordfriedhof die Beerdigung Ihrer alten Freundin Erica Mrosko statt. Sie wurde ermordet. Kommen Sie doch dorthin, oder melden Sie sich bei mir für weitere Fragen. Vielen Dank.«

Als Petry in Trauerkleidung am Nordfriedhof ankam, wanderte sein Blick automatisch die Ungererstraße hinauf, ein Stück stadtauswärts. Schräg gegenüber, nur ein paar Hundert Meter Luftlinie entfernt, befand sich der Israelitische Friedhof, auf dem sie damals vor zwei Jahren Ricarda zu Grabe getragen hatten.

Er versuchte die Gedanken daran wegzudrängen und sich nur auf die Trauerfeier hier und heute zu konzentrieren. Lass dich nicht zu sehr reinziehen, es ist nur ein beruflicher Termin. Beobachte, wer kommt, finde heraus, wer es war, der dir sein Kommen angekündigt hat. Ist es Winter? Hoffentlich ist es Winter. Vielleicht hat er nicht – oder: nicht mehr – Zugang zu seinem Mobiltelefon und hat ein anderes benutzt.

Es war ein kühler Morgen, der Himmel war wolkenverhangen, und ein unangenehmer Wind trieb Blätter in Kreiseln über die Wege zwischen den Gräbern.

Es handelte sich um eine Urnenbeisetzung, diese war in der Aussegnungshalle auf einem Podest aufgestellt, daneben ein gerahmtes Foto von Erica Mrosko. Offenbar hatte die Tochter sich darum gekümmert, sie stand in einem schwarzen Mantel bei Alina Schmidt, die eine marineblaue Jacke trug. Sie nickte Petry zu, und er gesellte sich zu ihnen.

»Das ist Beate Legrange, geborene Mrosko«, stellte sie die Frau vor. »Das ist Felix Petry, unser Polizeipsychologe.«

Die Tochter war um die fünfzig, mit einem harten Zug um den Mund, und wirkte in Kleidung und Habitus viel konservativer als ihre Mutter, die flippige Althippiefrau mit den hennaroten Haaren. Petry gab ihr die Hand und kondolierte. »Mein herzliches Beileid, Frau Legrange.«

»Danke sehr«, sagte sie mit einem leichten Akzent. »Wissen Sie, meine Mutter hatte mir erzählt, dass sie sehr krank war. Und sie war selbst eine Person, die ihre wahren Gefühle meistens verborgen gehalten hat, so bin auch ich erzogen worden. Nur ihre Wut hat sie immer offen herausgelassen, in politischen Tiraden.« Und du bist davor bis ans andere Ende der Welt geflohen, dachte sich Petry im Stillen. »Mein Vater stand mir näher, aber er ist ja schon länger tot.«

»Hat Ihre Mutter Ihnen einmal von früher erzählt, von ihrer Zeit als Kommunardin?«, fragte Petry. »Von Matthias Winter oder von Saïd Al Aschrawi?«

Petry sah zur Seite dessen Enkel Hassan stehen und grüßte ihn mit einem Kopfnicken, das dieser erwiderte. Er trug eine weiße Nelke in der Hand.

»Das hat Ihre Kollegin mich schon gefragt. Die Namen sagen mir beide nichts, ich habe sie zum ersten Mal gehört. Wie gesagt, meine Mutter hat sich eher bedeckt gehalten. Dieser Herr Al... – er war früher ein Liebhaber meiner Mutter?«

»Ja. Kennen Sie dieses Bild von ihm? Es hing bei ihr in der Wohnung.«

Er zeigte ihr das Foto von dem Gemälde, das den jungen Saïd abbildete.

»Ja, schon. Es schien ihr etwas zu bedeuten, aber sie hat nie darüber geredet.«

»Falls Sie mehr darüber hören möchten, vielleicht kommen ja Freunde von früher ...«

Petry sah sich suchend um, doch er entdeckte in der kleinen Trauergemeinde, die sich nach und nach eingefunden hatte, keine alten Menschen außer dem Nachbarn vom Habsburgerplatz. Hier versammelt waren sonst nur Bob, der ihm zunickte und sich beobachtend abseits hielt, Frau Tomaszewski und der Neffe, Pierre Endrulat, in Begleitung zweier Beamter in Zivil.

»Zum Beispiel die Freunde aus der Kommune von Jürgen Köster. Ihn müssten Sie aber kennen?«

Die Tochter sah Petry verständnislos an. »Nein, warum?«

»Weil er ziemlich prominent ist«, sagte Alina Schmidt.

Frau Legrange zuckte mit den Schultern.

»Ich kann gut nachvollziehen, dass Sie einen anderen Weg als Ihre Mutter einschlagen wollten«, erklärte Petry. »Dennoch wäre es gut, wenn Sie uns alles berichten, was Ihnen noch einfällt, das Ihre Mutter Ihnen über ihre Vergangenheit erzählt hat.«

»Immerhin geht es darum herauszufinden, wer sie ermordet hat«, ergänzte Alina.

»Wissen Sie etwas über ein Bild, das in ihrer Wohnung hing, direkt neben dem Schreibtisch im Erkerzimmer?«, fragte Petry. »Es soll ein Feuer gezeigt haben. Es scheint verschwunden zu sein.«

»Meine Mutter hatte so viele Bilder«, sagte die Tochter widerwillig. »Aber doch, ich erinnere mich an dieses eine Bild, als Kind hatte ich Angst davor …«

»Wer hat es gemalt?«

Sie grübelte, dann schüttelte sie den Kopf. »Das weiß ich nicht mehr, tut mir leid. Ich erinnere mich nur bei zweien. Bei denen habe ich einem ihrer Freunde Porträt gesessen, als ich ein kleines Mädchen war. Die habe ich nach Neuseeland mitgenommen.«

»Welcher Freund war das?«, fragte Petry gespannt.

Sie überlegte. »Bud Perkins. Ein Amerikaner.«

Alina sah Petry enttäuscht an. Dieser fuhr fort:

»Er hat auch das Porträt von Saïd gemalt. Das dort ist übrigens der Enkel von Herrn Al Aschrawi, er hatte Kontakt mit Ihrer Mutter.«

Petry deutete auf Hassan. Die Tochter sah neugierig dorthin, dann ging sie zu ihm hinüber.

»Aus der ist nichts Interessantes rauszukriegen, sie war

wohl wirklich recht zerstritten mit der Mutter«, sagte Alina leise. »Und mit dem Neffen auch. Sie hält ihn offensichtlich nur für einen gierigen Schleimer. Was er ja auch ist.«

»Vielleicht haben wir ja heute anderweitig Glück.« Er zeigte ihr die SMS, die er in der Nacht erhalten hatte.

»Meinen Sie, die ist von Winter?«

»Ich hoffe es.«

Bis zum Beginn der Trauerfeier trafen weder Matthias Winter noch Jürgen Köster oder eine seiner Frauen ein. Auch Daniel tauchte nicht auf, was Petry wunderte. Doch sie war eben nur eine Buchhändlerin, bei der er eingekauft hatte, keine Freundin, kein Stammgast. Vermutlich war im Restaurant zu viel zu tun.

Petry wandte sich zu Hassan, der wieder alleine dastand. Er ging zu ihm und zeigte ihm auf seinem Handy das Foto des Mannes, das von hinten aufgenommen war. »Wissen Sie, wer das ist? Haben Sie sich vielleicht auf dem Fest mit diesem Mann unterhalten?«

»Nein, tut mir leid. Der kommt mir nicht bekannt vor. Ich wüsste auch nicht, ob ich ihn auf dem Fest gesehen habe. Aber ich war ja nur kurz da.«

Erica Mrosko war Atheistin gewesen und hatte in ihrem Testament festgelegt, dass keine religiöse Trauerzeremonie abgehalten werden sollte.

Die Tochter begann, eine Rede über ihre Mutter zu halten, würdigte ihr Engagement als Buchhändlerin, ihr Faible für die Kunst und ihr langes, selbstbestimmtes Leben. Danach wurde ein Song von Jimi Hendrix gespielt, »All Along The Watch Tower«, »I Feel Free« von Cream, danach »The End« von den Doors, allzu passend, wie Petry fand. Die Musik hatte Erica Mrosko sich so gewünscht.

Auch bei Ricardas Beerdigung hatten sie auf religiöse Rituale verzichtet, erinnerte sich Petry. Nur das Kaddischgebet hatte Daniel gesprochen, als der Sarg in der Grube mit

Erde bedeckt war. Daniel hatte sich um alles gekümmert, da Petry dazu kaum in der Lage gewesen war. Petry konnte sich nur noch wenige Details in Erinnerung rufen: dass er sich zum Zeichen der Trauer die Brusttasche seines schwarzen Sakkos eingerissen hatte, wie es Brauch war; dass die Sonne erbarmungslos auf sie heruntergebrannt hatte; dass er bei der Trauerfeier im Shalom so lange und so viel eiskalten Wodka getrunken hatte, bis er nichts mehr gespürt hatte.

Das Ende des Musikstücks riss Petry endlich aus diesen düsteren Gedanken. Gleich würden sie nach draußen gehen, und immer noch hatte sich kein weiterer Trauergast gezeigt.

Sowohl Petry als auch Alina wurden zunehmend nervös und behielten den Eingang im Blick.

Die Musik endete, und noch immer war nicht gekommen, wer auch immer angekündigt hatte zu kommen.

Als die Urne von einem Angestellten des Bestattungsinstituts nach draußen gebracht wurde, wo man sie in eine vorher ausgewählte Nische stellen würde, trat von einem der Friedhofswege ein alter Mann zu ihnen. Er war klein und gedrungen – zu klein, um Matthias Winter zu sein, der ja ein Bär von einem Mann war, nach dem Foto aus der WG zu urteilen. Dieser Mann hatte eine graue Stoppelfrisur und war in einen Ledermantel gehüllt.

»Ist das die Beerdigung von Erica Mrosko?«, fragte er mit erhobener Stimme.

»Ja«, sagte Alina und trat auf ihn zu.

»Gut«, sagte der Mann lächelnd. »Gut, sage ich. So geht's dahin.«

»Entschuldigung, wer sind Sie?«, fragte Petry und trat ebenfalls näher. Der alte Mann erinnerte ihn an jemanden, er kam nur nicht gleich darauf.

»Nur ein Beobachter«, sagte er. Die Tochter und die anderen sahen irritiert zu ihm. »Ich beobachte den Lauf der Zeit, und ob es gerecht zugeht in diesem Land.«

»Hören Sie auf, in Rätseln zu sprechen«, sagte Petry angefasst. »Sagen Sie schon, wer Sie sind.«

Frau Tomaszewski trat auf Alina Schmidt zu, nahm sie beiseite und flüsterte ihr etwas zu. Derweil holte Petry sein Handy hervor und rief die Nachricht auf, die er erhalten hatte. Er drückte erneut auf die Nummer und wählte. Im Ledermantel des Mannes begann es zu klingeln. Petry brach den Anruf ab. Jetzt erkannte er den Mann auch, von dem Foto, das er von ihm gesehen hatte.

»Sie sind Dieter Staal«, sagte Alina mit Verweis auf Frau Tomaszewski. »Der Mann, mit dem Frau Mrosko Ärger hatte, weil Sie bei einer Lesung in ihrem Laden als Störer aufgetreten sind.«

»Ich habe nur mein Recht auf freie Meinungsäußerung in Anspruch genommen«, sagte Staal mit blitzenden Augen. »Und das tue ich auch jetzt. Um jemanden wie diese Altkommunistin ist es nicht schade. Ich wollte mich nur mit eigenen Augen überzeugen, dass sie diese Stadt nicht mehr mit ihren Thesen verpestet.«

»Ich glaube, da verwechseln Sie etwas«, sagte Petry. »In Wahrheit übernehmen doch gerade Sie das Verpesten, das Sie anderen vorwerfen. Sind Sie nicht Verleger?«

»Warum sind Sie über mein Kommen so schockiert, Herr Petry?«, fragte Staal mit einem maliziösen Lächeln. »Ich habe es Ihnen doch angekündigt. Ich verhehle meine Freude nicht.«

»Benehmen Sie sich, Sie sind hier auf einer Beerdigung!«, sagte Alina wütend.

»Was hatten Sie denn für Probleme mit Frau Mrosko, Herr Staal?«, fragte Petry. »Und wie lange kannten Sie sie schon?«

»Zu lange, Petry, viel zu lange. Na, ich geh dann mal, zufrieden, wie ich bin.«

Er wandte sich um.

»Warum genau sind Sie zufrieden, Herr Staal?«, fragte Petry.

»Weil der Gerechtigkeit Genüge getan worden ist.« Staal drehte sich noch einmal zu ihm um.

»Noch nicht ganz, würde ich sagen«, sagte Petry.

»Oh doch. Kommt nicht oft vor in diesem Land, deshalb bin ich auch Reichsbürger.« Mit diesen Worten ging Staal endgültig davon, den Kopf hoch erhoben.

»Was war *das* denn?«, fragte Alina Schmidt.

Frau Tomaszewski klinkte sich in das Gespräch ein. »Bei der Lesung hat er genauso geredet ... deshalb hat Frau Mrosko die Polizei gerufen.«

»Das war vor anderthalb Jahren, oder? Hatten Sie den Eindruck, die beiden kannten sich schon vorher?«

»Kann ich nicht sagen«, sagte Frau Tomaszewski. »Er war so aggressiv wie eben.«

»Sie sind ungefähr im gleichen Alter«, sagte Petry. »Aber er gehört nicht zu den alten Bekannten, die sie auf ihre Party einladen würde ...«

»Den werde ich mir mal genauer vornehmen«, sagte Alina Schmidt. »Auch wenn er sich seiner Unangreifbarkeit offenbar äußerst sicher ist.«

»Winter ist jedenfalls nicht gekommen«, sagte Petry. »Genauso wenig wie seine WG-Mitbewohner. Immer mehr habe ich das Gefühl, dass sie doch mit ihm in Verbindung stehen.«

»Finden Sie heraus, warum Winter nicht gekommen ist, und ich finde heraus, warum Dieter Staal *gekommen* ist«, sagte Alina.

»Gut. Vielleicht hat ja beides miteinander zu tun«, stimmte er ihr zu.

Die Trauergemeinde zerstreute sich. Nachdem sich Petry von Alina verabschiedet hatte, fuhr er nicht zurück in die Stadt, sondern das kleine Stück nach Norden und bog dann auf die Straße zur Friedhofsgärtnerei ein. An ihr vorbei gelangte er an das Tor des Neuen Israelitischen Friedhofs. Schon lange war er nicht mehr hierhergekommen, ein halbes Jahr gewiss. Jeder Besuch an Ricardas Grab war besonders schmerzlich für ihn.

Als Petry das Tor öffnen wollte, stellte er fest, dass es abgeschlossen war. Ein ausgedruckter Zettel in einer durchsichtigen Dokumentenhülle verwies auf ein elektronisches Zahlenschloss, das über ein Board mit Ziffern verfügte. Auch eine Telefonnummer war auf dem Zettel angegeben. Da auf dem einsehbaren Geländeteil des Friedhofs niemand zu sehen war, kein Gärtner, Besucher oder dergleichen, wählte Petry die Nummer mit seinem Handy. Sekunden später kam aus dem Haus ein Mann gelaufen, der sich ihm hinter dem Tor näherte.

»Ja bitte?«

»Warum ist hier abgeschlossen?«, fragte Petry.

»Sind Sie Mitglied der Israelitischen Gemeinde? Dann haben Sie Ihren Code doch erhalten, den müssen Sie da nur eingeben.« Der Mann zeigte auf das Board.

»Ich bin ein Angehöriger«, sagte Petry. »Und möchte das Grab meiner Freundin besuchen.«

»Dann müssen Sie sich, fürchte ich, erst an die Gemeinde wenden, denn ich kann das ja nicht überprüfen und Sie folglich nicht hereinlassen.«

Petry griff in die Jacke und zückte wieder einmal seinen Dienstausweis.

»Ich bin von der Polizei«, sagte er. »Was soll das Ganze?«

Der Mann nickte ihm zu und öffnete das Tor. »Sicherheitsgründe. Seit einem halben Jahr ist der Friedhof für die Öffentlichkeit gesperrt. Leider war es zu Übergriffen gekommen, Grabsteine wurden beschmiert und geschändet.«

»Verstehe«, sagte Petry. »Deshalb ist der Friedhof auch tagsüber abgeschlossen?«

»Uns bleibt nun mal keine andere Wahl, das ist mit den Kollegen der Polizei besprochen. Es wird auch sicher die nächsten Jahre so bleiben. Kommen Sie, Sie brauchen eine Kippa«, sagte der Friedhofswärter. Gemeinsam gingen sie zum Haus, der Mann reichte Petry eine schwarze Kopfbedeckung, die der sich auf den Kopf setzte.

Petry fand den Weg zu der Grabstelle, als wäre er erst gestern hier gewesen, und schritt zwischen den verwitterten Grabsteinen hindurch.

Dann stand er vor ihrem Grabstein, der wie alle anderen nach Osten, nach Jerusalem ausgerichtet war. *Ricarda Meyer, 1987–2021* stand darauf.

Tief berührt blieb er davor stehen. Er hatte sich innerlich nicht auf diesen Moment vorbereitet, und vielleicht war das gut so gewesen, denn jetzt überfiel ihn die Trauer. Die Grabstelle war von Efeu überwuchert, wie vorgeschrieben ohne weitere Bepflanzung, um die Ruhe der Toten nicht zu stören. Die Chewra Kaddischa, die ehrenamtliche Beerdigungsbrüderschaft der Gemeinde, hatte sich damals darum gekümmert, und Daniel sah immer wieder nach dem Grab. Petry war dankbar dafür: Er hätte nicht garantieren können, dass er es fertigbrachte, regelmäßig selbst hierherzukommen.

»Hallo«, sagte er halblaut, als würde er zu Ricarda sprechen. »Da bin ich mal wieder. Du hast mit Erica Mrosko über mich gesprochen, und sie hat mir geschrieben. Sie wusste, wer der Brandstifter war, und wollte es mir sagen, deinetwegen. Dann wurde sie ermordet. Es ist noch offen, aber ich arbeite dran. Ich … ich vermisse dich so schrecklich …«

Er konnte nicht mehr weitersprechen. Er kam sich albern vor, sein Monolog erschien ihm sinnlos und wie Kinderglaube. Wahrscheinlich war er deshalb irgendwann nicht mehr hierhergekommen.

Er trat jetzt stumm an den Grabstein heran und legte die Hand darauf. Der Marmor fühlte sich kühl an, doch Petry war, als könnte er ihn wärmen.

Er bückte sich und nahm einen Kieselstein vom Weg auf. Dann legte er ihn oben auf den Grabstein. Mehrere andere kleine Steine ruhten dort bereits, wahrscheinlich hatte er die meisten selbst dorthin gelegt, bei seinen früheren Besuchen; er hatte jedes Mal einen als Gruß dagelassen.

Petry starrte auf das Grabmal und versuchte sich Ricardas Gesicht vorzustellen, doch es wollte ihm nicht recht gelingen.

Ihre braun gefleckten Augen, die kleine Narbe neben dem linken. Schon besser.

Petry schniefte einmal kurz, dann wandte er sich um. Er ging ohne einen Blick zurück davon, nach vorne zum Tor.

Dort wartete der Friedhofswärter, der ihm ernst entgegensah.

Petry nickte dem Mann zu und wollte schon weitergehen, da hielt er inne.

»Sagen Sie, ich suche außerdem Gräber von 1970, die müssten sich auch hier irgendwo befinden.«

Der Mann sah ihn fragend an. Petry wusste, anders als auf christlichen Friedhöfen wurden die Grabmale von Juden nicht nach einer gewissen Zeit entfernt, sie blieben für immer stehen.

»Es sind die der Opfer von diesem schrecklichen Brandanschlag in der Reichenbachstraße, wissen Sie vielleicht…?«

»Ach so, natürlich, die sind nicht hier«, sagte der Mann. »Die Angehörigen haben sie in Israel zur letzten Ruhe betten lassen. Es war ihnen ein Anliegen, dass sie nicht hierbleiben, im Land der Täter.«

Petry sah den Friedhofswärter betroffen an.

Er konnte keine Steine auf ihre Gräber legen, wie er es vorgehabt hatte, und er konnte auch nicht für sie beten, da er nun einmal nicht an Gott glaubte, aber er dachte an sie und daran, dass er sie und ihr Leid nicht vergessen sein lassen wollte.

Danach ging er noch einmal zu Ricardas Grab zurück.

»Ich verspreche dir, dass ich alles tun werde, um den Fall doch noch aufzuklären. Für dich.«

Erst dann verließ er den Friedhof. Der Wärter schloss das eiserne Tor hinter ihm wieder ab.

24

Petry war in einer ganz seltsamen Stimmung. Die Beerdigung, die beiden Friedhofsbesuche, das Auftauchen des bösartigen, hasserfüllten Nazis hatten Wut in ihm geweckt. Erica Mrosko war gestorben, doch der Abschied von ihr schien wenige zu interessieren, darunter leider auch ihr rechter Intimfeind, der jubilierte und meinte, es der Welt mitteilen zu müssen. Ihre alten Freunde dagegen berührte ihr Tod offenbar nicht, weder Matthias Winter noch Jürgen Köster oder Hannelore Reitwein, ihre Mitbewohner von früher. Petry fuhr zur Clemensstraße. Ihm war danach, Tacheles zu reden, die Wahrheit zu sagen und noch andere Wahrheiten zu erfahren, er wollte endlich weiterkommen. Warum immer um den heißen Brei herumreden mit Leuten, die so taten, als wären sie unheimlich ehrlich und weltoffen?

Als er klingelte, öffnete ihm niemand. Petry wollte es schon aufgeben, da kam ein Nachbar zu dem Haus zurück, der gerade einen Dackel Gassi geführt hatte.

»Wissen Sie, wo Jürgen Köster und die Leute aus seiner Wohngemeinschaft sind?«, fragte er ihn.

»Schauen Sie mal im Luitpoldpark, da sind die häufig«, sagte der Mann mit saurer Miene. »Und um ehrlich zu sein: Ich bin froh um jede Minute, die sie nicht da sind. Der Wastl und ich wohnen nämlich unter ihnen ...« Er zeigte auf den Dackel.

Ein Gedankenblitz durchzuckte Petry.

»Haben Sie in letzter Zeit Matthias Winter gesehen, ihren Mitbewohner?«

Der Mann überlegte. »Das ist der andere Mann, oder? Nein, schon länger nicht mehr.«

Sein Zamperl kläffte einen vorbeikommenden Jack Russell an, und da sich der Nachbar bemühen musste, die beiden zu trennen, dankte Petry nur noch rasch, ließ den Mann zurück und stieg wieder auf seine Vespa.

Der Luitpoldpark war der größte Park westlich des Englischen Gartens, doch seine Liegewiesen waren recht übersichtlich. Auf der ersten links am äußeren Rand entdeckte Petry Jürgen Köster, der auf einer Hamam-Decke in der Sonne lag und sich zu entspannen schien. Er war alleine. Gut, dachte Petry, dann also mal ein Gespräch nur unter uns beiden, vielleicht kommt dabei etwas anderes heraus.

»Hallo, Jürgen«, grüßte er und setzte sich neben ihn.

Jürgen blinzelte und sah ihn mit einem Blick an, als tauchte er aus großen Untiefen hervor. »Ach, Petry ...«

»Warum warst du nicht bei der Beerdigung?«, fragte Petry unverblümt. »Warum wart ihr alle nicht da und habt euch von Erica verabschiedet? Sie war doch immerhin eine alte Freundin!«

»Du bist ja richtig sauer«, sagte Jürgen erstaunt, aber mit betont sanfter Stimme, und richtete sich auf. »Das verstehe ich irgendwo. Aber du musst auch mich verstehen. Ich habe ein Problem mit dem Tod, ich will ihn besser gar nicht an mich ranlassen. Deshalb gehe ich nie auf Beerdigungen. Und du glaubst gar nicht, wie viele es davon gibt, wenn man einmal so alt ist wie ich. Blöd, ich weiß, aber ich kann nicht dagegen an. Ich halte mich lieber an Ereignisse und Menschen, die dem Leben zugewandt sind.« Petry nickte grimmig vor sich hin. »Deswegen mag ich dich ja auch so gerne. Ich mag dein Engagement, und ja, auch deine Wut. Du meinst es gut, es geht dir um Gerechtigkeit, um Wahrheit. Du bist auf einer Mission, Petry.«

»Du hast es erfasst«, sagte Petry. »Ich möchte aufklären,

und ich möchte Leben retten. Das von Matthias Winter zum Beispiel. Er ist ebenfalls nicht gekommen, obwohl auch er Erica von früher kennt und ich ihm wegen der Beerdigung auf die Mailbox gesprochen habe. Ich mache mir allmählich richtige Sorgen um ihn, und ich werde dir jetzt auch sagen, warum.«

»Bitte«, sagte Jürgen und rückte seine Holzbrille zurecht.

»Da war auf dem Friedhof so ein alter Rechtsradikaler, der sich über Ericas Tod gefreut und Andeutungen dazu gemacht hat. Er hatte sie schon mal in ihrem Laden behelligt. Und es gibt noch andere, junge Rechte, die hatten auch Ärger mit ihr, und ich habe sie neulich vor eurem Haus gesehen. Offenbar haben sie euch beobachtet.«

Jürgen stutzte und wurde sehr ernst. »Du meinst, die führen irgendwas gegen uns im Schilde?«

Petry nickte. »Und vielleicht haben sie auch schon etwas unternommen. Womöglich haben sie mit Matthias' Verschwinden zu tun. Oder mit Ericas Tod. Ich wollte euch nicht beunruhigen, aber es kann sein, dass ihr in Gefahr seid … Ist dir irgendwann schon mal etwas in der Art aufgefallen?«

Jürgen legte den Finger ans Kinn und dachte nach. »Ach weißt du, ich bin ja eine recht bekannte Figur, und es kommt häufig vor, dass mich auf der Straße Leute ansprechen, nicht alle sind freundlich … Es gibt auch ab und zu anonyme Drohanrufe, die gab es immer schon, aber passiert ist nie etwas …« Er breitete die Hände aus und schüttelte den Kopf.

»Sie fahren einen weißen Golf mit schwarz-weiß-roten Aufklebern, bestimmt haben sie euch schon öfter beobachtet. Haben die Frauen oder Matthias von so etwas erzählt?«

»Nicht dass ich wüsste …« Er sah Petry grübelnd an. »Du meinst, Matthias ist vielleicht gar nicht weggefahren, sondern könnte von denen entführt worden sein? Und uns könnte etwas Ähnliches drohen?« Seine Augen weiteten sich.

»Es ist eine Möglichkeit«, sagte Petry. Er spürte, dass er jetzt mit Jürgen viel offener ins Gespräch kam als zuvor. Es konnte sich als Glücksfall erweisen, dass er ihn ohne die Frauen angetroffen hatte.

»Weißt du was?«, sagte Jürgen plötzlich. »Wir können ja mal in der Garage bei Matthias' Stellplatz nachschauen gehen, ob er mit seinem Bully wirklich weggefahren ist ... jetzt mache ich mir doch Sorgen!«

Petry nickte. »Ja, lass uns das machen.«

Wenig später fuhr Petry auf der Vespa die Clemensstraße nach Westen, und Jürgen saß hinter ihm, hatte die Arme um ihn gelegt, und seine wenigen weißen langen Haare flatterten im Wind.

Er dirigierte Petry zu einer Tiefgarage, die nur etwa zwei Fahrminuten von ihrem Haus entfernt in der Leonhard-Frank-Straße lag. Sie parkten die Vespa davor und spazierten an der Schranke vorbei in die Garage. Jürgen kannte Winters Stellplatz mit der Nummer »24« von vielen gemeinsamen Fahrten und Ausflügen, wie er sagte, doch dieser war leer. Der Bully war nicht da, und dies sprach nun doch dafür, dass er damit nach Italien gefahren war, so wie Jürgen und Gaby es angenommen hatten.

»Das beruhigt mich etwas«, sagte Jürgen. »Aber dass da Leute vor unserem Haus herumgelungert haben, finde ich bedenklich. Würdest du mit zu mir kommen und die Lage dort noch mal checken?«

»Später«, sagte Petry. »Lass uns vorher woandershin fahren.«

Sie stiegen wieder auf, und Petry nahm mit der Vespa den Weg nach Süden. Auch auf Jürgens drängende Fragen sagte er ihm nicht, was er vorhatte.

Als sie die Schellingstraße entlangfuhren, tippte Jürgen ihn an einer Kreuzung auf die Schulter und rief: »Ach, das hier meinst du, oder?«

Petry fuhr auf den Bürgersteig und hielt an. »Wieso hier?«, fragte er.

Jürgen zeigte zur Seite auf den Hofeingang der Schellingstraße 39: »Hier am Buchgewerbehaus wurde früher die *Bild*-Zeitung gedruckt und ausgeliefert.« Er deutete um die Ecke. »Das war die Ausfahrt, genau an der Barerstraße. Die haben wir im April 68 blockiert, nachdem ein Neonazi in Berlin auf Dutschke geschossen hatte, hier gab es damals richtige Straßenschlachten mit vielen Verletzten und zwei Toten. ›Springer hat mitgeschossen!‹, haben wir geschrien. Da, die Narbe hab ich davon!« Er zeigte auf seine verwitterte Stirn.

»Du bist also auch auf allen Demos dabei gewesen?«

»Klar, fast jeden Tag, das waren wir alle. Und weißt du, was uns besonders aufgebracht hat? Genau hier in der Schellingstraße war zuvor die Parteizentrale der Münchner NSDAP gewesen, bevor sie das Braune Haus gebaut haben. Damals wurden hier, in genau dieser Druckerei, der *Völkische Beobachter* und *Mein Kampf* gedruckt!« Jürgen zeigte ein Stück die Straße hinunter, wo ein Restaurantschild in den Farben der italienischen Trikolore leuchtete: »Und dahinten ist Hitlers Lieblingslokal, das gibt's immer noch, heute heißt es Osteria Italiana! So weit südlich fahre ich mit dem Fahrrad kaum einmal mehr … War es das, was du mir zeigen wolltest?«

Petry schüttelte geheimnisvoll den Kopf. »Das finde ich auch interessant, aber nein …« Er schob den Roller wieder an und fuhr zurück auf die Straße.

Erst als er ein paar Straßen weiter mit der Vespa in die Schraudolphstraße einbog, bemerkte Jürgen Köster, wohin Petry ihn bringen wollte: zu dem Haus Nummer 3, in dem er ab Mitte der sechziger Jahre seine berühmte Kommune gegründet und eingerichtet hatte.

»Meine Güte«, sagte er widerwillig, als er vom Sozius

stieg. »Hier bin ich ja seit Ewigkeiten nicht mehr gewesen!«

Es war der älteste Trick der Psychologenwelt, doch ein äußerst effektiver: die Rückkehr an einen nostalgischen Ort, um jemandes Erinnerung auf die Sprünge zu helfen.

»Wo genau habt ihr gewohnt?«, fragte Petry. Ingrid hatte ihm das Haus einmal als dasjenige gezeigt, in dem sich früher die »Schraudolph-Kommune« befunden hatte. Aber an mehr aus ihren Erzählungen konnte er sich nicht mehr erinnern.

»Im Hochparterre«, sagte Jürgen versonnen und zeigte auf das Fenster über ihnen. »Da ist jetzt eine Anwaltskanzlei drin, ich durfte noch mal ausnahmsweise für eine Fernsehdoku über die Kommunen rein. Zu unserer Zeit musste man sich hochrecken und ans Fenster klopfen, die Klingel war nämlich kaputt. Meistens hat es einer von uns gehört, wenn die Musik nicht zu laut war, und hat aufgemacht. Wir hatten damals alle Türen ausgehängt, es war ein riesiger leerer Raum, und weil es ursprünglich als Büro genutzt worden war, gab es kein Bad, nur eine Toilette. Wir haben uns immer in der Küche gewaschen.«

Petry ließ ihn reden. Er beobachtete, wie Jürgen in die Vergangenheit eintauchte. Und er konnte ihm ansehen, wie stark die Gefühle waren, die hier vor Ort in ihm aufgewühlt wurden.

»Weißt du was, Petry, ich werde jetzt hier schön einen durchziehen«, sagte Jürgen unvermittelt. Er zog einen fertig gedrehten Joint mit »Zipfelmütze« aus der Tasche und hielt ihn grinsend hoch. »Den wollte ich eigentlich im Park dampfen, aber hier passt's ja noch besser …« Jürgen schüttelte den Joint zwischen zwei Fingern hin und her, um den Tabak festzuklopfen. »Was meinst du, was wir hier alles weggeraucht haben …!«

Offenbar wartete er darauf, dass Petry Einspruch dagegen erhob, doch den Gefallen tat dieser ihm nicht. Jürgen kicherte und entzündete die Cannabis-Zigarette mit einem Feuerzeug.

»Sag mal, was ist mit dir? Willst du mitkiffen?« Er blickte Petry provozierend an. Es war wohl eine seiner liebsten Gewohnheiten, andere Menschen zu überraschen und herauszufordern, um mehr über sie auszuloten. »Oder traust du dich nicht, als Polizist?«, schob er hinterher.

Petry zögerte für einen Moment. Ihm war klar, dass er Grenzen überschreiten musste, um aus Jürgen etwas Substanzielles, Neues herauszuholen. Das war ja genau, was er selbst mit seinem Ausflug im Sinn gehabt hatte. Jetzt wollte Jürgen ihn auskontern und ihm seinerseits etwas abverlangen.

»Vielleicht später«, sagte er. »Aber ich hab nichts dagegen, wenn du kiffst. Der Konsum ist nicht verboten.«

»Dann kannst du ja auch mitmachen«, sagte Jürgen und nahm einen tiefen Zug.

»Erst mal nicht.«

»Das finde ich jetzt aber interessant.« Jürgen sah ihn listig an. »Bist du nun ein Psychologe oder ein Bulle? Darum geht es ja hier.«

»Ich bin jedenfalls kein normaler Polizist. Alles andere als das«, sagte Petry. Dass er ein regulärer Beamter der Polizei und ihm der Konsum von Drogen somit strikt verboten war, war Jürgen ebenso bewusst wie ihm selbst. Und auch, dass er sich regelmäßigen Tests unterziehen musste. Jürgen beobachtete ihn lächelnd und pustete den Rauch in seine Richtung, wie um ihn zu verführen. Petry roch den süßlichen Duft, ob er wollte oder nicht, und als Nichtraucher, der er war, musste er husten. Ricarda hatte manchmal etwas Gras geraucht, aber er hatte nicht mitgezogen. Er war fest entschlossen, das auch weiterhin so zu halten. Und trotzdem neue Informationen aus Jürgen herauszuholen.

»Na, komm schon, nur einen Zug! Das entspannt einen wahnsinnig ...«

Petry schüttelte den Kopf und wechselte das Thema: »Zu wieviel habt ihr dadrin gewohnt?«

»Zehn, zwölf, manchmal mehr. Wie gesagt, das war ein ständiges Kommen und Gehen«, sagte Jürgen mit belegter Stimme. Das Haschisch schien bereits ziemlich stark bei ihm zu wirken.

Ein junger Mann kam aus dem Haus, ohne sie zu beachten, und ließ die Eingangstür offen. Jürgen lief dorthin und ging hinein, Petry folgte ihm. Drinnen schlug Jürgen den Weg in den Keller ein, und sie gingen eine Treppe hinunter. »Hier, das war damals der Fahrradkeller ... ist es immer noch.« Er zeigte auf eine Stelle an der Wand unter der Treppe. »Da hab ich einmal mit 'ner Frau einen wunderschönen Orgasmus gehabt, da im Stehen. Ich glaube, das hat mich damals wirklich sexuell erschlossen. Seit damals hab ich keine Orgasmusprobleme gehabt, nie mehr.«

Er pustete erneut Rauch aus, in dem Kellerraum verflog er nicht so einfach wie draußen. Petry unterdrückte den nächsten Huster. Jürgen hielt ihm den Joint wie selbstverständlich hin, ohne ihn anzusehen. Petry nahm ihn nicht.

»Saïd hat hier also auch gewohnt«, wechselte er stattdessen das Thema. »Das war übrigens ein guter Tipp, Jürgen, danke noch mal. Ich habe ein bisschen recherchiert und bin auf seinen Enkel gestoßen, Hassan, der studiert auch zurzeit in München.«

»Wirklich?«, sagte Jürgen, dessen Lider auf halbmast hingen. Er führte die Zigarette wieder an die Lippen und nahm einen weiteren Zug.

»Er hat mir erzählt, dass Saïd gerade gestorben ist. Aber er konnte Erica noch vor ihrem Tod Grüße von ihm ausrichten, und sie soll sich sehr gefreut haben.«

»Das ist toll, ein schöner Abschluss für so eine alte Liebe ...

Aber siehst du, schon wieder einer, der tot ist«, sagte Jürgen melancholisch und nahm schnell einen weiteren Zug, als würde das helfen, den Tod fernzuhalten.

»Du lebst mit deiner Freundin von damals ja sogar noch zusammen – Hannelore«, sagte Petry. Sein Gehirn fühlte sich angenehm benebelt an. Ob es nun am Einfluss des Cannabis lag, wusste er nicht, aber ihm kam eine ganz andere Art von Gedanken als sonst. Vielleicht lag es an dem, was er schon durch Passivrauchen zu sich genommen hatte? Sollte man sich bei jeder Ermittlung einmal in einen ordentlichen Rausch versetzen?, dachte er. Um die Perspektive zu wechseln? Wahrscheinlich bringt einen das viel besser weiter als irgendetwas anderes.

»Der Orgasmus damals … war der mit *ihr*?«

Auf Jürgens Gesicht breitete sich ein Lächeln aus. Er sah zu der grob verputzten Mauer, als wäre sie eine Leinwand, auf der ein Film ablief, und schüttelte dann sachte den Kopf. »Nee, nee, das war 'ne andere …«

»War es Erica?«, fragte Petry. Die Idee war ihm gerade spontan gekommen. »Hast du mit der auch mal was gehabt?«

»Ach, wir haben alle mal was miteinander gehabt, klar …«, sagte Jürgen versonnen. »Und Erica war eine ganz dufte Frau, kann ich dir sagen.«

»Ihr wart also damals zusammen?«, fragte Petry und hustete erneut. Jürgen blies den Rauch weiter in seine Richtung, und er staute sich, war bläulich im Licht eines kleinen Kellerfensters zu sehen.

»›Zusammen‹ kann man nicht sagen, dann gab es ja noch Saïd, und Matthias, und es gab Hannelore und die ganzen anderen Frauen …« Jürgen stutzte und hielt Petry den letzten Stummel so feierlich hin, als handle es sich um eine heilige Fackel. Er war schon so heruntergeraucht, dass er sich fast die Finger verbrannte. »Hier, Petry, nimm du den letzten Zug, okay? Was ist denn mit deiner Freundin ... sie ist doch deine Freundin?«

»Alles gut bei mir«, sagte Petry abweisend, ohne nach dem Joint zu greifen.

»Wie schön. Denn ich weiß ja, dass es da etwas sehr Trauriges in deinem Leben gegeben haben muss. Ein Beziehungsende, vielleicht durch einen Todesfall?«

Petry biss sich auf die Lippen und bemühte sich um einen neutralen Ausdruck. Vielleicht hatte Jürgen über ihn nachgeforscht, aber womöglich riet er auch nur. Oder er verfügte über ein beträchtliches Einfühlungsvermögen. »Jedenfalls wünsche ich dir umso mehr alles Glück«, fuhr Jürgen fort und hustete laut, als er doch selbst den letzten Zug tief in seine Lunge einsog. »Auch für die Aufklärung deines Falles.«

»Komm, wir fahren jetzt zu dir«, erwiderte Petry.

Als sie zum Hauseingang hinaufgingen, begegnete ihnen ein Mann im Anzug mit Krawatte, der gerade das Anwaltsbüro verließ, sie verächtlich ansah und die heraufziehenden Cannabisschwaden mit der Hand wegwedelte.

In der WG baute Jürgen als Erstes eine neue, monströse Tüte, für die er sorgfältig und kunstvoll vier Blättchen zusammenklebte.

Sie lagen in dem Wohnzimmer auf dem Sisalteppichboden. Jürgen gab sich Feuer und blies genießerisch Rauch in Petrys Richtung.

»Ich halte mich an den Wein«, antwortete Petry. »Glaub mir, damit sind wir auf demselben Level.« Die Rotweinflasche war bereits zu zwei Dritteln leer, und das meiste hatte er getrunken. Jürgen nippte nur am Ingwerwasser.

Die Frauen machten einen Ausflug aufs Land, um am Tegernsee eine Freundin zu besuchen, hatte Jürgen erklärt. Vor dem Haus stand kein Auto, in dem Rechte saßen und sie beobachteten – Petry hatte sich genau umgesehen und Jürgen diesmal auch.

»Du bist ohne Vater aufgewachsen, Petry«, sagte Jürgen unvermittelt. »Und du weißt auch gar nicht, wer dein Vater ist, hab ich recht?«

»Unglaublich«, sagte Petry, dessen Zunge bereits etwas schwer vom Rotwein war. »Sag bloß, du hast das dritte Auge, Jürgen?«

»Es ist also wahr?«

Sie waren jetzt wirklich dabei, sich einander zu öffnen und sich ihre Geschichten anzuvertrauen.

»Meine Mutter hat auch in einer Kommune gelebt«, erklärte Petry. »Ich sag immer, ich hab viele Papas.« So viel war er bereit zu erzählen, und er wusste, auch er musste Jürgen etwas geben, wenn er ihn zum Reden bringen wollte. »Wie steht es mit dir?«

»Ob ich ein Papa sein will?«, fragte Jürgen lachend.

»Du hast keine Kinder, oder? Warum eigentlich?« Petry hatte im einsetzenden Rausch das klare Gefühl, dass sie eine Art Duell ausfochten. Dass Jürgen ihn mindestens ebenso sehr belauerte, wie *er* ihn auszufragen versuchte.

»Nein«, sagte Jürgen. »Nein, ich eigne mich vielleicht als Erzeuger, aber nicht als Versorger. Ich hab stets mein Ding gemacht, weißt du, ich wollte mich darin nicht stören lassen durch einen bürgerlichen Lebensentwurf, durch die Verantwortung für eine Familie.«

Er legte den noch glimmenden Joint in den Aschenbecher zwischen ihnen. Petry fiel wieder ein, was Bob zu ihm gesagt hatte: dass Köster mit Vorsicht zu genießen sei, dass er stets eine geheime Agenda habe. Er schenkte sich Rotwein nach.

»Im Grunde bist du doch ein sehr politischer Mensch, und am Anfang warst du ja wohl so eine Art Studentenführer hier in München«, sagte Petry. »Warum bist du nicht wie so viele andere in den Untergrund gegangen oder hast zu Gewalt gegriffen? Überhaupt, in dieser ganzen Generation, warum sind manche Terroristen geworden und manche stattdessen Politclowns oder Künstler?« Jürgen starrte nachdenklich vor sich hin. »Als was würdest du dich bezeichnen?«

»Nichts von alledem, ich habe schon genug damit zu tun, einfach ich zu sein, und zwar mein ganzes Leben lang …«, begann Jürgen. »Es sind eher biographische Zufälle. Schau, Kunzelmanns Vater war Sparkassendirektor im Fränkischen, gegen so einen Spießer hatte der Dieter mal so richtig was zum Rebellieren! Also ist er radikal geworden, radikaler als ich oder der Langhans zum Beispiel. Und dann wurde er verhaftet, aber nur für kleinere Vergehen. Er ist gerade rechtzeitig ins Gefängnis gekommen, bevor es damals mit dem Terrorismus so richtig losgegangen ist. Da hat er Glück gehabt, ihn hat das davor bewahrt mitzumachen …«

»Und wie war das bei dir?«, fragte Petry und nahm einen Schluck Rotwein.

»Ach, was mich betrifft, mich haben immer eher die Frauen interessiert als die Politik. Es hat mich viel mehr gereizt, eine Revolution zwischen den Geschlechtern auszulösen, verstehst du?«

Oder vielmehr, eine heiße Frau ins Bett zu quatschen, dachte Petry bei sich.

»Als ich meine Orgasmusschwierigkeiten überwunden hatte, war ich für alles andere verloren. Das hat mich auf ein ganz anderes Feld verschoben, verstehst du?«

»Und Matthias? Wie war der so als junger Mann?«

»Och«, sagte Jürgen. »Der war vor allem wütend …« Er unterbrach sich. »Aber das sind doch nur uralte Geschichten!«, fügte er abwehrend hinzu.

Als Petry später schwankend zur Toilette ging, um sich zu erleichtern, klatschte er sich danach Wasser ins Gesicht und betrachtete sich im Spiegel. Er fühlte sich berauscht, doch er hatte immer noch alles unter Kontrolle. Offenbar hatte er genug Übung im Trinken angesammelt in letzter Zeit.

Als er ins Wohnzimmer zurückkam, sagte Jürgen vorwurfsvoll: »Ich bin schon ziemlich enttäuscht, dass du nicht mitziehst.«

Er hielt den halb aufgerauchten Joint hoch. Jürgen wirkte frischer als zuvor, er hatte sich aufgesetzt und die Gläser wieder gefüllt.

»Aber na ja«, fügte er hinzu, »du musst dich halt entscheiden, ob du ein cooler Typ oder ein richtiger Spießer bist. Das ist doch genau der Zwiespalt, in dem du steckst, oder? Ist dir deine Karriere als Beamter so wichtig?«

»Das mit den Drogen lass ich lieber sein, ist einfach nicht meins«, sagte Petry. »Aber keine Sorge, den Wein spüre ich schon genug.« Er setzte sich im Schneidersitz nieder.

»Dann trink mal einen Schluck Ingwerwasser zwischendrin«, sagte Jürgen und schob ihm eines der Gläser hin. »Ich muss auch mal pissen.«

Er erhob sich schwankend und ging zur Toilette. Die Tür schloss er nicht hinter sich, doch zum Glück konnte Petry ihn nicht sehen, nur hören, wie er sein Wasser abschlug.

Gerade als Petry das Glas zum Mund führen wollte, fiel ihm etwas ein, und er hielt inne. Jürgens Blick war ihm seltsam lauernd erschienen. Da stimmte etwas nicht. Er roch an dem Glas, dann tauschte er die beiden Wassergläser aus. Er handelte rein instinktiv. Petry entschloss sich, auch aus dem anderen Glas nicht zu trinken, er erhob sich rasch, kippte dessen Inhalt in die Spüle und stellte es leer wieder hin. Nebenbei holte er sich eine neue, ungeöffnete Flasche Rotwein und drehte den Schraubverschluss auf. Als er sich gerade einschenkte, kam Jürgen zurück. Sein Blick war neugierig, und offenbar registrierte er zufrieden, dass Petrys Wasserglas leer war.

»Ich hab uns übrigens ein bisschen LSD ins Ingwerwasser gemischt«, sagte Jürgen, der nun aus dem für Petry bestimmten Glas trank. »Das heißt, eigentlich nur dir.«

»Wirklich?«, fragte Petry und prostete ihm mit dem Rotwein zu, woraufhin Jürgen das Wasserglas leerte.

»Ich hoffe, das ist nicht zu stark für dich«, sagte Jürgen. »Der Trip müsste gleich losgehen.«

Er goss sich nun ebenfalls Rotwein ins Glas.

»Wohl kaum, ich hab nämlich die Gläser ausgetauscht. Du trinkst gerade von meinem, und deins hab ich ausgeschüttet.«

Sie maßen sich mit einem Blick.

»Ach so«, sagte Jürgen, und dann gleichmütig: »Was soll's? Ich dachte halt, wir beide gehen mal ein bisschen AWOL ...«

»Was heißt das?«, fragte Petry und nahm einen Schluck Rotwein.

»*Absent without official leave*«, sagte Jürgen lachend. »Das ist ein militärischer Begriff der Amis, ich kenne ihn von Berichten über den Vietnamkrieg. *We went AWOL.*«

»Wenn es denn der Wahrheitsfindung dient«, platzte Petry heraus. Der legendär gewordene Satz des Politclowns und Tupamaros Fritz Teufel, Jürgens altem Bekannten – der Spruch passte hier.

Jürgen fand das wohl auch, er kicherte los. Petry sah ihm an, dass er ihm seine Fragen schnell stellen musste, bevor Jürgen zu berauscht war. Und er selbst auch.

»Erzähl mir doch mal mehr«, sagte Petry. »Über die alten Zeiten mit Matthias Winter.«

Es war offen, ob Jürgen ihn verstanden hatte. Er hielt das Glas mit Rotwein hoch, und Petry blieb nichts anderes übrig, als kräftig anzustoßen.

25

Petry fuhr hoch und sah sich um. Grelles Sonnenlicht blendete ihn.

Er hatte kurz Mühe, sich zurechtzufinden, dann fiel es ihm ein: Dies war das WG-Zimmer, mit ochsenblutroten Wänden und gelber Decke und dem schalen Geruch von Tabak- und Haschischschwaden. Er lag auf dem Teppichboden, wo er ganz offensichtlich die Nacht in tiefem Schlaf verbracht hatte.

Petry verspürte plötzlich Ohrensausen und ein Kopfweh, das direkt unter seiner Schädeldecke zu sitzen schien. Die leere Rotweinflasche lag umgekippt neben ihm. Petry richtete sich auf, blickte sich in dem Raum um und sah Jürgen mit geschlossenen Augen auf dem Bett liegen. Sie waren immer noch alleine, das Zimmer nebenan war leer und unbenutzt. Petry ging hinüber und beugte sich über Jürgen. Er stellte sicher, dass er regelmäßig atmete. Er schnarchte sogar ganz leicht, Speichel lief ihm aus dem Mund.

Fürsorglich deckte Petry ihn zu, dann fiel sein Blick auf die Armbanduhr. Es war bereits drei Uhr nachmittags. Waren sie so lange »AWOL« gewesen? Der Begriff kam ihm wieder in den Sinn, und er musste lächeln. Was für ein verrückter Abend! Sie hatten endlos geredet, über das ganze Leben, aber im Moment wusste er höchstens noch die Hälfte davon – auch ohne LSD ... Ingrids und Daniels Erzählungen über die halluzinogene Wirkung dieser Droge hatten Petry schon früher abgeschreckt. Aber einen sehr ordentlichen Kater konnte man auch vom Rotwein bekommen. Petry hatte beachtliche Kopfschmerzen.

Jetzt musste er allmählich in die Gänge kommen. Immerhin hatte er ausnahmsweise richtig lange geschlafen, ohne zwischendurch aufzuwachen und wach zu liegen, ohne die sonst üblichen Probleme. Er warf einen kurzen Blick auf Jürgen, dann ging er aus der Tür und zog sie hinter sich zu.

»Wenn es denn der Wahrheitsfindung dient …«, an diesen Satz erinnerte er sich, als er die Treppe hinunterging. Am Ende hatte Petry Jürgen Geheimnisse über Matthias Winter zu entlocken versucht, das wusste er noch, aber was war dabei herausgekommen? Ganz hinten in seinem Gehirn begann sich ein Satz zu formulieren, eine Erinnerung, aber noch war es nicht so weit, noch brachte er sie nicht zusammen.

Als er auf die Clemensstraße trat, sah Petry sich wieder nach Beobachtern um, doch er konnte auch jetzt keine entdecken. Die Sonne schien ihm heute besonders stark vom Himmel zu brennen, und sein Hemd war einmal durchgeschwitzt und dann getrocknet, wie er jetzt feststellte. Seine Zunge lag ihm wie ein feucht aufgeblähter Schwamm im Mund herum.

Seltsam, ihm kam es plötzlich so vor, als ob er in der Nacht von Matthias Winter geträumt, sogar mit ihm gesprochen hatte. So, als sei er auf einmal ebenfalls mit im Zimmer gewesen. Vielleicht hatte Petry ihm in seinem Traum all die Fragen gestellt, die er ihm stellen wollte, aber leider wusste er nichts Genaueres mehr. Er grübelte darüber nach. Und als er sich jetzt auf die Vespa setzte, erschien es ihm spontan richtig, noch einmal an dem Stellplatz nachzusehen.

Er startete sie schwankend und fuhr zurück zu der Tiefgarage. Obwohl es nur eine kurze Strecke war, musste er die Augen zusammenkneifen und sich stark konzentrieren. Da! Gerade als er um die Ecke bog, sah er einen VW Bully in der Einfahrt zur Garage verschwinden. Der Bully war in Regenbogenfarben bemalt, und Petry war sich für einen

Moment nicht sicher, ob es sich nur um eine Illusion handelte, um eine Fortsetzung der Bilder aus seinem Traum. Nein, das konnte nicht sein, der Bully war echt.

Wieder stellte er die Vespa vor der Einfahrt ab und ging zu Fuß hinunter. An eine Betonsäule gedrückt sah er zu, wie der Bully rangierte, um sich in eine Parklücke zu bewegen, auf Winters Stellplatz, die Nummer 24. Gespannt beobachtete Petry, wie sich die Fahrertür öffnete. Es war Gaby, die ausstieg, Hannelore kam von der Beifahrerseite. Sonst stieg niemand aus. Petry drückte sich hinter die Säule, als die beiden Frauen an ihm vorbei zum Ausgang nach oben gingen. Hannelore gähnte, beide wirkten müde.

»Ich glaube, ich muss mich noch ein bisschen hinlegen«, hörte er Hannelore sagen. »Ich muss ja um sechs schon wieder los und die Runde machen.«

Als sie verschwunden waren, näherte er sich dem Bully und sah durch das Seitenfenster hinein. Im hinteren Teil war ein Schlaflager mit ungemachtem Bett, doch es war verwaist.

Petry griff in die Tasche, holte sein Diensthandy hervor und machte schnell ein Foto von dem Bully mitsamt dem Münchner Nummernschild.

Auf dem Display wurden ihm zahlreiche Anrufversuche von Alina Schmidt angezeigt, außerdem mehrere Nachrichten, dass er sich bei ihr melden solle.

»Stimmt, dieses Fahrzeug ist auf Matthias Winter gemeldet«, sagte Alina einige Zeit später in ihrem Büro.

»Dann ist er vermutlich nicht verschwunden oder verreist, sondern hält sich in München auf, und Köster weiß Bescheid und hat nur eine Scharade mit mir gespielt«, sagte Petry kauend. Er hatte schon auf dem Weg ungeheuren Hunger bekommen und nun im K11 den Kühlschrank in der Küche geplündert. Es war kein Wunder, er hatte ja nicht einmal gefrühstückt, war nur rasch bei sich zu Hause vorbeigefahren, um heiß zu duschen und die Kleidung zu wechseln. Zum Glück hatte er hier in der Kanne frisch aufgebrühten Kaffee vorgefunden, ein wahres Lebenselixier. Alina hatte welchen gekauft und die Büchse aufgefüllt.

»Gut zu wissen«, sagte sie und beobachtete ihn stirnrunzelnd. »Eine Fahndungsmeldung erübrigt sich damit auf jeden Fall. Wollen Sie Jürgen Köster jetzt direkt auf seine offensichtliche Lüge ansprechen?«

»Lieber erst mal beobachten und in Sicherheit wiegen und dann sehen, wohin er mich führt«, sagte Petry mit vollem Mund.

Wieder meldete sich der Gedanke an gestern Nacht, an etwas, das er Jürgen hatte sagen hören. Ja, und plötzlich erinnerte er sich an den Satz, er musste in einer ihrer Diskussionen gefallen sein, im Zusammenhang mit seinen Fragen nach Matthias Winter.

»*Was meinst du*«, hörte er Jürgen berauscht sagen, mit einem Lachen in der Stimme, »*wie oft es vorgekommen ist, dass wir alten Haschrebellen uns gegenseitig ein Alibi gegeben haben?*«

»Ich glaube, dass er noch mehr vor mir verbirgt. Und dass er weiß, wo Matthias Winter ist. Wahrscheinlich besuchen er und die Frauen ihn regelmäßig und erzählen mir nur Blödsinn darüber, wo er angeblich sei.«

»Sie glauben also wirklich, dann könnte Winter der Täter sein?«, fragte sie.

Petry nickte und hieb seine Zähne erneut in die Salami. Jürgens verräterisch erscheinenden Satz mit dem vorgeschobenen Alibi musste er jedoch vorerst für sich behalten, denn wie sollte er ihn belegen, wie es Alina erklären? »*Ich meine es gehört zu haben, aber ich bin mir nicht ganz sicher, denn ich war betrunken, während Jürgen Köster gekifft und LSD genommen hat*« war dafür keine Option. Er hatte ihr nur davon erzählt, dass sie Rotwein getrunken hatten.

»Köster hat gestern zugegeben, dass Erica Mrosko damals auch andere Liebhaber hatte, nicht nur diesen Saïd, auch Matthias Winter. Wenn er es also war, könnte sie sehr wohl davon gewusst haben.«

»Sofern wir annehmen, dass sie ihr intimes Wissen über die Tat von einem Liebhaber hat«, überlegte Alina Schmidt. »Jedenfalls käme er damit ebenso gut infrage wie Saïd, und der kann den Mord an ihr ja nun wirklich nicht begangen haben. Aber vielleicht versteckt sich Winter auch nur aus anderen Gründen.« Sie stutzte und hielt inne. »Alles in Ordnung mit Ihnen, Petry?«

»Ja, wieso?«

»Sie haben gerade eine ganze Salami gegessen, die vollen vierhundert Gramm in fünf Minuten, mit Brot, und dazu den restlichen Kuchen von Katrin«, sagte sie.

Petry fiel auf, dass er sich verhielt, als hätte er wirklich Hasch geraucht. Heißhungerattacken waren eine übliche Reaktion des Körpers, das kannte er von seinen Eltern.

»Ich habe einen Riesenhunger«, sagte er, bezähmte sich aber und legte einen letzten Rest Salami weg. »Ich habe fast nicht geschlafen, sondern die ganze Nacht mit Köster geredet. Deswegen konnten Sie mich auch nicht erreichen. Aber es hat sich ja gelohnt. Ich muss noch einmal hinfahren und nachschauen, was genau um sechs dort passiert.«

Die Kommissarin sah ihn stirnrunzelnd an.

»Tun Sie das, Petry. Aber Sie waren nicht der Einzige, der vorangekommen ist. Ich habe unseren Freund Dieter Staal unter die Lupe genommen und als Erstes noch mal sein Alibi genau überprüft. An dieser Veranstaltung in Nürnberg hat er wirklich teilgenommen, das ist zweifelsfrei belegt. Es gibt auch Videos von ihm, mit Zeitstempel, und er hat dort eine Rede gehalten; keine, die mir oder Ihnen oder einem demokratisch gesinnten Staatsbürger gefallen kann. Ich fasse zusammen: Der Staat, in dem wir leben, die

›sogenannte Bundesrepublik‹, sei von Juden und Ausländern unterwandert.«

»Ekelhaft. Dann müssen wir einen Verdacht gegen ihn ausschließen?«

Sie zog eine Grimasse und entgegnete: »Abwarten ... Ich habe mich gestern Abend vor seinem Verlagsgebäude umgesehen. Ziemlich gut bewacht, sein Imperium. So gut, dass ich sofort von einem Wachmann angesprochen wurde. Keine Sorge, ich war bewaffnet. Es war trotzdem ein bisschen brenzlig. Noch mehr, als ich mich als Kriminalhauptkommissarin ausgewiesen habe ... Na, Sie haben es ja neulich selbst miterlebt, wie diese Rechten reagieren, wenn man bei ihnen auftaucht. Und dann ist ihm entschlüpft, dass das schon öfter vorgekommen ist. In den letzten Wochen sei ihm auch eine alte Frau dort aufgefallen, die dort ›herumgeschnüffelt hat‹, so hat er sich ausgedrückt. Ich habe ihn gefragt, wie sie ausgesehen hat. Sie habe hennarot gefärbte Haare gehabt, sagte er.«

Sie hielt inne und grinste ihn bedeutungsvoll an.

»Erica Mrosko ...«, sagte Petry. Für einfache Gedankengänge wie diesen reichte es wieder problemlos, zumal nach der Zwischenmahlzeit von eben. Auch sein Katerkopfweh hatte zum Glück nachgelassen.

Alina Schmidt nickte. »Offenbar hat sie sich vor ihrem Tod als Miss Marple betätigt, im Umfeld eines alten Neonazis. Vielleicht wollte Frau Mrosko in ihrem Brief als Täter also doch einen in der Wolle gefärbten Antisemiten nennen ...« Sie tippte auf den Tisch: »... über den sie gerade erst etwas Neues herausgefunden haben könnte! Der Chef hatte recht, es reicht, wenn wir Frau Mroskos letzte Aktivitäten ins Visier nehmen.«

»Sofern sie etwas über Staals Verwicklung in den alten Fall gewusst oder ermittelt hat«, wandte Petry ein. »Allerdings kann es ihr ebenso um etwas anderes gegangen sein.

Vielleicht wollte sie ihm nur nachweisen, dass er hinter der Attacke auf ihre Buchhandlung steckte. Außerdem haben Sie ihn gerade selbst als ihren Mörder ausgeschlossen.«

Alina hob die Hand. Offenbar wollte sie auf etwas Bestimmtes hinaus. »Aber er ist so sicher, dass er Ihnen eine provozierende Nachricht schreibt und uns bei der Beerdigung des Opfers seine Genugtuung ins Gesicht spucken zu können meint. Warum macht er das, es ist ja sehr auffällig, und dumm ist er anscheinend nicht?«

»Gute Frage.«

Sie gab sich die Antwort einfach selbst: »Es kann sein, dass er die Aufmerksamkeit bewusst auf sich lenken will. Weil er unangreifbar ist. Aber vielleicht haben seine Mitstreiter für ihn gemordet.«

»Sie denken an diese jungen Rechten?« fragte Petry und führte den Satz selbst fort: »Die sich untereinander ein Alibi gegeben haben, das wir schlecht erschüttern können ...«

»Das war auch mein Gedanke«, sagte sie.

»Wenn ich jetzt allerdings Sie wäre, Frau Schmidt, dann würde ich Sie darauf hinweisen, dass das nur eine vage Idee ist und dass Sie erst einmal beweisen müssten, ob die jungen Rechten und dieser Alte etwas miteinander zu tun haben.«

»Da haben Sie recht, und daran werde ich mit Hochdruck arbeiten«, sagte Alina. »Jedenfalls finde ich, die Anhaltspunkte, dass der Verdacht gegen die Rechten sich als richtig erweist, haben stark an Plausibilität gewonnen.«

»Trotzdem bin ich überzeugt, dass Sie diese Spur am Ende nur belegen können, wenn Sie auch eine Verwicklung Staals in den Fall von 1970 beweisen«, sagte Petry.

Alina zog die Augenbrauen hoch. »Mir fällt gerade noch etwas ein ...«

»Was?«

»Vielleicht war Erica Mrosko bei ihren Nachforschungen

nicht alleine. Vielleicht hat auch ihr alter Freund Matthias Winter sie begleitet, und er weiß, was sie weiß, und ist deshalb ins Visier der Rechten geraten.«

Petry blickte sie nachdenklich an.

»Vielleicht haben die Rechten Frau Mrosko deswegen umgebracht, und das ist auch der Grund, warum sie hinter Winter und den anderen Linken her sind«, präzisierte sie. »Und er ist entweder ebenfalls tot oder muss sich vor ihnen verstecken, und seine Freunde helfen ihm dabei.«

»Dann wäre Jürgen Köster ein sehr guter Schauspieler«, sagte Petry. »Ich habe ihn auf die Rechten vor seinem Haus angesprochen, und er war nicht sonderlich besorgt.«

»Womöglich will er bloß seinen Freund schützen«, sagte Alina.

So, wie sie es von früher gewohnt sind, fiel es Petry ein.

»Wie dem auch sei, ermitteln wir doch genauso weiter, Sie auf Ihrer Spur und ich auf meiner«, fuhr sie fort. »Dann werden wir schon sehen, ob die beiden miteinander verbunden sind. Ich kümmere mich noch mal um Staal und finde heraus, was da läuft ...«

»Und ich suche weiter nach Matthias Winter.« Und versuche herauszufinden, ob Jürgens Satz mit dem vorgeschobenen Alibi sich auf neulich bezogen hat, dachte er bei sich.

Alina nickte. »Und um Himmels willen, Petry, ersetzen Sie Herrn Rattenhuber seine Bergsteiger-Salami. Ich erwische ihn manchmal in der Kaffeeküche bei regelrechten Heißhunger-Attacken. Ich glaube, so baut er seinen Stress ab, und das sollten Sie ihm besser nicht nehmen.«

»Da haben Sie sicher recht«, beeilte sich Petry zu sagen. »Aber klar, das werde ich machen.«

»Er bereitet übrigens gerade eine Presseerklärung vor, in der er mitteilt, dass wir Herrn Endrulat vorläufig wieder freilassen und in eine andere Richtung ermitteln.«

Petry sah auf seine Uhr. Vermutlich konnte er es gerade

so bis um sechs nach Schwabing schaffen, um zu sehen, was es zu bedeuten hatte, wenn Hannelore ihre Runde machte.

26

Es war zwei Minuten nach sechs, als Petry wieder vor dem Haus eintraf, in dem sich die WG befand. Er hatte sich mit der Vespa gut durch den Berufsverkehr schlängeln können, dennoch befürchtete er, zu spät zu kommen. Er beobachtete erst einmal von der anderen Straßenseite aus und drückte sich hinter einen geparkten Lieferwagen. Jetzt lauerst du ihnen genauso auf, wie es diese Rechten getan haben, dachte er. Als er sein Handy hervorholte und daraufsah, entdeckte er eine Nachricht, die unterwegs eingegangen war. Wieder war es eine SMS von der Nummer von Dieter Staal. *Wir beobachten Dich, Petry. Wir wissen, wo Du bist*, stand da.

Petry sah sich sorgfältig um, doch er konnte nach wie vor nichts Auffälliges entdecken. Es konnte natürlich gut sein, dass Staal ihm bloß Angst machen wollte. Doch vielleicht gingen sie inzwischen auch nur geschickter vor. Rund um die Kreuzung parkten drei geschlossene Kastenwagen, inklusive desjenigen, hinter dem er sich befand, auch darin konnte sich jemand verbergen. Petry lauschte, doch er hörte drinnen nichts Verdächtiges. Die deftige Brotzeit hatte ihm gutgetan, und immerhin hatte er jetzt kein Kopfweh mehr.

Da sah er, wie Hannelore aus dem Haus kam. Die groß gewachsene, leicht gebeugte alte Dame hatte eine geräumige Einkaufstasche dabei, die sie auf Rollen hinter sich herzog; das, was man als »Hackenporsche« bezeichnete. Allerdings war dieser hier mit Plastikblumen geschmückt und bunt bemalt, was ihn wie ein Hippie-Accessoire aussehen ließ. Auch ihre Kleidung – Sandalen, ein bunter Wollpullover und eine Jeans – passte dazu. Die Sonne stand bereits tief und warf lange Schatten.

Petry blieb in Deckung und beobachtete weiter. Er wollte erst einmal sehen, wohin sie sich wenden würde. Hannelore setzte sich in Bewegung. Vielleicht will sie nicht weit gehen, dachte er, nur »ihre Runde machen«, wie sie vorhin angekündigt hatte. Er folgte ihr vorsichtig und in einigem Abstand, gespannt, ob sie ihn zu Matthias Winter führen würde. Doch sie schlug nicht die Richtung zu dessen Bully ein, wie er erwartet hatte, sondern die genau entgegengesetzte. Petry folgte ihr auf der anderen Straßenseite, so, dass sie gerade in seiner Sichtweite blieb, und drückte sich möglichst nahe an den parkenden Autos entlang. Er blickte auch hinter sich, hatte aber nicht den Eindruck, dass er verfolgt wurde. Hannelore bog um eine Ecke, Petry beschleunigte seinen Schritt. Als auch er die Kurve nahm, prallte er verblüfft zurück: Hannelore stand auf dem Bürgersteig vor ihm und blickte ihm entgegen.

»Petry«, sagte sie. »Hab ich doch richtig gesehen!«

Verdammt, dachte Petry. Nicht mal eine alte Frau kannst du beschatten, ohne dich von ihr überlisten zu lassen, du bist wirklich kein guter Polizist.

»Hallo, Hannelore«, sagte er freundlich. »Zu dir wollte ich gerade.«

»Zu mir?«, fragte sie überrascht. Sie sah ertappt aus. So wie er vermutlich auch.

»Ja, ich wollte mich mal in Ruhe mit dir unterhalten.«

Das stimmte ja wirklich. Wenn es mit der Verfolgung schon nichts wurde: Ihm war tatsächlich an einem offenen Gespräch gelegen, mit ihr alleine und einmal, ohne dass Jürgen überwachte, welche Themen angeschnitten wurden.

»Was machst du?«, fügte er hinzu.

»Ich gehe einkaufen«, sagte sie.

»Wenn das okay ist, komm ich mit«, sagte Petry. Er redete

instinktiv wieder im selben Jargon mit ihr wie mit seiner Mutter. »Dann kann ich dir sogar tragen helfen?«

»Na gut, wenn du willst«, antwortete sie.

»Ich war gestern bei Jürgen, hab sogar bei euch übernachtet«, sagte Petry im Plauderton, neben ihr herschlendernd.

»Das hat er mir erzählt«, sagte sie und rollte mit den Augen, wie um anzudeuten, dass er auch von seinem Drogentrip berichtet hatte. In diesem Moment wirkte sie wie das kecke, fröhliche junge Mädchen, das sie einmal gewesen war.

»Und ihr habt einen Ausflug gemacht und jemanden besucht?«

»Ja, eine Freundin, die Rosi, sie wohnt in der Nähe vom Tegernsee.«

Petry grinste. »Auch eine Kommunardin von früher?«

»Nein, Petry, ich kenne auch noch viele andere Leute. Die Rosi ist eine Sextherapeutin, und sie kümmert sich um meine Chakren.«

»Und um die von Gaby?«

»Auch«, nickte sie. »Aber meine haben es nötiger.«

»Wie seid ihr denn gefahren?«, fragte Petry beiläufig.

»Mit dem Zug«, sagte Hannelore, ohne zu zögern. »Mit der Oberlandbahn, die ist ja elektrisch und total umweltfreundlich.«

Die Bayerische Oberlandbahn? Tja, das wusste Petry besser.

Sie hatten inzwischen die Leopoldstraße erreicht, wo sich um diese Zeit die Autos stauten. Auf dem breiten Bürgersteig des Boulevards steuerte Hannelore auf einen Obststand zu, an dem ein rotgesichtiger Verkäufer seine Waren feilbot. Gerade war er dabei, mehrere dicke Stangen Schrobenhausener Spargel für eine Kundin in eine Tüte abzupacken und zu wiegen.

»Servus, Ernstl«, sagte Hannelore und grinste ihm zu, verschwörerisch, wie es Petry schien.

»Ah, Servus, Hannelore, ein Momenterl – zehn Euro gradaus bitt'schön«, sagte der Mann mit seiner viel zu lauten Verkäuferstimme zu der Kundin und nahm von ihr das Geld für den Spargel entgegen. Dann wandte er sich Hannelore zu.

»Da, schau, ich hab was für dich.« Der Verkäufer tauchte hinter seiner Theke ab und kam mit einer Tüte hoch, die er offensichtlich bereitgelegt hatte.

»Das ist klasse, Ernstl!«, sagte Hannelore und klimperte mit den Augen.

»Ich weiß ja, dass ihr nicht so viel habt. Die Rente ist zum Sterben zu viel und zum Leben zu wenig«, sagte der Verkäufer und kniff ein Auge zu. »Schau, die san alle noch gut, auch der Blumenkohl, und der Salat ist nur außen a bisserl braun – ich hab dem Jürgen noch a paar Spargel nei, die mag er doch so gern!«

Er reichte ihr die durchsichtige Tüte. Darin war Obst und Gemüse, das offensichtlich übrig geblieben oder aussortiert worden war. Petry sah verwachsene Möhren und Äpfel mit Druckstellen, und anderes, das optisch einwandfrei aussah.

»Ernstl, hab recht vielen Dank«, sagte Hannelore und legte die Tüte in ihre große Tasche. »Ich soll dich auch ganz lieb vom Jürgen und der Gaby grüßen. Der Matthias ist gerade nicht da«, schickte sie hinterher. Sie machte keine Anstalten, eine Börse zu zücken und zu bezahlen.

»Ihr seid's ja alle meine *heroes*!«, schwärmte Ernstl. »Lasst's es euch schmecken, sag schöne Grüße daheim, und nächste Woche gerne wieder!«

Es war ein Geschenk, eine freundliche Spende an die Altachtundsechziger. Hannelore verabschiedete sich überschwänglich von ihm, und dann zogen sie mit ihrer Beute weiter.

»Das ist aber nett«, sagte Petry anerkennend.

»Ernstl ist von klein auf ein Fan von Jürgen, der hat alle

Artikel über ihn gesammelt und ist stolz, uns zu kennen ... Jetzt brauchen wir nur noch ein paar Grundnahrungsmittel, das wird nicht so leicht«, erklärte Hannelore. »Aber ich weiß, wo ich fragen kann.«

Sie bogen in eine Nebenstraße des Boulevards ein. Petry nahm ihre Tasche und zog sie für sie. Er beobachtete sie von der Seite. Sie zeigte keinerlei Scham wegen der geschenkten, im Grunde erbettelten Lebensmittel, und Petry ließ es unkommentiert. »Meine Mutter war übrigens ebenfalls in einer Kommune, bei Feldkirchen auf dem Land. Da bin ich auch mit ihr aufgewachsen. Das war nur etwas später als bei euch, in den Siebzigern und Achtzigern, und ihr wart ihre großen Vorbilder.«

»Wie schön!«, sagte Hannelore strahlend und mit natürlichem Stolz.

»Von ihr weiß ich aber, dass man es als junge Frau wirklich nicht einfach hatte in so einer Gruppe. War das bei dir auch so?«

»Logisch, aber hallo«, sagte Hannelore. »Die Männer waren ja in der Mehrheit und haben uns erst mal alle nicht ernstgenommen. Wenn du da neu dazugekommen bist und ganz niedlich ausgesehen hast, dann wollten sie als Allererstes nur mit dir pennen.«

»Wie alt warst du, als du zu Jürgens Kommune gekommen bist?«

Die Sonne war jetzt hinter den Häusern verschwunden.

»Gerade erst achtzehn und aus einem fürchterlichen Elternhaus abgehauen«, sagte Hannelore versonnen. »Ich hab mich ehrlich gesagt gleich in ihn verknallt. Aber natürlich habe ich nicht sofort mit ihm geschlafen. Liebe wäre ja Besitz gewesen, und das war verpönt. Um aufgenommen zu werden, musste ich dann erst mal so eine ganz strenge ideologische Prüfung über mich ergehen lassen, das mussten alle. Mich auf einen Sessel in der Mitte setzen, und die ganzen Männer haben sich im Kreis um mich herum gesetzt. Und dann hat es Fragen gehagelt – was ich für Bücher lese? Was ich von Adorno und Marcuse halte und ob ich meine reaktionären, bürgerlichen Reflexe zugunsten einer revolutionären Haltung über Bord zu werfen bereit bin? Das ging stundenlang, und die sind einen echt hart angegangen!«

»Von so etwas hat meine Mutter auch erzählt.«

»Manche wurden wirklich fertiggemacht, gerade die Mädchen, und auch wieder weggeschickt, da waren die gnadenlos. Richtige Paschas, natürlich ging es denen vor allem darum, ihre Macht zu demonstrieren.«

»Und um Sex?«

»Bei Sex geht es ja ausschließlich um Macht«, erklärte sie routiniert. »Aber als hübsche junge Frau konntest du damit auch spielen in der Gruppe, sie anmachen, sie zappeln lassen … Musstest du auch. Ich war sehr lange noch nicht richtig akzeptiert bei diesen Machos! Die haben uns auch auf die Straßen und in die Kneipen geschickt, um Sachen zu verkaufen, Kunstwerke oder so Agitprop-Flugschriften. Damit, was wir knackigen Girls so rangeschafft haben, haben wir alle uns finanziert, während die Jungs in der Schraudolph-Kommune rumsaßen und in revolutionären Theorien geschwelgt haben.«

Petry verkniff sich die Bemerkung, dass sie jetzt im Grunde ja immer noch dasselbe tat: Sie ging für Jürgen das besorgen, was für ihren Lebensunterhalt nötig war. Gerade kamen sie vor einem kleinen türkischen Ladengeschäft an.

»Und wie lange warst du mit Jürgen zusammen? Im Grunde doch lebenslang, oder?«

»Wir haben uns jedenfalls nie ganz verloren«, antwortete sie. »Aber zwischendurch hatten wir auch andere Partner. Ich hab meinen Sohn mit einem Franzosen bekommen und aufgezogen, dem Arnaud. In die WG mit Jürgen bin ich dann wieder vor fünfzehn Jahren gegangen.«

»Und was hast du dann später beruflich gemacht?«

»Oh, wir waren ja alle sehr politisiert. Ich hab auf Lehramt studiert an der Kunstakademie, aber dort hab ich dann einen ›Kinderladen‹ gegründet, die erste privat selbstorganisierte Kita für Studentinnen. Das war damals absolut revolutionär – und dass wir selbst im Kollektiv für Kinderbetreuung gesorgt haben, hat uns Frauen entscheidend nach vorne gebracht! Das hat für uns pure Freiheit bedeutet. Selbstbestimmung, verstehst du?«

»Ich weiß«, sagte Petry. »Ich bin in so einem Kinderladen groß geworden. Den meine Mutter und ihre Freundinnen auf dem Land organisiert haben.«

Sie grinsten sich an.

Die Sonne war inzwischen untergegangen. Ein junger Türke trat aus dem Lebensmittelgeschäft, um eine Zigarette zu rauchen. Schon als er Hannelore sah, versteinerte sich sein Gesicht, und er blickte weg.

»Servus«, sagte sie, wieder mit dem schmeichelnden Tonfall von vorhin. »Sag mal, habt ihr zufällig ein paar Lebensmittel, die ihr sowieso wegschmeißen werdet?«

»Nein, gute Frau«, sagte der Mann abweisend. »Wir schmeißen nichts weg. Wir verkaufen alles.«

»Danke trotzdem«, sagte sie und zog ihren Wagen entschlossen weiter. Petry folgte ihr.

»So ist das meistens«, sagte sie gelassen. »Dann muss ich eben wieder containern.«

Sie überquerte die Straße, passierte den hell erleuchteten Eingang einer Supermarktfiliale und nahm Kurs auf den im Halbdunkel gelegenen Hinterhof. Dort standen zahlreiche Müllcontainer.

»Normalerweise geht's hier ganz gut«, sagte sie halblaut und sah sich um. »Kannst du ein bisschen aufpassen, ob jemand kommt? Das ist nicht so richtig legal …«

Dass das Entnehmen von Waren aus Containern auf

einem Betriebsgelände laut aktueller Gesetzeslage als Diebstahl behandelt wurde, wusste Petry, auch wenn er diese Handhabung für gemeinen Blödsinn hielt.

»Ich soll Schmiere stehen? Du weißt schon noch, dass ich bei der Polizei bin?«

»Du sollst mir ja nur Bescheid sagen, na ja, bevor es Ärger gibt ... oder hast du ein Problem damit? Ich brauch ein paar spezielle Sachen, du weißt, ich muss besonders auf meine Ernährung achten, ich habe Herzrhythmusstörungen ...«

»Mach schon«, sagte Petry drängend.

Hannelore nahm einen Jutebeutel und huschte zu einem Müllcontainer, der so vollgestopft war, dass die Klappe offen stand. Sie begann, verpackte Waren daraus zu entnehmen – Vollkornprodukte, Nudeln, Reis, Müsli, Konserven –, die sie in ihren Beutel steckte. Petry verschränkte nervös die Arme und gab sich alle Mühe, wie ein zufällig verirrter Passant auszusehen. Nun versuchte sie, den Deckel anzuheben, schaffte es aber nicht.

»Hilf mir mal«, wisperte sie.

Petry eilte zu ihr.

»Lass doch gut sein«, sagte er. Dann hielt er ihr trotzdem die Klappe auf.

»Ich brauch noch ein bisschen hiervon«, sagte sie und nahm sich ein Paket Vollkornnudeln heraus, dann noch drei verpackte Stangen Salami. Petry stutzte. Das passte nicht zu ihrer angeblichen ayurvedischen Diät. Es musste für jemand anderen sein. Es war genau die Sorte Bergsteiger-Salami, die er vorhin im K11 verspeist hatte. Die Lieblingssalami des Chefs, die er besorgen musste. Hannelore grinste ihn an und bemerkte sein Zögern.

»Da, nimm doch auch eine«, sagte sie und steckte ihm eine Stange in die Jackentasche. »Der Jürgen mag die so gerne!«

»Jetzt reicht's aber, komm!«, drängte Petry. Er erinnerte sich genau, dass Jürgen beim Kochen gesagt hatte, er ernähre sich nur vegan. Die Salami musste für jemand anderen sein.

Hannelores Jutebeutel war prall gefüllt. Er ließ den Deckel vorsichtig wieder herunter, immer noch war der Container so voll, dass er ihn nicht schließen konnte. In Petry machte sich jetzt Panik breit, er wollte keinesfalls hierbei erwischt werden. Hannelore nahm es gelassener, ganz routiniert, ohne übertriebene Eile stolzierte sie zu ihrem Wagen und lud den Jutebeutel obenauf zu den anderen Sachen.

»Schneller!«, sagte Petry aufgeregt. Er übernahm wieder ihren vollgepackten Rollwagen und zog ihn für sie. Er war ziemlich schwer, Petry fragte sich, wie sie alleine damit zurechtkam. Erst als sie den Hinterhof verlassen hatten und sich von dem Supermarkt entfernten, atmete Petry wieder auf.

Auf dem Weg zurück bat er Hannelore um weitere Geschichten aus der Kommunarden-Zeit. Er vermied es, nach Matthias Winter zu fragen. Hannelore plauderte fröhlich, sichtlich zufrieden mit dem Ertrag ihres Beutezugs. Als sie in der Clemensstraße ankamen, beendete sie gerade eine Anekdote über ihre Zeit als Kunstlehrerin und wie sie »wegen politischer Agitation« von der Schule geflogen war.

»Willst du noch mit hochkommen zu den anderen?«

Obwohl sie es fragte, kam es Petry so vor, als ob sie ihn eher loswerden wollte. Sie wirkte nervös.

»Nein danke, ich hab noch was vor«, sagte er.

»Na schön. Wir sehen uns, Petry. Und vielen Dank für die Begleitung.«

»Danke für die Salami«, sagte Petry und klopfte auf seine Tasche. Der Chef würde eine containerte Bergsteiger-Salami bekommen, um all den Stress wegen der Verbrechensbekämpfung zu kompensieren, das hatte doch auch eine ganz eigene Ironie.

Petry umarmte Hannelore und gab ihr einen Kuss auf die Wange, dann drehte er sich um und ging mit einem kurzen Winken schnell um die nächste Ecke. Dort hielt er an. Dann pirschte er sich zurück und lugte um das Eckhaus herum, entschlossen, diesmal wirklich den heimlichen Beobachter zu spielen.

Hannelore stand noch vor ihrem Haus. Dann ging sie mit ihrer randvollen Einkaufstasche auf Rädern hinein, und für einen Moment fragte sich Petry, was er jetzt tun sollte. Doch im nächsten Augenblick kam sie wieder aus dem Eingang, über der Schulter trug sie nur noch den vollen Jutebeutel. Den Einkaufswagen musste sie im Treppenhaus abgestellt haben. Etwas gebückt von dem Gewicht des Beutels lief Hannelore über die Straße.

Petry wollte unbedingt sehen, wohin sie damit ging. Oder besser gesagt, zu wem.

27

Die alte Frau stellte sich als erstaunlich rüstig heraus, aber schnell konnte sie mit ihrer Last nicht gehen. Ebenso langsam und vorsichtig folgte ihr Petry, und im Dunkeln gelang es ihm diesmal, von ihr unbemerkt zu bleiben. Zweimal blieb sie kurz stehen und blickte sich um, doch Petry hielt sich aus dem Lichtkreis der Laternen. Sie bemerkte nichts Verdächtiges und ging weiter. Kurz vor der Schleißheimer Straße bog sie nach rechts ab, dann nach links, in die Leonhard-Frank-Straße. Da, wo der knallbunte vw Bully in einer Tiefgarage abgestellt war.

Petry hielt gegenüber an, als sie vor dem Haus mit der Nummer 2 ankam. Sie holte einen Schlüssel hervor und öffnete damit die Haustür. Dann trug sie den Jutebeutel hinein.

Petry eilte hinüber und konnte die Haustür abfangen, bevor sie ins Schloss fiel. Hannelore hatte den Aufzug genommen. Er stieg im Treppenhaus hinauf. Natürlich war er sich bewusst, dass er schon wieder im Begriff stand, auf eigene Faust zu ermitteln. Doch hier handelte es sich um alte Menschen, und Petry sah keine Gefahren lauern. Zudem musste er ihr jetzt einfach nachgehen, es gab keinen anderen Weg, herauszufinden, was er herausfinden wollte. Im ersten Stock verharrte er und hörte zu, wie sich im Stockwerk darüber die Lifttür öffnete, dann wurde eine Wohnungstür aufgeschlossen. Petry lief die Treppe nach oben und schlüpfte durch die offen stehende Tür in die Wohnung. Er erfasste mit einem Blick, dass sie kein Namensschild trug.

Vorne im Flur der Altbauwohnung verharrte er und

lauschte. Er hörte nur Geklapper und Schritte, keine Stimmen, wie er angenommen hatte. Oder doch? Ganz leise? Petry ging weiter auf die Geräusche zu, vorbei an den beiden geschlossenen Zimmertüren, die vom Flur abgingen, dann betrat er mit einem Mal die Küche.

An einer hölzernen Кücheninsel in deren Mitte stand abgewandt Hannelore, gerade holte sie die Salamis aus der dort abgestellten Jutetasche, trug sie zu dem offen stehenden Kühlschrank und platzierte sie darin. Sie war alleine. Sie schloss die Tür, drehte sich um und erschrak. Ein Kiekser entfuhr ihr.

»Petry ...«, sagte sie leise, kreidebleich. »Mein Gott, hab ich mich erschrocken, was machst du hier?«

»Was machst *du* hier?«, fragte er zurück. »Du bringst Matthias etwas zu essen vorbei, oder?«

»Ich glaube, ich muss ... mich hinsetzen«, sagte Hannelore schwach. Sie wich zurück zu einem Küchentisch mit zwei Stühlen und tastete mit der Hand nach einem davon.

»Wo ist Matthias?«, fragte Petry.

Hannelore schüttelte nur den Kopf. Petry war sich nicht sicher, ob sie ihm bloß etwas vorspielte. Er ging zur Spüle, einer modernen aus blitzendem Edelstahl mit einem herausziehbaren Wasserhahn, nahm ein dort abgestelltes sauberes Glas und füllte es mit Wasser. Er stellte es vor sie auf den Tisch.

»Trink das. Während ich mich umschaue.«

Die beiden vorderen Zimmer waren ihm eingefallen. Schnell eilte er wieder in den Flur. Als Erstes öffnete er die rechte Zimmertür. Sie führte in den Schlafraum. Ein großes Doppelbett fiel ihm ins Auge, es wirkte unbenutzt und war mit einer Tagesdecke zugedeckt. Zur Rechten befand sich ein großer Schlafzimmerschrank, dessen eine Flügeltür offen stand. Petry blickte hinein und sah einen nicht sehr ordentlichen Stapel T-Shirts, von dem einige fehlten, wie in

Eile herausgezogen. An einer Kleiderstange hingen Leinenhemden, es gab auch ein paar leere Bügel.

Auf dem Nachttisch lagen mehrere Bücher, eines war aufgeschlagen und umgeklappt.

Mehr Zeit wollte Petry sich hier zunächst nicht geben, er wandte sich um und ging hinüber in den zweiten Raum. Es war das Bad. Als Erstes fiel ihm auf, dass es renovierungsbedürftig war. Kalkablagerungen in der Duschkabine, eine schief hängende Glastür. Der Wäschekorb quoll über, in der Waschmaschine befanden sich eine paar wie zusammengebackene Kleidungsstücke, die muffig rochen. Der Toilettensitz war hochgeklappt, über dem Waschbecken war ein Bord mit Zahnputzglas, den üblichen Cremes und Parfümflakons, einem Nassrasierer und einem Dachshaarpinsel, den Utensilien eines Mannes. Es sah nicht so aus, als würden entscheidende Dinge fehlen, wie man sie auf eine Reise mitnehmen würde, entschied Petry.

Er wandte sich wieder um und verließ das Badezimmer. Ein kurzer Blick in die Küche zeigte ihm, dass Hannelore mit fahlem Gesicht und zitternden Händen aus dem Glas trank. Er ging gegenüber in den letzten Raum. Es war eine Mischung aus Wohn- und Arbeitszimmer und wurde dominiert von einer Staffelei, auf der eine weiße Leinwand stand, wie bereit zur Benutzung. Eine große schwarze Ledercouch war zur Hälfte mit Stapeln von Katalogen und Kunstbüchern belegt, ebenso ein Schreibtisch am Fenster. An den Wänden hingen Gemälde, offenbar Winters eigene, abstrakte und farbenfrohe Bilder. Alle trugen unten rechts dieselbe markante Signatur MW, die er schon in der WG gesehen hatte. Keines zeigte ein Feuer oder irgendetwas, das daran gemahnte.

Petry ging zurück in die Küche und setzte sich Hannelore gegenüber auf den zweiten Stuhl.

»Wo ist Matthias Winter?«, wiederholte er.

»Ich weiß es nicht«, sagte sie. »Wir haben dir doch gesagt, wir nehmen an, er ist unterwegs.«

»Das glaube ich nicht«, sagte er. »Ich glaube, er lebt hier und wird von euch versorgt und abgeschirmt.«

»Aber nein«, protestierte Hannelore schwach.

»Warum sonst bringst du Lebensmittel hierher? Das ist doch seine Wohnung?«

»Sie gehört seinem Bruder«, sagte sie widerwillig. »Hier hat er eigentlich mit Gaby gewohnt, aber nachdem sie zu uns gezogen war, folgte er ihr …«

Petry nickte. Sein Blick forderte sie auf weiterzureden.

»Wir benutzen die Wohnung manchmal für uns und sehen nach dem Rechten«, ergänzte sie. »Eben wenn er weggefahren ist … Sie ist ja viel größer als unsere … Holst du mir bitte noch ein Glas? Ich muss eine Tablette nehmen.« Sie reichte ihm mit zitternder Hand das Glas, und er nahm es. Sie griff sich ans Herz.

»Ihr habt mich angelogen«, sagte er, während er es erneut mit Wasser füllte. »Ihr seid nicht mit dem Zug auf dem Land gewesen. Sein vw-Bus ist da, ich habe dich und Gaby damit in die Garage fahren sehen. Nachdem Jürgen mir den leeren Standplatz gezeigt hatte und behauptet hat, Winter wäre damit weg.«

Er reichte ihr das Glas. Sie hatte aus ihrer Jackentasche eine Pille entnommen und hielt sie zwischen Daumen und Zeigefinger, dann steckte sie sie in den Mund.

»Geht es dir gut?« Er stützte ihre Hand, die das Glas zum Mund führte. Sie trank und schluckte die Pille.

»Damit geht es schon«, sagte sie erleichtert. Sie trank noch einen Schluck.

»Ist er auf dem Land? Habt ihr ihn dort besucht?«

»Nein, Petry, wirklich nicht.«

»Hör mal, wenn er verschwunden ist, müsst ihr das sagen. Vielleicht ist er in Gefahr. Es gibt da ein paar Rechte, die hinter ihm her sind. Wenn er etwas weiß oder wenn er etwas zu gestehen hat, dann muss er sich schleunigst bei uns melden, das wird sonst nicht gut gehen.«

Ihr Gesicht verschloss sich.

»Ich weiß es wirklich nicht«, sagte sie stur. »Und wir sind dir keine Rechenschaft schuldig. Es gibt nichts, was ich dir zu sagen hätte.«

»Dann warten wir hier, ob er kommt. Und sein Essen holt.« Petry setzte sich wieder und verschränkte die Arme.

»Ich gehe jetzt zurück in die WG«, sagte Hannelore. »Mir ist egal, was du tust, du machst ja sowieso, was du willst. Ich hab gedacht, wir sind befreundet!«

Sie erhob sich erstaunlich behende, als hätten ihre Wut und dieser Vorwurf sie neu belebt. Petry war klar, dass er sie nicht aufhalten konnte.

»Ich auch. Aber Freunde lügen sich nicht an. Und ich habe euch immer ehrlich gefragt. Matthias Winter ist nicht mit dem Bully weggefahren, wie ihr mir weismachen wolltet. Und das Alibi, das ihr ihm gegeben habt, ist dann vermutlich auch nichts wert. Er wird polizeilich als Verdächtiger gesucht und muss sich stellen.«

Hannelore sandte ihm einen bösen Blick und wandte ihm den Rücken zu. Den Jutebeutel mit den restlichen Sachen darin ließ sie auf der Kücheninsel stehen. Ohne ein weiteres Wort verließ sie die Küche. Kurz darauf hörte Petry die Wohnungstür zuklappen.

Er löschte das Licht und blieb in der dunklen Küche sitzen, um kein Misstrauen zu erregen und einfach noch mal eine gewisse Zeit abzuwarten, falls Matthias Winter arglos ankommen sollte. Er versuchte erneut vergeblich, ihn zu erreichen, doch es meldete sich nur die Mailbox. »Herr Winter, Petry von der Kripo München hier noch mal«, sagte er und ließ es so genervt klingen, wie er wirklich war. »Es hat keinen Zweck, sich zu verstecken, stellen Sie sich, und reden Sie mit uns.«

Er überlegte. Natürlich musste er damit rechnen, dass Hannelore ihre Mitbewohner benachrichtigt, wahrscheinlich auch Matthias Winter gewarnt hatte, sofern sie Kontakt zu ihm hatten. Er wollte trotzdem nichts unversucht lassen, und er selbst konnte schlecht die ganze Nacht hierbleiben. Also rief er Alina Schmidt an.

»Was gibt's, Petry?« Sie klang abwesend.

Petry erzählte ihr, dass er Matthias Winters Wohnung gefunden hatte und sich jetzt dort befand, und schlug vor, für die Nacht das Observationsteam, das neulich Endrulat überwacht hatte, vor dem Haus zu postieren.

Sie stimmte ihm einsilbig zu, dass das sinnvoll sei. Und sie legte auf, bevor er sie fragen konnte, was es bei ihr Neues gebe. Offenbar war sie gerade sehr beschäftigt.

Er wartete noch eine halbe Stunde, dann verließ er die Wohnung und zog die Tür von außen zu. Es war inzwischen dunkel geworden. Draußen sah er sich aufmerksam um. Die Kollegen vom Observationsteam entdeckte er noch nicht. Ihm war ein wenig mulmig zumute, aber er hätte nicht sagen können, warum.

Petry fuhr nach Süden, in Richtung Maxvorstadt und zum Shalom. Ihm war jetzt danach, an einem Ort zu sein, wo er zur Ruhe kommen konnte. Und auch danach, nach Längerem mal mit seinen Eltern zu reden, gerade nach den letzten Erlebnissen: über die alten Zeiten und das, was er mittlerweile herausbekommen hatte.

Außerdem hatte er schon wieder Hunger.

28

Daniel und Ingrid hießen ihn hocherfreut mit festen Umarmungen willkommen und wiesen ihm seinen Stammplatz an dem Tisch in der Ecke zu. Petry grüßte auf dem Weg dorthin ein paar Gäste, die er kannte. An einem großen Tisch saßen vier Musiker, die ihre Instrumente in Koffern dabeihatten und wohl gerade von einer Probe kamen. Die Gruppe diskutierte angeregt auf Englisch, sie schienen aus aller Herren Länder zu stammen.

Petry bestellte ein alkoholfreies Weißbier und ein Lammgulasch mit Pflaumen. Während er auf das Essen wartete und sein Weißbier trank, dachte er nach. Es wurmte ihn, dass er nicht weitergekommen war. Er war fest davon überzeugt, dass Matthias Winter Dreck am Stecken hatte und irgendwo in der Gegend war, und Petry hatte gedacht, er würde ihn finden. Das Alibi, das Winters WG-Genossen ihm gegeben hatten, wertete er nach Jürgens Satz von letzter Nacht ganz klar als Routinelüge. Mittlerweile war er sich ganz sicher, dass der Satz gefallen war. Angelogen hatten sie Petry auf jeden Fall, das war sicher. Dann musste er an Hannelore denken und an ihre Erzählungen von früher, von dem Leben in der Kommune und dem Tribunal zur Initiation, an ihre Beziehung zu Jürgen und an ihren Satz, dass es bei Sex ausschließlich um Macht gehe.

Als Ingrid ihm den Teller mit seinem dampfenden Essen brachte, fragte Petry: »Hast du einen Moment Zeit, dich zu mir zu setzen? Ich muss dich was fragen.«

Sie wandte sich um und schickte einen kurzen Rundblick über die Tische. Alle schienen momentan zufrieden zu sein, die meisten aßen. Dann setzte sie sich. »Einen Moment schon. Guten Appetit! Was willst du wissen?«

»Ich habe mit den alten Kommunarden geredet, mit Hannelore über ihre Beziehung zu Jürgen. Sie hat mir erzählt, dass sie eigentlich von Anfang an in ihn verliebt gewesen sei, es aber nicht habe zeigen dürfen, da feste Beziehungen verboten gewesen seien. Alles sei total politisiert gewesen. Kannst du das nachvollziehen?« Er zerteilte mit der Gabel das schön mürbe, in der dunklen Soße geschmorte Lammfleisch, spießte eine zerkochte Pflaume auf und schob sie sich mit dem faserigen Lamm in den Mund. Es schmeckte himmlisch.

Ingrid nickte. »Ja, auch das Private war ja politisch, einfach alles. Ich bin damals erst eine Jugendliche gewesen, aber du musst dir die Zeiten vorstellen, Ende der Sechziger in München: Überall sind wir noch auf alte Nazis getroffen, und mittendrin waren die Hippies, die alles anders machen wollten, aber gegen gewaltige Widerstände ankämpfen mussten. Also mussten sie bei sich selbst anfangen und das gnadenlos durchziehen. Die Stadt war noch nicht in der Moderne angekommen, die U-Bahn wurde zum Beispiel gerade erst gebaut – nachdem die Olympiade für 1972 nach München vergeben worden war. Selbst dieses kommende Ereignis mit seiner Aufbruchsstimmung haben die Kommunarden abgelehnt, sie wollten es sogar sabotieren. Irgendwann waren die einfach im Kampfmodus, und das hat seine Eigendynamik angenommen.«

Die Musiker an dem Tisch hatten nun ihre Instrumente ausgepackt. Einer spielte den anderen ein kurzes Gitarrenriff vor, dann fielen andere mit ihren Instrumenten mit ein.

»Aber Hannelore hat sich damit doch selbst versagt, was ihr am wichtigsten war, ihre Liebe!« Petry spülte den nächsten Bissen mit einem Schluck Weißbier hinunter. »Das ist doch widersinnig, neurotisch, im Grunde richtig krank.«

Ingrid zuckte mit den Schultern. »Da war einfach ein starker ideologischer Druck, und der stand dem entgegen, dass man solche privaten Gefühle ausleben konnte. Wenn man dazugehören wollte, musste man das mitmachen, und wenn man in jemanden verliebt war, *wollte* man ja dazugehören, unbedingt!«

»War das bei dir auch noch so?«, fragte Petry. »In der Kommune draußen in Feldkirchen, ich meine, bevor ich geboren worden bin?« Sie zögerte. »Du hast mir immer gesagt, dass drei Männer als mein Vater infrage kommen, aber du kannst mir doch nicht erzählen, dass du wirklich in drei Männer gleichzeitig verliebt warst?«

Ingrid lächelte in Erinnerungen.

»Na ja, es gab schon einen, den ich besonders toll fand, den Marcel. Ich hab dir doch schon tausend Mal von ihm erzählt.« Natürlich erinnerte sich Petry. Marcel war derjenige, der schon tot war. »Aber das durfte ich ihm natürlich nicht zeigen, schon aus Stolz. Und es hätte dem auch gar nicht gefallen, da hätte er sofort Abstand genommen.«

»Und trotzdem könnte er mein Papa sein?« Er hätte ihn gerne kennengelernt, doch Marcel war bereits aus der Kommune ausgezogen, als er noch ein Kleinkind war.

»Natürlich haben wir miteinander geschlafen, aber seine feste Freundin durfte ich nicht sein. Deswegen hatte ich ja andere Männer.«

Nun spielten die Musiker eine richtige Jam-Session. Es klang ziemlich gut, melodisch und mitreißend. Die anderen Gäste hörten lächelnd und wohlwollend zu. Für solche spontanen Konzerte war das Shalom bekannt und beliebt.

»Hannelore hat erzählt, dass die Männer sich gegenüber den Frauen als ziemliche Machos aufgeführt haben«, sagte Petry und wischte Soße mit einem großen Stück Baguette auf.

»Klar. Die haben natürlich kapiert, wenn jemand verliebt

war, und es ausgenutzt. Das lief so, dass sie einen an den Pranger gestellt haben und politische Aktionen eingefordert haben, das haben sie laufend getan. Der Druck war immens, und am Ende hat man's dann gemacht, um jemandem nahe zu sein, den man liebte ...«

»Was gemacht?«

Ingrid zögerte. »Das wird dir vielleicht nicht gefallen, deswegen hab ich's dir nie erzählt ... Wir sind damals in Pharma-Labore eingebrochen und haben die Versuchstiere befreit. Haben auch mal Strommasten sabotiert. Oder etwas geworfen auf einer Anti-Atomkraft-Demo, solche Dinge.«

»Gegen die Polizei?«, fragte Petry, seine Gabel verharrte in der Luft.

»Ja. Hab ich auch gemacht, ich bin nicht stolz darauf, das ist aber nur gegen ein Polizeiauto geprallt ... Natürlich ging es um die Sache, aber es waren auch Mutproben, die die Männer von uns verlangt haben. Gerade von uns Frauen. Das hat denen Spaß gemacht, zu sehen, wie wir gezögert haben, wie wir Angst hatten.«

»Und sie haben mit Liebesentzug gedroht?«

Sie nickte. »Und danach warst du nur noch mehr verliebt. Aber das waren so Dinge, mit denen man seine Stellung in der Gruppe beweisen musste ...«

Sie wollte gerade aufstehen, da erregte etwas draußen auf der Türkenstraße ihrer beider Aufmerksamkeit. Ein Wagen fuhr dort vorbei, genau auf ihrer Höhe hielt er mit quietschenden Bremsen an. Petry und Ingrid blickten durch das große Panoramafenster nach draußen und nahmen staunend wahr, wie sich jemand auf der Beifahrerseite aus dem offenen Wagenfenster beugte. Sein Oberkörper machte eine schnelle Bewegung, dann prallte plötzlich etwas gegen das Fenster des Shalom. Glas klirrte, in der Scheibe direkt vor ihnen erschien ein faustgroßes Loch, das von einem Spinnennetz aus feinen Rissen umringt wurde.

Beide zuckten erschrocken zurück, alle in dem Lokal fuhren herum, und schlagartig endeten die Musik und alle Gespräche.

Jemand hatte einen großen Stein gegen die Scheibe geschmissen. Petry sprang auf und starrte nach draußen. Der Wagen gab Gas und fuhr mit lautem Reifenquietschen an. Einen Moment schwang der Oberkörper des Werfers durch die Bewegung, dann verschwand er im Auto. Sein Gesicht war durch eine Mütze oder Skimaske nicht zu erkennen gewesen. Der Wagen zog davon. Es war ein weißer Wagen, Genaueres konnte Petry im Dunkeln nicht ausmachen.

Ein großer Glassplitter war in seinem Lammgulasch gelandet. Immerhin hatte die große Scheibe insgesamt standgehalten, auch wenn sie rund um das Loch zersplittert war und sehr fragil aussah.

»Verdammte Nazis!«, schrie Daniel, der angerannt kam. »Habt ihr das Kennzeichen gesehen?«

Ingrid und Petry sahen sich an.

»Nein, leider nicht«, sagte Petry. Auch Ingrid schüttelte den Kopf. Es war einfach zu schnell gegangen.

Petry holte sein Handy heraus und wählte die 110.

Er blieb bei seinen Eltern, solange die Polizisten den Vorfall aufnahmen. Natürlich dachte er an Dieter Staal und die Nachrichten, die dieser ihm geschickt hatte. Auch das weiße Auto passte zu den jungen Männern, mit denen er aneinandergeraten war. Doch er konnte nun mal nicht belegen, dass irgendetwas davon zusammenhing und sich der Angriff gegen ihn persönlich gerichtet hatte. Petry erzählte seinen Eltern lediglich von Attacken gegen Frau Mroskos Buchhandlung, den Rest behielt er für sich. Daniel und Ingrid waren schon aufgeschreckt und wütend genug. Petry wusste nur zu gut, dass das Shalom als jüdisches Restaurant immer wieder Ziel von Attacken war – aber bisher hatte es sich meistens um anonyme Anrufe oder Mails und Farbschmierereien gehandelt.

Die Gäste standen den Eltern bei und diskutierten aufgeregt, wie es möglich sein könne, dass auch heutzutage der Antisemitismus noch immer nicht verschwunden war, nein, sogar eher zunahm.

Später, nachdem er sich vergewissert hatte, dass die Polizisten den Vorfall weiterverfolgen würden, ließ Petry seine Eltern mit ihnen zurück und fuhr zu sich nach Hause an den Kurfürstenplatz. Er war nach allem noch überhaupt nicht müde und begab sich in die Küche. Dort stand die halb volle Flasche Rotwein, die Sophie neulich mitgebracht hatte. Zwar gab es seine alte Regel, nicht zu Hause alleine zu trinken. Doch heute Abend war ihm danach, sie zu brechen. Fünfe grade sein zu lassen. Sich nach dem Erlebten mit einem guten Schluck zu entspannen.

Gerade als er sich für ein Glas Wein entschieden hatte, klingelte es an der Tür. Petry stutzte und sah auf die Uhr. Es war nach zehn. Wer konnte das sein?

Sophie fiel ihm ein. Er hatte sich nicht bei ihr gemeldet, und vielleicht wollte sie ihm einen spontanen Besuch abstatten. Auf dem Weg zur Tür hatte Petry plötzlich die Idee, es könnte Matthias Winter sein. Der sich nun doch stellen wollte. Er fragte über die Gegensprechanlage: »Hallo?« Niemand antwortete. Möglicherweise war die Haustür unten offen gewesen. Petrys Wohnungstür verfügte über keinen Spion.

Unwillkürlich musste Petry daran denken, was soeben im Shalom geschehen war, und an Dieter Staal, der ihm Drohungen schickte und angab, er ließe ihn überwachen. Petry wandte sich abrupt noch mal zur Küche und holte die Weinflasche. Besser diese Waffe als gar keine, dachte er, und lief damit zur Tür.

»Hallo?«, rief er und lauschte.

Statt einer Antwort klopfte es dreimal laut.

Petry schüttelte den Kopf. Dann atmete er tief durch und riss die Tür auf, die Flasche mit der rechten Faust fest umschlossen.

Er stutzte und entspannte sich.

»Frau Schmidt!«, sagte er.

»Hallo, Petry«, sagte die Hauptkommissarin. Sie war rot im Gesicht und sah ziemlich mitgenommen aus. »Lassen Sie mich rein und geben Sie mir einen kräftigen Schluck zu trinken!«

29

Petry trat zur Seite, und Alina Schmidt stapfte an ihm vorbei in seine Wohnung. Sie trug eine lederne alte Aktentasche, die sehr schwer zu sein schien, an einem Trageriemen quer über die Schulter geschnallt, was sie wie eine Studentin wirken ließ. Eine ziemlich sportliche Studentin. Sie lief voraus und stürmte ins Wohnzimmer. Dort ließ sie sich auf die Couch fallen, stellte die Aktentasche ab und starrte düster vor sich hin.

Petry begriff gar nichts. Was um Himmels willen war nur geschehen? Er beschloss, erst einmal ihrem Getränkewunsch nachzukommen, und griff sich zwei Gläser und ging mit der Flasche Saint-Émilion, die er ohnehin hatte leeren wollen, zu ihr hinüber. Dort goss er ein erstes Glas ein, das er ihr hinhielt. Sie hatte schon einen Schluck getrunken, bevor er das zweite Glas eingeschenkt hatte.

Petry wartete. Doch sie war noch nicht so weit. Er wartete noch ein bisschen. Wut zerriss ihre Züge, dann bekam sie sie wieder unter Kontrolle. Es sah beinahe aus wie der Tick ihres Chefs.

»Was ist passiert?«, fragte Petry jetzt doch. Dann trank er selbst von dem Wein und ließ die Frage im Raum stehen.

Sie nahm noch einen kräftigen Schluck, behielt ihn eine Zeit lang im Mund und schluckte ihn dann herunter.

»Ich habe«, sagte sie und schien sich innerlich einen letzten Ruck zu geben, »noch einmal mit meinem Vater über den Fall geredet. Aber diesmal richtig.« Sie sah hoch und blickte ihn so schmerzerfüllt an, als wäre damit schon alles gesagt. War es aber nicht, fand Petry. In keiner Weise.

»Über den Fall?«

»Über den alten Fall. Den von 1970.«

»In dem er ermittelt hat?«

Sie nickte grimmig. »O ja. Er war damals ein junger, äußerst ehrgeiziger Kommissar von Ende zwanzig, und er hat sich daraufgestürzt wie ... wie ein Wolf auf eine Schafherde.«

Petry stutzte ob ihrer Wortwahl. Wäre dies ein Beratungsgespräch beim Zentralen Psychologischen Dienst gewesen, hätte man vermutlich jetzt bereits die Box mit den Papiertaschentüchern bereitgestellt.

»Neulich hatte er mir nicht alles gesagt. Aber jetzt schon.«

»Und? Was hat er Ihnen denn erzählt?«

Alina Schmidt schnaubte.

»Damit Sie die volle Freude an der Angelegenheit empfinden können, die auch ich empfunden habe, muss ich anders anfangen«, sagte sie und trank erneut. »Wie Sie wissen, bin ich dem Verdacht gegen Dieter Staal weiter nachgegangen. Dem rechten Pöbler, der offenbar eine Intimfehde mit Frau Mrosko ausgetragen hat – und sie mit ihm ...« Sie stutzte. »Haben Sie inzwischen weitere Nachrichten von ihm erhalten?«

»Ja, habe ich. Als es gerade klingelte, dachte ich schon, er sei es ...« Auf ihren fragenden Blick hin fügte er hinzu: »Er hat geschrieben, dass er wisse, wo ich sei und was ich mache. Es kann natürlich ein Bluff gewesen sein, aber ...« Er schilderte ihr in knappen Worten, was im Shalom geschehen war. »Direkt nach Staals Drohung liegt ein Zusammenhang schon sehr nahe«, sagte er. »Und auch die These, dass er diese jungen Leute Aktionen für sich ausführen lässt. Wiewohl wir sie nicht identifizieren konnten.«

Sie nickte vor sich hin und nahm den Faden wieder auf. »Ich glaube auch, Staal ist richtig gefährlich. Denn als Erstes habe ich mir seine Biographie mal ein bisschen näher angeschaut. Er war früher, schon als junger Mann, ein führender Kader der NPD, der Nationaldemokratischen Partei Deutschlands. Sie war damals von alten Nazis durchsetzt und offen rechtsextrem, dabei sehr erfolgreich. In Bayern saßen sie zu dieser Zeit mit fünfzehn Abgeordneten im Landtag, Staal war der Jüngste von ihnen. Bei der Bundestagswahl 1969 war er einer der Kandidaten für einen Münchner Wahlkreis. Wussten Sie, dass die NPD bei genau jener Wahl, in der Willy Brandt Kanzler wurde, nur äußerst knapp an der Fünfprozenthürde gescheitert ist? Mit 4,3 Prozent bundesweit wären diese Nazis beinahe in den Bundestag eingezogen. Es war eine Folge der Großen Koalition in Bonn, durch die die Ränder des politischen Spektrums gestärkt wurden, links mit der Studentenbewegung und der APO, rechts als Gegenströmung eben mit der NPD ...«

»Es war sein gutes Recht zu kandidieren, ekelhafter Neonazi oder nicht, solange die Partei nicht verboten war«, sagte Petry.

»Aber mit dem Bundestag hat es nicht geklappt, obwohl das allgemein erwartet worden war. Darauf hat Staal wütend reagiert und sich weiter radikalisiert, wie die ganze Partei. In seiner Polizeiakte gibt es zahlreiche Gewaltdelikte – Körperverletzung, Widerstand gegen die Staatsgewalt, auch Brandstiftung ...«

»Brandstiftung?«, fragte Petry.

»Er hat mehrmals die Autos politischer Gegner abgefackelt, darunter die Ente einer Gewerkschafterin, und wurde dabei erwischt. Man hat ihn aber nur zu einer Bewährungsstrafe verurteilt. Das und diverse interne Streitereien haben letztlich seiner politischen Karriere den Garaus gemacht. Bis in die neunziger Jahre wurde er immer wieder mit ähnlichen Fällen in Verbindung gebracht oder verdächtigt, aber nie überführt. Der letzte Eintrag in seiner Akte betrifft die

Pöbelei bei der Lesung in Frau Mroskos Buchhandlung von vor einem Jahr.«

Sie machte eine Pause und trank ihr Rotweinglas leer. Petry schenkte ihr nach. Sie hielt die Hand hoch und stoppte ihn nach zwei Fingerbreit.

Alina fuhr fort: »Ich habe mich natürlich automatisch gefragt, wie es mit ihm im Jahr 1970 gestanden hat ...« Petry sah sie gespannt an und enthielt sich jeder Äußerung. »Also habe ich eine Abkürzung genommen und einfach mal meinen Vater nach Dieter Staal gefragt, als den erfahrenen Ermittler, der er war. Rein privat, sozusagen. Was er davon hält, dass ich einer Spur in rechtsradikale Kreise nachgehe in meinem Mordfall, weil es ja sein könnte, dass der Brandstifter von damals, den Frau Mrosko benennen wollte, aus diesem Lager stammt ...« Sie machte eine Pause, wie um für das Kommende Atem zu holen.

»Mhm ...?«, machte Petry fragend.

»Er wurde sofort sehr vorsichtig.« Alina Schmidt griff nach ihrem Glas, um einen weiteren Schluck zu trinken. Doch gerade als sie es hochnehmen wollte, ließ sie es sein und rückte es ein Stück von sich weg. »Er wollte dazu überhaupt nichts Klares sagen.«

»Und dann?«

»Ich bin natürlich hellhörig geworden und habe nachgehakt.« Ein erneuter Wutanfall erschütterte ihr Inneres. »Mein Vater hat immer mehr zugemacht. Unser Gespräch wurde zu einem Streit. Ich habe an ihn appelliert, mir als seiner Tochter die volle Wahrheit zu sagen, es ist schließlich der erste Mordfall, in dem ich die Ermittlungen leite. Ich bin so lange in ihn gedrungen, bis er mir dann etwas hingeworfen hat, was mich wirklich schockierte.« Sie räusperte sich. Petry lauschte gebannt. »Mein Vater hat gesagt: ›Liebe Tochter, Idealismus ist gut und wichtig, um in diesem Beruf starten zu können. Aber du wirst ihn dann irgendwann auch ablegen müssen, sonst wirst du nie die Karriere machen, die ich gemacht habe!‹« Sie sah ihn empört an.

»Ich verstehe nicht ganz«, sagte Petry. »Was sollte das heißen? Oder was haben Sie daraus geschlossen?«

»Na ja, mein Vater hat mir damit mitgeteilt, dass er Spuren in dem unliebsamen Fall nicht verfolgt, ja sie sogar bewusst und für immer zu den Akten gelegt hat. Und er hat mir nahegelegt, dass ich das auch machen und diese Dinge auf sich beruhen lassen soll.«

Petry nickte vor sich hin. »Und hat er sich damit konkret auf die Spuren in rechte Kreise bezogen?«

»Nein, konkret war da gar nichts!«, stieß sie hervor. »Selbst mir, seiner Tochter, wollte er nicht klar sagen, warum und was genau er getan hat. Er wollte mir nur eine Lektion erteilen, einen Tipp geben, so wie er mich von Anfang meiner Berufsausbildung an beraten und begleitet hat. Ich habe natürlich nachgefragt, was denn mit den Beweisstücken von der Brandstiftung geschehen ist und warum der Generalbundesanwalt daraus mit neuen Technologien keine Schlüsse mehr auf die Identität der Täter ziehen konnte. Da hat er erst herumgedruckst und dann ganz verlegen zugegeben, dass der ARAL-Kanister, der damals gefunden wurde, und die Fingerabdruckstreifen, die davon genommen worden sind, in der Asservatenkammer nicht mehr vorhanden waren. Weil sie offenbar ganz einfach Jahre später routinemäßig bei Aufräumarbeiten entsorgt worden sind.« Sie hob das Glas zum Mund, dann hielt sie noch einmal inne. »Und als ich kapiert habe, dass mein Vater sie dorthin gebracht hatte und sehr wohl wissen musste, was dann irgendwann mit ihnen geschehen wird, da habe ich gedacht, jetzt wird mir schlecht!« Sie sah Petry richtig wütend an. Und nun trank sie doch einen weiteren Schluck, ja sie leerte das Glas in einem Zug.

»Das kann ich sehr gut verstehen«, sagte Petry.

»Und sein dringender Rat an seine Tochter war nun, es genauso zu machen wie er! Ich solle keine idealistische Ermittlerin sein und mir damit die Karriere vermiesen, sondern bereit sein, zu vernebeln, zu manipulieren und zu lügen, um im höheren Sinn das Richtige zu tun. Aber ich kann Ihnen versichern, dass ich dazu nicht bereit bin, nicht jetzt und auch nicht irgendwann!«

»Gut«, sagte Petry und stellte die Rotweinflasche hinter das Sofa auf den Boden, außer Reichweite. »Und was machen wir jetzt?«

»Lassen Sie uns alles auf den Tisch packen«, sagte sie entschlossen. »Alle Spuren, die wir haben, ohne Rücksichten und ohne irgendetwas zurückzuhalten! Und wenn wir dabei etwas ermitteln, das einen ungeklärten Mordanschlag mit sieben Toten lösen hilft, dann ist es unsere Pflicht, ihn auch aufzuklären!«

»Und der Hinweis vom Chef? Bei dem alten Fall besser keine schlafenden Hunde zu wecken?«

Sie sah ihn grimmig an.

»Die Grenzen zwischen den Fällen sind fließend, das haben Sie ja neulich schon festgestellt. Lassen Sie uns herausfinden, was wirklich passiert ist! Ob das Ergebnis irgendwem einen Zacken aus der Krone bricht, und sei es dem Generalbundesanwalt, das sehen wir dann schon, wenn es so weit ist.«

»Abgemacht«, sagte Petry und streckte ihr die Hand hin. Sie schlug ein. »Sie sind richtig sauer auf Ihren Vater, oder?«

»Ich kann Ihnen gar nicht sagen, wie enttäuscht ich von ihm bin. Nicht nur wegen dem, was er offenbar vertuschen geholfen hat. Sondern weil er das für moralisch gerechtfertigt hält. Wie machen *Sie* das?«, fragte sie, verzweifelt nach einer neuen Perspektive suchend. »Ich meine, mit Ihrem Vater. Haben Sie da auch solche Konflikte?«

»Ich weiß nicht, wer er ist, und meine Mutter weiß es auch nicht.«

Alina starrte ihn verblüfft an. Dann sagte sie: »Das ist natürlich auch eine Lösung.« Sie sah aus, als würde sie ihn fast ein wenig beneiden.

»Nicht wirklich. Ich ertappe mich dabei, wie ich mir Väter suche. Etwa einen sehr netten Stiefvater, mit dem ich echtes Glück gehabt habe. Jürgen Köster hat das wohl auch erkannt und versucht, diese Rolle einzunehmen. Ich frage mich nur, wieso. Ob er damit etwas bezweckt.«

»Ob er Sie manipulieren will?«, fragte Alina. »Weil er jemanden deckt?«

»Es scheint so. Nach allem, was ich weiß, halte ich alle Spuren für möglich. Nach rechts oder links, oder auch zu einer der Guerillagruppen der Palästinenser.«

»Lassen Sie uns alle Aspekte durchgehen. Ich habe ein paar Akten dabei«, sagte sie und zeigte auf ihre Ledertasche.

»Wie das? Woher haben Sie die?«, fragte Petry stirnrunzelnd.

Alina lächelte. »Eigentlich liegen die Akten des Falles im Staatsarchiv München, ganze Regalmeter voll davon. Aber da müssen wir uns nicht erst durchwühlen, wir können es uns einfacher machen«, sagte sie. »Mein Vater hat mir vom Ermittlungsbericht der Sonderkommission erzählt, der 1970 erstellt worden ist. Und als einer ihrer Ermittler hat er sich einige Unterlagen für seinen Privatgebrauch kopiert, weil er doch ein Buch schreiben will – diesen Bericht und noch ein paar andere Dokumente. Nach dem Gespräch mit ihm habe ich mir die alle stillschweigend aus seinem Arbeitszimmer geholt.«

Petry musste ebenfalls lächeln. »Großartig!«

»Ich habe diesen Bericht schon mal auf die Schnelle überflogen, eine ziemlich gute Zusammenfassung aller Spuren und Verdachtsrichtungen. Er hat auch bei der Untersuchung ab 2013 als Grundlage gedient …« Sie hielt inne. »Aber vorher habe ich einen Bärenhunger!«

Petry merkte, dass auch er schon wieder etwas essen konnte, trotz des Lammgulaschs.

»Ich kann uns eben rasch ein paar schöne Penne all'arrabbiata machen«, sagte Petry und wies zur Küche.

»Das wäre toll«, sagte Alina. Sie kickte ihre Schuhe weg und schlug die Beine übereinander.

»Du kannst übrigens gerne rauchen«, sagte Petry und merkte erst, als er halb auf dem Weg in die Küche war, dass er sie geduzt hatte. Nicht nur das, er hatte genau diesen Satz auch einmal zu Ricarda gesagt. An ihrem ersten Abend in der Wohnung hatte sie exakt so dagesessen, wie Alina jetzt dasaß.

Beide wechselten einen kurzen Blick.

»Prima, duzen wir uns«, sagte sie. »Ich bin Alina. Weißt du ja.«

Sie holte ihre E-Zigaretten hervor und machte es sich gemütlich.

»Ich heiße Felix, aber alle sagen Petry zu mir. Kannst du auf dem Balkon ein paar Basilikumblätter pflücken?«

30

Nachdem sie am Küchentisch hastig und mit Hunger gegessen hatten, gingen Alina und Petry wieder ins Wohnzimmer und nahmen sich das Dokument vor, das sie aus dem Sekretär ihres Vaters mitgebracht hatte. Es war der Ermittlungsbericht der SoKo III vom 8. Juni 1970, auf den ihr Vater sie aufmerksam gemacht hatte, eine Zusammenfassung von zweiunddreißig Seiten. Als Erstes machte Petry mit seinem Multifunktionsdrucker Kopien davon, sodass beide ein Exemplar hatten. Er blätterte seins durch und überflog es.

Alina, die es schon gelesen hatte, begann chronologisch zu erzählen, welche Wege die Ermittlungen von 1970 gegangen waren.

Die Ermittler der SoKo III hatten unter anderem alle Bewohner des Wohnheims in der Reichenbachstraße 27 und ihr Umfeld durchleuchtet und befragt. Zum Beispiel den Koch des koscheren Restaurants im ersten Stockwerk, das auch Daniel erwähnt hatte – der Mann war zur Tatzeit in seinem Zimmer im Gebäude gewesen. Konnte nicht auch er Urheber eines Brandes sein, ob nun versehentlich oder mit Absicht?

Ein weiterer Fokus richtete sich auf eine neu gegründete zionistische Studiengruppe Nahost »Morija München«, deren Büro sich in dem Gebäude befand. Sie erschien den Ermittlern als Ziel eines Anschlags sehr gut denkbar. Denn einen Tag vor dem Brand, am 12. Februar, hatte die Jüdische Studentenvereinigung eine Demonstration in der Münchner Innenstadt gegen den versuchten AOLP-Anschlag am Flughafen Riem vom 10. Februar organisiert, und die Morija hatte in ihrem Büro Flugblätter dafür hergestellt, auf denen sie als Verantwortliche genannt wurde. Der Vorsitzende, ein junger Student namens David Wasserstein, war dem Brand jedoch dadurch entkommen, dass er jeden Schabbat bei seinem Vater in Garmisch-Partenkirchen verbrachte und wie üblich am Nachmittag dorthin gefahren war.

All diese Spuren und Umstände waren überprüft worden, doch sie hatten nicht zu einem plausiblen Verdacht geführt.

Interessanter waren die sehr zahlreichen Zeugenaussagen, die die Ermittler gesammelt hatten. Darunter waren jene von Bob erwähnten Berichte zweier Taxifahrer, die einen »südländisch aussehenden Mann« von circa fünfundzwanzig bis dreißig Jahren beschrieben hatten: Ein Fahrer hatte einen solchen Mann am Vorabend des Anschlags vom Hauptbahnhof zur Reichenbachstraße gebracht, bei einem anderen war etwa zur Tatzeit in der Reichenbachstraße ein Mann mit derselben Beschreibung zugestiegen und hatte sich in großer Eile von dort wegbringen lassen.

Andere Zeugen hatten einen Wagen beschrieben, der in den Tagen zuvor gegenüber der Israelitischen Kultusgemeinde geparkt gewesen war und in dem sich zwei Insassen befunden hätten, darunter eine blonde junge Frau.

Der Hausmeister des Gebäudes sagte wiederum aus, dass er insgesamt drei junge Menschen das Haus habe betreten sehen, die auswärtige Besucher gewesen seien, darunter eine Frau. Sie hätte nach der Synagoge gefragt und nervös auf ihn gewirkt. Was sie danach taten oder wohin sie wirklich gingen, hatte er nicht beobachtet.

Kurzum: Es gab sowohl Aussagen, die für einen Einzeltäter sprachen, als auch solche, die darauf hinzudeuten schienen, dass mehrere Komplizen an dem Brandanschlag beteiligt gewesen waren. Die des ersten Taxifahrers besagte, dass sein Fahrgast einen in braunes Packpapier gehüllten

Kanister vor Ort verbracht hätte, andere Aussagen deuteten darauf hin, dass ein solcher Kanister schon einen Tag zuvor im Treppenhaus versteckt und dann womöglich erst am Tatabend hervorgeholt und verwendet worden sei.

Nun kam Alina zu den Hinweisen, die Palästinenser betrafen. Im Bericht war auch der Name Saïd Ben Al Aschrawi erwähnt, doch er war nur im Umfeld der Schraudolph-Kommune erfasst und nicht den Palästinensern zugerechnet oder verdächtigt worden. Man hatte ihn einmal vorübergehend festgenommen, befragt und dann wieder freigelassen. An diesem Punkt wiederholte Petry ihr, was er über die Flugzeugentführungen wusste, die in den Tagen vor und nach dem Brandanschlag von Palästinensern versucht worden waren. Taten jener Gruppen palästinensischer Terroristen, die sich zu diesem Zeitpunkt mit anderen Plänen nachweislich schon in der Stadt befunden hatten. Kommandos, die von den deutschen Behörden verhaftet und befragt worden waren.

Was natürlich ebenfalls nicht im Bericht stand, war, was Petrys Freund Bob ihm von seinen eigenen Recherchen erzählt hatte: dass die deutsche Regierung die AOLP-Terroristen ohne Gerichtsprozess ganz schnell losgeworden war, indem sie einen Teil von ihnen abgeschoben hatte und eine weitere Gruppe im Zuge eines womöglich gezielt eingefädelten Geiselaustauschs bei einer weiteren Flugzeugentführung freigelassen hatte. Petry ergänzte dies nun. Alina bekam vor Empörung einen roten Kopf. »Also war man an einer Aufklärung nicht weiter interessiert und hat die Sache aus politischen Gründen beerdigt, quasi aus Staatsräson!« Sie starrte Petry wütend an. »Aber das spräche ja sehr dafür, dass es eben doch Palästinenser gewesen sind!«

»Dann hätte es aber ein Bekennerschreiben geben müssen«, sagte Petry. »Das war bei deren Terroranschlägen üblich. Sie waren stolz darauf, sie haben damit immer regelrecht Werbung für sich und ihre Sache gemacht.«

Alina blätterte in dem Abschlussbericht. »Laut der Zusammenfassung am Ende des Berichts gab es keines«, sagte sie. »Aber in den anderen Dokumenten habe ich ein Bekennerschreiben gefunden.« Sie griff in den Stapel und zog eine Seite heraus. »Allerdings eines, das sehr verspätet einging. Hier ... erst am 4. März 1970 bei der deutschen Botschaft in Kuwait. Es stammte angeblich von der AOLP.«

Petry sah in seiner Kopie nach. »Nur, es entsprach nicht deren üblichen Schreiben, es war nicht getippt, sondern handschriftlich und auf Englisch abgefasst ...«

»Ja, und die Informationen darin klingen sehr dubios: Der Absender sei *das Oberkommando des Vereinten Arabischen Widerstands*, eine völlig unübliche Bezeichnung, und es übernahm darin zwar *die volle Verantwortung für den Brand in dem jüdischen Altenheim in München* und auch für den Angriff auf die El-Al-Maschine, aber der arabische Name des unterzeichnenden Anführers war vollkommen unbekannt.«

»Deshalb wurde es am Ende als nicht authentisch verworfen, sowohl von der SoKo 1970 als auch von der, die es ab 2013 erneut untersucht hat. Demnach stammte es nicht von den Palästinensern, sondern von einem Trittbrettfahrer.«

»Eine Stelle in dem Schreiben finde ich freilich höchst interessant ...« Alina suchte sie, dann zeigte sie mit dem Finger darauf: »... hier: Der Absender behauptete zusätzlich, dass die Brandstifter deutsche Jugendliche gewesen seien, die sich für die palästinensische Sache begeistert hätten. Also dass sie sich dazu junger Linker aus Deutschland bedient hätten.«

»Die sich damals ja gerade radikalisiert haben«, sage Petry nachdenklich. »Und nach meinen Ermittlungen Kontakt zu ihnen hatten.«

»Du denkst an Saïd? Als Verbindungsmann der Palästinenser?«

»Das ist eine Möglichkeit. Aber auch Dieter Kunzelmann, der Kommunarde, hatte enge Verbindungen zu den Palästinensergruppen, das ist belegt.«

Er berichtete ihr von einem Artikel, den er zu Kunzelmanns Aktivitäten neulich nachts nachgelesen hatte, und rief ihn im Internet erneut auf. Darin stand, dass dieser im Sommer 1969 mit zahlreichen Genossen nach Jordanien gefahren sei und sich in einem Milizlager der Terrororganisation Fatah habe ausbilden lassen, für den Guerillakampf in der Stadt. Und dass mittlerweile erwiesen sei, was Ingrid ihm erzählt hatte: dass Kunzelmann dann in West-Berlin als Gründer der dortigen Tupamaros eine Bombe im Jüdischen Gemeindehaus hatte legen lassen, durch den späteren Terroristen Albert Fichter, der dies mittlerweile gestanden hatte. Der Anschlag zum Gedenktag am 9. November 1969 sei nur dadurch missglückt, dass der Zünder nicht funktioniert habe.

Alina sah überrascht hoch. Davon wusste sie noch nichts.

»Du hast schon einmal gesagt, dass es unter den Linken welche gab, die extrem gegen Israel eingestellt waren«, sagte sie. »Das leuchtet mir immer noch nicht ein. Kannst du mir das einmal genauer erklären?«

»Kunzelmann war Antisemit, für ihn war der starke Staat Israel eine Wiedergeburt des Faschismus.«

»Wie konnte er so nur argumentieren? Das ist doch vollkommen verdreht!«, sagte Alina.

Petry stellte den Kontext her: Den Sechstagekrieg 1967 hatte Israel mit einem Präventivschlag gegen die ihrerseits unmittelbar vor einem Angriff stehenden Araber gewonnen, woraufhin Kunzelmann und viele andere Linke es als Aggressor verurteilten. In einem Pamphlet, das Kunzelmann 1969 in Jordanien verfasste, hatte er sich entsprechend geäußert, Petry las es ihr vor. Darin schrieb er, dass die Deutschen, vor allem die Linken, zwar eine natürliche

Hemmung hätten, gegen Israel vorzugehen, wegen ihrer Geschichte oder, wie er es nannte, *wegen dem Judenknax*. Doch gleichwohl hatte er zu Aktionen aufgefordert: *Wann endlich beginnt bei euch der organisierte Kampf gegen die heilige Kuh Israel?*

»Was für ein kranker Blödsinn!«

»Ja, ein klassischer Fall von Schuldumkehr. Aber es klingt ganz nach einem zukünftigen Brandstifter, oder nicht? Vielleicht war Kunzelmann auch in München der Anstifter oder Auftraggeber, wie zuvor in West-Berlin. Er war zu diesem Zeitpunkt untergetaucht.« Petry blätterte in dem Bericht mehrere Seiten um und fand dann die Stelle, die er beim Querlesen gefunden hatte. »Aber auch sein Genosse Fritz Teufel kommt infrage, der Chef der Münchner Tupamaros. Er ist kurz vor dem Anschlag wieder aus dem Untergrund gekommen und hat in München konspirativ einer Zeitung und dem WDR-Fernsehen ein Interview gegeben, in dem er bevorstehende Aktionen angekündigt hat. Der Artikel erschien am 6. Februar 1970 in der *Abendzeitung*, also eine Woche vor der Brandstiftung.«

»Das heißt, du findest die Annahme ganz plausibel, dass Münchner Linke im Auftrag der Palästinenser an dem Terror beteiligt waren und den Brand gelegt haben?«

Petry nickte. »Vielleicht war dieses Bekennerschreiben ja doch echt.« Er blätterte im Bericht zurück. »Denn es gibt noch mehr Hinweise auf linke Täter. Hier, im Juli 1969 gab es einen versuchten Brandanschlag auf das Wohnhaus eines Münchner Staatsanwalts, der gegen Linke ermittelt hatte und sie vor Gericht stellte.«

»Verwendet wurde dabei ein Kanister von ARAL – wie bei dem Anschlag in der Reichenbachstraße!«, ergänzte Alina.

»Und man ermittelte daraufhin gegen einen achtzehnjährigen Lehrling, der sich einer neuen linken Gruppierung namens ›Aktion Südfront‹ angeschlossen hatte. Er arbeitete bei einer Chemiefirma im Münchner Umland und hatte Zugang zu Brandbeschleunigern und Benzinkanistern.«

»Davon hat mir mein Vater auch nichts erzählt«, sagte sie.

»Die Ermittler konnten ihm letztlich nichts nachweisen und haben ihn wieder freigelassen.«

»Aber das klingt doch wie eine richtig heiße Spur, zumindest für die Beschaffung des Tatwerkzeugs!«

»Ja, unglaublich, nicht? Warum hat man das nicht weiterverfolgt?«

»Was schreibt noch mal die Kommission des Generalbundesanwalts am Ende dazu?«, fragte Alina.

Beide blätterten dorthin.

»Zu Anfang haben sie 2013 noch öffentlich von einem starken Verdacht gegen linke Kreise gesprochen«, fasste Petry zusammen. »Offenbar gab es anonyme Hinweise in diese Richtung, die die erneuten Ermittlungen ausgelöst hatten. Später haben sie ihn dann als entkräftet bezeichnet. Der springende Punkt war wohl …«

Alina nickte grimmig und vollendete seinen Satz: »… dass die entscheidenden Beweisstücke für einen DNA-Abgleich nicht mehr vorlagen. Sie waren zwar in der Asservatenkammer gelandet, aber dort in den neunziger Jahren routinemäßig vernichtet worden.«

Sie sahen sich betreten an. Alina musste erneut die Wut auf ihren Vater unterdrücken. Kopfschüttelnd ließen sie sich die Sachlage durch den Kopf gehen.

»Andererseits … So ein junger Kerl soll einen Brand mit sieben Toten gelegt haben?«, fragte Alina.

»Gerade die Jungen waren oft total verblendet«, sagte Petry. »Hier steht, die ›Aktion Südfront‹ hat in Bayern und Österreich gezielt Zöglinge aus Internaten herausgeholt und angeworben, Waisenkinder, die zwangsweise dort untergebracht waren und dann in Kommunen ›befreit‹ wurden. Diese waren denen so dankbar, die haben vermutlich alles mitgemacht. Dann wurden sie indoktriniert. Hannelore aus der WG hat mir dazu Geschichten erzählt. Das waren richtige Tribunale, wo Menschen gebrochen und aufgehetzt worden sind. Daraus sind spätere Terroristen hervorgegangen.«

»Und Erica Mrosko hätte davon gewusst und den Täter verraten?«, fragte sie und grübelte darüber nach. »Wie hieß dieser Lehrling?«

»Das steht hier nirgends. Er wird nur als Randfigur angeführt, als letztliche Blindspur.«

»Wenn es jemand aus der Schraudolph-Kommune war …«, fiel es Alina ein. Und dann: »Matthias Winter …?«

»Der hat an der Kunstakademie studiert und wurde später Maler«, wandte Petry ein.

»Vielleicht hat er davor eine Ausbildung gemacht oder irgendwo gejobbt?«, schlug sie vor.

»Ich muss ihn finden. Ich glaube, ich bin kurz davor!«, sagte Petry.

»Bei der Überwachung seiner Wohnung hat sich noch nichts getan, sonst hätten sich die Kollegen gerührt«, sagte Alina mit einem Blick auf ihr Handy.

»Ich denke sowieso, dass er von seinen Freunden gewarnt wurde. Aber ich werde seine Mitbewohner noch mal genauer unter die Lupe nehmen.«

»Tu das. Aber jetzt kommen wir zurück zu Dieter Staal und der NPD. Dazu habe ich in den kopierten Akten nämlich etwas gefunden, das, was mir mein Vater nicht genauer erzählen wollte. Er und seine Kollegen sind damals bei ihren Ermittlungen auf einen Brief gestoßen, den ein Münchner Rechtsanwalt an die Landesstelle der NPD geschrieben habe, kurz vor dem Brandanschlag. Dieter Staal als führender Funktionär war einer der Adressaten. Es war eine konkrete Warnung, dass einige Parteimitglieder planten, in Kürze gewaltsam gegen einige alte Juden vorzugehen.«

Petry glaubte im ersten Moment, er hätte nicht richtig gehört. »Wirklich?«

»Ja ... Allerdings, so steht es in einem angehängten handschriftlichen Kommentar der Ermittler, war es auch möglich, dass dieser Brief lediglich eine Fälschung gewesen sei, von linker Seite, der der NPD nur untergeschoben werden sollte. Man habe nie klären können, ob der Brief echt gewesen sei. Aber am Anfang hatten die Ermittler keineswegs so geklungen. Es war eine reale Spur, und sie war ihnen damals plausibel erschienen. Schau mal, das ist dieser Brief an die NPD.«

Sie zog eine Kopie hervor, die den Akten beigelegen hatte, sie war der Polizei 1970 anonym zugesandt worden. Es handelte sich um das Schreiben eines Münchner Rechtsanwalts auf dem Briefbogen seiner Kanzlei an den Bayerischen Landesverband der NPD und war auf den 5. Februar 1970 datiert und an Siegfried Pöhlmann gerichtet. Dieter Staal war als einer der Mitadressaten erwähnt. Unter »Betreff« war ein Schreiben vom 1. Februar 1970 angeführt, das offenbar eine Information enthielt, auf die sich der Anwalt bezog.

Der Wortlaut der entscheidenden Passagen war: *... Ich nehme an, dass Sie Hermannsdörfer von der geplanten Aktion sofort unterrichteten. Auch der Bundesvorstand sollte unterrichtet werden. ... Ich bin selbst beileibe kein Judenfreund, aber ... eine solche Aktion unberechenbarer Wirrköpfe würde unserer Partei ungeheuren Schaden zufügen, und das vor den Landtagswahlen. ... Überlegen Sie, wenn außer Sachschaden Menschen zu Schaden kämen, es handelt sich da immerhin um alte Leute ... Mit kameradschaftlichem Gruß ...*

»Hermannsdörfer war der damalige Landesvorsitzende«, erläuterte Alina. »Pöhlmann der Vorsitzende der Landtagsfraktion, deren Mitglied Staal war.«

»Und dieser Brief wurde also von den Ermittlern als Fälschung eingestuft …«, sagte Petry nachdenklich. »Er klingt in der Tat etwas plump.«

»Die Frage wäre nur, eine Fälschung von wem und wozu?«, fragte Alina. »Das haben sie nicht definiert.«

»Von Linken, die den Rechten die Tat unterschieben wollten«, entgegnete er. »Zu Erica Mrosko und Matthias Winter fällt mir ein, dass sie schon einmal etwas gefälscht oder nachgemacht haben, nämlich ein Flugblatt wie das der Geschwister Scholl für ihre Aktion an der Uni. Matthias Winter ist Künstler, Erica Mrosko war Buchhändlerin, und auch Hannelore Reitwein hat an der Kunstakademie studiert, die drei hatten diese Aktion organisiert. So etwas passt zu ihnen und ihrer Vorgeschichte.«

Alina blies die Backen auf und schüttelte den Kopf.

»Das ist aber ein ziemlicher Schuss ins Blaue!«

»Finde ich nicht. Es wäre eine gute Ablenkung von sich selbst gewesen, falls sie oder ihre Freunde die Tat begangen hätten. Und dazu würde auch passen, dass die Rechten sich jetzt dafür rächen wollen«, sagte Petry, »an ebenden Linken, die dafür verantwortlich waren.«

»Wie sollen sie das herausgefunden haben?« Sie ließ sich auf die Couch fallen.

Petry setzte sich auf den Boden und dachte nach.

»Vielleicht hat Erica Mrosko die Fälschung Staal in ihrem Streit letztes Jahr offenbart?«, sagte er und sah sie an. »Es würde doch zu dem passen, was ich beobachtet habe: dass Rechte die Häuser von Altlinken überwachen.«

Alina schüttelte energisch den Kopf. »Nehmen wir stattdessen doch einfach mal an, dass der Brief echt ist, dass er der Beweis ist, dass die Rechten die Tat begangen haben. Und jetzt stellen wir uns vor, dass Frau Mrosko das über sie wusste oder vielleicht sogar erst vor Kurzem etwas darüber herausgefunden hatte. Sie hatte ja Ärger mit Staal gehabt und ihm hinterherrecherchiert. Sagen wir, dass sie sich jetzt anschickte, der Mordkommission über ihre Ergebnisse zu berichten. Dir persönlich, Petry, und Staal hat das mitbekommen. Dann liegt es nahe, dass sie sie umgebracht haben, um das zu verhindern. Ich halte das für viel plausibler und weniger umständlich. Übrigens ist ja auch der Dutschke-Attentäter von 1968, Josef Bachmann, ein Münchner Rechtsextremer gewesen. Tut mir leid, meine Theorie, dass die Rechten für den Brandanschlag verantwortlich sind, erscheint mir immer noch als die beste.«

Sie blickten sich an. Er saß auf dem Boden, sie lag auf der Couch daneben. »Und Dieter Staal versucht jetzt den Kontakt zu dir zu halten und dich zu provozieren, um herauszufinden, ob wir ihnen schon auf die Schliche gekommen sind«, ergänzte sie. »Oder um über dich Matthias Winter zu finden, der ebenfalls Bescheid weiß.«

Petry wiegte nachdenklich den Kopf.

»Was ist die Fälschung? Und was ist die Wahrheit?«, sagte er wie zu sich selbst. »Das Bekennerschreiben der Palästinenser, das besagt, es waren Linke, oder der angebliche Brief der NPD? Unsere Kronzeugin Erica Mrosko könnte sich auf beides bezogen haben ...«

Alina Schmidt schloss die Augen. So, wie sie jetzt auf der Couch lag und meditierte, wandte sie seine Technik aus ihrem Büro an, fiel ihm auf, nur auf einem weniger hässlichen Möbelstück. Sie schlug die Augen wieder auf und sah ihn grimmig an.

»Glaub mir bitte eins: Wenn mein Vater, Karlheinz Schmidt, aus Karrieregründen etwas vertuscht hat ...« Petry ließ sie einfach reden. Er sah, dass er jetzt besser daran tat. »Und wenn die Polizei von München in den siebziger Jahren auf einem Auge blind war – dann war es das rechte und keinesfalls das linke.« Petry bedachte dies und nickte. Sie fügte hinzu: »Ganz einfach: Wenn ich jetzt wetten müsste, dann betrifft es auf jeden Fall eine Spur nach rechts.«

»Okay. Aber im Moment ist das ja nur ein Gefühl oder ein Glaube«, sagte Petry. »Ist das nicht die Methode, die du bei mir kritisiert hast?«

Für einen Moment mussten sie beide lächeln.

»Wir bleiben bei unserer Aufteilung. Ich werde noch mal losgehen und den Beleg suchen, dass Dieter Staal und die jungen Rechten in Kontakt stehen«, sagte sie. »Das muss ich klären, und zwar schnell.«

»Und wir brauchen Matthias Winter, seine Aussage und die der WG-Bewohner«, sagte Petry. »Ich habe noch eine andere Idee, wie ich an Winter herankommen kann. Etwas, das ich noch nicht probiert habe.«

»Und das wäre?«

»Diese Gaby ist seine Ex-Freundin. Köster scheint sie ihm ausgespannt zu haben, aber bestimmt ist sie immer noch seine Bezugsperson. Ja, ich glaube, wenn Winter mit jemandem Kontakt hält, dann am ehesten mit ihr. Und sie habe ich mir noch nicht alleine vorgenommen.«

Eilig rafften sie die Dokumente zusammen und legten sie auf einen Stapel.

»Frag sie auch noch mal nach den Rechten, die sie observiert haben. Vielleicht gab es da schon andere Vorfälle vor dem Haus.«

Erst jetzt merkten sie, dass draußen längst die Sonne wieder aufgegangen war. Sie hatten die ganze Nacht durchgearbeitet und geredet, und sie fühlten sich immer noch kein bisschen müde.

»Am besten lassen wir das hier«, sagte Alina und wies auf die Stapel. »Im K11 sollten wir niemanden mit der Nase darauf stoßen, dass wir in den alten Akten nachschauen, vor allem Rattenhuber nicht.«

Beide machten sich bereit zu gehen.

»Gut«, sagte Petry. »Zum Frühstücken gehe ich morgens meistens in ein Café gegenüber.«

»Alles klar.«

Schwungvoll öffnete Petry die Tür. Als er hochsah, stand Sophie direkt vor ihm. Beide reagierten sehr überrascht.

»Petry«, sagte sie. »Mensch, ich hab die ganze Zeit versucht, dich zu erreichen ...«

Sie stockte, denn in diesem Moment entdeckte sie hinter ihm Alina Schmidt, die eben in ihre Jacke schlüpfte. Es war acht Uhr morgens, und Petry konnte sich vorstellen, wie der Anblick auf Sophie wirkte.

»Sophie, das ist meine Kollegin Alina ...«, begann Petry. Verdammt, er hätte sie anrufen müssen.

Sophie fasste sich schnell. Sie lächelte sogar ein bisschen, als sie sagte: »Was soll's? Du bist eben beschäftigt.« Dann drehte sie sich abrupt um und lief die Treppe wieder hinunter.

»Warte, so ist das doch überhaupt nicht ...«, rief er ihr hinterher. »Lass mich dir erklären ...«

Aber Sophie war bereits verschwunden. Petry und Alina sahen sich betreten an.

»Das tut mir leid«, sagte sie. »Deine Freundin?«

Petry unterdrückte einen Fluch. »Ich kümmere mich später darum.«

31

28. September 1970

Er ärgerte sich maßlos, man konnte es nicht anders sagen. Er hatte es für eine äußerst vielversprechende Spur gehalten, und er war es selbst gewesen, der sie entdeckt und verfolgt hatte, Kriminalkommissar Karlheinz Schmidt, Mitglied der SoKo III.

Eigentlich war es Zufall gewesen, ein Beifang: Ein Zeuge hatte einen himmelblauen Wagen beschrieben, aus dem im Vorfeld des Anschlags gegenüber der Reichenbachstraße 27 scheinbar Beobachtungen gemacht worden waren, vermutlich einen Opel Rekord oder einen Ford 17M. Nach den großen Razzien in den Münchner Linkskommunen hatte er, Kommissar Schmidt, bei einer Routineüberprüfung festgestellt, dass einer der jungen Anarchisten einen Freund mit einem himmelblauen Opel Rekord hatte. Mehr noch, beide arbeiteten tageweise bei einer Chemiefirma, und bei der wiederum hatte es Anfang des Jahres einen Einbruch gegeben, bei dem mehrere Benzinkanister gestohlen wurden. Schon bei der Razzia hatte sich der junge Mann äußerst provokant verhalten, als er vor den Beamten zu seiner Freundin hin höhnische Anmerkungen machte, die ihn verdächtig erscheinen lassen mussten, er hatte es geradezu darauf angelegt, verhaftet zu werden. Bei der Befragung im Polizeipräsidium war er an dem Plakat mit dem Fahndungsaufruf vorbeigeführt worden, auf dem ein Foto des weißblauen ARAL-Kanisters abgebildet und eine Belohnung von 100 000 Mark für sachdienliche Hinweise ausgeschrieben war, eine Rekordsumme. Was für ein schöner, ganz wunderbarer Kanister dies sei, hatte dieser dumme, arrogante Lackel getönt und sie dabei angelacht. Zur Sache selbst hatte er jede Aussage verweigert und jegliche Beteiligung an dem Diebstahl oder der Brandstiftung abgestritten.

Dieser langhaarige kleine Pinscher hatte sie alle verhöhnt und sich dabei auch noch reichlich sicher gefühlt. Wenn es nach ihm, Schmidt, gegangen wäre, war der Mann schwer verdächtig, und es wäre ihm überhaupt am liebsten gewesen, wenn die Linken für möglichst lange Zeit nach Stadelheim in den Bau gewandert wären. Doch die Vergleichsprüfung der sichergestellten Reifenspuren mit denen des Opel Rekord des Freundes hatte im Juli ergeben, dass sie nicht von diesem stammen konnten. Auch die Fingerabdrücke des Jungen stimmten nicht mit denen auf dem Benzinkanister überein, und so hatte man ihn schweren Herzens freilassen und sich erneut einige blöde Sprüche von ihm anhören müssen.

Schmidt hatte darauf gedrängt, wenigstens sein Alibi für den 13. Februar zu überprüfen. Auch wenn andere Kollegen sich nicht viel davon versprachen, alleine schon weil der Junge eine Freundin hatte, die ihn anhimmelte. Die würde gewiss alles für ihn tun, ihm auch ein Alibi verschaffen, hatten sie gemeint.

Als man die offene Frage schließlich vor ein paar Tagen angehen wollte, hatten sie festgestellt, dass der junge Mann inzwischen mitsamt seiner Freundin nach Heidelberg übergesiedelt war. Dort wurde er zwar einbestellt, verweigerte jedoch erneut die Aussage, und dazu zwingen konnte man ihn nicht. Da man ihm nichts weiter nachweisen konnte, weder in Bezug auf den Benzinkanister noch sonst wie, hatte man ihn endgültig laufen lassen.

Das wurmte ihn gewaltig, alleine aus Prinzip: Wenn man schon eine Spur hatte, warum ging man ihr dann nicht konsequent nach? Außerdem hätte er den Mann gerne drangekriegt. Auch wenn er dem Sachstand zufolge nur ein Maulheld war, der vor seiner Freundin ein bisschen angeben wollte. Vielleicht hatte er das Benzin auch für andere Zwecke beschafft, es hatte ja noch weitere Brandanschläge gegeben.

Doch was jenen in der Reichenbachstraße betraf, gab es einfach zu viele Verdachtsrichtungen. Der Fokus hatte sich in den letzten Monaten auf die verschoben, die zu den Rechten führte. Der Brief aus NPD-Kreisen, der ihnen zugespielt worden war, war im Hinblick auf die diesbezüglichen Pläne eindeutig. Zwar hielten ihn manche der Ermittler für eine Fälschung linker Kreise, doch Schmidt fand das unplausibel.

Persönlich glaubte er, dass es die Rechten gewesen waren, auch wenn es ihm erheblich lieber gewesen wäre, wenn sich die Linken als die Täter entpuppten.

Man musste das trennen als guter Kriminalist, und er erhob den Anspruch, ein *sehr* guter Kriminalist zu sein.

Er glaubte, dass die Rechten dieses Wohnheim angezündet hatten, ganz plump, ganz einfach, ganz stillschweigend. Und dass die Linken nur deshalb ins Visier geraten waren, weil sie immer ihr Maul so weit aufrissen, so viel schrien und schrieben, ganz als legten sie es darauf an, für alles als verdächtig zu gelten.

Aber der Fall war rätselhaft.

Ein »südländisch aussehender« Mann war von mehreren Zeugen beobachtet worden und somit beinahe sicher involviert. Zu den Rechten passte das nicht. Zu den Palästinensern schon. Aber vielleicht hatten diese auch nur beobachtet oder ausgekundschaftet. Verdammt, es sah so aus, als hätten alle möglichen Gruppen das Gemeindehaus in der Reichenbachstraße im Visier gehabt, alle, die es nur gab, jede aus ihren eigenen Gründen.

Jedenfalls hatte der Oberstaatsanwalt ihnen in dieser komplizierten Gemengelage nun die Anweisung erteilt, einen Abschlussbericht zu schreiben. Und hatte es den Ermittlern ganz alleine überlassen, die Schlüsse zu ziehen, was darin stehen sollte. Nur das eine oder andere eingeschärft hatte er ihnen: Wenn man jemanden konkret als Verdächtigen bezichtige, dann müsse die Beweislage absolut wasserdicht sein. Was sonst passieren würde, sei doch klar: Man stelle dann jemanden vor Gericht, die Sache würde hohe Wellen schlagen und zöge sich endlos hin, und am Ende würde er doch freigesprochen.

»Wie sähe das denn aus? Wir haben in zwei Jahren die Olympiade hier in München, wo wir der ganzen Welt zeigen wollen, wie offen, wie fröhlich, wie anders München jetzt ist, die frühere Hauptstadt der Bewegung.« Ein Prozess gegen jemanden, der in dieser Stadt jüngst sieben Holocaust-Überlebende durch Brandstiftung umgebracht habe, richte da unermesslichen Schaden an, das sei doch klar. Egal, wie er ausginge.

Karlheinz Schmidt hatte verstanden. Die Leute würden sich schon noch merken, wer er war, alle die, die ihn sich bis jetzt nicht merken konnten und ihn aufgrund seines Namens für ein unscheinbares kleines Licht hielten. Wenn auch sein Vater ein einfacher Kerzenzieher gewesen war, er selbst hatte weiter gehende Fähigkeiten, ihm gingen ganz andere Lichter auf. Er war zur Mordkommission gegangen, nicht nur um in ein ganz anderes Milieu zu wechseln, sondern weil er eine echte Begabung dafür in sich verspürte. Und er war fest entschlossen, noch höher aufzusteigen und alles dafür zu tun, er, der sich so fest in etwas verbeißen konnte wie kein anderer.

Er hatte aber auch gelernt, im richtigen Moment loszulassen, und wie wichtig das war, zeigte sich jetzt.

Genau das würden sie tun: loslassen und den Fall aufgrund der Spurenlage für unlösbar erklären. Die dazugehörigen Beweisstücke freigeben und der Asservatenkammer überstellen. Ihm war sonnenklar, dass, wenn etwas erst einmal dort war, es sehr selten jemals noch einmal angefordert und herausgeholt wurde. Meistens verschwand es in der Kammer bis zum Sankt-Nimmerleins-Tag, und in ein paar Jahren würden die Sachen dann, um Platz für neue Asservate zu schaffen, endgültig weggeräumt und in den Müll geworfen werden. Das war nun einmal der Lauf der Welt. Und noch war es nicht so weit, man konnte jedermann und auch sich selbst damit beruhigen, dass die Beweisstücke ja noch vorhanden waren, vorerst, und dass sie, sollte es neue Erkenntnisse geben, ein Geheimnis vielleicht jederzeit noch preisgeben könnten. Ob das nun nur eine Illusion war oder nicht.

Natürlich, Kriminalkommissar Karlheinz Schmidt wusste sehr gut, dass der Kanister und die Fingerabdrücke damit für immer im Dunkel verschwanden, wenn kein Wunder mehr geschah. Aber er wusste genauso gut, dass dies seiner Karriere förderlicher war, als wenn er die Sachen jetzt ins Licht stellen und das Hoffen auf solch ein Wunder nähren würde. Das würde niemals eintreten, aber am Ende würde er selbst vielleicht in der dunklen Asservatenkammer landen, am Ausgabetresen.

Genau dort war Schmidt jetzt angekommen. In einem Karton hatte er den ARAL-Kanister dabei, die angekokelten Reste des braunen Packpapiers und die Plastikstreifen, mit denen die Fingerabdrücke von dem Kanister genommen worden waren. Sie hatten sie niemandem zuordnen können, und die Aussicht, dass sie das in absehbarer Zeit noch jemals tun könnten, schätzten sie alle als äußerst gering ein.

Der Beamte am Tresen überprüfte die beigelegte Bestandsliste und hakte sie ab. Schmidt ertappte sich dabei, wie er den Kollegen musterte und sich dabei dachte: So wie du werde ich niemals enden. Du bist doch selbst nur ein

Asservat, das man hier unten abgelegt hat. Er ließ sich den Erhalt quittieren und sah zu, wie der Beamte den Karton wegbrachte und ganz hinten, außerhalb des Lichtkreises der Deckenlampen, im Dunkeln um eine Ecke bog.

Es war ein rätselhafter Fall, und das würde er auch bleiben.

Schnell drehte er sich um und ging wieder aus dem Kellerraum nach oben, der hellen Zukunft entgegen. Die Olympischen Spiele – die fröhlichen Spiele von München – konnten kommen.

32

Petry war noch nie mit einer Frau im Café gewesen. J. R. und Fabiana beobachteten ihn und Alina Schmidt entsprechend neugierig, während sie, nachdem er Alina kurz vorgestellt hatte, ein schnelles Frühstück einnahmen. Seine Bekannten schienen demselben Missverständnis aufzusitzen wie Sophie, und als die beiden Ermittler sich verabschiedeten, war es unverkennbar, dass sie sich für ihn freuten. Da Alina gestern Nacht erst ein paar Straßen entfernt einen Parkplatz gefunden hatte, bot Petry ihr an, sie mit der Vespa dort vorbeizufahren. So schwang sie sich auf seinen Sozius, und die Bekannten im Café sahen sie zusammen davonfahren. Auf den Straßen um den Kurfürstenplatz hatte sich ein morgendlicher Stau gebildet, doch Petry mit seiner Vespa fuhr einfach an den stehenden, hupenden Autos vorbei und brachte Alina in zwei Minuten zu ihrem BMW, wo sie sich eilig verabschiedeten.

Petry war gerade auf dem Weg in die Clemensstraße, als sein Diensthandy klingelte. Er nahm es heraus und stutzte, dann hielt er an und nahm den Anruf entgegen.

»Ja, Chef?«

»Petry«, hörte er die ungehaltene Stimme von Josef Rattenhuber. »Wo zum Teufel stecken Sie?«

»Ich mache mich gerade auf den Weg ...«

»Und wissen Sie, wo Frau Schmidt ist?«

Der Chef war eindeutig sauer.

»Sie ist auch eben losgefahren, wir sind dabei, an etwas zu arbeiten ...«, sagte Petry und vermied es mit knapper Not, »heute Nacht« zu sagen oder zu erläutern, woran. Er hielt besorgt inne. Wusste Rattenhuber, in welche Richtung sie ermittelten? War er deshalb so aufgebracht?

»Wieso? Worum geht es denn?«, fragte Petry und wappnete sich für einen Ausbruch.

»Um Ihren Stiefvater! Daniel Baumann, das ist er doch?«

»Ja ...?«, stotterte Petry verblüfft. »Was ist mit ihm?«

»Ich habe ihn gerade zu einer Befragung hier«, sagte der Chef grimmig. »Und jetzt werden Sie mir so einiges zu erklären haben! Was läuft hier eigentlich, Petry?«

»Wie meinen Sie das, Chef?«

Petry dachte als Erstes an den Vorfall vom Vorabend, den antisemitischen Angriff auf das Shalom, Daniels Lokal.

»Wollen Sie mich hintergehen? Sie haben mir und der Mordkommission Dinge vorenthalten, und das geht gar nicht! Daniel Baumann steht auf der Kundenliste von Erica Mrosko!« Jetzt allmählich dämmerte Petry, worum es ihm wohl gehen könnte. Inzwischen fuhr Rattenhuber bereits fort: »Da habe ich ihn entdeckt, als ich sie mir jetzt zum ersten Mal durchgesehen habe.«

»Chef, ich habe sofort geklärt, dass er mit ihr nicht näher bekannt war, dass also nicht er der Grund für den Brief an mich war, und habe dann weitergesucht.«

»Und sind dabei auf die Fotos von Frau Mroskos Geburtstagsfeier gestoßen, ich habe sie hier vor mir!« Petry fiel siedend heiß das Foto ein, von dem er selbst geglaubt hatte, es zeige Daniel von hinten. »Ich kenne Ihren Stiefvater ja, verdammt noch mal, und das hier ist er doch!« Ihm kamen die Besuche mit Rattenhuber im Shalom wieder in den Sinn. »Oder wollen Sie mir erzählen, das wäre Ihnen nicht auch aufgefallen? Von wegen ›Er hatte nicht näher mit ihr zu tun‹!«

»Das ist er nicht, Chef. Ich habe ihn danach gefragt, und ich glaube ihm.«

»Wie schön, aber das ist nicht Ihre Privatsache. Ihnen

musste doch klar sein, dass diese Informationen relevant für unseren Mordfall sind!«, wetterte Rattenhuber. »Und dass Sie uns das sofort hätten sagen müssen! Hatten Sie Angst, dass Sie wegen Befangenheit von dem Fall abgezogen werden?«

Damit stand es nun spätestens im Raum.

»Oder wusste Frau Schmidt Bescheid?«

»Nein, ich habe das lediglich für mich selbst geklärt«, sagte Petry schnell.

»Mir haben Sie nur erzählt, dass Frau Mrosko den Brief geschrieben habe, weil Ihre Freundin ihre Kundin war! Wollten Sie mich damit ablenken? Aber das ist noch nicht alles, Petry. Ihr Stiefvater hat kein Alibi. Am Abend des Mordes an Frau Mrosko hatte das Shalom Ruhetag, wie ich soeben festgestellt habe. Und Herr Baumann kann nicht mehr genau sagen, wo er sich zwischen sechs und sieben aufgehalten hat! Ihre Mutter ist ihm da auch keine Hilfe!«

Mist, fiel es Petry ein. Am Abend vor jenem Date mit Sophie war er nicht mit seinen Eltern zusammen gewesen, er konnte dem nichts entgegenhalten. Nein, da war er zu Hause gewesen und hatte lange mit Sophie gechattet und sich schließlich mit ihr für den nächsten Tag verabredet.

»Mein Stiefvater ist kein Mörder, Chef!«

»Daniel Baumann ist Jude und hat als junger Mann in dem Gebäude der Israelitischen Kultusgemeinde verkehrt, das hat er mir gegenüber gerade ausgesagt. Er war sogar am Abend des Brandanschlags am 13. Februar 1970 dort! Sie haben mit ihm auch darüber geredet, nicht wahr?«

Verdammt. »Ja, natürlich habe ich ihn dazu befragt, was er damals davon mitbekommen hat … Hören Sie, er und sein Lokal sind selbst gestern Abend Ziel einer antisemitischen Attacke geworden und …«

»Ja, das habe ich gehört«, unterbrach der Chef ihn barsch.

»Aber darum geht es hier ja nicht! Sie haben sich alles andere als einen Gefallen getan, indem Sie mir diese Zusammenhänge verschwiegen haben. Ich will nämlich sicherstellen, dass im K11 unter meiner Ägide in einem Mordfall keine privaten Rücksichtnahmen stattfinden und keine Spuren ignoriert werden, verstehen Sie!«

»Und ob«, beeilte sich Petry zu sagen. »Es war ein Fehler, das für mich zu behalten, aber es wird sich alles als harmlos erweisen, da können Sie sicher sein. Ich denke, wir stehen kurz davor, den Mord an Frau Mrosko aufzuklären. Bitte lassen Sie sich doch von Hauptkommissarin Schmidt unseren Stand erläutern, Chef.«

»Darauf können Sie sich verlassen, Petry. Sie sind im Übrigen kein Ermittler, Sie sind nur ein Psychologe, vergessen Sie das nicht! Ich erwarte Sie bis Mittag im K11.«

Petry beendete das Telefonat und atmete auf.

Er schwang sich auf seine Vespa und fuhr los, um mit Gaby Überlinger zu reden.

Als er sich der Kreuzung an der Clemensstraße näherte, hatte Petry das Gefühl, dass heute etwas Besonderes in der Luft läge. Er nahm eine ganz spezielle Spannung wahr. Vielleicht lag es auch nur daran, dass der Baulärm vom Herzog-Karree wahrnehmbar war, wie ihm jetzt auffiel. Endlich eine Erholung für alle Sinnesorgane.

Vor dem Haus der WG hielt er an und parkte seinen Roller, sich eilig umsehend. Wieder fielen ihm keine Beobachter auf. Als er nach drinnen lief, begrüßte ihn im Treppenhaus ein Bellen, und dann begegnete er auf dem nächsten Absatz dem Nachbarn von neulich mit seinem Dackel.

»Grüß Gott«, sagte Petry. »Gut, dass ich Sie treffe. Eine Frage hätte ich noch.«

»Wegen unserer netten Wohngemeinschaft?«, fragte der Mann sarkastisch.

Petry beugte sich herab und streichelte den Dackel, der

sich an seinem Bein hochreckte und neugierig an seiner Hand schnüffelte.

»Auch. Sie erinnern sich, ich bin Felix Petry von der Kripo ...« Er richtete sich auf und zeigte ihm seinen Dienstausweis. Ihm war klar, dass ein offizieller Auftritt bei diesem Herrn weiterhelfen würde. »Sind Ihnen denn irgendwann in den letzten Tagen mal Leute aufgefallen, die das Haus beobachten?«

»Die es beobachten?«, fragte der Nachbar stirnrunzelnd zurück. »Aus, Wastl!«

»Ja. Vielleicht auch hier im Treppenhaus. Jemand, der sich umschaut, womöglich einen Besuch macht oder dergleichen? Junge Leute?«

»Junge nicht, aber alte ... Also wenn Sie den großen Streit neulich meinen ...« Der Nachbar verdrehte die Augen. »Herrgott, was das wieder für ein Heidenlärm war! Wenn sie das wenigstens oben in ihrer Wohnung machen würden, aber hier draußen ... Das hat ganz schön gedröhnt auf der Stiege! Die haben den Wastl furchtbar aufgeregt.«

Petry stutzte. »Wer hat sich gestritten? Die WG und Matthias Winter?«

Er dachte an das, was ihm Jürgen und Hannelore vom Tatabend erzählt hatten: den Streit mit Winter bei der Rückkehr aus dem Park und sein anschließendes Verschwinden.

»Nein, der Winter war zwar dabei, aber die vier von der WG haben mit einer Frau gestritten, die sie besucht hat.«

»Was für eine Frau?«

»Eine Frau in ihrem Alter, mit rot gefärbten Haaren!«

Petry verspürte einen Stich in der Magengegend.

»Erica Mrosko? Sie war hier?«

»Ich weiß nicht, wie sie hieß, aber da ist es hoch hergegangen, sag ich Ihnen! Die haben sich richtig angeschrien!«

»Wann war das?«, fragte Petry schnell. »Wissen Sie das noch genau? Es ist sehr wichtig.«

Der Nachbar überlegte, abgelenkt durch seinen Dackel, der an der Leine zog und nach unten drängen wollte. »Das muss genau vor acht Tagen gewesen sein, am Dienstag.«

Der Tag vor dem Mord, erschloss sich Petry.

»Sind Sie da ganz sicher?«

»Ja freilich«, sagte der Mann. »Weil, ich hab mir noch überlegt, ob ich die Polizei rufen soll, so erbittert haben die gestritten. Man will ja seine Ruhe haben. Aber zum Glück ist sie dann gegangen, als ich mich beschwert habe.«

»Um welche Uhrzeit war das?«

»Abends so gegen halb acht, vor der *Tagesschau*, da gehen wir immer noch mal raus«, sagte der Hundebesitzer und nickte zu seinem Dackel hin.

»Haben Sie verstanden, was sie gesagt haben? Worum es ging?«

»Nein. Offenbar etwas sehr Grundsätzliches, aber genauer weiß ich's nicht. Es wirkte so, als würde die Rothaarige im Unguten gehen. Als hätten sie sich jetzt für immer zerstritten.«

»War Matthias Winter auch dabei?«

»Ja, der auch. Die standen alle oben vor der Tür und wollten sie offenbar aufhalten. Aber sie ist dann gegangen. Ich muss jetzt auch ...« Er wollte den Dackel schon an der Leine weiterziehen.

»Gesehen haben Sie den Winter immer noch nicht wieder?«

»Nein. Keine Ahnung.«

Der Nachbar wollte den neugierigen Frager jetzt endlich stehen lassen.

»Oder wissen Sie, ob Gaby Überlinger da ist?«

»Ach so, die – die ist heute den ganzen Tag im Eine-Welt-Laden – so heißt das«, fügte er spöttisch hinzu. »In der Domagkstraße, die hilft da ehrenamtlich, sortiert Sachspenden und so.«

Petry nickte. »Danke, Herr ...«

»Ziereis, Reinhold Ziereis.«

Petry gab ihm seine Visitenkarte von der Kripo München.

»Wenn Sie Herrn Winter doch noch sehen sollten, rufen Sie mich bitte sofort an. Sie haben mir sehr geholfen«, rief Petry und stürmte an ihm vorbei nach unten. Der Dackel bellte ihm nach.

»Erica Mrosko hat die WG am Tag vor ihrer Ermordung besucht, und es gab Streit«, sagte Petry in sein Handy, als Alina sich meldete. »Die alten Leute haben gelogen. Sie hatten sehr wohl Kontakt mit ihr. Und das Alibi, das sie sich untereinander gegeben haben, ist vermutlich auch falsch.«

»Winter hast du noch nicht gefunden?«

»Nein. Ich bin gerade auf dem Weg zu seiner Freundin. Sie arbeitet heute.«

»Ich hab auch Neuigkeiten. Ich stehe vor Staals Verlag«, sagte Alina. »Dieter Staal und die jungen Nazis kennen sich tatsächlich, die gehen hier ein und aus. Sie sind jetzt gerade dadrin und besprechen sich sehr aufgeregt mit ihm. Und es wirkt ganz so, als hätten sie zusammen etwas vor. Etwas, das unmittelbar vor der Ausführung steht.«

»Also könnte auch diese Spur stichhaltig sein«, sagte Petry.

»Ich habe den Chef vorerst hingehalten«, sagte Alina. Sie wirkte abgelenkt und außer Atem, so als sei sie mitten in einer Observation. »Wir präsentieren ihm erst etwas, wenn wir sicher sind.«

»Ist okay, Alina. Ich melde mich wieder.«

Selten hatte Petry so schnell seinen Helm aufgesetzt und die Vespa gestartet. Wieder hatte er Richtung Norden einen Stau vor sich, konnte ihn mit seinem Roller jedoch problemlos passieren.

Eine Kreuzung weiter Richtung Westen stand ein Streifenwagen mit blinkendem Blaulicht quer auf der Straße. Petry hielt daneben an und zeigte seinen Ausweis vor.

»Was ist los?«, fragte er die Beamten, von denen einer gerade bei geöffneter Fahrertür das Funkgerät am Mund hatte.

»Auf der Baustelle vom Herzog-Karree haben sie eine Weltkriegsbombe gefunden«, antwortete der Beifahrer, während der andere Polizist aufgeregt in das Mikrofon redete. »Das Entschärfungskommando untersucht sie gerade und sagt, es ist eine Phosphorbombe mit womöglich beschädigtem Zünder. Es kann sein, dass wir das ganze Viertel evakuieren müssen.«

»Ich bin ein Kollege in dringendem Einsatz, ich muss zur Domagkstraße«, sagte Petry und zeigte Richtung Norden.

»Die ist nicht betroffen, dann nichts wie raus hier. Nach Osten zu sperren wir jetzt alles ab.«

»Wie weit?«

»Vorerst von der Schleißheimer Straße bis zur Friedrichstraße und zur Elisabethstraße im Süden.«

Petry nickte, hob die Hand zum Gruß und steuerte die Vespa an ihnen vorbei. Er wusste, er musste sich beeilen. Das Haus der WG befand sich mitten in der möglichen Evakuierungszone, ebenso wie die Wohnung von Winter in der Leonhard-Frank-Straße.

33

Als Petry den Eine-Welt-Laden im Münchner Norden betrat, traf er dort drei Frauen an. Eine war eine Kundin, eine andere beriet sie. Beide sahen aus, als könnten sie Schwestern von Gaby sein; gleiches Alter, ähnlicher Typ: ungeschminkt, Leinenkleider, Birkenstock-Sandalen. Gaby selbst mit ihren grauen Locken sortierte gerade abgewandt Kleiderspenden aus einem großen Wäschekorb und häufte sie auf einem Tisch zu mehreren Bergen auf.

Petry trat zu ihr.

Sie drehte sich zu ihm um, und ihre wachen jungen Augen froren ein. Sie hielt mitten in der Bewegung inne.

»Petry«, sagte sie dann und versuchte sich zu fassen. »Gehst du uns jetzt einzeln an, oder was?«

»So in etwa«, antwortete er.

»Ich bin beschäftigt«, sagte sie abweisend und griff sich einen Packen Kleider.

»Ich muss dich trotzdem sprechen, und es ist dringend.«

»Aber ...«

Die beiden anderen Frauen sahen fragend zu ihnen herüber.

»Bitte mach mir keine Probleme. Es ist wirklich das Beste«, sagte Petry.

Als Gaby ihn jetzt wieder anblickte und die Kleider weglegte, konnte er ihr das Schuldbewusstsein regelrecht ansehen. Ihre Unterlippe begann zu zittern. Petry war sich im Klaren, Hannelore würde vom Vorabend berichtet haben, von seinem Eindringen in Matthias' Wohnung, von ihrem Gespräch und dem, was er über all ihre Lügen wusste. Ja, er war richtig hier, Gaby war die Schwachstelle. Mit den Ereignissen von früher verband sie keine Gefühle, er konnte sie jetzt festnageln und zum Reden bringen, und sie ahnte auch selbst schon, was kommen würde.

»Lass uns nach hinten ins Büro gehen«, sagte sie mit brüchiger Stimme.

Sie ging voraus und öffnete die Tür zu einem Hinterzimmer. Dies war der Bereich für die Helferinnen und Helfer. Auf einem weiteren Tisch standen Thermoskannen mit Kaffee und Tee und Tassen bereit, daneben ein Teller mit Keksen und einer mit Obst. Dahinter war ein Teil des Raums mit einem Vorhang abgetrennt, offenbar war dort ein kleiner Lagerraum. Gaby setzte sich auf einen Ikea-Klappstuhl aus rosa Plastik und wies Petry stumm einen weiteren zu.

»Ich weiß inzwischen noch mehr als das, was ich gestern schon Hannelore gesagt habe«, begann Petry und blieb vor ihr stehen. Gar keine Illusionen aufkommen lassen, keine Ausflüchte erlauben, das war das Klügste.

»Wo ist Matthias? Sag es mir doch einfach, sag mir die Wahrheit.«

»Warum sollte ich das tun? Warum sollte ich meinen Freund verraten?«, fragte sie trotzig. »Dann weißt du eben, dass er nicht in Italien ist. Dass wir vermutlich wissen, wo er ist, na und? Wir werden es dir trotzdem nicht sagen. Ich werde es zumindest nicht tun, genauso wenig wie Jürgen und Hannelore.«

Petry schüttelte bedauernd den Kopf. »Ich weiß jetzt auch, dass Erica euch besucht hat, am Tag vor ihrer Ermordung, in der Clemensstraße. Und dass es gewaltigen Streit gegeben hat und sie unversöhnt weggegangen ist.« Er konnte ihr ansehen, dass das mehr war, als sie befürchtet hatte. Und dass es den letzten Rest ihrer Hoffnung wegspülte.

»Aber wir waren beieinander, alle vier, als sie ermordet

worden ist«, sagte sie zwischen zusammengepressten Lippen heraus. »Das ist ein Alibi, da kannst du noch so oft sagen, dass du es nicht glaubst.«

»Doch das ist nicht die Wahrheit. Und das Problem ist, jetzt, wo ich von Ericas Besuch bei euch weiß, ist mir im Grunde alles klar, was passiert ist.«

Petry schenkte an dem Tisch Tee in eine Tasse ein und stellte sie neben Gaby hin. Diese verschränkte die Arme vor der Brust.

»Ach ja? Was ist denn passiert?«

Erst jetzt setzte Petry sich auf den anderen Stuhl ihr gegenüber. Dann begann er zu reden.

»Der Konflikt mit Erica muss die ganze Zeit geschwelt haben. Sie und die anderen haben ein Geheimnis geteilt, und auch du kennst es, von deinen Männern, Matthias und Jürgen, daran habe ich keinen Zweifel. Ich bin sicher, Matthias verband mit Erica am meisten.« Sie sah auf ihre Hände und widersprach ihm nicht. »Saïds Enkel Hassan ist in München, und er hat Erica gesagt, dass sein Großvater, ihr früherer Liebhaber und Ex-Kommunarde, gestorben ist. Das und Ericas fortgeschrittene Krankheit hat bei ihr einen Denkprozess ausgelöst, und sie ist daraufhin zu euch in die WG gekommen und hat euch davon erzählt. Sie hat gesagt, sie will ihr Wissen der Polizei preisgeben, bevor sie stirbt. Ich fürchte, sie hat mit dieser Offenheit einen großen Fehler begangen, aber Dinge offen anzusprechen und zu seiner Meinung zu stehen, das war schon immer die Haltung dieser Generation, und sie ist zu Recht stolz darauf. Daraufhin ging der Streit los, natürlich wollten die anderen es ihr ausreden. Das ist eben der Unterschied zwischen Zeugin und Täter. Jedenfalls blieb Erica dabei, dass sie ihr Wissen weitergeben wird, und dann ist sie gegangen.«

»Das *glaubst* du doch bloß zu wissen ...«, sagte sie leise.

Sie griff sich vom Tisch neben sich die Teetasse und nahm einen Schluck.

»Daraufhin waren die anderen natürlich sehr alarmiert«, fuhr Petry ungerührt fort. »Und einer, vermutlich der Brandstifter, hat beschlossen, dass er das nicht zulassen kann. Dass er deshalb erneut zum Täter werden muss, und sei es an einer alten Freundin. Die zur Verräterin zu werden drohte. Hannelore hat noch einmal versucht, bei Erica anzurufen, vermutlich um sie umzustimmen. Aber das war ein sehr kurzes Telefonat, anderthalb Minuten. Sie hat ihre Meinung nicht geändert, vielleicht hat sie konkret damit gedroht, dass der Brief an die Polizei bereits geschrieben ist oder gerade geschrieben wird.«

»Den Brief habt ihr doch gar nicht«, wandte Gaby ein. In ihren Augen blitzte Unsicherheit auf.

»Wir können es uns trotzdem erschließen, mit dem Entwurf, den wir in der Buchhandlung gefunden haben«, sagte Petry.

Gaby biss sich auf die Unterlippe und blickte wieder auf ihre Hände. Sie sank richtiggehend in sich zusammen und wandte sich halb nach hinten, als wollte sie weglaufen. Aber dort gab es keine Fluchtmöglichkeit.

»Ihr habt euch zusammen überlegt, wahrscheinlich im Park, was ihr tun werdet, und dann, dass ihr euch gegenseitig ein Alibi geben könnt. Dann ist Matthias losgegangen. Er wusste, dass Erica den Buchladen um halb sieben abschließt und nach Hause gehen wird. Dort hat er sie umgebracht. Und zwar ohne zu zögern, ohne weitere Diskussion, es hätte ja jemand den Streit mitbekommen können, wie in der Clemensstraße. Er hat den Brief an sich genommen – allerdings hat er sowohl von dem Umschlag als auch von dem Entwurf nichts geahnt. Und er hat sein Gemälde aus ihrer Wohnung mitgenommen, das das Feuer gezeigt hat. Weil es die Tat darstellt, die er begangen hat. Er hatte es gemalt, um sie zu verarbeiten, und er hatte es Erica geschenkt, um es los zu sein. Es hätte ihn nun aber verraten können. Also musste er es mitnehmen und hat es so aussehen lassen, als wäre es ein Einbruchdiebstahl gewesen. Gut durchdacht, um von sich abzulenken, ebenso wie das Alibi, wie hat Jürgen es mir neulich gesagt: Alte Haschrebellen sind es eben gewohnt, sich gegenseitig zu decken …«

Er hielt inne. Etwas an Gabys Haltung hatte ihn irritiert: Sie hatte, wie bereits einmal, den Kopf weggewandt, nur kurz und verstohlen, diesmal zur Seite. Petry folgte der Richtung ihres Blickes und stand auf. An der Wand, direkt neben dem Vorhang, lehnten weitere Klappmöbel, und dahinter entdeckte er etwas, was wie eine Holzplatte aussah. Sie ragte nur leicht über die Möbel hinaus, Petry sah im oberen Teil einen Holzrahmen, dessen Kehrseite. Mit einem schnellen Schritt ging er dorthin und zog den Holzrahmen hervor. Gaby entfuhr ein entsetzter Laut.

Petry drehte den Rahmen um. Er hielt ein Gemälde in der Hand. Nicht sehr groß, nicht sehr breit, in kräftigen rot-gelb-orangen Farben. Es zeigte Flammen, ein Feuer, und schwarze dünne Gestalten, die so aussahen, als ob sie darin tanzten.

»Du hast es aufbewahrt?«, fragte Petry. »Das Gemälde aus Ericas Wohnung – sein Gemälde. Du konntest es nicht wegwerfen …« Er konnte Gaby ansehen, dass er richtiglag. Sie hatte die Hände vor ihrem Gesicht wie zum Gebet gefaltet. Über ihre Wangen liefen Tränen, die sie zu verbergen versuchte.

Petry betrachtete das Gemälde, und was er sah, ergriff ihn zutiefst. Die auf den ersten Blick tanzenden Gestalten … in Wahrheit wanden sie sich vor Schmerzen. Wie in der Hölle, hatte Endrulat gesagt. Sie streckten ihre dünnen schwarzen Arme himmelwärts, um Hilfe flehend. Das Podest, auf dem sie tanzten, von dem aus die Flammen hochschlugen und seine Konturen verwischten, konnte auch ein Haus sein – ein brennendes Haus.

Jemand hatte diese Szene und die Qualen dieser Menschen festgehalten, weil er sie selbst gesehen haben musste. Weil sie ihn seither verfolgten.

Petry setzte sich wieder und hielt das Bild auf seinem Schoß, sodass Gaby es anschauen musste. Sie vermied es jedoch, den Blick darauf zu richten. Sie rang die Hände und versuchte, sich wieder zu fassen.

»Du siehst, ich weiß alles«, legte Petry nach. »Matthias Winter ist der Täter gewesen, der damals den Brand gelegt hat. Und so ist er auch zum Täter geworden an der Frau, die ihn verraten wollte. Seiner alten Freundin Erica. Er muss sich uns stellen, Gaby.«

Gaby sah nur weiter auf ihre Hände und schüttelte wie manisch den Kopf. Petry unterdrückte das Mitleid, das ihn zu überfluten drohte.

»Mann, Gaby. Ich denke, dir sollte klar sein, dass es überhaupt nichts bringt, die anderen zu decken. Für etwas, bei dem du nicht dabei warst, woran du gar keinen Anteil hattest. Das ist alleine Matthias' Sache. Lass es auch seine Sache *sein*.«

Er lehnte sich zurück und wartete.

Sie richtete sich auf und blickte ihn entschlossen an. Dann sagte sie:

»Es war nicht Matthias.«

»Gaby ...«, sagte Petry warnend und nun langsam ungeduldig.

Gaby wandte sich nun ganz um, wie zuvor, und sagte in Richtung des hinteren Vorhangs: »Sag es ihm selbst!«

Der Vorhang wurde zurückgeschlagen, und ein grauhaariger Mann Mitte siebzig mit kräftiger Statur trat dahinter hervor.

Er sagte mit belegter Stimme: »Ich bin Matthias Winter,

Herr Petry. Aber ich habe Erica Mrosko nicht umgebracht. Und ich habe auch dieses Bild nicht gemalt.«

Petry sah ihn verblüfft an und stand auf, wobei er das Gemälde wie abwehrend vor sich hielt.

Für einen Moment wusste er nicht, was er tun sollte. Er war auf eine solche Situation nicht vorbereitet, er war kein Polizist, er konnte auch keine Verhaftung vornehmen. In seinem Kopf gingen die Gedanken wild durcheinander, er stellte sich vor, was passieren würde, wenn dieser große, kräftige Mann ihn angreifen oder Widerstand leisten würde.

»Herr Winter. Endlich lernen wir uns kennen. Gut, dass Sie diesen Schritt nun gemacht haben …« Petry kam sich selbst dämlich vor, als er das sagte. Kein Psychologengequatsche jetzt, dachte er sich. Auch ihn musst du gleich festnageln. Ihm klarmachen, dass es keinen Ausweg gibt.

»Wie meinten Sie das eben? Sie sind doch Maler?«, fragte er weiter. »Und das hier ist doch Ihr Bild, das in Erica Mroskos Wohnung gehangen hat?«

»Nein«, sagte Winter und lächelte. »So etwas Gegenständliches male ich seit meinen Anfängen nicht mehr, das kann Ihnen jeder bestätigen, der sich damit auskennt. Sag's ihm, Gaby …«

Sie schüttelte weinend den Kopf. »Das habe ich ihm schon gesagt. Es ist nicht von Matthias, natürlich nicht.«

Winter ergänzte: »Aber richtig, es hing in Ericas Wohnung, ich habe es bei ihrer Geburtstagsfeier neulich wiedergesehen.«

Jetzt erkannte Petry ihn: Der rätselhafte Gast auf jenem Foto war Matthias Winter gewesen. Doch im Unterschied zu der Aufnahme mit der WG von vor einigen Jahren trug er jetzt eine Nickelbrille, und seither hatte er sich die kurz geschorenen grauen Haare lang wachsen lassen und zu einem Pferdeschwanz gebunden. So wie Daniel, und von hinten fotografiert, hatte er für Petry wie dieser ausgesehen.

»Von wem ist es dann?«, hörte Petry sich fragen. Er suchte auf dem Bild nach der Signatur und fand erst auf den zweiten Blick unten rechts zwei verschlungene Initialen, die er nicht entziffern konnte.

Matthias Winter und Gaby wechselten einen Blick. Sie nickte ihm zu, und er antwortete seinerseits mit einem Nicken.

»Ich werde es Ihnen sagen. Wie es in Wahrheit gewesen ist.«

»Gut«, sagte Petry. »Aber eigentlich muss meine Kollegin das aufnehmen …« Doch er zögerte. Er wusste, es würde lange dauern, bis Alina hier sein konnte. Zu lange. Sie befanden sich hier ganz am nördlichen Stadtrand Münchens.

»Das kann sie ja später noch tun«, widersprach Matthias ungeduldig. »Ich will es endlich loswerden. Ich kann es so oft erzählen, wie Sie wollen. Jetzt habe ich kein Problem mehr damit. Ich habe mich lange genug versteckt und davor gedrückt.«

»Wo waren Sie denn die ganze Zeit? In Ihrer Wohnung?«

Winter lachte bitter auf. »Erst dort, dann in meinem Bully, die letzte Nacht habe ich bei Freunden verbracht … es reicht wirklich! Hören Sie, ich habe keine Lust, für jemand anderen den Kopf hinzuhalten. Nicht in meinem Alter. Nicht für diese Leute. Erica hat recht gehabt, und Sie auch. Wir müssen die Wahrheit sagen. Wir müssen es endlich tun.«

»Gut«, sagte Petry und beschloss, zum Du überzugehen. »Dann erzähl doch mal, wie es wirklich war, Matthias.«

Wieder wechselte Matthias Winter einen Blick mit seiner Freundin – oder Ex-Freundin? Beide verband ein tiefes Verständnis, das konnte Petry sehen. Petry fiel ein, dass Jürgen ihm Gaby ausgespannt hatte, Matthias' Wut auf diesen war unter allem spürbar.

Winter verschränkte seine Arme und legte los: »Ich habe

ja alles mit angehört, Gaby hat das Gespräch nicht umsonst hierher verlegt, und sie hatte mir natürlich auch von dir erzählt. Mit dem ersten Teil hast du ganz recht gehabt, Petry, so weit stimmt alles. Ich war auf dem Geburtstag von Erica – ich bin froh, dass ich ihn noch mit ihr feiern konnte. Sie hat mir erzählt, dass sie bald sterben wird, aber sie war merkwürdig gefasst, also, ich wäre das nicht ... Das mit Saïds Tod hat sie erst erzählt, als sie uns in der Clemensstraße besucht und gesagt hat, dass sie sich an die Polizei wenden will. Sie war immer schon ziemlich stur, uns war klar, sie würde das durchziehen. Jürgen hat es jedenfalls gar nicht gefallen.«

»Jürgen ...«, sagte Petry und blickte von Matthias zu Gaby. Die beiden nickten.

»Mit ihm hat sie sich gestritten«, sagte Gaby. »Er wollte es ihr ausreden, aber keine Chance. Beide sind richtig laut geworden. Dann kam der Nachbar und hat sich beschwert, und Erica ging weg, ohne ihre Drohung zurückgenommen zu haben.«

»Danach fingen unter uns die Diskussionen an«, sagte Matthias. »Und wir haben uns auch gestritten, richtig gezofft haben wir uns.«

»Als ihr am nächsten Tag im Park wart«, sagte Petry und blickte Gaby an. »Es ging nicht um eure Beziehungen bei dem Streit, es ging um die Frage des Mordes.«

Matthias nickte. »Ich war dagegen. Gaby auch. Aber Jürgen hat gesagt, wir müssten etwas machen. Wir könnten das nicht zulassen.« Er ballte die Faust, und sein Gesicht verzerrte sich. »Er hat sich durchgesetzt, wie immer!«

Petry wagte es kaum zu atmen.

»Und dann?«, fragte er so neutral wie möglich.

»Dann ist Jürgen losgegangen. Und ich ... bin abgehauen ...«, sagte Matthias und hielt sich die geballte Faust vor den Mund.

»Abgehauen?«

»Ja. Ich war so ... beschämt, stinksauer ... und feige ...«, presste Matthias heraus. »Ich bin untergetaucht und hab mich versteckt, erst auf dem Land, dann in meiner Wohnung – und nachdem du sie gefunden hattest, dann hier ... Denn ich hätte es niemals über mich gebracht, so zu lügen, wie wir es ausgemacht hatten. Dass wir an diesem Abend alle zusammen waren ...«

»Das Alibi für Jürgen«, sagte Gaby zu Petry. »Es war Jürgen. Er hat Erica umgebracht. Keiner von uns anderen hätte das tun können. Und niemand anderer soll für einen so gemeinen Mord den Kopf hinhalten.«

Petry wagte es auszuatmen. Was er hörte, verblüffte und bestürzte ihn auf eine Weise, die er niemals für möglich gehalten hätte. Er dachte an seinen ersten Besuch in der Wohngemeinschaft, an die Fröhlichkeit, die esoterische Abgehobenheit, mit der ihm der legendäre Jürgen Köster und seine Freundinnen gegenübergetreten waren. Einen Tag nach dem Mord. Und ihm wurde schlecht dabei.

In der Zeit, die er zum Verarbeiten brauchte, umarmten sich Matthias und Gaby. Sie wirkten erleichtert, dass es nun heraus war.

»Das Bild ist also von Jürgen?«, fragte Petry nun. Er hielt es immer noch in den Händen.

Matthias schüttelte den Kopf. »Das Bild ist von Hannelore«, sagte er. Er deutete auf die Initialen. »Hier, das heißt HR, Hannelore Reitwein. So malt und signiert sie, seit sie auf der Kunstakademie war. Sie hatte sich damals meine ersten Gemälde zum Vorbild genommen.«

Petry erinnerte sich an das gegenständliche Ölgemälde von Matthias, das er in der WG gesehen hatte.

»Und sie wusste natürlich, was damals geschehen ist«, sagte er, fast wie zu sich selbst. »Sie wusste demnach, dass Jürgen auch das Feuer gelegt hatte. Dass er der Brandstifter war, dass er für den Anschlag am 13. Februar 1970 verantwortlich war...«

Er hob ruckartig den Kopf und blickte Matthias Winter fragend an.

»Zu der Brandstiftung will ich nichts sagen«, sagte Matthias mit verschlossenem Gesicht. »Immer noch nicht. Ich nicht.«

Petry nickte langsam. Ihm wurde klar, dass das nun auch gar nicht mehr nötig war.

34

Petry dachte fieberhaft nach, als er aus dem Laden wieder heraustrat. Das Gemälde trug er unterm Arm bei sich. Der vw-Bus, mit dem Gaby gekommen war, stand auf einem Parkplatz um die Ecke, Matthias Winter und sie würden damit in die Stadt fahren und ihre Aussagen im K11 aufnehmen lassen.

Petry wusste, dass er Alina Schmidt und Josef Rattenhuber über das Geschehene informieren musste. Doch noch dringlicher erschien ihm etwas anderes. Er holte sein Handy hervor und rief die Festnetznummer der Wohngemeinschaft auf. Dann wählte er sie, nervös auf und ab gehend. Es klingelte fünf Mal, dann ein sechstes. Petry wollte bereits wieder auflegen.

»Ja?«, meldete sich Jürgen Kösters Stimme schroff und knapp.

Petry hörte ihm an, dass er gewaltig unter Stress stand. Die Evakuierung musste inzwischen angelaufen sein, und dass Jürgen sich trotzdem noch in der Wohnung war, fand er alarmierend.

»Jürgen, hier ist Petry«, sagte er vorsichtig. Er hörte Jürgen aufschnaufen. »Ich mache mir gerade Sorgen um euch ...«

»Ach ja?«, schnappte Jürgen. »Blödsinn! Ich hab dich mit dem Nachbarn im Treppenhaus gehört und mit ihm geredet. Du brauchst gar nicht so zu tun, als käme alles in Ordnung.«

Verdammt, dachte Petry. Er wusste Bescheid, dass Petry hinter sein Geheimnis gekommen war.

»Ich mache mir wirklich Sorgen«, beteuerte Petry. »Wegen

der Weltkriegsbombe, die sie gefunden haben, das ist doch nicht weit von euch, und sie kann jederzeit hochgehen.«

»Ja, sie haben alle evakuiert«, sagte Jürgen schwer atmend. »Aber wir bleiben hier, Hannelore und ich, wir gehen hier nicht weg, jetzt erst recht nicht. Und, Petry, dass bloß niemand kommt, um uns zu holen, denn dann geschieht ein Unglück!«

Petry wollte sofort etwas antworten, doch Jürgen Köster hatte aufgelegt.

Einen Moment lang hielt Petry das Smartphone ratlos in der Hand.

Ich muss dorthin, dachte er, koste es, was es wolle. Wenn ich Umwege mache, kann es zu spät sein, ich muss zu ihnen, jetzt, so schnell wie möglich. Es kann sonst sein, dass sie schon tot sind, durch die Bombe oder weil sie durchdrehen, und mir ihre Version nicht mehr erzählen können.

Er hatte keine Zeit zu verlieren. Er wusste genau, sowohl Alina als auch Rattenhuber würden ihm eine Befragung im Alleingang verbieten und alles komplizieren. Aber er war der Einzige, der das jetzt sofort in die Hand nehmen konnte. Der mit den beiden Alten reden und die Wahrheit über den alten Fall noch erfahren konnte. Wenn die Zeit dafür überhaupt reichte.

Er ging um das Gebäude herum und traf dort auf dem Parkplatz auf Gaby und Matthias, die bei ihrem bunt bemalten VW-Bus einen Joint rauchten.

»Ich brauche euren Bully. Mit der Vespa bin ich nicht schnell genug in der Stadt«, sagte er knapp und streckte die Hand aus. Matthias griff ohne Zögern in seine Hosentasche und holte den Schlüssel heraus. Petry schnappte ihn sich und sprang in den VW-Bus. Er stellte das Bild auf den Beifahrersitz, ließ den alten Motor mit seinem rasselnden Brummen an und gab Gas, dass der Kies spritzte.

Der alte Bully schaffte tatsächlich eine Geschwindigkeit

von hundert Stundenkilometern. Die große Straße, auf der er in dem grellen Hippie-Gefährt nach Süden raste, war in dieser Richtung frei, in der Gegenrichtung hingegen gab es einen großen Stau von offenbar Flüchtenden. Petry stellte das altmodische Autoradio an und hörte im Verkehrsfunk, dass zurzeit in Schwabing zweitausendfünfhundert Menschen evakuiert würden. Die entsprechende Zone umfasste einen Radius von dreihundert Metern um die Fundstelle, drum herum ein größerer Sperrkreis von tausend Metern, innerhalb dessen jeglicher Verkehr eingestellt war und wo sich niemand im Freien aufhalten durfte.

Petry bog auf dem Ring nach Westen ab und dann wieder nach Süden, sodass er so nahe wie möglich an die Sperrzone, an das Haus in der Clemensstraße heranfahren konnte. Am Luitpoldpark stieß er auf die Absperrung. Mehrere Streifenwagen waren dort geparkt und blockierten die Straßen nach Süden. Menschen strömten zu Fuß aus der Sperrzone heraus, und mehrere Gelenkbusse der Münchner Verkehrsbetriebe stauten sich, randvoll mit Bewohnern, die ängstlich durch die Scheiben starrten. Manche hatten ihre Hunde oder Katzen auf dem Arm. Auch Altersheime lagen in der Evakuierungszone und wurden geräumt, soweit die Patienten transportfähig waren. Krankenwagen mit blinkenden Blaulichtern bildeten einen Konvoi.

Petry parkte den Bully in zweiter Reihe auf der überfüllten Straße und stieg aus, Hannelores Gemälde klemmte er sich wieder unter den Arm. Direkt vor sich entdeckte er den Chevrolet mit den großen Heckflossen, der J.R., seinem Bekannten aus dem Café, gehörte. Dieser wartete daneben mit seinem Spitz an der Leine.

»Seltsam, so ganz ohne Lärm. Doris hat mich sofort informiert, nachdem sie die Bombe gefunden hatten«, sagte er zu Petry.

Petry nickte ihm zu. »Hoffentlich geht das Ganze gut aus.«

Er ging weiter bis zu der Absperrung und sprach einen Streifenbeamten an, wobei er seinen Dienstausweis zückte.

»Ich bin Felix Petry vom K16, ich kenne Leute, die in der Sperrzone wohnen. Wie ist die Lage?«

»Wir holen gerade alle Bewohner aus der Evakuierungszone raus, höchste Lebensgefahr«, sagte der Polizist. »Es ist eine Zweihundertfünfzig-Kilo-Bombe, und der Zünder ist vom Rost zerfressen, die könnte jederzeit hochgehen. Sie haben sich entschieden, sie kontrolliert zu sprengen, so wie die im August 2012. Sie wissen sicher noch, was die für Zerstörungen angerichtet hat. Die Evakuierung muss in anderthalb Stunden abgeschlossen sein.«

Petry entschied sich dagegen, ihm die Lage genauer zu erklären – dass es sich bei den Leuten um Straftäter handelte, die sich verschanzt hatten und denen die Lebensgefahr egal war. Er wusste, das würde Komplikationen geben, aber er musste das alles inoffiziell regeln.

»Alles klar, danke«, sagte er.

Er ging hundert Meter weiter und wartete, bis der Beamte abgelenkt war. Dann hob er das Absperrband, schlüpfte unbemerkt darunter durch, lief mit raschen Schritten zum ersten Haus, wo er außer Sicht war, und dann weiter in die Sperrzone hinein.

Die Straßen waren wie ausgestorben. Petry hörte die Vögel zwitschern. Es war ein wunderschöner Apriltag, heller Frühling, und die Luft duftete süßlich nach Blüten. Ganz von ferne hörte er eine Lautsprecherdurchsage, die er nicht verstehen konnte. Offenbar fuhren Wagen durch die Zone, um etwaige Zurückgebliebene zu warnen und zu informieren.

»Das Vergangene ist nie tot. Es ist nicht einmal vergangen«, murmelte Petry vor sich hin. Das bekannte Zitat des Schriftstellers William Faulkner hatte er sich für immer gemerkt, es schien ihm auf München so gut zu passen wie sonst kaum etwas. Gerade jetzt, an diesem Ort, in diesem konkreten Moment.

Die Atmosphäre war gespenstisch: Es waren keine Menschen auf der Straße, keine spielenden Kinder, keine Lieferwagen, die die Einfahrten oder Bürgersteige blockierten. Petry fiel ein, dass auch seine Wohnung, sein Wohnhaus am Kurfürstenplatz in der Sperrzone lag. Für einen Moment stellte er sich vor, wie das Gebäude mitsamt Umgebung, sein Zuhause, seine ganze Welt, in die Luft gesprengt wurde. Für immer zerstört, und er würde vollkommen neu anfangen müssen.

Er schüttelte den Gedanken ab. Petry näherte sich nun der Evakuierungszone, das Haus der WG befand sich rund fünfhundert Meter von der Baustelle entfernt. Er musste Alina Schmidt informieren, schon für den Fall, dass ihm etwas passierte. Petry entschied sich gegen einen Anruf, der sein Vorhaben noch hätte gefährden können, und für eine geschriebene Nachricht.

Er nahm sein Mobiltelefon und tippte:

Bin in der WG in der Evakuierungszone – Köster und Hannelore sind dort. Köster ist der Mörder.

Nun näherte sich Petry der Ecke Clemensstraße und Fallmerayer. An der Kreuzung angekommen, markierte er noch Standort und Adresse und schickte die Nachricht ab, bewusst erst jetzt. Er kopierte sie und sandte sie dann erneut los, an Rattenhubers Nummer, und schaltete das Handy danach sogleich in den Flugmodus. Er hatte damit seiner Pflicht genügt und konnte sich weitere Vorwürfe des Chefs vom Leib halten, doch bei dem, was nun kam, konnte er keine Störungen gebrauchen.

Er hatte früher die Verhandlungsgruppe der Polizisten psychologisch beraten, die als Mediatoren bei Geiselnahmen tätig waren. Diese Fähigkeiten würde er in der Situation dort oben jetzt brauchen. Jürgen wusste, dass er wusste, wo er war, und dass Petry kommen würde. Petry würde ihn erst überreden müssen, ihn in seine Nähe zu lassen. Das alleine würde schon schwer genug werden.

Die Lautsprecherdurchsage war immer lauter geworden, nun bog der Wagen um die Ecke. Es war ein roter Feuerwehr-Einsatzwagen mit aufgeklebter »112«. *»Hier spricht die Einsatzleitung der Münchner Feuerwehr. Dieses Gebiet von Karl-Theodor-Straße bis Elisabethstraße ist aufgrund des Fundes einer Weltkriegsbombe zur Evakuierungszone erklärt worden. Verlassen Sie bitte ohne Verzug Ihre Wohnungen und lassen Sie alle Gegenstände dort zurück. Es besteht höchste Lebensgefahr.«*

Der Fahrer des Wagens streckte den Kopf aus dem Fenster und rief Petry an: »He, Sie, was machen Sie noch hier?«

»Polizei!«, rief Petry und hielt seinen Ausweis hoch. »Sondereinsatz!«

»So schnell wie möglich weg hier!«, rief der Fahrer, dann zog das Fahrzeug an ihm vorbei und bog um die nächste Ecke.

Die Megaphon-Ansage wurde allmählich leiser.

Petry ging auf das Haus zu und fand die Tür offen stehend. Sie war festgeklinkt. Er atmete tief durch und lief die Treppe nach oben. Im zweiten Stock erreichte er die Tür der Wohngemeinschaft. Er klopfte dreimal mit den Fingerknöcheln, laut und vernehmlich, dann erst klingelte er.

»Jürgen, ich bin's, Petry«, rief er. »Ich bin alleine, ich bin auf eigene Faust zu euch gekommen.« Er lauschte. Von drinnen kam keine Antwort. »Ich habe mit Matthias Winter und Gaby geredet. Ich kann mir jetzt denken, was passiert ist, Jürgen, aber ich weiß noch nicht alles. Also lass uns darüber reden, ja?«

Er blickte in Richtung des Türspions und glaubte zu sehen,

wie dessen gewölbte Glasöffnung sich verdunkelte. Dann drehte sich ein Schlüssel zweimal im Schloss, und die Tür wurde aufgerissen. Jürgen stand vor ihm, doch er war nicht in aggressiver Stimmung, sondern wirkte ziemlich aufgelöst.

»Petry«, sagte Jürgen mit erstickter Stimme. »Irgendwas ist mit Hannelore, ich glaube, sie hat einen Herzinfarkt.«

»Lass mich rein!«, sagte Petry. Jürgen trat beiseite, und Petry schlüpfte in die Wohnung. Auf der Doppelmatratze lag Hannelore, eine Hand auf ihr Herz gepresst. Sie war kreidebleich, ihre Augen standen offen, aber sie schienen nicht alles wahrzunehmen. Petry kniete bei ihr nieder.

»Was ist mit dir?«

»Schnell ...«, flüsterte sie. »Meine Pillen ...«

Sie zeigte auf das Bord neben dem Bett. Jürgen stürzte sich darauf und entnahm der Packung mit zitternden Fingern eine Tablette. Petry brachte ihr vom Waschbecken ein Glas Wasser. Gemeinsam halfen sie ihr, die Pille mit einem Schluck einzunehmen, und stützten sie dabei.

»Es geht schon wieder«, hauchte Hannelore. »Musste mich nur ein bisschen hinlegen ...«

»Ich rufe sofort einen Krankenwagen«, sagte Petry.

»Nein, das wirst du nicht!«, entgegnete Jürgen hart. Er griff sich plötzlich ein Messer vom Küchentresen und hielt es drohend hoch.

»Wieso?«

»Tu's nicht«, sagte Hannelore schwach zu Petry.

»Du stirbst sonst vielleicht.«

»Besser jetzt als ...« Sie setzte den Satz nicht fort.

»Sie hat ihre Pille genommen«, sagte Jürgen. »Mehr kann man sowieso nicht tun.«

Petry fielen eine Menge Gründe ein, mit denen er ihm hätte widersprechen können. Aber in dieser Situation würden sie die beiden nicht erreichen.

»Wenn du einen Anruf machst, bringe ich uns beide um«,

sagte Jürgen und hielt das Messer bedrohlich auf Hannelore gerichtet. Seine Augen blickten ernst und entschlossen.

»Ganz ruhig«, sagte Petry. Er traute ihm jederzeit zu, es auch einzusetzen. Zumal nach dem, was er nun über Jürgen wusste: dass er schon einmal ein Messer benutzt und Erica damit ermordet hatte.

Hannelore richtete sich auf und stützte sich auf einen Ellenbogen.

»Es geht mir wieder gut«, sagte sie mit erhobener Stimme. »War nur ein kurzer Moment, dass ich mich schwach gefühlt habe, aber jetzt ist er vorbei.«

Sie bemühte sich, sie beide zu beruhigen.

»Bist du sicher?«, fragte Petry.

Hannelore atmete flach. Petry griff nach ihrem Handgelenk und fühlte ihren Puls. Er schlug zu schnell, lag bei fünfundneunzig Schlägen pro Minute. Und ihm war klar, dass es ihr jederzeit wieder schlechter gehen konnte und dass sie das selbst wusste. Er hoffte, dass sie vorher etwas loswerden wollte.

»Also gut, wir reden erst mal«, sagte Petry. »Dann sehen wir weiter.«

Er sah von ihr zu Jürgen. Beide nickten.

»Danke, dass ihr mich hereingelassen habt. Ich wollte euch das hier zurückbringen.«

Er nahm das Gemälde, das er neben dem Bett abgestellt hatte, hoch und platzierte es auf dem Küchentresen, sodass Jürgen und Hannelore es direkt vor sich hatten. Jürgen erstarrte. Hannelores Blick wanderte zu dem Bild.

»Du hast es also gefunden«, sagte sie. Sie wirkte gefasst und hatte sich neben Jürgen auf das Bett gesetzt. Er legte ihr die Hand auf den Arm, als wollte er sie davon abhalten, weiterzureden. Seine andere Hand hielt immer noch das Messer. Für Petry ergab sich durch die Waffe ein ganz neues Bild von ihm. Bisher hatte er Jürgen für jemanden gehalten, der vor allem gerne redete und sich dadurch Macht verschaffte. Doch nun schien es ganz selbstverständlich, dass er diese auch mit Gewalt durchzusetzen imstande war. Dass ein übersteigerter Gerechtigkeitssinn, eine Empfindlichkeit und immer noch jugendliche Wut in ihm glühten.

Petry wusste, dass es an ihm lag, das Gespräch in Gang zu bringen, nicht nur, um die Bedrohung abzuwenden. Er setzte sich auf den Sitzsack, so wie bei seinem ersten Besuch.

»Ich war bei Gaby und habe Matthias aufgestöbert, und das Gemälde aus Ericas Wohnung«, sagte er. »Sie haben mir erzählt, dass Erica euch besucht hat, dass es Streit gab, und auch, dass du am nächsten Tag zu ihr gegangen bist. Und wozu.« Er sah Jürgen an. »So viel weiß ich, auch meine Kollegen wissen es bereits. Aber ich würde es gerne genauer von dir hören. Was ich noch nicht ganz verstehe, ist, wie es dazu gekommen ist, dass du sie getötet hast. Und vor allem, wie du das wirklich fertigbringen konntest. Immerhin kanntest du sie sehr lange, warst sogar mit ihr zusammen. Würdest du mir helfen, das zu verstehen?«

Jürgen zögerte. Hannelore streckte die Hand zu ihm hin aus, und er ergriff und drückte sie einmal kurz. Dies alles tat er, ohne das Messer sinken zu lassen. Dann begann er zu reden.

»Ich weiß nicht ... Ich bin nicht mit irgendeinem Plan zu ihr gegangen – ich wollte noch mal versuchen, mit ihr zu reden ...«

»Du wolltest sie zum Schweigen bringen«, beharrte Petry und versuchte, nicht auf das Messer zu starren. »Darum ging es dir letztlich, um nichts anderes.«

»Gib es zu«, sagte Hannelore zu Jürgen. »Du musst es einfach zugeben.«

»Ja, schon«, sagte dieser. »Nicht nur für mich selbst, ich wollte uns alle schützen, und die anderen waren auch absolut meiner Meinung in der Sache. Na ja, bis auf Matthias ...«

Petry beschloss, ihn zunächst weiter über den Mord an Erica reden zu lassen. Das andere würde danach kommen. Hannelore sah sehr mitgenommen aus, doch sie schien einigermaßen stabil zu sein und hörte ihrem Freund zu:

»Ich wollte schon klingeln und mir so Einlass verschaffen, da sah ich Erica noch einmal herauskommen und zur Buchhandlung gehen. Doch sie hatte keinen Brief dabei. Also dachte ich mir, sie hat nur etwas vergessen. Das gab mir aber die Gelegenheit, ins Haus zu schlüpfen. Wie man schnell eine Tür öffnet, habe ich in meiner Studentenzeit gelernt, wir waren aus der Kommune immer wieder ausgesperrt. Es hat mich keine Mühe gekostet, ihr Schloss zu knacken, und ich bin in die Wohnung gegangen. Dort hab ich gesehen, dass sie den Brief gerade getippt hatte. Er lag fertig neben der Maschine. Ich habe ihn rasch gelesen, er war an dich gerichtet, Petry, und sie nannte offen die Täter. Sie hat sogar spezifiziert, wer was gemacht hat, wer nur Schmiere gestanden hat, das, was wir später in der Kommune erzählt haben.« Petry nickte nur, unterbrach ihn nicht. »Aber ganz feige und anonym – sie hat nicht unterschrieben. Ich hab den Brief sofort an mich genommen, da habe ich auch schon gehört, wie sie die Treppe heraufkam. Also bin ich zur Tür geeilt. Ich war so wütend über ihre Feigheit, das hat den Ausschlag gegeben ... Ich habe direkt zugestochen ...«

Er sah Petry an, immer noch ernsthaft empört und offenbar von der Notwendigkeit seines Tuns überzeugt. Jürgen schien zuversichtlich, auch ihn zu überzeugen. Und nach wie vor hielt er das Messer in der Hand umkrampft, das seinen Worten Überzeugungskraft verlieh.

»Sie hatte einen Wein dabei, sie wollte das Ganze damit feiern, den Verrat an uns, ihren Freunden!« In Jürgens Augen blitzte Wut auf, jene Wut, die ihn auch zu der Tat getrieben hatte.

»Und was war mit dem Bild?«, fragte Petry, darum bemüht, Jürgens Erzählfluss nicht zu bremsen, aber zu kanalisieren. Alle drei blickten auf das Gemälde mit den im Feuer tanzenden Gestalten.

»Das Gemälde hatte ich ganz vergessen gehabt, aber dort sprang es mir ins Auge. Ich hatte plötzlich Angst, dass es zu viel verraten würde, wenn die Mordkommission in unserer Vergangenheit herumwühlen würde, und da kam mir die Idee, ich könnte es mitnehmen und die Tat wie einen Einbruchdiebstahl aussehen lassen, der eskaliert war. Also nahm ich es ab, ließ die aufgebrochene Tür offen und ging.«

»Okay«, sagte Petry und beobachtete Hannelore. Er sah besorgt, wie aufgewühlt sie war. Und er hatte das Gefühl, es lag daran, dass noch nicht alles ausgebreitet worden war.

»Gaby sollte das Bild loswerden. Wenn ich gewusst hätte, dass sie es aufbewahrt ...«, sagte Jürgen, zeigte auf das Gemälde und schüttelte den Kopf.

»Offenbar schien es ihr zu wichtig«, sagte Hannelore. »Und sie hat doch recht, das ist es auch. Mir ist es ungeheuer wichtig.«

Sie sah es an, ihr Werk von vor vielen Jahren, als sehe sie es mit ganz neuen Augen, und gleichzeitig so, als wollte sie es zum letzten Mal erfassen.

»Genau das interessiert mich«, sagte Petry. Er machte nun den nächsten Schritt. »Jetzt weiß ich, wie Erica gestorben ist, aber erzählt bitte mehr von dem Grund dafür, vom 13. Februar 1970. Ihr wart beide an der Brandstiftung beteiligt, nicht wahr?« Er wandte sich Hannelore zu. »Ihr wart beide vor Ort, auch du. Deswegen hast du das Bild gemalt?«

»Ja ...«, begann sie.

Jürgen hob die Hand, und sie verstummte.

»Warum habt ihr das überhaupt getan?«, fragte Petry schnell weiter. »Warum dort, wie habt ihr das Ganze geplant und es dann ausgeführt?«

Jürgens Blick war verständnislos, so als wäre das doch

naheliegend. »Das hat sich damals einfach so hochgeschaukelt, in all unseren Diskussionen. Wie hart die Staatsmacht mit uns umgegangen ist, wie die ganzen alten Faschisten uns niedergeknüppelt haben bei unseren Protesten, wie brutal die Amis den Vietnamkrieg haben eskalieren lassen, wie die Israelis mit den Palästinensern umgegangen sind, und das alles ...«

»Das war für euch das Gleiche?«, fragte Petry fassungslos.

Jürgen zuckte mit den Schultern. Hannelore auf dem Bett schien es mehr zu berühren.

»Es ging um unsere Freunde«, sagte sie. »Da sind Leute in den Knast gekommen, Fritz Teufel und andere, für witzige, kreative Aktionen hat man die knallhart verurteilt, das war völlig unverhältnismäßig. Andere Genossen hatten schon die Richter und Staatsanwälte attackiert, die dafür verantwortlich waren, die hatten vor deren Häusern gezündet ...«

»Wir haben nächtelang diskutiert, was der nächste Schritt sein muss«, sagte Jürgen. »Alle haben gesagt, jetzt seid ihr mal dran, wir waren unter Druck, was zu machen. Irgendwie wurde uns dann bewusst, dass es stimmte, wir mussten jetzt einfach handeln ...«

»*Du* bist unter Druck geraten, du vor allem«, widersprach Hannelore so energisch, wie sie konnte. »Du meintest etwas tun zu müssen, Jürgen. Du hast darauf gedrängt, mehr als Saïd ...«

»Weil du nicht nur ein Mitläufer sein wolltest«, warf Petry ein. »Du warst ja der Anführer in eurer Kommune, in der Gruppe, da konntest du nicht bloß ein Politclown bleiben ...«

Und nicht länger einer – ergänzte Petry bei sich –, der weglief, wenn es ans Eingemachte ging, und die anderen zurückließ wie damals bei der Aktion mit den Flugblättern, für die nur die Frauen verurteilt worden waren.

Hannelores Haltung schien Petry offener, ungeschminkter als die von Jürgen.

Jürgen nahm ihre Einwürfe an, ohne zu widersprechen, er redete einfach weiter.

»Ja, ich war's, ich habe gesagt, wir müssen jetzt was tun. Uns hat vorgeschwebt, das so zu machen wie bei dem Kaufhausbrand in Frankfurt, also nachts. Dabei war ja nicht viel passiert, es waren keine Menschen zu Schaden gekommen.«

»Aber ein jüdisches Wohnheim mit alten Menschen?«, sagte Petry. »Das ist doch was völlig anderes als ein leeres Kaufhaus. Wie seid ihr denn darauf gekommen?«

»Als wir über den Ort diskutiert haben, ging es uns nur darum, ein Zeichen zu setzen«, rechtfertigte sich Jürgen. »Irgendwann hat Saïd die Israelitische Kultusgemeinde vorgeschlagen, und das erschien uns wirklich am naheliegendsten …«

»War Saïd dabei?«, fragte Petry wie beiläufig.

Hannelore nickte. »Wir waren zu dritt, wir beide und Saïd waren dort …«

Jürgen hob die Hand und übernahm, sie verstummte erneut. Nun fuhr er fort:

»Saïd hatte das jüdische Wohnheim ausgekundschaftet und den Kanister am Tag zuvor in einem Taxi dorthin gebracht und versteckt.«

»Woher hattet ihr den Kanister?«

»Ein Genosse hatte den beschafft, so ein ganz junger Typ aus der Kommune, der über seinen Job Zugang dazu hatte«, sagte Jürgen.

Petry nickte. Diese Spur war also die richtige gewesen.

Hannelore ergänzte: »Für uns beide war das alles neu, aber wir kannten Genossen, die bei den Tupamaros waren, wie gesagt, die hatten schon öfter was mit Brandsätzen gemacht.«

Jetzt übernahm wieder Jürgen. Anscheinend trieb erst

ihre Offenheit ihn an, es wirkte beinahe so, als wollte er ihr zuvorkommen.

»An dem Freitag, dem 13. sind wir drei dann hingefahren, und die beiden anderen haben mich gedeckt, für den Fall, dass jemand kommt.« Petry blickte Hannelore an. Ihre Augen starrten ins Leere, so als starrten sie in die Vergangenheit. »Sie haben Schmiere gestanden, und ich habe den von Saïd versteckten Kanister hervorgeholt. Dann bin ich nach oben gefahren und habe das Benzin vom vierten Stockwerk aus bis ganz nach unten verschüttet. Und als ich unten angekommen war, habe ich es angezündet.« Jürgen hob erst den Blick und breitete dann die Hände aus: »Das war's.«

Petry erschien dieses Geständnis zu einfach, zu unpersönlich, wie auswendig gelernt, geradezu gespenstisch. Es musste die Version sein, die Jürgen sich zurechtgelegt hatte, um damit leben zu können: ein schlichter Vorgang, abgehakt. Petry wollte sich damit nicht zufriedengeben. Das konnte er einfach nicht.

»Aber wie habt ihr das nur tun können? Sieben alte Menschen, die erstickt oder verbrannt sind, so etwas Furchtbares? Das muss euch doch klar gewesen sein!«

»Wir haben ja nicht gedacht, dass es so tödliche Konsequenzen hat!«, verteidigte sich Jürgen. »In den anderen Fällen war da nicht so viel passiert. Wir sind aus dem Gebäude raus und zum Gärtnerplatz gelaufen und haben uns schräg gegenüber herumgedrückt. Von da haben wir dann gesehen, dass das ganze Haus schnell in Flammen stand, viel krasser, als ich es mir ausgemalt hatte. Es muss der Luftzug nach oben im Treppenhaus gewesen sein, der Kamineffekt. Dann kamen die Besucher aus dem Gärtnerplatztheater, und wir haben uns unter sie gemischt. Plötzlich heulten die Sirenen, und die Feuerwehr kam, relativ schnell. Ganz ehrlich, ich habe gehofft, dass sie die Bewohner retten können, wir wollten ja nur ein Fanal setzen, nicht Menschen umbringen.«

»Ihr habt es genau darauf angelegt, so, wie das Benzin verteilt worden war«, widersprach Petry bitter. Er sah auf das Messer in Jürgens Hand, das dieser weiterhin drohend zwischen sich und Hannelore auf dem Bett hielt, dann schaute er schnell wieder weg. »Ihr musstet damit rechnen, ganz sicher sogar, da gibt es kein Vertun!«

Hannelore sagte leise: »Als dann der eine alte Mann um Hilfe gerufen hat und gesprungen ist, da sind wir abgehauen, wir konnten es nicht mehr mitansehen.«

Sie starrte die ganze Zeit auf das Bild, das sie gemalt hatte. Sie konnte ihren Blick kaum davon abwenden.

»Das ist ungeheuer feige«, sagte Petry, seine Stimme zitterte vor Wut. »Und so einfach kann es für euch doch nicht gewesen sein ... Was war danach? Was habt ihr dann gemacht? Was habt ihr getan, als ihr gehört habt, dass es sieben Tote gab, dass es der schlimmste Anschlag in der Bundesrepublik zu diesem Zeitpunkt war?«

Hannelore verzog das Gesicht zu einer schmerzlichen Grimasse. Jürgens Züge dagegen waren wie versteinert, er hatte sich in einen Rechtfertigungsmodus begeben. Seine Hand umkrampfte die Waffe noch fester.

»Wir waren natürlich total schockiert«, sagte Jürgen. »Das war kein Triumph, das kannst du mir glauben! Noch dazu haben uns die Bilder verfolgt ...«

»Aber ihr habt euch nicht gestellt«, unterbrach Petry sofort diesen Versuch, sich als Opfer darzustellen, den er nur schwer ertrug. »Oder habt ihr darüber mal nachgedacht? Habt ihr darüber wenigstens diskutiert?«

»Na ja ... du kannst dir das nicht vorstellen, Petry, wie das ist ...«, begann Jürgen.

»Ihr hättet euch dazu bekennen können, wenn es eure politische Absicht war, wenn es um ein Zeichen ging«, sagte Petry. »Aber nicht mal das habt ihr getan. Weil euch klar geworden ist, was es wirklich gewesen ist – ein Massenmord.

Was auch immer ihr ursprünglich im Sinn gehabt haben mögt in eurer völligen Verblendung, es war ein antisemitischer Anschlag, und ihr seid an unschuldigen alten Menschen zum Mörder geworden.«

Hannelore schluchzte auf.

»Ich habe kein Mitleid mit euch. Und nachdem euch das klar geworden war, habt ihr alles getan, um es zu vertuschen. Die anderen Kommunarden haben euch ein Alibi gegeben«, sagte Petry. »So etwas war ja üblich unter Haschrebellen, du hast es mir neulich nachts gesagt. Hat Erica da mitgemacht?«

Jürgen nickte. Darüber zu reden schien ihm zu helfen, seine Fassung zu bewahren.

»Ja, das hat sie. So wie alle, die damals in der Kommune waren, auch Matthias Winter. Erica war ja damals mit Saïd zusammen, den hat es ziemlich mitgenommen, er hat es sich bei ihr offen von der Seele geredet, bevor er wieder in den Libanon gegangen ist. Sie wusste also Bescheid. Und sie hat die ganzen Jahre lang darüber geschwiegen.«

»Bis jetzt«, sagte Petry.

»Saïd hat später noch etwas rausgeschickt, unter einem Decknamen«, sagte Jürgen schwach. »Eine Art Bekennerschreiben, aber das hat niemand ernst genommen.«

»Aber *ihr* habt euch nicht gemeldet, darum geht es!«, rief Petry. »Ihr habt euch nicht nur gegenseitig gedeckt, ihr habt auch noch versucht, die Schuld von euch abzulenken.«

»Was meinst du?«, fragte Jürgen mit gesenktem Kopf. Es schien, als ahnte er die Antwort.

»Ihr habt einen Brief gefälscht und dann verbreitet. Der es so aussehen ließ, als seien welche von der NPD für die Tat verantwortlich. So war es doch, oder?«

Jürgen sah ruckartig hoch. »Da hat es aber wirklich nicht die Falschen getroffen! Die hätten es genauso gut gewesen sein können!«

»Sie waren es aber nicht! Oh, ich bin wirklich nicht auf deren Seite, aber trotzdem finde ich es bemerkenswert, wie perfide ihr vorgegangen seid, statt zur Wahrheit zu stehen. Dieser vermeintliche Hinweis hat euch damals gerettet, er tut es heute noch, obwohl inzwischen genügend Leute ahnen, dass es sich um eine Fälschung von euch handelt, aber niemand kann es beweisen!«

»Das stimmt«, sagte Hannelore. »Dabei hat Jürgen einmal sogar damit geprahlt, vor so einem NPD-Arschloch, als er bei einer Demo auf ihn getroffen ist.«

»Dieter Staal?«, fragte Petry.

Hannelore nickte. Jürgen war ganz in sich versunken.

»Kein Wunder, dass er und seine Leute euch so auf dem Kieker haben«, sagte Petry. »Auch Erica. Sie hat die Fälschung erstellt, oder?«

»Wir beide«, sagte Hannelore tonlos.

»Wie bei den Flugblättern zu den Geschwistern Scholl. Nur dass ihr euch diesmal auf die falsche Seite gestellt habt ... Wahnsinn, was ihr geglaubt habt euch alles leisten zu können«, sagte Petry kopfschüttelnd. »Man kann beinahe den Eindruck bekommen, es sei euch nur darum gegangen, auszuprobieren, womit man durchkommt. Immer noch.« Jürgen sah auch weiterhin nicht hoch, fiel Petry auf, so als fühlte er sich nicht angesprochen. »Aber eine Sache ist mir immer noch nicht ganz klar. Ich meine, was eure Tat betrifft, die Brandstiftung.«

Für einen Moment war Stille. Auch draußen waren keine Lautsprecher mehr zu hören. Es würde nicht viel Zeit bleiben.

»Wie war das nun noch mal genau? Wer hat welche Rolle gehabt – wer hat Schmiere gestanden, und wer hat das Feuer gelegt?«

Hannelore sah ihn erschrocken an. Jürgen fuhr alarmiert hoch.

»Das hab ich doch gesagt«, rief er. »Ich war das natürlich!«

Petry blickte zwischen beiden hin und her. Es waren nicht nur ihre Reaktionen. Er dachte auch noch einmal an das Containern mit Hannelore. Und wie sie ihn gebeten hatte, »aufzupassen«.

»Nein«, sagte er. »In Wahrheit war es genau umgekehrt. Jürgen hat Schmiere gestanden, aber du warst es, Hannelore, nicht wahr? Du hast das Feuer gelegt, du hast das Benzin angezündet.«

Er konnte ihr ansehen, dass er recht hatte.

»Es kann auch gar nicht anders sein. So ist alles zu erklären«, ergänzte er. »Deswegen hat Jürgen so rabiat verhindert, dass es rauskam, es ging ihm darum, *dich* zu schützen, nicht sich. Und deswegen hast du auch das Bild gemalt, Hannelore, weil dich deine Schuld verfolgt hat und du versucht hast, sie loszuwerden.« Er zeigte auf das Gemälde. Auch Hannelore sah dorthin. »Und deswegen musste es nach der Tat verschwinden, und er hat es aus der Wohnung mitgenommen – weil es auf dich verwiesen hätte, die Malerin. Die Brandstifterin.«

»Nein«, presste Jürgen heraus. Er hob das Messer wieder ein kleines Stück in die Höhe, wie eine hilflose letzte Abwehrreaktion, die sich gegen Petry richtete. Eine mörderische Wut blitzte in seinen Augen auf. »Ich warne dich, wenn du …«

»Hör auf, Jürgen«, sagte Hannelore mit aller Kraft, die sie noch hatte. »Verdammt noch mal, hör endlich auf.«

Jürgen hielt inne und blickte sie irritiert an.

»Wie hat er dich dazu überredet?«, fragte Petry sie. »Denn das hat er doch? Er hat den Druck von sich an dich weitergegeben, nicht wahr? Er hat dir eingeredet, dass du etwas tun musst, jetzt mal etwas beweisen sollst. So wie er ständig Leute herausfordert, so ein Machtding eben, um zu sehen, wie weit du für ihn gehst, eine Mutprobe …«

»Eine Mutprobe«, wiederholte Hannelore flüsternd. »So könnte man es nennen …«

»Oder ein Liebesbeweis«, sagte Petry. Er folgte jetzt einfach seiner Intuition. »Du warst in ihn verliebt, von Anfang an, unsterblich, das hast du mir neulich gestanden. Aber ihr durftet ja nicht zusammen sein in einer Kommune, keiner durfte in eurer Welt ausschließlichen Anspruch auf einen anderen erheben, und es gab andere Frauen, mit denen Jürgen etwas hatte, Erica oder wen auch sonst noch …« Er sah, dass er auf dem richtigen Weg war. Alles an der Haltung der beiden sprach dafür, der alten Frau und des alten Mannes, die immer noch ein Paar waren. Aber es immer noch nicht zulassen wollten.

»… also glaubtest du, ihm etwas beweisen zu müssen, du hättest alles für ihn getan. Und *das* war es, was er von dir wollte. Wahrscheinlich hat er das Benzin verschüttet, den schweren Kanister von oben nach unten getragen. Aber dann, im Erdgeschoss vor dem Lift, als es so weit war, da hat er dir gesagt, dass du es anzündest sollst. Er hat es dir überlassen, hab ich recht?«

Hannelore zitterte jetzt am ganzen Körper. Plötzlich durchzuckte es sie, und sie stöhnte auf, verkrampfte die Hände um ihre Herzgegend.

Jürgen schrie auf und beugte sich über sie. Das Messer in seiner Hand hatte er vergessen. Petry fingerte nach seinem Handy, doch er ahnte, dass es nichts mehr bringen würde, den Notarzt zu rufen.

Hannelore krümmte sich. Jürgen liefen die Tränen über das Gesicht und tropften auf sie herab. Hannelore flüsterte etwas. Petry beugte sich ganz tief hinunter zu ihren Lippen.

»Ja, so war es«, sagte sie leise, doch es war gut genug zu verstehen. ›Traust du dich?‹, hat er gefragt … und ich hab … ja, ich hab mich getraut … für ihn …«

»Mein Liebling …«, sagte Jürgen weinend.

Ein Lächeln erschien auf Hannelores Gesicht, es verzerrte ihre Lippen, und dann kippte ihr Kopf zur Seite, und Jürgen umarmte sie aufschluchzend.

Auch Petry weinte jetzt.

Weinend nahm er Jürgen das Messer aus der schlaffen Hand. Dieser ließ es ohne Widerstand zu.

35

Zunächst beharrte Jürgen darauf, an der Seite der toten Hannelore zu bleiben. Doch dann, nach einer Weile, ließ er sich von Petry überreden, mit ihm zu gehen. Sie waren hier nicht sicher, die Bombe sollte in Kürze gesprengt werden. Für die Tote konnten sie nichts mehr tun, und Petry versprach, er würde sofort jemanden benachrichtigen. »Aber jetzt erst mal raus hier!«

Er ließ Jürgen noch ein paar Momente Zeit, sich von ihr zu verabschieden. Dieser schloss Hannelore die Augen, küsste ihren Mund und ihre Hände. Fast willenlos, gebrochen, ließ Jürgen sich danach aus der Wohnung bringen und stieg neben Petry her die Treppe hinunter. Dieser hatte das Gemälde wieder mitgenommen.

»Komm, beeil dich.«

Petry zwang sich, die nächsten Schritte zu durchdenken – den Anruf in der Zentrale, um mitzuteilen, dass eine Tote in der Wohnung liege, den Anruf bei Alina, dann, wie er und sie weiter mit Jürgen umgehen würden. Sie würde es sein müssen, die ihn verhaftete.

Gemeinsam traten sie aus dem Haus in die strahlende Nachmittagssonne. Kaum ein Geräusch war zu hören, als hätte jemand die Welt angehalten.

Plötzlich zerriss ein lauter Schuss die Stille und schlug direkt neben ihnen in den Türstock ein. Instinktiv duckten sich beide. Petry sah hoch und erblickte gegenüber den weißen vw Golf, den er hier schon einmal hatte stehen sehen. Das Fenster auf der Fahrerseite stand offen, und etwas Metallisches blitzte dort im Sonnenlicht auf.

»Vorsicht, Petry!«, gellte Alinas Stimme.

Petry zerrte Jürgen am Arm in den Hauseingang zurück. Ein zweiter Schuss folgte, der sie knapp verfehlte und als Querschläger von den Briefkästen abschmetterte. Splitter der Wandkacheln spritzten umher und ritzten Petrys Backe. Beide gingen auf dem Boden in Deckung, Petrys Hände umkrampften immer noch den Holzrahmen des Bildes. Draußen ertönten Polizeisirenen, die schnell näher kamen.

Weitere Schüsse folgten, offenbar gab es vor dem Haus ein kleines Gefecht. Die Motorengeräusche und Sirenen schwollen an, das Quietschen von Bremsen folgte. »Geben Sie auf – Hände hoch! – Langsam aussteigen!«, ertönte Alinas Stimme nacheinander mit Kommandos.

Als Petry sich traute, wieder aus dem Eingang zu schauen, standen zwei Streifenwagen quer vor dem Golf, und vier Beamte nahmen die drei jungen Rechten gefangen, die Petry bereits kannte, Michael Weinkauff und seine Kameraden. Sie waren mit ihren Händen über dem Kopf aus dem Wagen gestiegen. Gerade mühte sich als Letzter Dieter Staal mit erhobenen Händen aus dem Fond. Alina stand daneben und sicherte mit gezogener Waffe. Jetzt sah er auch den BMW, ihr Zivilfahrzeug, der mit offener Tür und laufendem Motor hinter dem Golf auf der Kreuzung stand.

Petry ging langsam auf sie zu. Jürgen Köster trottete neben ihm her, noch unter Schock.

»Das war es, was sie vorhatten«, begrüßte Alina Petry. »Ich bin ihnen gefolgt und habe erst an der Absperrung gemerkt, dass sie hierherwollten. Sie hätten den Mordversuch so oder so unternommen, aber die Evakuierung hat es ihnen erleichtert und sie nicht abgeschreckt. Eigentlich ganz praktisch für sie, den lang geplanten Anschlag heute vollkommen unbeobachtet machen zu können.«

»Danke, das war wirklich knapp«, sagte Petry. »Das ist Jürgen Köster. Meine Kollegin Alina Schmidt.«

Jürgen nickte ihr stumm zu, noch unfähig, etwas zu sagen.

»Ich weiß auch warum«, sagte Petry. »Sie wussten, dass Jürgen und seine Freunde den Brief geschrieben hatten, der den Verdacht gegen sie geweckt hat.«

»Sie meinen wohl, gefälscht!«, rief Staal schrill herüber.

»Das habe ich mir auch erschlossen, dass es Herrn Staal darum ging. Er hat seine jungen Kampfgenossen mit der Rache dafür beauftragt«, sagte Alina. »Siehst du, ich hatte recht, sie haben wirklich etwas vorgehabt ...« Sie steckte ihre Waffe weg und sah sich um. »Schnell weg hier! Wo sind die anderen aus der Wohngemeinschaft?«

Jürgen und Petry sahen sich betreten an.

»Hannelore liegt tot da oben, sie hatte einen Herzinfarkt. Die anderen sind nicht hier, aber werden sich stellen, auch Matthias Winter. Den Rest erkläre ich dir gleich«, sagte Petry im Telegrammstil.

Alina machte große Augen, dann nickte sie ihm zu.

»Ihr fahrt mit mir«, sagte sie und winkte Petry und Jürgen, ihr zum BMW zu folgen. Inzwischen hatten die Beamten den Männern Handschellen angelegt und sie in ihre Streifenwagen verfrachtet.

»Bringen Sie die ins K11!«, rief Alina den uniformierten Kollegen zu.

Zahlreiche Autotüren schlugen zu, dann fuhren die Polizeiwagen mit quietschenden Reifen los.

Auf dem Weg aus der Gefahrenzone hinaus erläuterte Petry Alina, was geschehen war, die Chronologie dessen, wie er erst Gabys Geständnis, dann die Aussage des hinzukommenden Matthias Winter und das Geheimnis des gesicherten Gemäldes herausbekommen hatte, das er bei sich hatte. Was ihn schließlich hierhergeführt und zur Aufklärung des Mordes und des Brandanschlags gebracht hatte. Jürgens Bedrohung mit dem Messer ließ er weg. Petry berichtete von Hannelores Geständnis, das seine Annahme bestätigte: Dass sie das Feuer entzündet habe.

»Ich glaube, Petry hat da etwas falsch verstanden«, sagte Jürgen unvermittelt. »Hannelore hat den Brand nicht gelegt.«

»Natürlich habe ich das richtig verstanden«, beharrte Petry. »Und wir müssen doch ihre letzten Worte respektieren.«

Jürgen schüttelte energisch den Kopf.

»Die hast du ihr in den Mund legen wollen«, widersprach er trotzig.

»Jürgen, du weißt genau, dass es anders war. Sie wollte endlich darüber reden. Und auch du hast gerade ein Geständnis abgelegt, bleib bitte dabei.«

Petry ärgerte sich. Er hatte darauf gehofft, mit Jürgen durch das Verschweigen seiner körperlichen Bedrohung ein Einvernehmen herzustellen.

Dieser verschränkte störrisch die Arme vor der Brust. »Wenn man mich offiziell danach befragt, werde ich die Aussage verweigern.«

»Jürgen …«, begann Petry.

»Ich war gerade bloß reichlich durcheinander durch den Anfall und den Tod meiner Freundin.« Sie fuhren soeben aus der Sperrzone heraus. »Ich werde sie jedenfalls nicht belasten, das mache ich einfach nicht!«

»Dann steh wenigstens zu deiner Schuld!«, rief Petry. »Das bist du den Opfern schuldig, klär endlich diesen Fall auf und sag, wer es wirklich gewesen ist, so wie du es gerade mir gesagt hast!« Jürgens Gesicht verschloss sich. »Bekenne dich dazu, Jürgen, hör auf mit den Lügen. Wenn du niemanden verraten willst, belaste weder Hannelore noch euren Freund Saïd, aber gib wenigstens deine Schuld zu!«

Doch er sah, dass er auf Granit gebissen hatte.

»Ach übrigens, was diesen Saïd betrifft ...«, sagte Alina und sandte Petry über den Rückspiegel einen bedeutungsvollen Blick.

»Was?«

»Wir haben endlich Nachricht aus dem Libanon bekommen.«

»Haben sie seinen Tod bestätigt?«

Alina nickte nicht. Stattdessen sagte sie: »Fahren wir noch einmal zu seinem Enkel.«

Sie gab Gas und bog kurz darauf in die Straße zum Bonner Platz ein. Petry stutzte, als ihm auffiel, dass es hier zum Schwabinger Krankenhaus ging.

Zehn Minuten später standen sie in einem Zimmer der Palliativstation, alle in steriler Kleidung und mit Gesichtsmasken. In dem Bett vor ihnen lag ein Komapatient, intubiert und an mehrere Geräte angeschlossen, die ihn am Leben erhielten. Auf dem Schild an seinem Bett stand: *Saïd Abu Ben Raschadi*. Er war Ende siebzig und unter seinem Patientenkittel stark abgemagert, seine bräunliche Haut wies eine stark gelbliche Färbung auf.

Von einem Stuhl neben dem Krankenbett hatte sich ein junger Mann erhoben. Petry kannte ihn: Es war Hassan, der libanesische Student und Enkel des Bewusstlosen.

»Sie müssen das verstehen«, sagte Hassan peinlich berührt. »Mein Großvater hatte es sich so gewünscht, seine geliebte Erica noch einmal zu sehen, solange er noch dazu in der Lage war, in ein Flugzeug zu steigen. Mithilfe seiner palästinensischen Freunde war es problemlos möglich, das zu arrangieren. Sie haben ihm das Geld für den Flug und die Behandlung in der Klinik beschafft und auch einen Pass mit einem anderen Namen.«

»Das politische Chaos in der Heimat hat eine Überprüfung von Hassans Angabe über Saïds Tod bisher unmöglich gemacht. Man bekommt im Libanon keine verlässlichen Informationen über Personen, die Akten sind nicht zu finden«, erklärte Alina. »Aber als ich noch einmal mit Hassan geredet habe, hat er mir dann erzählt, dass Saïd in Wahrheit hier im Koma liegt.«

Hassan fuhr fort: »Meinem Großvater war bewusst, dass die Behandlung aussichtslos sein würde, aber so konnte er seine geliebte Erica noch einmal treffen und sie ihn. Sie hätten die beiden sehen sollen, es war herzzerreißend, wie sie sich ihrer Liebe versichert und voneinander Abschied genommen haben. Sie haben sich immer wieder geküsst.«

»Hat er ihr gesagt, sie soll die Wahrheit über die Reichenbachstraße erzählen?«, fragte Petry.

»Das weiß ich nicht, aber ich habe die beiden längere Zeit alleine gelassen, das war für mich doch selbstverständlich.«

Petry nickte Hassan zu. Es war also nicht die Nachricht von Saïds Tod, sondern die Begegnung, das Gespräch mit ihrem Geliebten gewesen, die Erica Mrosko dazu gebracht hatte, den Brief an Petry zu schreiben, so viel stand für ihn nun fest.

»Erica war die Einzige, der ich hiervon erzählt habe, und natürlich hat auch sie darüber geschwiegen und es anders weitergetragen«, erklärte Hassan weiter.

Jürgen sagte: »Uns hat sie erzählt, dass sie die Nachricht von Saïds Tod erhalten hätte, von seinem Enkel. Und dass sie deswegen auspacken will.«

Den alten Kameraden vor sich liegen zu sehen bewegte ihn sichtlich. Petry musste jedoch daran denken, dass Jürgen nichts dabei gefunden hatte, ihm seinen vermeintlich toten Mittäter als Verdächtigen zu verraten, um von sich und Hannelore abzulenken.

»Kurz nach ihrem Treffen hatte er einen Hirninfarkt, ist ins Koma gefallen und in die Klinik eingeliefert worden, wo er bereits behandelt wurde«, berichtete Hassan weiter.

»Erica hat ihn noch ein paarmal besucht und jedes Mal lange mit ihm gesprochen, obwohl er so dalag wie jetzt.«

Das waren ihre zahlreichen Besuche in der Klinik gewesen, erschloss sich Petry. Sie hatten nicht Ericas Krankheit gegolten, sondern Saïd.

»Er hat eine Patientenverfügung hinterlassen, ich habe gerade mit meiner Familie darüber gesprochen«, sagte der Enkel. »Jetzt, wo Erica nicht mehr da ist … werden wir diese Maschinen abschalten und ihn sterben lassen. Ich wollte Ihnen vorher noch einmal die Gelegenheit geben, ihn zu sehen.«

»Zelebrieren wir es, machen wir es zu einer Feier zu seinen Ehren«, sagte Jürgen.

Er trat an den Patienten heran, ergriff dessen Hand und begann zu weinen. Auch Hassan kamen die Tränen.

Doch Petry gelang es nicht zu weinen. Zu schwer wog für ihn die fürchterliche Schuld, die die drei auf sich geladen hatten und über die er jetzt Gewissheit erlangt hatte.

Auch Alina beobachtete das alles aus der Distanz, sie erschloss sich die Zusammenhänge, wie auch Petry das tat. Und gewiss dachte sie dabei bereits an die strafrechtlichen Konsequenzen.

Draußen dämmerte es gerade, in Kürze würde die Dunkelheit hereinbrechen. Petry war es so, als friere dieser Moment ein, in dem sie mit Jürgen am Bett seines Komplizen standen, nach so vielen Jahren, ein letztes Mal gemeinsam.

Alina trat neben ihn. »Wir müssen dem Chef davon berichten«, sagte sie leise. »Auch von dem alten Fall. Und dass hier einer der Attentäter liegt. Einfach alles.«

Plötzlich ertönte ein entfernter, doch lauter dumpfer Knall. Alle zuckten zusammen. Eine Schallwelle ließ die Scheibe des Fensters erzittern. Als sie in Richtung des tintenschwarzen Nachthimmels blickten, sahen sie nun einige Kilometer entfernt eine orangefarbene Rauchwolke aufsteigen.

36

Die Etage des K11 in der Hansastraße war so überfüllt wie selten.

Die vier Streifenbeamten kümmerten sich um die Rechtsradikalen, die sie wegen Mordversuchs und unerlaubten Schusswaffenbesitzes verhaftet hatten, und um Dieter Staal, der im Verdacht stand, die Anstiftung zum Mord gegeben zu haben.

Alina und Petry hatten Jürgen Köster mitgebracht, den sie wegen akutem Tatverdacht im Mordfall Erica Mrosko in Haft genommen hatten. Alina Schmidt hatte Köster eine Beruhigungstablette angeboten, doch dieser hatte sie abgelehnt. Matthias Winter und Gaby Überlinger warteten ebenfalls auf dem Flur und standen ihrem WG-Genossen zur Seite, auf den sie hier getroffen waren. Sie waren mit der U-Bahn gekommen, um sich zu stellen und auszusagen, wie sie es mit Petry verabredet hatten. Zu welchen Punkten sie befragt werden würden, blieb derzeit noch abzuwarten.

Alina und Petry waren im Zimmer des Chefs gerade dabei, Kriminalrat Rattenhuber umfassend Bericht zu erstatten. Derweil war es Daniel gestattet worden zu gehen, doch er wartete ebenfalls noch auf dem Flur auf Petry, und neben ihm saß Ingrid, die zu seiner Unterstützung herbeigeeilt war. Die beiden flüsterten aufgeregt miteinander und blickten in Richtung der Neonazis am anderen Ende des Flures. Es war ein aufregender Tag gewesen, für sie wie für die ganze Stadt. Das Shalom lag südlich knapp außerhalb des Evakuierungsbereichs, aber es war heute sowieso geschlossen. Man brauchte den Ruhetag, um die seit dem Angriff kaputte Scheibe auszutauschen, aufzuräumen und die sonstigen Schäden zu beseitigen.

»Petry, ich muss Ihnen einen strengen Tadel erteilen! Sie haben Ihre Kompetenzen eigenmächtig überschritten, weit überschritten sogar ...«, sagte Rattenhuber und lehnte sich zurück. Sein Gesicht wies rote Flecken auf. Was er soeben alles von den beiden gehört hatte – es handelte sich diesmal wirklich um alles –, war nicht leicht für ihn zu verarbeiten, das war mehr als offensichtlich. »Andererseits muss ich Sie wieder einmal loben: Sie waren auf der richtigen Spur, und ihr trotz allem nachzugehen, war in der Tat verantwortungsbewusst. Und ich gebe Frau Schmidt recht: Nur Sie konnten das tun, Sie hatten ein so einzigartiges Verhältnis zu Jürgen Köster aufgebaut, dass nur Sie es aus ihm herausholen, er nur Ihnen den Mord an Erica Mrosko gestehen konnte. Und ich gratuliere auch Ihnen, Frau Hauptkommissarin, dass Sie das erkannt und zugelassen und so den Mordfall aufgeklärt haben, letztlich sogar sehr schnell. Natürlich brauchen wir das Geständnis aber noch einmal in offizieller Form.«

»Jürgen Köster hat uns schon zugesagt, dass er es hier wiederholen und schriftlich niederlegen wird«, sagte Alina und wechselte einen Blick mit Petry. »Er will nicht, dass womöglich jemand anderer für den Mord büßen muss. Es gab ja lange den ungerechtfertigten Verdacht gegen seinen Mitbewohner und andere. Und ich habe Herrn Köster bereits seine Fragen beantwortet, was er als Achtzigjähriger denn in Bezug auf eine Anklage und Haftstrafe zu erwarten hat.«

Auf der Fahrt hierher hatte sie ihm gesagt, dass er auch als alter Mann trotzdem vor Gericht kommen und im Fall einer Verurteilung seine Strafe verbüßen müsse, allerdings in einer abgesonderten Zelle fern der Schwerverbrecher. Aus seiner Haft entlassen würde er nur dann, wenn er krank werden und das Attest eines Amtsarztes ihn für haftunfähig erklären würde.

Jürgen war es vor allem wichtig gewesen, dass er ein paar persönliche Gegenstände wie einen Teppich dorthin mitnehmen könnte. Er würde das alles als Meditation ansehen, hatte er Petry und Alina angekündigt, als ultimative Erfahrung im für ihn vollkommen ungewohnten Alleinsein. Zurückgeworfen nur auf sich selbst, so hatte sich der alte Kommunarde ausgedrückt. Freiheit finde letztlich im Kopf, im Bewusstsein statt, und ob die Tür zu seiner Bleibe nun abgeschlossen oder wie früher in den WGs ausgehängt sei, spiele dabei keine entscheidende Rolle.

»Was nun den alten Fall betrifft, den Brandanschlag von 1970 ...«, setzte Rattenhuber jetzt mit einem Seufzer an.

»Auch damit hat Petry richtiggelegen. Er hat die eine Beteiligte zum Reden gebracht, die ihn noch aufklären konnte, gerade rechtzeitig«, warf Alina ein.

»Und die sich als die Täterin erwiesen hat«, fügte Petry hinzu.

Doch beide ahnten bereits, was kommen würde.

Rattenhuber verzog die ganze Zeit über das Gesicht und schüttelte jetzt entschieden den Kopf.

»Und da bin ich leider nicht derselben Meinung wie Sie beide«, sagte er und wiederholte: »Leider. Diese Beteiligte ist nun tot, und das, was Sie, Petry, da von ihr gehört zu haben glauben – so muss man es ja wohl ausdrücken –, war alles andere als eindeutig, so wie Sie es schildern.« Petry hatte Hannelores letzte Worte noch einmal wörtlich wiedergegeben. Obwohl ihm klar war, dass diese Wiedergabe weit weniger eindeutig klingen musste, als er es vor Ort wahrgenommen hatte. »Ihre Aussage liegt uns demnach ja nur bruchstückhaft vor, zudem als Hörensagen weitergegeben durch Sie, nicht von ihr selbst. Auch nicht mit vollem Wortlaut, dass sie die Tat zugibt, und schon gar nicht als schriftliches, unterzeichnetes Geständnis, also damit nicht glaubhaft bestätigt. Zumal Sie ja selbst gesagt haben, dass Herr Köster es ganz anders dargestellt und dabei offensichtlich gelogen habe, Petry. Seine Motive dabei sind vollkommen unerheblich – ob er sie schützen will, ob er sich selbst nicht belasten will, natürlich kann man darüber spekulieren, aber alles das bleibt eben nur Spekulation. Selbst wenn wir Ihre Angabe über Frau Reitweins Aussage ernstnehmen und diese so interpretieren würden, wie Sie das tun, würde sich doch die Frage stellen, ob sie dabei überhaupt noch ganz bei Sinnen war, quasi auf dem Sterbebett und unter dem Schock des Infarkts, an dem sie unmittelbar darauf starb. Da Frau Schmidt nicht dabei war und Sie als Fallanalytiker keine Ermittlungen durchführen können, wird jeder Staatsanwalt uns das zerpflücken, es ist so nicht gerichtsverwertbar. Und Herr Saïd ...«, er sah auf einem Zettel nach, »Ben Al Aschrawi, sofern das sein richtiger Name ist, liegt im Koma, aus dem er nicht mehr erwachen wird ... auch er wird nicht mehr aussagen können.« Petry wollte schnell etwas einwenden, doch der Chef brachte ihn mit einer Geste zum Schweigen, begleitet von einem Zucken auf seinem Gesicht. »Zugegeben, es ist eine interessante Verdachtsrichtung und eine verheißungsvolle Spur, mehrere Täter anzunehmen und von einer Kooperation zwischen Palästinensern und deutschen Linken auszugehen. Eine Spur, der ja auch bereits die Sonderkommission und der Generalbundesanwalt nachgegangen sind, ohne Ergebnis. Leider gilt das auch für Sie, Petry. Es kann sein, dass es so war, wie Sie sagen, dass also Ihre These zutreffen könnte – aber Sie können es nicht belegen.«

»Chef, ich habe den Fall vollständig aufgeklärt, da bin ich mir ganz sicher!«, sagte Petry empört.

»Nein«, beharrte Rattenhuber ruhig. »Das haben auch Sie

nicht geschafft. Der Fall muss leider offen bleiben, und ich fürchte, das wird sich nicht mehr ändern.«

Petry stand wütend auf. »Das ist nicht wahr, Chef. Befragen Sie doch einfach Jürgen Köster dazu, am besten lassen Sie mich dabei sein, und Sie werden sehen, dass ich die Wahrheit noch einmal aus ihm herausholen werde ...« Er stutzte, denn er sah, wie der Chef sich wand und einer Antwort auswich. »Sie werden ihn doch dazu befragen?«

»Natürlich werden wir ihn verhören, ich ganz persönlich sogar. Lassen Sie es besser gut sein, Petry«, sagte Rattenhuber mit einem warnenden Unterton. »Seien Sie lieber froh, dass Ihr Stiefvater entlastet ist und ich Ihnen Ihr Verschweigen relevanter Zusammenhänge und Ihre Eigenmächtigkeiten nicht weiter vorwerfe. Es würde reichen, um Ihre Tätigkeit im Polizeidienst zu beenden. Aber ich weiß zu sehr zu schätzen, was für ein guter Kriminalist Sie sind. Und wie gut Sie beide als Team gearbeitet haben, Sie haben sich in diesem Fall wirklich bewährt.«

Petry sah ihn mit offenem Mund an.

Alina sagte zum Chef gewandt: »Lassen Sie uns bitte beide mit Jürgen Köster reden. Dann werden wir schon sehen, was er gesteht. Ich bin sicher, er wird mit uns auch über den alten Fall sprechen.«

Rattenhuber verzog das Gesicht und sagte: »Sein Anwalt ist gerade hierher unterwegs, das müssen wir abwarten, gewiss werden die beiden sich zunächst beraten. Wenn Köster daraufhin dann eine schriftliche Aussage aufsetzen will – so müssen wir das akzeptieren.«

Petry wusste genau, was der Chef damit im Sinn hatte: Er wollte die Sache einfach unter den Tisch fallen lassen. Petry wechselte einen Blick mit Alina und sah, dass sie dasselbe dachte.

»Aber immerhin«, fuhr der Chef in beschwichtigendem Tonfall fort. »Der bekannte Althippie Jürgen Köster als

Mörder von Erica Mrosko überführt – dieser Fall wird große Schlagzeilen machen! Seine alte Freundin, mit der er in Streit geraten war, umzubringen, woraufhin später eine weitere alte Freundin in der Aufregung darum einem Herzanfall erlegen ist – das alles ist doch schon tragisch genug. Gewiss wird man noch einmal viel über die Liebe in den Zeiten der Kommune und die Liebe im Alter schreiben und lesen. Aber das ist die ganze Geschichte, und die Öffentlichkeit wird hochzufrieden sein, wie Sie die offenen Fragen aufgeklärt haben.«

»Darüber sollten wir noch einmal reden, wenn Kösters Aussage vorliegt«, sagte Alina.

Rattenhuber erhob sich.

»Herzlichen Glückwunsch, auch vom Polizeipräsidenten ganz persönlich.«

Dass er bereits mit diesem darüber gesprochen hatte, hatte er sich bisher noch aufgespart gehabt. Er sah die beiden erwartungsvoll an.

Auch Alina Schmidt erhob sich nun. Sie war um einen neutralen Gesichtsausdruck bemüht, wenngleich sie mit dem Thema noch nicht abgeschlossen zu haben schien.

»Danke, Chef«, sagte sie.

Petry sagte nichts, er blieb sitzen. Rattenhuber fügte noch etwas hinzu:

»Was diese Leute aus dem Rechten-Milieu betrifft, sie werden ihrer gerechten Strafe nicht entgehen. Und das Shalom wird Polizeischutz bekommen, das habe ich Daniel Baumann zugesichert. Wir werden selbstverständlich rigoros gegen antisemitische Angriffe vorgehen.«

»Danke, Chef«, sagte nun auch Petry und stand auf. Er hatte sich wieder einigermaßen gefasst und seine Haltung in den Griff bekommen. »Wir werden ja sehen, was weiter passiert. Ich bin jedenfalls sicher, dass der Gerechtigkeit Genüge getan werden wird.«

Rattenhuber nickte zufrieden.

»Sehr gut, Petry.«

Er war klug genug, ihnen nicht die Hand geben zu wollen, sie hätten es womöglich verweigert. Stattdessen fügte er nun leutselig hinzu: »Und feiern Sie Ihren Erfolg ruhig, das haben Sie beide sich verdient.«

Beide drehten sich um und verließen das Büro.

Als sie den Flur in Richtung auf Alinas Zimmer zu entlanggingen, fragte sie zur Seite gewandt: »Und was denkst du wirklich?«

Noch bevor er antworten konnte, stürzten Daniel und Ingrid auf sie zu, die weiter hinten auf dem Flur gewartet hatten.

»Was ist denn jetzt weiter geschehen?«, fragte Daniel aufgeregt. »Es sind ja jede Menge Gerüchte im Umlauf!«

Ingrid sah von Petry neugierig zu Alina. »Wer von denen war es nun? Und was hat Jürgen Köster damit zu tun?«

»Das ist meine Kollegin, Hauptkommissarin Alina Schmidt«, stellte Petry sie vor. »Das sind meine Eltern – meine Mutter Ingrid Petry und mein Stiefvater Daniel Baumann.«

»Freut mich«, sagte Alina und gab beiden nacheinander die Hand.

Diese erwiderten ihre Worte sehr freundlich.

Petry nahm von den anderen auf dem Flur neugierige Blicke wahr, auch von Bob. Er schob die beiden außer Sicht in Alinas Büro. Alina folgte ihnen und sah Petry fragend an.

»Was denn nun?«, drängte Daniel. »Habt ihr die Sache zu Ende gebracht oder nicht?«

»Noch nicht ganz«, sagte Petry. »Sagt mal, können wir morgen Abend bei euch im Shalom eine kleine Feier veranstalten?«

Daniel und Ingrid wechselten einen Blick. Daniel nickte.

»Kein Problem. Bis dahin haben wir wieder alles so weit

hergerichtet und machen normalen Betrieb. Wir lassen uns von denen da draußen doch nicht abhalten!«, sagte er.

»Eine kleine Feier?«, fragte Alina verständnislos.

»Ja, um die Aufklärung des Falles zu begehen. Der Chef hat recht, und beim letzten Fall haben wir das auch dort gefeiert«, sagte Petry heiter.

»Aber du hast doch gehört, was er gesagt hat, das ist noch völlig offen«, entgegnete Alina. »Und wenn ich ihn richtig verstanden habe ...«

»Bis morgen Abend ist es geklärt«, sagte Petry entschlossen. »Wir werden ihn natürlich auch einladen ... und nicht nur ihn, alle Kollegen samt Partnern und Familie. Und noch jemanden ...«

Als er sich aus dem Büro auf den Flur hinausbeugte, winkte er seinen Freund Bob heran.

Mit hellwachem, neugierigem Blick verfolgte Alina, wie sich der Reporter ihnen näherte.

37

Am nächsten Abend war Petrys Stammtisch in der hinteren Ecke des Shalom vollbesetzt. Neben ihm saßen Alina Schmidt und ihr Mann Tommy sowie ihr Vater Karlheinz Schmidt, dessen Frau zu Hause auf die beiden kleinen Enkel aufpasste. Alina hatte auf seine Teilnahme besonderen Wert gelegt. Sein Nachfolger Josef Rattenhuber war ebenso alleine gekommen wie Katrin Gerhardt von der Spurensicherung. Mit am Tisch saßen auch die beiden Kollegen, die bei der Überwachung von Peter Endrulat und Matthias Winter zum Einsatz gekommen waren, und die Polizisten, die die Rechtsradikalen verhaftet hatten. Petry hatte sie alle eingeladen. Nur sein OFA-Chef Hans Brandl hatte absagen müssen, da er gerade zu einer Fortbildung mit internationalen Kollegen in Thessaloniki weilte.

Der Leichnam von Hannelore Reitwein war inzwischen aus der Wohnung in der Clemensstraße geborgen worden, sobald die Sperrzone wieder freigegeben war. Eine im Verlauf des Tages durchgeführte Obduktion hatte einen Infarkt des stark vorgeschädigten Herzens als Todesursache ergeben.

Saïd Ben Al Aschrawi war für tot erklärt worden, nachdem sein Enkel Hassan im Namen der Familie angeordnet hatte, die lebenserhaltenden Maßnahmen zu beenden. Der Leichnam wurde noch am selben Tag in den Libanon überführt und dort heute Abend im Rahmen einer großen Trauerfeier umgehend bestattet, wie es bei Muslimen Sitte war.

Die Zerstörungen durch die gezielt herbeigeführte Sprengung der Weltkriegsbombe waren im unmittelbaren Umkreis des Fundorts beträchtlich, es würde noch längere Zeit dauern, bis sie behoben wären. Zahlreiche Fensterscheiben waren in der Herzogstraße zu Bruch gegangen und zwei Ladengeschäfte in Flammen aufgegangen. Petrys Wohnhaus einen Straßenzug weiter war jedoch nicht betroffen.

Die große Scheibe, durch die sie hier im Shalom hinaus auf die belebte Türkenstraße sehen konnten, war am Vormittag neu eingesetzt worden. Vor der Tür geparkt standen zwei Streifenwagen und zwei Zivilfahrzeuge der Münchner Polizei. Der zugesagte Polizeischutz befand sich hier drinnen am Tisch, und seine Präsenz würde alle abschrecken, die Ähnliches vorhaben sollten wie neulich. Die Rechten, die mutmaßlich dafür verantwortlich gewesen waren, waren nun wegen weit Schlimmerem inhaftiert, wegen eines bezeugten Mordversuchs.

Gerade brachten Daniel und Ingrid die ersten Teller mit den Wiener Schnitzeln an den Tisch. Schwungvoll stellte Daniel das größte von ihnen vor Rattenhuber ab. Dem Wirt war kein Groll mehr gegen diesen anzumerken. Petry hatte Ingrid und ihn in alles eingeweiht – das, was sie herausgefunden hatten, und das, was sie vorhatten.

»Ah, das Wiener Schnitzel«, schwärmte der Chef und rieb sich voller Vorfreude die Hände. »Das habe ich vom letzten Jahr in so guter Erinnerung, da freue ich mich richtig drauf!«

Rattenhuber war direkt von der Vernehmung des Tatverdächtigen Jürgen Köster hierhergeeilt, die er zusammen mit dem federführenden Staatsanwalt Dr. Dremmler und im Beisein von Jürgens Pflichtverteidiger durchgeführt hatte. Und er hatte es sich nicht nehmen lassen, ihnen auch gleich über den Ausgang der Befragung zu berichten.

Jürgen Köster hatte nach der Beratung mit seinem Pflichtverteidiger ein Geständnis abgelegt und das schriftliche Protokoll anschließend unterzeichnet. Wie Rattenhuber ihnen soeben erzählt hatte, hatte Jürgen Köster sich schuldig bekannt, Erica Mrosko ermordet zu haben, und den Tathergang so wiederholt, wie er ihn Petry geschildert hatte. Als Motiv gab er jedoch einen eskalierenden Streit mit ihr an, darum, wem ein Gemälde gehörte, das seine Freundin Hannelore Reitwein gemalt und für sich reklamiert habe. Erica Mrosko habe aber darauf bestanden, dass sie es ihr geschenkt habe, einige andere grundsätzliche alte Streitfragen seien aufgekommen, und eins habe zum anderen geführt.

Jede Bezugnahme auf den Brandanschlag von 1970 fehlte. Köster musste nicht einmal eine Aussage dazu machen, denn er wurde von Josef Rattenhuber und Dr. Dremmler gar nicht danach gefragt.

Ähnliches galt für die Aussagen von Matthias Winter und Gaby Überlinger. Sie betrafen in keiner Weise den alten Fall, nur den aktuellen Mord. Sie widerriefen das Alibi, das sie Jürgen Köster für den Abend des Mordes an Erica Mrosko gegeben hatten, und schilderten den Streit mit ihr am Tag zuvor, als sie die Wohngemeinschaft besucht hatte. Worum er sich gedreht hatte, dazu ließen sie sich nicht näher ein. Aber danach sei Jürgen Köster mit dem Beschluss losgegangen, Erica zu ermorden, den sie ihm nicht mehr hätten ausreden können. Für die Irreführung der Behörden würden sie belangt, aber voraussichtlich nur milde bestraft werden.

Der Brandanschlag von 1970 in der Reichenbachstraße und die Rollen, die Jürgen Köster und Hannelore Reitwein als Täter und Erica Mrosko als Zeugin dabei gespielt hatten, wurden in dem ganzen Bericht nicht erwähnt, ebenso wenig jene von Saïd Ben Al Aschrawi. Rattenhuber hatte das alles unter den Tisch fallen gelassen, wie er es angekündigt hatte.

Petry nahm das ebenso ungerührt auf wie Alina, er kommentierte es nicht einmal, obwohl Rattenhuber darauf zu warten schien. Doch da kam nichts, wie er feststellen musste. Warum? Das war durchaus erklärbar: Petry hatte sich nach dem Gespräch von gestern ja bereits darauf einstellen und damit abfinden können. Als Konsequenz hatte er dann beschlossen, diese Feier auszurichten und den Chef einzuladen. Außerdem sah Petry wohl keinen Sinn darin, den Genuss des hervorragenden Essens mit fruchtlosen Diskussionen zu verderben. Es war auch besser, diese nicht hier in der Öffentlichkeit zu führen. Das Restaurant war gut besucht, am anderen Ende des Raumes saß übrigens auch Bob Permaneder an einem Tisch und ließ sich ein Schnitzel schmecken.

Rattenhuber war trotzdem noch etwas misstrauisch. Vielleicht schob Petry seine Reaktion auch nur auf einen späteren Zeitpunkt auf?

»Es freut mich zu sehen, wie Sie letztlich damit umgehen, Petry«, sagte der Chef bedachtsam vorfühlend und führte das erste Stück seines Schnitzels zum Mund. »Dass Sie nicht uns oder gar den Generalbundesanwalt in irgendwelche Peinlichkeiten stürzen. Und dass Sie sich damit als Teamplayer erweisen …«

»Das sage ich auch meiner Tochter immer«, tönte der alte Schmidt mit vollem Mund. »Wer stets das große Ganze im Blick hat, der wird es noch weit bringen.«

Er trug eine abgetragene Cordhose von undefinierbarer Farbe, mit der er offensichtlich demonstrierte, wie sehr er es genoss, sich nun als Pensionär nicht mehr irgendwelchen Konventionen gemäß kleiden zu müssen.

Alina sah lächelnd vom Chef zum Vater. Sie hatte sich bei der Bestellung als Einzige für ein fleischloses Gericht entschieden: mit Pilzen gefüllte Pelmenyi mit saurer Sahne und Krautsalat.

»Kein Mensch ist eine Insel«, sagte sie wie zur Bestätigung.

»Besonders nicht bei der Münchner Polizei«, ergänzte Petry.

Beide wechselten einen einvernehmlichen Blick. Die anderen sahen irritiert zu ihnen und fragten sich, ob das irgendeine Art von geheimem Code sein sollte.

»Trinken wir darauf, oder?«, fragte Rattenhuber. Er griff nach einer eisbeschlagenen Wodkaflasche, die Daniel neben zahlreichen Schnapsgläsern auf den Tisch gestellt hatte. Das gehörte hier im Shalom ja zum guten Ton, als Begleitung der Speisen, vor, während und nach deren Verzehr.

Der Chef schenkte reihum ein und verteilte die Gläser. Alle in der Runde hoben ein Stamperl hoch und prosteten den anderen zu.

»Auf die erfolgreiche Aufklärung des Falles Erica Mrosko!«, sagte Josef Rattenhuber. »Selbst die Presse schreibt heute schon das Loblied unseres Teams ...« Er schickte einen kurzen Blick quer hinüber zu Permaneder. »Und darauf, dass ihr euch nicht gescheut habt, Jürgen Köster trotz seiner Prominenz anzugehen, zu verhaften und zu überführen!«

Alle Münchner Zeitungen hatten bereits in den gestrigen Abendausgaben und heute früh mit der Schlagzeile aufgemacht, dass die Münchner Mordkommission Jürgen Köster wegen dringenden Tatverdachts im Fall Erica Mrosko festgenommen hatte. Auch Bob hatte im *Kurier* darüber geschrieben. Weitere Details dazu wolle die Polizei in den kommenden Tagen bekannt geben.

»Ist natürlich ein Festessen für die!«, ergänzte Schmidt fachmännisch. »Die werden noch tagelang Spaß mit diesem Knüller haben!«

Petry verkniff sich weiterhin jeden Kommentar, doch er sah aus wie jemand, der noch etwas in der Hinterhand hatte.

»Na, dann, prost!«, sagte Alina Schmidt. Sie vermied es, Petry anzusehen.

»Gute Arbeit, alle miteinander!«, rief Rattenhuber.

Alle prosteten in die Runde, und dann tranken sie. Katrin war die Einzige, die den Wodka nicht in einem Zug austrank. Sie brauchte zwei.

Jetzt aßen alle weiter.

»Sicher werden sie heute in der Abendausgabe nachlegen«, sagte Rattenhuber und schaufelte sich Kartoffelsalat in den Mund. »Und wahrscheinlich lassen sie die alten Hippiezeiten noch mal aufleben …« Er schaute auf seine Armbanduhr. Es war fast sieben. »Müsste eigentlich schon ausgeliefert sein.«

Petry sah aus dem Fenster auf die Straße und erblickte einen Zeitungsverkäufer in seiner bunten Jacke, der sich soeben dem Lokal näherte. Über dem Arm trug er einen Packen Zeitungen mit dem blauen Logo des Münchner *Kuriers*.

»Wenn man vom Teufel redet«, sagte Schmidt und zeigte auf ihn. Der Verkäufer ging an der Scheibe entlang Richtung Eingang, Rattenhuber machte ihm ein Handzeichen, und der Verkäufer nickte ihm zu.

Der Mann betrat das Shalom und näherte sich ihrem Tisch.

»Die neueste Ausgabe des Kuriers«, rief er laut, sodass auch die anderen Gäste aufmerksam wurden. »Sensation! Beging Jürgen Köster den Mord, um ein weiteres Verbrechen zu vertuschen? War Jürgen Köster auch für den Brandanschlag verantwortlich?«

Rattenhuber fuhr entsetzt herum. Schmidt lief rot an, und sein Mund blieb offen stehen. Weniger überrascht waren Petry und Alina, die sich um neutrale Reaktionen bemühten. Von seinem Platz aus reckte Bob offenbar voller Vorfreude den Hals.

Jetzt endlich erreichte der Verkäufer ihren Tisch. Rattenhuber kramte eine Münze aus der Tasche und riss eine der Zeitungen von dessen Arm. Fassungslos starrte er auf die erste Seite.

SENSATION IM FALL ERICA MROSKO, stand da und darunter, neben einem Foto des Alt-Hippies: BEGING JÜRGEN KÖSTER DEN MORD, UM EIN WEITERES VERBRECHEN ZU VERTUSCHEN? – ANGEBLICH FÜR LEGENDÄREN BRANDANSCHLAG VON 1970 VERANTWORTLICH!

Der folgende Bericht war gekennzeichnet als Artikel des *Sonderkorrespondenten Bob Permaneder*.

Inzwischen fanden die frischgedruckten Zeitungsexemplare reißenden Absatz an den anderen Tischen.

Rattenhubers Gesicht war ganz weiß und wurde entstellt von wilden Grimassen, während er in fliegender Hast den Text las. Er handelte davon, dass *nach Kurier-Recherchen* Jürgen Köster von Erica Mrosko als Täter des unaufgeklärten legendären Brandanschlags vom 13. Februar 1970 habe entlarvt werden sollen und sie deshalb umgebracht habe.

»Petry!«, brüllte er plötzlich los. »Sie verdammter ...!«

»Was denn?«, fragte Petry unschuldig.

»Tun Sie nur nicht so. Ich weiß genau, was Sie da getan haben!«

»Und was soll das sein, Chef?«

»Ich weiß sehr wohl, wie gut Sie mit Bob Permaneder befreundet sind! Deswegen sitzt er doch auch dort drüben, oder? Natürlich stammt das von Ihnen!«

Bob war aufgestanden und kam nun zu ihnen gelaufen. Das Letzte hatte er mitgehört, er hatte solche Vorwürfe wohl schon erwartet.

»Nein, da muss ich Sie korrigieren, Herr Kriminalrat«, erwiderte Bob so gelassen wie nur möglich. »Diese Information wurde mir anonym zugespielt. Petry und ich achten aufgrund unserer besonders heiklen Verbindung selbstverständlich streng darauf, keine sensiblen Informationen auszutauschen, da können Sie sicher sein, Herr Kriminalrat.«

»Blödsinn!«, wütete der Chef. »Für wie dumm halten Sie

mich? Ich werde das untersuchen lassen, Petry! Und wenn ich herausfinden sollte, dass Sie für dieses Leck verantwortlich sind ...«

Bob übernahm für Petry dessen Verteidigung: »Sollten Sie nicht erst einmal vor allem herausfinden, ob die These stimmt, die da aufgestellt worden ist? Mir ist die Kopie eines Briefentwurfs von Frau Mrosko zugeleitet worden, in dem sie nämlich behauptet, dass sie weiß, wer für diesen Brandanschlag verantwortlich ist.«

Rattenhuber starrte ihn entgeistert an und war kurz davor, erneut in die Luft zu gehen.

»Schließlich haben Sie ja auch die Verpflichtung, jedes Verbrechen zu verfolgen, dessen Sie gewahr werden«, fuhr Bob mit Unschuldsmiene fort. »Auch wenn die Akten dazu womöglich schon abgelegt sind. Aber Mord verjährt ja nicht.«

»Das weiß ich auch, Sie Klugscheißer!«

»Wo er recht hat, hat er recht«, sagte der alte Schmidt.

Rattenhuber sah ihn wütend an und eine heftige Grimasse verzerrte seine Züge.

»Werden Sie diesen Informationen nachgehen oder nicht, Herr Kriminalrat?«, fragte Bob.

»Natürlich gehen wir allen Informationen nach – Herr Permaneder, nicht wahr?«, antwortete Alina trocken und so routiniert, als hätte sie noch nie mit Bob gesprochen und lernte ihn eben erst kennen.

»Wir halten Sie auf dem Laufenden«, sagte Rattenhuber sauer. »Und jetzt lassen Sie uns in Ruhe, das ist eine private Feier!«

Bob nickte ihm zu und ging mit einem süffisanten Grinsen davon. Petry und er sahen sich dabei nicht an.

Rattenhuber wandte sich Petry zu. Er hatte sich jetzt einigermaßen gefangen. »Sie können es wohl einfach nicht auf sich beruhen lassen ... Aber Respekt, Petry. Ich muss schon sagen, das ist ein wirklich cleverer Zug. Nur glauben Sie bloß nicht, dass ich ihn nicht durchschaue!«

»Da gibt es nichts zu durchschauen, Chef«, sagte Petry. »Aber Anlass zu feiern, den gibt's. Auch der alte Fall kann aufgeklärt werden, das muss er jetzt sogar. Und niemand bei uns ist schuld daran oder lässt jemand anderen schlecht aussehen, auch nicht den Generalbundesanwalt oder sonst jemanden. Es gibt einfach neue Hinweise in einem alten Fall, und wir haben die Gelegenheit, anhand dessen Jürgen Köster noch einmal dazu zu befragen, auch hier als dringend tatverdächtig. Was er dann aussagt, ob er die Verantwortung für den Anschlag wirklich übernimmt, das werden wir sehen.«

Die anderen beobachteten sie still und wagten sich kaum zu rühren. Petry griff wieder zu der Flasche und begann, in die Gläser erneut Wodka einzuschenken.

»Ja«, sagte Rattenhuber zähneknirschend. »Das werden wir. Da müssen Frau Schmidt und Sie bei der Befragung jetzt aber wirklich mal zeigen, was Sie draufhaben.«

Petry erhob sein Glas, und alle Kollegen taten es ihm nach, auch Rattenhuber und Schmidt. Petry brachte einen neuen Toast aus:

»So oder so ist es gut für mich zu erleben, dass ein solcher Fall bei der Mordkommission nicht liegen bleibt, sondern weiterverfolgt wird. Anders könnte ich es mir auch gar nicht vorstellen, für sie zu arbeiten.«

Der Chef und er maßen sich mit einem Blick, der nicht besonders freundlich war.

»Ist aber so«, sagte Alina Schmidt. »Und darüber freue ich mich ganz genauso.«

Jetzt tranken alle. Rattenhuber stürzte den Wodka grimmig hinunter. Petry und Alina wechselten einen listigen schnellen Blick, mehr nicht.

Als Daniel und Ingrid später die leer gegessenen Teller abräumten, taten sie so, als hätten sie nichts mitbekommen. Daniel musste der Versuchung widerstehen, Rattenhuber sachte die Schulter zu tätscheln. Stattdessen lächelte er nur stillvergnügt und brachte eine neue Flasche Wodka »aufs Haus«.

Der Chef trank noch zwei Gläser, dann stand er schwankend auf, verabschiedete sich mit belegter Stimme, ging nach draußen und rief sich ein Taxi.

Daniel und Ingrid verfrachteten ihn auf dessen Rücksitz und verabschiedeten ihn. Als er abgefahren war, umarmten sie sich und ließen ihrer Freude über Petrys, Alinas und Bobs Coup freien Lauf.

Danach teilte sich die übrig gebliebene Runde in Einzelgespräche auf.

»Dann waren es also offenbar doch die Linken«, sagte Karlheinz Schmidt kopfschüttelnd zu seiner Tochter und deren Mann Tommy. »Das habe ich mir damals beinahe gedacht.«

»Wirklich, Papa?«, fragte Alina mit unterdrückter Wut. »Hast du das, als du damals mit dem Fall betraut gewesen bist? Als die Beweisstücke verschwunden und offenbar ohne weitere Überprüfung vernichtet worden sind?«

»Was meinst du damit?«, fragte er hochfahrend.

»Hast du damals wirklich gedacht, dass es die Linken waren?« Sie blickte ihn wütend an.

»Was unterstellst du mir hier?«, fragte er. »Mir, deinem Vater?«

»Gar nichts. Ich denke nur, wir müssen erkennen, dass jede Generation das mit ihrer eigenen Haltung angeht. Da ist ein gewisser Unterschied zwischen uns, und das ist auch richtig so. Tommy und ich haben übrigens beschlossen, dass wir uns nach einer anderen Wohnung umsehen.«

»Was?«, fragte der alte Schmidt bestürzt.

»Ja. Wir werden ausziehen, Karlheinz«, sagte Tommy. »Freunde von mir haben uns einen Wohnungstausch angeboten, das ist in der Lerchenau am Stadtrand, im Grünen.«

»Aber das müsst ihr nicht machen«, sagte Schmidt mit erstickter Stimme. »Ihr könnt bei uns wohnen bleiben, und wir kümmern uns weiter um unsere Enkel ...«

»Danke, nein. Natürlich könnt ihr die Kinder trotzdem sehen, so oft ihr wollt«, sagte Alina. Ihre Stimme war nun frei von Groll, ganz sachlich.

Sie schenkte ihm ein neues Extra-Glas Wodka ein und hielt es ihm hin. Der alte Schmidt führte es mit zitternden Händen zum Mund und trank es aus.

Petry verabschiedete sich bald darauf. Vor dem Shalom rief er Sophie an. Er wollte ihr vom Ausgang des Falles berichten, und sie bat ihn darum, vorbeizukommen.

Kurz darauf setzte er sich in ihrem Wohnzimmer auf die Couch. Sophie nahm gegenüber im Sessel Platz und rang sich zu einem Lächeln durch.

»Tut mir leid, dass ich mich erst jetzt gemeldet habe«, sagte Petry. »Ich bin vorher einfach nicht dazu gekommen.«

»Ich weiß«, sagte sie und schenkte Rotwein in zwei Gläser ein. »Ich habe die Zeitungen gelesen, ihr habt den Fall gelöst. Herzlichen Glückwunsch.«

»Danke«, sagte Petry. Sie prostete ihm zu, und sie tranken beide. Sie fuhr fort:

»Vorhin auf dem Nachhauseweg habe ich sogar schon die neueste Ausgabe und die neueste Wendung mitbekommen und musste an das denken, was du mir gesagt hattest. Du hattest recht, die Lösung lag bei den alten Kommunarden. Aber für den Nachweis warst du sicher voll gefordert.«

»Tag und Nacht«, sagte Petry. »Als du vor meiner Tür gestanden hast, haben wir gerade den entscheidenden Durchbruch gemacht. Danach wurde es richtig wild.«

»Wie, wild?«, fragte sie.

»Auch wenn es für dich vielleicht so ausgesehen haben könnte, aber meine Kollegin und ich haben nichts miteinander«, erklärte Petry. »Sie ist glücklich verheiratet und hat zwei kleine Kinder. Es ging nur um den Fall. Die Ermittlungen nehmen einen eben manchmal so in Beschlag.«

»Ich verstehe das sehr gut«, sagte sie und spielte mit ihrem Glas. »Da sind die Kollegen manchmal wichtiger, bei so einem Job bleibt einem dann keine Zeit für etwas anderes. Zum Beispiel eine Beziehung.«

»Ich würde es gerne trotzdem versuchen«, sagte er.

»Aber es wird nicht funktionieren«, sagte Sophie bestimmt. »Ich habe dir ja gesagt, dass ich auch mein eigenes Leben habe, mit meiner Tochter, mit meinem Job. Und es würde mit uns doch nur genauso laufen wie mit meinem Mann. Das ist mir inzwischen klar geworden. Deswegen wollte ich, dass du vorbeikommst. Damit ich dir das persönlich sagen kann.«

Sie blickte ihn ernst an.

»Das ist aber sehr schade«, sagte Petry.

»Ja, das ist es«, beharrte sie.

»Vermutlich hast du recht.« Petry nickte ihr schweren Herzens zu.

Später küssten sie sich. Sie verbrachten die Nacht miteinander, danach trennten sie sich, und beiden war klar, dass sie sich für lange Zeit nicht wiedersehen würden.

Am Tag nach der Feier kam Petry morgens in das Café am Kurfürstenplatz und grüßte lächelnd in die Runde. Die Sperrzone war aufgehoben worden, und ihrer aller Domizil war unversehrt, auch wenn nur eine Straße weiter überall Glasscherben auf dem Boden lagen. Petry ließ sich von dem Spitz die Hände lecken und lächelte J.R. zu.

»Das war eine ganz schöne Aufregung, was?«, sagte er.

»Hauptsache, unsere Häuser stehen alle noch!«

Zum ersten Mal hatte der Mann mit dem Stetson eine Frau bei sich sitzen, die er ihm stolz als »Doris« vorstellte. Eine Blondine, die etwas jünger war als er und sich an ihn schmiegte. Petry und sie begrüßten sich freundlich.

»Wo ist denn deine Freundin?«, fragte J. R.

»Wir sind nicht zusammen, es ist eine Kollegin«, sagte Petry und musste lächeln. »Eine sehr gute!«

Auch bei Fabiana in der Nähe des Tresens saß ein Freund – jener baumlange Türsteher, mit dem sie sich nun offenbar wieder versöhnt hatte. Im Vorübergehen gab sie ihm strahlend einen Kuss auf den Mund. Es war, als hätte die überstandene Gefahr die Menschen einander nähergebracht und Petrys morgendliche Runde so erweitert.

Am Nachmittag fuhren Alina Schmidt und Petry zur Reichenbachstraße 27, und er zeigte ihr den Ort, an dem der Brandanschlag verübt worden war. Sie hatte den Wunsch geäußert, ihn zu sehen und der Toten zu gedenken. Als sie im Hinterhof an der Gedenkwand standen, erklärte er ihr, dass die Opfer nicht auf dem Münchner Jüdischen Friedhof bestattet lagen.

Er erzählte Alina von seinem Besuch dort neulich und dem Versprechen, das er an Ricardas Grab abgegeben hatte: den Brandanschlag aufzuklären.

»Das war ganz schön mutig«, sagte Alina. »Aber das hätten wir wohl erfüllt.«

»Wenn wir Jürgen Köster zum Reden bringen«, sagte Petry.

Sie verharrten in Stille, dann legten sie sieben Steine ab, die sie mitgebracht hatten; einen für jedes der Opfer. Danach besichtigten sie noch im Hinterhof die Baustelle, wo die alte Synagoge wieder in ihren früheren Zustand hergerichtet wurde.

»Aber wir haben doch alles richtig gemacht?«, fragte Alina auf dem Weg zum Ausgang zögernd.

»Wir haben jedenfalls getan, was wir konnten«, meinte Petry. »Obwohl, eine Sache fehlt noch ...«

Sie fuhren mit dem BMW ein Stück weiter an die Isar, zur Reichenbachbrücke. Dort stiegen sie aus, gingen zu dem grün glitzernden Fluss hinunter, der noch das Schmelzwasser des langen Winters mit sich führte, und Petry erklärte Alina, was ein »Taschlich« war.

Dann stülpten sie beide ihre Hosentaschen nach außen und leerten sie aus, fegten all die Krümel, eine Halspastille, ein zusammengeknülltes Papier und einen Knopf in das fließende Wasser und stellten sich vor, dass sie ihre Sünden damit loswurden.

Als sie zurück zum Wagen gingen, hatte Petry das Gefühl, dass er nun mit Ricardas Tod abgeschlossen hatte und bereit war, seine Arbeit wieder ganz normal auszuüben.

Alina Schmidt und er waren jetzt ein Team. Und als sie zusammen ins K11 fuhren, um Jürgen Köster offiziell zu dem Brandanschlag von 1970 zu befragen, wusste Petry bereits, auch beim nächsten Fall würden sie wieder zusammenarbeiten.

Nachwort

Vor ein paar Jahren stieß ich auf einen Bericht über den Brandanschlag vom 13. Februar 1970 auf das Gebäude der Israelitischen Kultusgemeinde von München und Oberbayern in der Reichenbachstraße 27 und las ganz verblüfft, dass dabei sieben Holocaust-Überlebende umgebracht wurden, aber nie geklärt werden konnte, wer dafür verantwortlich war. Ich konnte es kaum fassen, dass ein solch grausames Verbrechen mir vorher nicht bekannt gewesen war und dass es auch in der Öffentlichkeit weitgehend vergessen ist. Ich begann zu recherchieren, wie die Spurenlage damals war und was 1970 sonst noch alles passierte, und schnell wurde mir klar, dass ich darüber schreiben wollte. So entstand letztlich dieser Kriminalroman.

Hoffentlich hilft mein Buch, das Gedenken an den Anschlag wachzuhalten oder auch neu zu wecken, und vielleicht kommt es ja doch noch zu einer Aufklärung des Falles. Wie Petry es in meinem Roman sagt: Trotz aller bisherigen vergeblichen Anstrengungen und trotz aller Schwierigkeiten nach über fünfzig Jahren muss es noch Menschen geben, die wissen, wer verantwortlich war, Zeitzeugen und vielleicht auch den oder die Täter selbst. Und es braucht nur einen solchen Menschen, der sein Schweigen bricht, damit die Öffentlichkeit die Wahrheit erfährt.

Die fiktive Auflösung, die ich für diese Geschichte und die Täter gewählt habe, erschien mir nach intensiver Beschäftigung mit dem Fall als die plausibelste. Die vorhandenen Fakten und Aussagen legen nahe, dass Linke und nicht Rechte die Brandstiftung begangen haben. Die Generalbundesanwaltschaft äußerte diesen Verdacht zu Beginn ihrer Untersuchung und ging ihm bis zu deren Abschluss 2017 nach, konnte ihn aber in letzter Konsequenz nicht belegen.

Die sichergestellten Beweisstücke des Falles – darunter der bei der Brandstiftung verwendete Kanister – wurden, wie im Roman geschildert, in der Asservatenkammer der Polizei im Jahr 1995 bei Aufräumarbeiten entsorgt, sodass weitere Untersuchungen daran nicht mehr möglich waren.

Das Shalom, die Buchhandlung am Habsburgerplatz oder die frühere Kommune in der Schraudolphstraße sind fiktiv, und man wird sie an den bezeichneten Orten vergeblich suchen, sie stehen jedoch für Orte, die es in München wirklich gegeben hat oder gibt.

Natürlich habe ich mich, ähnlich wie Petry selbst, mit intensiver Recherche in alle Aspekte dieser Geschichte vertieft.

Ich danke der Israelitischen Kultusgemeinde München und Oberbayern, Richard Volkmann und ganz besonders Ellen Presser, die das Manuskript vorab gelesen und mit sehr hilfreichen Erläuterungen kommentiert hat. Herzlichen Dank an Rachel Salamander für die Führung an der Reichenbachstraße 27, dem damaligen Tatort, in dessen Hinterhof sie mit ihrer Stiftung die alte Synagoge von 1931 wieder herrichten ließ. Ebenso danke ich Werner Kraus von der Polizei München und dem Fallanalytiker Alexander Horn, dem Chef der OFA München, der in einem Vortrag für den Verein deutschsprachiger KriminalschriftstellerInnen »Syndikat« Einblicke in seine Arbeit gab, mit denen ich dann meine Figur Petry mit ihrer ganz eigenen Vorgehensweise schaffen konnte. Ich empfehle weiterführend dazu auch Alexander Horns Buch zur Fallanalyse *Die Logik der Tat* (Knaur).

Dank auch an Prof. Rudolf Herz und Julia Wahren und

ihre Aktion »Boykottiert die Systeme!« und an Birgit Daiber. Frau Daiber führte uns bei einem Stadtrundgang durch Maxvorstadt und Schwabing auf den Spuren der »68er« und erzählte dabei als Zeitzeugin viele hochinteressante Hintergründe.

Für die historischen Fakten und Erkenntnisse zum Fall von 1970 griff ich zurück insbesondere auf das grundlegende Sachbuch dazu von Dr. Wolfgang Kraushaar *Wann endlich beginnt bei euch der Kampf gegen die Heilige Kuh Israel? Über die antisemitischen Wurzeln des deutschen Terrorismus* (2013), der die Akten im Staatsarchiv München auswerten konnte, den Text von Olaf Kistenmacher *Nie aufgeklärt und fast vergessen: Der Anschlag auf die Israelitische Kultusgemeinde im Februar 1970* und den ARD-Dokumentarfilm *München 1970 – Als der Terror zu uns kam* von Georg M. Hafner (2012), der online zu finden ist.

Ein persönlicher Dank geht an Kerstin Ehmer und Stefanie Gregg für ihre immer sehr klugen Hinweise, ebenso an Werner Siebert und Christina Mühl, die das Manuskript vorab probegelesen und mit wichtigen Anmerkungen versehen haben. Danke für alles auch an Daniel Kampa, Regina Roßbach und Meike Stegkemper vom Kampa Verlag sowie Lars Schultze-Kossack, der als Agent das Buch auf den Weg brachte, nun aber nach seinem tragischen Tod dessen Erscheinen nicht mehr miterleben kann, und Antje Hartmann.

Ein ganz spezieller Dank geht an meine Freundinnen und Freunde – und besonders an Catarina Raacke, Jürgen Egger, Ueli Christen und den gesamten Schwabinger Stammtisch.

Ich widme diesen Roman den Opfern des unaufgeklärten Brandanschlags und ihren Angehörigen. Sorgen wir dafür, dass antisemitische Taten gebührend verurteilt und möglichst verhindert werden.

Christof Weigold, München

Weitere Kampa Bücher stellen wir Ihnen auf den folgenden Seiten vor. Das Gesamtprogramm finden Sie auf:
www.kampaverlag.ch

Wenn Sie zweimal jährlich über unsere Neuerscheinungen informiert werden möchten, schreiben Sie uns bitte an:
newsletter@kampaverlag.ch oder
Kampa Verlag, Hegibachstr. 2, 8032 Zürich, Schweiz

KAMPA VERLAG

Matthias Wittekindt
Hinterm Deich

Ein Fall von Kriminaldirektor a. D. Manz

Kriminalroman

Kommissarsanwärter Manz radelt auf dem Deich,
isst Krabbenbrötchen, knutscht am Nordseestrand.
Auch die erste Ermittlung lässt nicht lange auf sich warten.

Der neunzehnjährige Manz verbringt sein Polizeipraktikum in der Dienststelle des gottverlassenen Dörfchens Sandesiel an der Nordseeküste. Warum gerade dort? Wegen Lena natürlich, die er in einer Oldenburger Diskothek kennengelernt hat – 1964 hat Manz nichts als »Girls« im Kopf. Als es auf einer Landstraße zu einem schweren Verkehrsunfall mit zwei Toten kommt, wird Manz losgeschickt, die Bewohner der umliegenden Höfe zu befragen. Gerüchte über die Unfallstelle werden ihm zugetragen: Bauer Eggert sei dort verprügelt worden, weil er seine drei Töchter missbraucht. Und auch von dem Verdacht, dass mehrere Todesfälle der vergangenen Monate auf den Einsatz giftiger Pestizide zurückzuführen sind, erfährt Manz. Welcher Spur lohnt es sich nachzugehen? Mit vierundsiebzig denkt Manz an seinen ersten echten Einsatz zurück, bei dem er noch viel zu lernen hatte – nicht nur als Polizist ...

»Die Lust, mit der Wittekindt Verhörsituationen aufbaut,
und wie er beobachtet, finde ich schon sensationell.
Es ist liebevoll geradezu.«
Paul Ingendaay / Podcast der FAZ

KAMPA VERLAG

Jürgen Tietz
Berliner Schuld

1947: Kommissar Adlers zweiter Fall

Kriminalroman

Ein Mord in der sowjetischen Besatzungszone.
Kommissar Hans Adler ermittelt auf unsicherem Terrain.

1947 sitzt der Krieg den Berlinern noch tief in den Knochen. Als eine junge Frau auf der Suche nach essbarem Giersch in der Ruine der Orangerie im Schlosspark Schönhausen eine Leiche findet, ist Hans Adler erschüttert: Muss das Sterben immer noch weitergehen? Die mit großer Brutalität begangene Tat gibt dem Kom-missar Rätsel auf: Wer war die Tote? Kannte sie ihren Mörder, oder hat er sie zufällig gewählt? Weil der Tatort in der sowjetischen Zone liegt, wird Adler ein Leutnant von der Roten Armee zur Seite gestellt. Der Mann sei hochgefährlich, warnt der amerikanische Major Wilkinson, als er Adler in seiner Laube aufsucht, wo der Kommissar behelfsmäßig wohnt, seit er ohne seinen linken Arm von der Front zurückgekehrt ist. Im Konfliktfeld der Besatzungsmächte muss Adler versuchen, seine Integrität als Polizist zu bewahren und die Wahrheit herauszufinden.

KAMPA VERLAG

Claudia Bardelang
Schwarz ist der Schnee

Der dritte Fall für Johann Briamonte

Kriminalroman

Schwarzer Wald in weißer Pracht:
Das Jahr ist noch jung, der Winter schneereich.
Und Kriminalhauptkommissar Johann
Briamonte hat allerhand zu tun.

Alles ist weiß, die Luft kalt und klar, es riecht nach Neuschnee und Holzfeuer. So hat Johann Briamonte sich den ersten Winter im eigenen Schwarzwaldhaus vorgestellt. Doch der Start ins neue Jahr ist für den Kriminalhauptkommissar alles andere als leicht: Von seinen ehemaligen Frankfurter Kollegen erfährt Briamonte, dass man ihm nach dem Leben trachtet: Er steht ganz oben auf der Abschussliste seines Intimfeinds Dimitar Hristov von der bulgarischen Mafia. Und dann steckt er schneller als gedacht in seinem neuen Fall: In Dachsberg ist ein Mann gestorben. Schwer krank, hätte Josef Wenk ohnehin nur noch wenige Wochen zu leben gehabt. Doch dann geht ein anonymer Hinweis beim Kommissariat Waldshut-Tiengen ein: Die Todesursache war keine natürliche. Musste der alte Wenk sterben, weil er bei den Stammtischrunden im Auerhahn den erstklassig gelegenen Familienhof verspielt hat? Briamonte steht vor der Frage, wem er sich anvertrauen kann.

»Detailgenau, ausdrucksstark und mit Augenzwinkern.«
Badische Zeitung